北宋倒马金枪传

付爱民 著

郎天赦

北京日报出版社

图书在版编目 (CIP) 数据

北宋倒马金枪传 . 郊天赦 / 付爱民著 . -- 北京：
北京日报出版社 , 2024.1
ISBN 978-7-5477-4577-9

Ⅰ . ①北… Ⅱ . ①付… Ⅲ . ①北方评书—中国—当代
Ⅳ . ① I239.8

中国国家版本馆 CIP 数据核字 (2023) 第 007330 号

北宋倒马金枪传·郊天赦

责任编辑：秦　姚
特约编辑：徐德亮　葛瑞娟
出版发行：北京日报出版社
地　　址：北京市东城区东单三条 8-16 号东方广场东配楼四层
邮　　编：100005
电　　话：发行部 : (010)65255876
　　　　　总编室 : (010)65252135
印　　刷：北京鑫益晖印刷有限公司
经　　销：各地新华书店
版　　次：2024 年 1 月第 1 版
　　　　　2024 年 1 月第 1 次印刷
开　　本：710 毫米 ×1000 毫米　1/16
印　　张：18.25
字　　数：270 千字
定　　价：79.00 元

序

　　《北宋倒马金枪传》（以下简称《倒马金枪传》）第七卷和第八卷要出版了，可喜可贺。按说这部二十余卷的长篇早该出完，而至今却只出了八卷的评书文本，无论是就其文学意义上的成就来说，还是就其对杨家将民俗研究的价值和影响的深入程度来说，还是就其杨家将传说文本的集大成地位来说，它都是应当早日出完的，但至今也只出版了八卷。出版过程当中的辛苦和曲折可以回顾成趣，我非亲历者也就不一一讲出来了。大家看这部书，从文本本身能得到的阅读快感肯定大于这些文本之外的八卦。

　　《倒马金枪传》前边的六卷也是分两次出版的，这两次出版的宣传活动我都参加了，其中第一次出版前三卷的新书发布会，还是在书中"天齐庙"擂台的原型，北京朝阳门外的东岳庙后院的戏台上办的。我作为发布会主持人和这部评书的播讲人，亲自站在了书中杨七郎打死潘豹的那个擂台上，有点穿越时光之感。

　　第二次出版后三卷，我和付爱民老师做了双签名的版本向全网发售，供藏书爱好者和评书爱好者收藏。很多不了解内情的读者，尤其是北京之外的读者，都会在心里问上一句："徐德亮？这里有他什么事？"

　　这回出版的第七卷和第八卷，本应该找文学前辈或学术名家，至少应该找位评书名家写序介绍。但一则出版时间有限，付梓在即；二则其文本可贵与美妙之处，还有后十几卷的机会请这些老先生去介绍，这次写序，就由我来请缨，聊一聊我与这部书的渊源吧。

大概是在 2007 年，也就是在十五年以前。我正在书馆说《济公传》，每晚演出回家之后都很兴奋，睡不着，就在网上浏览——这也是几乎每个舞台演员的日常生活习惯。

应该说，当时的互联网是初生代时期，主力网友以大学生为主，算是精英一类的。虽然当时"在网络的另一头儿没人知道你是一只狗"这种话已经流传了好几年了，但那时的狗和现在的狗大约也是不一样的。人们在网上看新闻，用 QQ 交流，在聊天室里聊天儿，发表观点和作品最主要的两种方式，一是 BBS，一是论坛。尤其是各种论坛，五花八门，大到国计民生，小到各种偏门恶趣味，都有论坛。

有"斑竹"的自发成立，"板斧"的主动管理，有几个主力网友每天上线发表点东西，有其他所谓"小白"每天看看，留言讨论一下，如是而已，那却是中国民间写作最为繁荣的时代！多少各行各业的精英、各门各类的高手，或者有各种小能耐的神奇之人，都有这样的主观能动性：每天上网写个千八百字，聊自己的专业知识，或写个小说散文，就为了那几十个点击量和十几条或者几条留言。那真是价值输出的年代，没人会想着为挣多少钱或出多大名而写作，顶多是数数今天收到了几层"顶"而已。

人以类聚，分散细致的论坛，天然地把人分门别类地聚在一起，前辈带后辈，"大神带小白"（那个时候还没有这样的词儿），讨论学问，抒发性灵。我经常上的论坛，在 2000 年前后有"满族文化网""西祠胡同"等，我在"西祠胡同"写了人生第一部半途而废的长篇小说。几年之后我主要泡"中国文房天下"论坛，想学哪个方面，比如说"古墨"，比如"端砚"，就花一周的时间，从早到晚把该分论坛的所有帖子都读一遍，特别是看高手"打架"的帖子，特别有用。看着好几年以前两位精于此道的大神为某一问题而争论，一争就是十几个网页，那真的能学到不少东西！

可惜，这些论坛随着网民数量的猛烈上升和网站信息爆炸式的出现，都纷纷远去了。

话说远了，还说我和这部评书的渊源。当年我在某个晚上，在半夜上网的时候，忽然看到了一篇有关杨家将的评书——它就是首发在某评书论坛上的。而我看到的还是类似 BBS 传播的文本形式，读起来很费眼，但没想到一看就看下去了，越看越激动，花了几个小时，看到凌晨，把所能找到的章节全看完了。真是看得眼花头涨，背痛腰酸，犹然还上下前后地翻页去找还有没有其他的章节。

而且，那些已有的章节只是不前不后的中间部分，没头没尾的，但还是让人停不下来，引人入胜——大有中学时代在班里找到一本金庸武侠"中集"的感觉，不但不觉得情节看不明白，看完之后，还大有将其前后集找来一睹为快的欲望，这就是《倒马金枪传》的原始版本。

当然，现在出版的文本比之最早在网上发表的应该是已经有了较多的修改和修饰，更完善也更富研究价值，但最早那个版本无疑更具有原始的质朴的美感。

付老师后来也多次提到，就是因为有那个评书论坛，他才有意愿把从小十多年来记下的评书"梁子"（梗概）丰富成文，每天更新。当年那些每天支持他、催促他更新的网友，也是促成这部书真正写出来的动力。这些朋友也是一直到现在都在支持他的老书友。

看到这部书之所以如此大惊大喜，主要是由于我从小学评书，颇知道真正的好评书，被文化人修饰加工过的书，被历代艺人增补过的书，有人情味和合理性的书，"京朝派"的书，是什么样！它一定不同于纯粹民间艺人创作的田间地头的文本。如《三国演义》《水浒传》，甚至《西游记》，宋元时期的故事文本，都是极其简略并且纰漏甚多的。在经过一代代文人、艺人的加工整理后，尤其是到了明清，经过了罗贯中、施耐庵等的整理创作，金圣叹、毛宗岗等人的批讲评注之后，才形成了经典。

但形成经典的同时也变成了不可删改一字的固定文本，这对评书等表演艺术的创作，就有了很大的限制。它不像《隋唐》《征东》《征西》《残唐五代》《明英烈》等书，虽然也有明清文人的固定文本，但没形成经典，不必完全遵循。对同一部书，各家各派说的故事虽然大体相同，但情节往往都有较大出入。即使是同一情节，在不同评书艺人的嘴里，简直就不是同一部书。这就给了艺人发挥长处的余地。

但同时，因为过去音像、文字储存、传播不便，也造成了很多珍贵的创作只存在了一代人便已失传的惨象。

评书艺人管大致照着已出版的文本说的那种评书叫"墨刻儿"，说《三国》《水浒》《西游》就很容易"墨刻儿"，因为很难增添更改情节，但是其他没有唯一权威版本的书，如《隋唐》，就可大量增加独有的情节和人物设定。

尤其是，如果某个说书先生精于某项事物，比如他曾在衙门里做事，对官场黑暗非常了解，对断案过程了如指掌，那他说断案类的评书就大胜旁人。但他一死，假如没有好的传人（事实上也不太可能有，评书不是背死词儿，没有师父的生活积累，就说不出师父的精华），他这套书（就是他对这部书的理解加工）就失传了。

就是近代新著的书也是如此。我的师爷白奉霖先生曾说，小时候听《三侠五义》，听到"扣子"（悬念），忍不住逼着自己的父亲买一套《三侠五义》来看。可是把书拿回来，翻了几个晚上，把书都翻烂了，也没找着说书的说的那段情节。其实《三侠五义》创作年代并不长，它最早的文本本来就是记录评书家石玉昆表演的舞台本《龙图耳录》，当然后来风行的是经过俞樾审定的《七侠五义》。即使这样的书，在几十年的时间里也分出了很多流派，各有千秋。这说明每一代的评书演员创作能力都很强大。

我师叔马岐也说过，他师父陈荣启的《说岳》最好，是"京朝派"的，金兀术用三股托天叉，不是用大斧子。"这已经失传了，没人会说了。他们现在说《丘山儿》（《说岳》的行话）都是'墨刻儿'，都是按照钱彩那个小说说的，就没劲了。"

这其中的不同，当然不是谁使的兵器不一样那么简单，而是从人物性格、情节设置到分析评论，全然不一样。我老师马增锟先生说的《隋唐》，就是天津张诚润这一路的《隋唐》，叫《大隋唐》，突出一个"大"字，也是与众不同。很多情节处理和人物关系都有比原著或其他艺人更精彩的地方。比如对秦二爷秦琼在瓦岗寨到底是行二还是行三的讨论，宇文成都到底是怎么死的等地方的处理都极其不凡。锁五龙杀单雄信、闹扬州李元霸打死宇文成都等情节的处理也都与众不同，大可玩味，这些在我怀念马增锟先生的文章中有过论述，此处就不赘述了。

但是这一部《大隋唐》也基本失传了。马先生1994年在中央电视台录制的《罗家将》现在网上有了，我重新听了一下，感觉限于电视评书的局限性，以及马先生没上过电视，有些不适应，岁数也大了，这部书走的又是罗家的线索等原因，很多我小时候在书馆儿听过他说的精彩之处都没说出来，可见这部《大隋唐》也已失传。

这就能解释为什么我看到《倒马金枪传》这样一部杨家将的评书这么兴奋，因为这全然不同于刘兰芳、田连元两位老师说的杨家将——那是我上中小学时每天回家必要听的评书栏目，非常熟悉。也不同于《杨家府演义》等传统小说，那也都是我早就看过的。这部书的人物设定、情节推进，尤其是半说半评的特点让我认定，这是失传已久的"京朝派"评书《杨家将》的"道儿活"，内行说的真正的评书秘本。早就失传的居然在网上又出现了！这就好比张无忌在猿猴肚子里发现了失传九十多年的《九阴真经》，岂不是大惊大喜！

当时我对这部书的来历、作者一无所知，只知道作者的昵称叫"付老师"，人有多大，什么背景，我是一概不知。

当时我每天在书馆说《济公传》，"京朝派"的评书，尤其是现场说书，特点就是评论多，知识多，书外书多，也有听众评论这叫"闲白儿"多，可他们很多人就是去听闲白儿的。于是，正好说到了评书传承、传播之难，我就以极大的热情，向观众介绍了我在网上居然看到了失传已久的评书秘本这件事。

说过去也就说过去了。那是2007年，我才二十九岁。但底下有观众录了音，据说当时评书论坛上都是这些录音，我自己是不太清楚的。

到了大约 2011 年，忽然有一个和评书界及出版界都有联系的朋友给我打电话，说《倒马金枪传》的作者"付老师"想见你，他说："付老师在网上听到了你对他的书的夸奖，很想来拜望你。他想把这书出版，想让你给题个字。"我当然是慨然应允。于是有一天，中间人就带着"付老师"来到我家。

一见之下，有些意外。一者，"付老师"原来真的是老师，而且是民族大学的副教授。二者，付老师年纪很轻，虽然比我大，也大不了几岁。三者，付老师和我一样，也是少数民族，而且和我一样，左耳也有饰物（我是耳钉，他是耳环）。四者，付老师是专业的画家，精通中国人物画，书法亦出色。我虽然还在斗室中摆放了一个大画案子，跟他的水平一比，真是非常惭愧。

那次见面，我们一见如故，谈兴都颇足。而且我夫人郭娜也是民族大学美术学院毕业的，正可算是付老师的学生，于是又多了一层缘分。当时付老师已经把《倒马金枪传》的前几卷整理修改，准备出版了。不料分别之后一大段时间都再无音信。

后来我因为做北京电台《徐徐道来话北京》节目，认识了时任某出版社副总编辑的李满意女士，我们也很投缘。李总编学问很好，对出版行业有极深的热爱，这份工作，她是当作传播文化和保存绝学的事业来做的。她虽是女士，却有类似鲁迅说的"拼命硬干"的精神。于是，我就向她推荐了付老师，当然少不得再三夸奖《倒马金枪传》之好以及它对北京评书文学的重要意义。

李总编是做事的人，但在当时出书也不是件容易的事（现在更不容易）。我介绍他们认识之后，后边的事我也没太多关注。只是把题字的事推掉了——付老师自己就是书法家，我这字实在是难以拿得出手。

不久李总编就告知我，虽然有着重重困难，但这书马上要出版了。

这不是成就了一项文化的事业吗？我还是有些微功的！

付老师对这套书倾注的心血非常大，不但文字重新整理了，而且利用他深厚的人物画功底，给每本书都画了绣像，精妙无比，与书中文字可称双璧。

再过了一两年，我又向北京电台文艺中心推荐了这套书，希望能录成评书，在《每日书场》栏目中播出。

原先付老师一直说，希望我能在书馆把这部书"立起来"。但我确实能力不够，怕说不出文字的精彩，那还不如不说。在电台说，虽然不像现场说那样灵活，但可以用小说广播的方式和评书技术结合起来，用评书的方式播小说。我播小说，是传承"诵说派"小说播讲的艺术风格，不是纯粹照着文本念，也有一些评论和发挥，用评书的技巧，按评书艺术来处理。

当时评书艺术也已经走向了低谷，电台评书节目编辑的收听率压力很大，所以都不太敢录年轻人的新书。因为一旦开播就是两三个月停不了，如果收听率下降，电台编辑是要负责任的。于是他们都是以重播袁阔成、单田芳等老前辈的经典名著为主，这样起码基本的收听率可以保证。我向电台领导推荐《倒马金枪传》，保证我能说得好，拍着胸脯保证收听率，于是电台的版权公司先把这部书的版权签了，我才去电台录。

基本上我一天能录八回左右，一周工作两三天，第一部《七狼八虎闯幽州》，录了一百回，录了两个月左右才录完。我录的时候非常认真，一些原书中的倒笔、插笔的情节顺序都有所调整，而且争取每一回都留一个好"扣子"。在录的时候，有一次正录到"三虎听书"，在天齐庙外书茶馆儿里，黑虎星的三个分身，杨七郎和另外两位英雄无意之间都聚到一起听书，"一掀门帘进来一个黑小子，一会儿一掀门帘又进来一个黑小子，三个黑小子，谁看谁都可乐。忽然又一掀门帘，又进来一个黑大汉，敢情还有一只老黑虎呢！这个书可太热闹了，咱们明天再说"。录完这回书走出录音棚休息，在外边工作的录音师说："这书可真够热闹的！"我心中一喜，这说明他真听进去了。

这部书的好处之多，数不胜数，其中之一就是把潘杨的忠奸斗争还原成为政治斗争。都是皇亲贵戚的官二代，潘仁美的儿子不能那么混，上擂台胡发威，他爸爸还想不想篡位当皇上！杨七郎也不能这么混，都是经历过五代十国到宋初严酷的政治、军事斗争的，好容易混到了国家一品大员的位置上，能随便就把另一位一品大员的儿子打死吗！家庭、家族前途如何保证？在这些方面的处理，付老师的书中都是极好的。杨七郎打死潘豹，连怎么退身都想好了，打死也不能承认我是杨府的人。可他马上就要跑了，为了救那两位黑英雄，又重新现身去帮忙。第二次又要跑了，没想到从旁边酒楼上飞身跳下来一人，大喊一声："七弟不必惊慌，你六哥来也。"大家一看，敢情是杨六郎。杨七郎一摆手，嗨，您可把咱全家给害了。那杨六郎为什么又那么傻？敢情这不是杨六郎……一环套一环，非常好听。一个《七郎打擂》的回目，前后就说了大概四十回。

有一次，评书正在播的时候，李金斗先生见着我，跟我说："我天天都听你的书，不错！就是太不给书听，这都多少天了，《七郎打擂》还没说完！再这样儿观众就都坐不住了。"

我当然要感谢前辈的指点，但心中窃喜，心说，这不正说明把您吸引住了吗？

这一百回播完，收听率极好，比以往播老先生的评书还要高很多。当然，一则是付老师的文本好，二则是，"生书熟戏"，一部新书，还是有深厚传统积累反复打磨的新书，肯定是比反复播出的传统经典收听率要高。

第二年《倒马金枪传》四、五、六卷又出版了，我又接着在电台录了一百四十回，叫《忠肝义胆杨家将》。这就一直说到了审定潘杨案、杨六郎诈死、佘太君探地穴，要兵发黄土坡……其实已经说到了现在要出版的第八卷的结尾。这次出版了七、八两卷，评书录音的进度和书籍出版的进度就统一了。

这一百四十回的收听率数据也非常好，电台还希望再往下录，但是付老师后边的文本还没整理完善，我也就不会了。

付老师、我、李总编，对工作的态度很接近。我们都是做事业的，人生一世，总要做一些对自己有意义的事，要做一些对人类有益的事。付老师这两年倾尽心力做的《西游记》连环画补绘工程就是如此。我研磨了二百种老墨，试验各种墨色，画的二百种姿势的猫也是如此。李总编出版了这么多的人文类书籍也是如此。所以，《倒马金枪传》这一套书不一定会挣钱、出名，但一定会继续出下去。

希望下次再宣传、销售《倒马金枪传》的时候，读者不要再有疑惑——这里有他什么事？

一笑，是为序。

徐德亮

2022 年 10 月 16 日

目录

【头本 · 阴审明断】

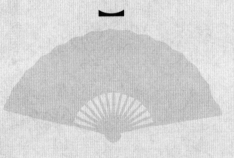

〖 头回 〗

词曰：

善恶终须有报，天公定不徇私。奸人到底失便宜，使尽机谋何济。用计难逃鬼录，存心自有天知。忠良淳厚不欺心，自有神灵应庇。

《西江月》

一阕《西江月》，引出来这一段传统评书《北宋倒马金枪传》的第八卷书《郊天赦》，今日说的是头一本《阴审明断》。

潘洪在天牢里羁押的最后一夜，睡着睡着，嗯？一阵阴风刮进牢房以内，哗啷啷……锁链响动，牢门就开了，闯进来俩大个儿，一瞅，正是黑白两位无常鬼使，专门来锁拿潘洪的魂魄来的。二位无常把潘洪一拎，带出了刑部天牢，嗖嗖嗖……驾风而行，就把潘洪潘仁美给带到了背阴山酆都城。老潘游地府，越看越胆寒，完了，我是真死啦？一直被带到五殿阎罗的大殿前，听候阎王阴审。

潘洪跪在殿上，眼前就跟过电影儿似的，阎王先审问了不孝、不仁、不义的三个鬼犯，一个是叉挑油锅，一个是腰斩两截，最后一个呢，就因为老老实实地招供了，直接送去孟婆亭转世投胎。哎，潘洪觉得这个不错！我方才这崔判官不是还托付上了吗，要是我也老老实实地招供，是不是还能送我还阳呢？

他这还寻思呢，我怎么编排这么一番话来应付阎君？上边就问了："判官，按说这不孝、不仁、不义之人孤家全都判了，还差这不忠之人，他在何处？"崔判官拿手一指，"阎君您看，不忠之贰臣贼子潘洪，就在殿前！"黑白无常押着潘仁美来到前头跪下，上边阎王就问："下跪者，你可是鬼犯潘洪？""哎呀，回阎罗天子，本……我正是潘洪。""好！潘仁美、杨继业、杨延嗣的鬼魂和两狼山五百将士冤魂一同在阴司将你告下，起诉你不该为报私仇，陷没全军。你这是欺君误国之罪！孤王在阴间问案向来是秉公执法，你身犯律条，头上有十大罪状，今天你还有别的要说的吗？"啊？我这十大罪状您都知道哇？"我……回阎君，我没别的说的，都是我干的！"这老头，在这儿答应得还挺痛快的。好么，要是说不是，就得下油锅、拿铡刀铡我！就听阎君轻声一笑："哼哼，好，那么我来问你，这头一条罪状是'挟私报复、谋害忠良'，你说说吧，你在阳间是如何挟私报复、谋害杨家父子的？"老贼低着头还算计呢，哎，我说是不说呢？嗯，我得说，我说出来又有什么哪？反正是不用签字画押，我才不怕！

　　"阎君天子在上，容鬼犯潘洪我一一招认罪状！您要问这挟私报复、谋害杨家父子之罪，实实在在是鬼犯我潘洪做的！""好，那你把前因后果都一一说明，你是如何谋害忠良的？""阎君，这事说起来，得打当初太祖爷三下河东恩收杨家将说起！""好，你接着说吧，判官……记录在案。"老贼心里话，要是叫你们拿笔都给记下来，我也就枉为这么多年的太师了，你看我说得得有多快。哼哼！

　　"想当初，老主爷乾德天子三下河东要收服北汉，平灭叛贼刘白龙。当今是主帅，老夫我担任副帅之职，在卧龙坡，杨继业一口金刀拦住了我朝的大军，九王八侯俱都不是对手。万岁爷就愁啊，拿出来自己收藏的老山王的铜锤，到火塘山请来了大爷杨继康，前来劝说杨继业归顺大宋。可是杨继业脾气暴躁，宁肯和他大哥反目，也不肯背叛汉王。如此一来，老夫我设下一条妙计，将杨继业引进卧龙坡前的埋伏，效仿五龙二虎困斗王彦章之故伎，是想将杨继业牢牢困住。困住这个无敌将，我们大军才好抢夺太原城。没想到，老夫我正在高岗之上排兵布阵，山下杀来七匹战马，为首一个小孩，张弓乱放一箭，这一箭，却偏偏射中了老夫的脖颈！险一险，要了老夫的性命！嗨！阎君哪……您有所不知，自打这天起，老夫我的脖子就老是扭着的，老也好不利索，一遇见阴天下雨这脖子就不是滋味！这小孩，哼！就是杀死我那三子潘豹的杨七郎，杨延嗣！您说，搁着您，能忘得了这一箭之仇吗？"哦，如此说来，你害死杨继业，便是为了这一箭之仇么？"哎……嘿，可也不能这么说。要说老夫我嫉恨杨家父子，还得说从天齐庙他杨七郎打死我儿潘豹说起！"噔噔噔噔……一大套，把咱们这第一卷书《天齐庙》在五殿之上给阎王爷和小鬼们讲了一遍。黑无常挺爱听，"哎，这杨七郎力劈了你儿子，是两只手抓着撕开的呀，还是一只脚踩住了一条腿……"白无常搭茬儿："那还用问吗？那肯定是两只手撕开的呀！"潘洪听着是心如刀绞，忍了又忍。

"哈哈！好，判官！""臣在！""你好好查阅查阅生死簿，看一看潘豹的阳寿几何。""微臣遵旨！"崔判官答应着，转身就往下走，绕过了阎君背后的屏风、大红柱子……可了不得，这边儿刚进去，就见从另一边儿走出来了，手拿生死簿，指点给阎君看："回奏我主，您看，按生死簿上的记录，潘豹当天齐帝君之前立擂，残暴不仁，滥杀无辜，合当于雍熙三年丙戌岁三月二十八黑虎星索命收归地府！""哦……潘仁美，你听见没有？你三子潘豹，残暴不仁，上欺神灵，下灭众生，本当于三月二十八被黑虎星君索命重回地府受罚。你还有何话讲？杨七郎打擂力劈潘豹，本是顺应天命！你在阳间，纵子行凶，实是出于一己之私利，到在孤王本尊面前，还要巧舌雌黄，饰非掩恶！哼哼！前边儿你都看见了没有？又挑油锅，你的魂飞魄散，再想回阳间势比登天还难！""哎呀！阎君天子！吓死鬼犯我也不敢，您放心，我是有一说一，有二答二，您有问，我必从实答！""好，那你接着说，这杨七郎打死潘豹，你是如何起意要谋害杨家！""我呀……我是总觉着就这么做我的掌朝太师，我还亏得慌！他赵二舍的江山没我能坐上吗？因此，我在朝中选拔官员，我是真应了那句话，叫作任人唯亲！为什么呢？有朝一日，我也想来一个黄袍加身，我也要学一个陈桥兵变，谁跟京城里帮着我开城门儿呀？所以说……这大宋朝，十个官员里头，有七个就是我提拔上来的，他们能不跟我一条心吗？可是单有这么几位，这几位跟老夫我不是一条心，都谁呢？为首的就是这个金刀老令公，杨继业！"哦？杨继业如何与你作对？""哼哼！这些人哪，自以为自己有一把子力气，有两手儿能耐，三招五式的刀枪，就敢目空一切！自以为是开国的元勋，瞧不起老夫我，处处与老夫为仇作对！我儿潘豹若能够擂台夺魁，自然做了前番扫北的正印先锋官，老夫我当元帅，我父子岂不是兵权在握？到那时节，与北国兵合一处，杀回东京，这个老儿要是再拿金刀把城门一把，谁能进得去呢？老夫我要想……驾坐金殿，我能不除了这个老儿吗？"

噢……原来是这么回事，阎王就接着往下问："潘仁美，既然说你是要谋朝篡位……孤王我再来问你，哼哼……你身受大宋两朝隆恩，按说……分当尽忠！"你忠心耿耿地报效国家，这是你的本分，因为你所享受到的这些个爵禄尊崇，不是一般人能比得了的！你身为掌朝太师，你是一人之下，万人之上，按说你不应当再起谋篡僭越之心。"可是你如今却想要谋朝篡位，图谋不轨！潘洪，孤王我问问你，你是怎样打算的？"老贼潘仁美在殿前跪倒，心里话，这可是阴审哪，哪一句说错了，叫阎罗王知道了，我这小鬼难逃背阴山底下万年之劫啊！我得往出倒实话，全都招认出来！没准儿阎罗王看我老实，还能放我还阳！一跺脚，我实说了啵！"嘿嘿！阎君天子，跟您说实话啵，我也是没别的法子了！这份心思有了可不止一年两年啦！想当初……老主晏驾，是我保着二帝登基坐殿。这首功之臣是谁哪？还不是老夫……哦，不不，鬼犯我啊！鬼犯我乃是首辅之臣啊！可是贺老太后不服，朝贺之时前来骂殿，嗨！她这一骂，倒给骂出来另一位当朝的首辅来，就是老太尉赵普赵则平！老赵普献盟书，他倒做了当朝的首相啦！这老儿处处为难于老夫，处处钳制于我，我想提拔谁，他不给我提拔谁，我想拿掉谁，他却保着谁！嗨！头几年我过得也不容易呀！哎，好在老儿年岁大了，到了时候您不致仕退休也不成啦！赵普老儿一走，老夫我这才做上了三公之首！虽不是当朝的首辅，却胜似首辅！啊，谁敢不听我的哪？可是这太师我当得也怪没滋味儿的！"

"嗯？潘洪，你这话是怎么说的哇？你身为当朝的国丈，掌朝的太师，十三家国公爷里位列首位……你还有什么不如意的地方儿呢？""嗨……阎罗天子，您是有所不知啊，我这个掌朝的太师，品级至极，还身挂勋爵。我真是一人之下，万人之上！哦不，两人之下，万人之上！上边除了皇上，还有南清宫的小八王呢！这赵家的江山不比寻常啊！""哦？那么你说说，有何处不比寻常？""嗨！要按古往今来的规矩，这坐江山的君主，至高无上！从三皇五帝之下，一直是这么着！可是单我们这位二帝雍熙皇帝不同，我们这位心肠软弱，可怜孤儿寡母，听从了老儿赵普的主意，封下了八个王爵给他的皇侄儿赵德芳！这个小八王在南清露华宫也坐天下，他二帝雍熙天子在大庆朝元殿也是坐天下，可是到底是谁说了算呢？这可不好说！有时候是这当今天子说了算，有的时候可就得是这位小八王说了算啦！老皇上也拿这小八王没法子，谁让当初这江山是人家亲爹打下来的呢。所以说，我在大宋朝做这掌朝的太师，位列三公之首，可是上边不只是我的姑爷雍熙天子一人……还有这小八王哪！好些事，我想这么这么办，这小八王是处处与我为难，我能说服了雍熙天子，我说服不了这个小八王赵德芳！您说，我还算什么一人之下哇？我是二人之下，还不单是在二人之下。我这太师说是三公之首，可满朝的文武当中，除了当初我给提拔起来的这些位是听我的，那些位前朝先帝的老臣，哪一个肯听从鬼犯我的？这些人个个傲慢成性，仗着当初得了老皇先帝的荣宠，专门围着小八王结党营私！他们还说老夫我结党营私，这帮人比我也不差！因此上，老夫我……哦，不不，鬼犯我不得不想主意对付这帮子人。"哦？阎王心说这就要说到正题儿上啦！"潘仁美，你这么一说，孤王我也就明白了，你这是要扫清政敌哇？"

"不错，阎君天子啊，这也都是我一时迷了心窍，贪图富贵！趁着北国的萧银宗打来了连环战表，那个女子要来索取我南朝的锦绣河山，北国人要从雁门关进兵中原——哎，我可就活动开心思了，这一回只要是我自个儿兵权在手，不怕我不能够勾结北国的人马，兵合一处，将打一家儿，我们两家儿合并归一家儿，再从雁门关杀回东京汴梁城，杀尽开国的老臣，将当今的皇上雍熙帝他囚禁起来……阎君天子，到那时，这江山社稷可就归了我啦！可是我要和北国合兵，老儿杨继业不能让啊，他靠山王呼延赞也不会答应，这些人说什么也不会跟我是一条心哪。因此上我不得不暗设巧计，支走呼延赞，和北国暗通书信，在两狼山虎口交牙峪内摆设下五虎擒羊阵，困住了老儿杨继业父子！哈哈！果然是老儿中计，被困在苏武庙，差遣他的七儿杨延嗣回营搬兵，是我假颜欢笑，将杨七郎诓下战马，摆开了酒席，用蒙汗药酒灌醉小畜生，把他绑缚在花标柱，百箭射死！哎，我听问案的时候说是一百单三箭？哦……有道理，一百名小校人人射过，我那些子侄们也挨个儿过来一人给一箭，差不多，说射了一百单三箭，不冤！嗯……可算是报了天齐庙的杀子之仇！"

"嗯……如此说来，射杀杨七郎之罪，在本王第五殿之上，你是认下了？""嗨！如今来到您这儿，我什么都认下！""好！可是孤王尚有一事不明，既然你射死杨七郎，报了你的杀子之仇，为何不再停手，还要害死靠山王呼延赞？""哎呀，回禀阎君天子，这个靠山王……呼延赞可是个大麻烦！""哦？那么你再说说。""阎君，要说这个呼延赞，可是机灵得很哪，我岂能不杀？要是留着这个家伙，不但说我这毒计要被戳破，我这勾结北国之事也要给他捅出来！更何况，我设下这条计，到底是有一个漏网之鱼，就是当朝的郡马杨六郎杨延昭！也不知这个杨六郎哪来的天大的本事，我听说两狼山里十道连营封堵，还是叫这个杨六郎闯出了谷口，偷过雁门关，找到了靠山王呼延赞！呼延赞仗着自己的能耐大，单鞭闯营，跟我要帅印！我哪能不知道呢？我假意说奉还帅印，偷偷地在帅印匣子上暗藏机关，靠山王打开了印匣子，迷药喷出，这个呼延赞自以为机灵不是吗？到底还是着了老夫我的道儿啦！""哦，既然你已然擒拿住了靠山王，开刀问斩也就是了！""嘿嘿，不然哪？我杀杨七郎，我有说的，当初北国劫夺我太原府的粮草车，派来的将官可不一般，这一位敌将叫作刘子裕，相貌长得和杨七郎颇为相似！要是有人过问，我可以说这是敌将假扮我朝的七将军……哈哈哈，我杀得不对吗？敌将前来诈开我的营盘，难道我不能杀吗？可是呼延赞我就不能真杀了，真要是在身上留下了伤口，这是王驾啊，我没法儿向皇上交代啊！那时节，我这边塞潘家军的羽翼未能丰满，阎君您想，我是南、北两面受敌——北国的韩昌就真能跟鬼犯我是一条心吗？大事未成，我先杀朝中的王爷？我这儿可就隐藏不了啦！所以说我不能动手杀这呼延赞。可是我也有主意，我要杀他，不用刀子，我就用了一计，我这叫一计害三贤！"

"哦？潘仁美，你倒要好好说说，你这是怎么个一计害三贤？""您想哇，杨六郎也叫我给逮住了，可是杨郡马的身份也非同一般哪！他是大宋朝南清宫老太后最为宠爱的郡马，小八王最为倚重的妹夫，我也不能杀啊！到时候老太后跟我要人，活要见人，死要见尸，我怎么办呢？哎，我这条计可是不错！不都说这六郎杨郡马长得好，面白如玉，面庞英俊。哈哈，怎么样呢？我拿这毒药涂花了他的脸面，这毒能深入肌肤，打这儿他也就换不过来啦！我毁了他的容貌还不说，还下哑药毒坏他的嗓子，让他再也说不出话来！哎，怎么样？呼延赞再横，见到不会说话的花脸杨六郎，这老小子心里一堵，哈哈，气闷过去，喷血而亡！""嗯，你这计确实是狠毒！那么怎么害死三贤哪？这不刚害死一个吗？""回禀阎君，您想啊，这个花脸的杨六郎要是回到了东京汴梁，都变成这模样儿了，佘太君瞧见能不心疼吗？老太太多大岁数了，八个儿子没了七个了，就剩下这最后一个，她能受得了吗？老太太只要是一过去，杨六郎上诉无门，他张嘴说不出话来，到哪儿告状去呢？啊？哈哈哈哈……""嗯，你说得不错，那么还要害谁呢？""小八王啊！这个人的脾气跟他爸爸差不多，沾火儿就着，一瞧见这样的妹夫，啊，原本是多么漂亮的小伙儿，这个模样啦？也得气闷而死！就算他不死，杨六郎口不能言，不能够告状，到最后也难免一死！阎君，这就是我的一计害三贤！""嗯，不错，你这果然是一计害三贤！那么这以后……你还有什么要招认的吗？""啊？哦，没有了……""嘟！潘洪！不对！你害死了杨令公和呼延赞，杨七郎也被你乱箭射死！杨六郎被你毒哑毁容，抛弃荒野，你是如何勾结北国人要倒反南朝的？还不从实说来！"

潘洪一愣神儿，哎，不对！怎么呢？方才不是说了么，杨令公和杨七郎到阴间告我的状，这个跟我勾结北国萧银宗、韩昌，倒反南朝又有什么关系呢？老贼在底下眼珠乱转，半晌没说话，阎王就又说了："潘仁美，你是不是在想，本王我接的案子乃是杨令公、杨七郎之忠魂在阴司将你告下，可是孤王我何故还要审问你叛国欺君之罪哪？""啊？啊，这个……鬼犯不敢！""哼哼！潘仁美，孤王我告诉你，你的魂魄来在我这阴间，你想的什么，孤王我都能够知道，休想欺瞒孤王！""啊，不敢不敢！鬼犯实实地不敢！我全说！""好！那么你讲！"老贼这才把自己怎么收到的北国的书信，如何与兵部司马贺朝觐同谋，连同自己的俩儿子潘龙、潘虎一起巧设毒计，暗害杨家将……一一交代明白。书中暗表，只有这么一位，就是南北两国的信使王强没有交代清楚，王强在宋营用的是自己在北国萧银宗给起的外号贺驴儿，老贼嘴里说的就是贺驴儿，所以没把王强这个人给供出来。只是溜出来这么几句，北国有一位信使来交换文书，此人无名，号叫"贺驴儿"。

老贼把自己这十大罪状一一供诉，都说完了，阎王爷就问他："潘洪，你说的这些话都是实话吗？"潘仁美一听，哎，阎王爷问我这句话是什么意思呢？抬眼偷偷地瞧崔判，就看崔判正盯着自己呢，哦，这时候得说实话。"阎君天子，我今天跟您说的，全都是实话。""好，既然说你说的都是实话，那么我就可以接着往下问你，你可敢当堂……签字画押？"啊？前边儿仨都不用签字画押，怎么单到我这儿就得画押呢？"啊？阎君哪，怎么方才的三个鬼犯都不用签字画押，单我就得签字画押呢？""哼哼，潘洪，前边儿的三个与你可是大有不同！不孝、不仁、不义之罪，都罪不上轮回，让他们阴间受苦也就罢了。唯独你这不忠之罪，罪犯三纲之首，该当严惩重罚！将来孤王要将你的招供上报天庭，好叫忠良之魂安然转世归位，请老令公回归本位为神！潘仁美，你今天必得画押认供！来呀！将潘仁美的供状呈上！"啊？这么一会儿就出来我的供词了吗？老贼抬头细看，再看阎君天子，盯着判官送上来的这份儿状子上下这么一看，"嗯嗯嗯嗯嗯哈哈哈哈！嗯……潘洪，这是你自己招供的状子，条条审清，件件问明，你拿去仔细地阅读一遍，看一看有没有与你供词不合之处。如无疑义，笔砚伺候！"

啊？有小鬼把阎君递下来的这份儿状子转过来，老贼接到手中这么一看，喔哟！真是在阴曹地府，真有神鬼之机哇！怎么我这招供之词刚刚说完，人家这状子都写好啦？低头仔细一看，拿手心儿这么一压，别说，最后几行真的是墨迹未干，还真是刚刚写就！嗨！完了！还有什么好疑惑的？此处不是森罗宝殿又能是什么地方？不是神仙鬼怪，人间哪里有如此的快手？成了，我潘洪这辈子也值了，判官既然说了，我老老实实地招供，过了这堂我就能还阳……哼哼！寇准啊寇准，杨六啊杨六，嘿嘿，还有小八王赵德芳，你们三个人等着瞧！正想到这儿呢，小鬼过来，把笔墨砚台预备好，就摆在自己的面前，老贼抓起毛笔，一掂量——没的说，人言地府是铜笔铁砚，果不虚传！挥铜笔，蘸铁砚，浓墨填饱，左手一揽自己的手铐铁链子，嗯……我这可就要签字画押啦！哎，慢着，又把手给抽回来，把这管铜笔又摆在笔架上，俩胳膊一抱，抬头瞧阎君。

阎王纳闷儿，"潘洪，我看你本应当签字画押，为何又搁置笔墨……难道说，你这是要翻悔不成？""哈哈啊……阎君天子，我可明白过来了！""嗯？潘仁美，你明白什么了？""阎王爷，您这……哈哈，恕我直言，您这一堂该不会是帮着阳间的寇老西儿给开的吧？光听说这小寇准在山西霞谷县审葫芦、问黄瓜，打过城隍，拷问过土地，白天掌阳世的公堂，夜间到阴司问案！阎君天子，我从没听说在阴间招供还得签字画押哪。前边儿那几个怎么不用签字画押啊？为什么单我得画押？您这儿是不是跟这小寇儿勾着哪？您这字我不签！""什么？你待怎讲？""您这供词是我说的，我该招认的都招啦！可是让我签字画押，留下字据，您能够得到阳世间的米饭、衣衫，那我这招供的字据也就能够叫您给传到阳世去！嗯……阎王爷您恕罪啵，我说什么都不上这个当！"

〖二回〗

阎王阴审，老贼潘仁美害怕不再放自己还阳了，老老实实地一一招供，十大罪状是供认不讳！可是到了该签字画押啦，老家伙琢磨过味来了。我这要是签字画押，要是这阎王和寇老西儿是一头儿的，我这不就全完了吗？老贼生性多疑，俩胳膊这么一抱，得了，阎君天子，左右是这么一死，如今我已然是魂游地府啦，让我招可以，我就是不画押！

阎王一瞧，哼哼，老小子，防着你这手儿呢，一拍桌子："嘟！大胆鬼犯，拒不招供，言词狡辩！来呀，速速将鬼犯潘洪叉挑油锅，亡灵打在背阴山十八层地狱，无本王的法旨，永不得超生！""遵法旨！"两旁边的牛头、马面耍着钢叉这就要过来扎潘仁美。

"且慢！"老贼抬头一看，正是方才的判官崔珏。崔判官怒目瞪了老贼一眼，转身儿登上神坛，凑到阎王的近前，拿出来生死簿给阎王看。阎罗王盯着生死簿这么一看，哦？嗯……阎王好像是看见什么，左手一捋这胡须，右手在生死簿上这么一点，一捋，再看崔判官，崔判官瞧着阎王点了点头。"嗯……"阎王张嘴跟判官嘀咕了几句，潘仁美听不真，可是能瞧见判官是一个劲儿地点头。嘿嘿！老贼心里头偷着乐，心说，我这钱使成了！这判官一准儿是拿我的生死簿给阎罗王看，大概是我还有不少年的阳寿哪！我这阳寿未尽！这就叫天意，他阎罗王也不能违抗天意啊！得了，我这就算是给保上了！

再瞧阎王，盯着生死簿，看上几眼，再抬头看看老贼，二目如火，瞪得老贼直打寒噤！就瞧阎王沉吟了片刻，两眼一瞪，"不行！不论这潘洪有多少年的阳寿，此贼不忠不义，留在世上还得害死多少人哪？我豁出去违抗天意，就算是玉皇革了我的职，天齐大帝封了我的五殿，地藏菩萨查办我，我也得按我五殿的律法审定！来呀！将潘仁美的魂魄又挑油锅！"牛头、马面再次答应一声，钢叉舞动，这就要再来叉潘洪。眼瞧着这钢叉的尖子就快要到近前了，老贼急得就要张嘴求饶啦，判官端着生死簿在上边一晃身儿——真是神仙，上边儿刚闪身进了屏风后边，大殿神龛旁边的帷幔一掀开，后边就出来啦。赶紧给牛头、马面二鬼拦住，二鬼瞪着眼睛连连怪叫，好歹是消停了。

崔判官再一晃身儿，隐身到柱子后边，一眨眼那上边儿屏风背后就又冒出来了。他凑到阎王更近的地方儿，跟阎王小声说了一句。阎王点点头儿，这判官再一晃身儿，就又下来了。老贼就这么仔细不错眼珠地盯着看，真没破绽，真就是同一个人哪！这可没有假啦，果然是地府阴曹的仙家没错了。不然绝不能够这么一晃就到我跟前儿来。崔判官来到老贼的身边儿，这手里还端着生死簿哪，手点生死簿，哈下腰来："我说，潘太师，您得签字画押啊！您的阳寿未尽……嗯？您明白吗？千千万万不要惹恼了阎君，就算是您该当还阳，可是阎君也照样可以把您打入背阴山受罪，到那时，凡间的肉体凡胎叫阳间不知情的人给毁坏了，就是再把您送回去您也回不去啦！更何况，老太师，您不日就有登殿之运……啊？""哦？判官大人，您是说，我这阳寿未尽？不日还有登殿之运？""下官我还敢诓骗于您吗？这节骨眼儿上您得听我的，您别忘了，阴阳两隔，阳间之事，我阴曹尽知，可是阴间之事，阳间无从得知。阳世之物可以送到阴间，阴间的事物绝不能存放在阳世。也只有勾魂鬼使可以自由地往来两界，您还担心什么呢？""啊，要这么说，我在这儿签字画押，这份供状阳世上不能得知，也见不着？""焉能得知哇，您放心，您的这份供状乃是焚告上方的，怎么能叫阳间之人知晓哪？""好，要是照您这么说，这，我签字，我画押！"

说完了，不等判官再回去，老贼二番抓起了铜笔，"哎呀，阎君天子，非是鬼犯我不肯招供哇，我可是全招啦！只是……您说要送我还阳，可是我回到阳间，尚有三个心腹大患未除……""哦？你说的是哪三个心腹大患？"

"这三个人里，头一个就是糊涂皇上刚刚从山西霞谷县金牌调来的七品芝麻官寇准寇老西儿！这个老西儿忒可恨了，狡诈多计，一门心思是要置我于死地！他，就是我的心腹大患，还请阎君您做主，他这个人不除，即便是您送我还阳……我恐怕……""呵呵呵……潘仁美，都说你是个奸贼，现在看起来果然不假啊！好好好，你放心，寇准这个人也非是凡人，送你还阳之前，他就得到这儿来！你们俩结下的梁子，有孤王我来给你们摆平，你可放宽心！"啊？一会儿寇准也到这儿来？啊，我明白了，寇准是真死啦！他跟皇上打赌的日子到了，自己知道自己熬不过去了，今晚上就自尽啦？哈哈！原来是这么回事。"哦？阎君您可不能说戏言！""孤王我岂能与你戏言？少待就叫你和他见面儿！你接着说，你这第二个心腹大患是谁？""就是当今皇上的侄儿，八王千岁赵德芳！""好，你放心，这个人没多少时候也得到我这儿来！"哦？待会儿就让我和寇老西儿、小八王见面儿？难不成是八千岁也叫无常鬼给拘来啦？要是把这俩人拘了来，我再多花点儿钱，能不能就别再送回去啦？"哎呀！如此我可就踏实了，还有一个人，也是我的眼中钉、肉中刺，他就是那杨继业的六子杨延昭！此人枪马纯熟，将来一旦说我要篡位夺天下，有他在……""哦，我当你说谁呢。此人非是凡人，乃上界白虎星君下界投胎，扶保宋室，少待此人也会被请到此间来，你此间事了了，白虎星自然也会被请来到第五殿中——这就算是你将他告下来啦，那么本王我也得好好地审一审哇，是不是啊？""好好好，正是如此！阎君，那这么说我就没什么可担心的了，老……鬼犯我这就签字画押！"

拿起这供状来又看了一遍，哎？老贼眼尖，供状底下的落款，写的是"罪臣人犯潘洪"，嗯？不应当是"鬼犯潘洪"吗？嘿嘿哈哈哈……老贼又冷笑上了。阎君一瞧，哟，这什么毛病这是？"阎君，您这供状之上写的可是罪臣人犯，我不应当是鬼犯潘洪吗？难道说，您这份供状，还要送到阳间不成？""哎，潘洪，你这是绕住了。你还还不还阳啦？""我当然是想要还阳。""既然还要还阳，你签字画押之后，你是人犯还是鬼犯？""哦……这个么，还是我多虑了，好，如此，我这就签字画押！"低头展开了供状，刷刷点点，签上自己的名字，

崔判官

生怕写得不清楚，一笔一画地写，到最后双手十指蘸好了朱砂印泥，在自己的名字底下乖乖地按下了十只手指的手印，这算是老老实实地招了供了。崔判官怀抱生死簿，再下神龛，上前取来潘洪的供状，转身儿……小碎步，刚到柱子后头，唰！神龛上屏风之后就闪身出来，将老贼的供状呈递给五殿阎君验看。

阎王前后仔细地一看，"嗯……好，潘洪，孤王我问你，既然已然招供，你还有什么话要说的？""呵呵，阎君天子，我没什么要说的了，就是想……哎，阎君哪，我倒想要问问您，方才崔判官和您都说我的阳寿未尽，呵呵，我斗胆问问您，我这回去以后，还能有多少年的阳寿哇？"老贼心说，我闺女请高僧大德算的，我久后还有三十年的阳寿，也不知道到底对不对？往常我听说书唱大鼓的都说这阎王和崔判专门就爱照看人间帝王，唐太宗游阴曹地府的时候就很得这二位的照看，崔判官当年带私改生死簿，愣是给唐太宗平添了二十年的阳寿！那我哪，我，我今晚上干脆就一次托付够啦！九十？嗯……够可以的啦！还不够！要不然我再要个四十年阳寿？干脆跟彭祖似的，给我个四百年、八百年的得了！我问问清楚！阎王把状子收起来交给了身旁的判官崔珏，正了正衣冠，"哈哈哈哈……潘仁美啊，你是问你在阳世间还有多少日子的阳寿么？""哎呀，鬼犯斗胆啦！""好，孤王我不妨直言相告，按生死簿上所记，潘洪之阳寿今夜未尽，可是日子也不长了！再过十数日，合当死于当朝的郡马之手，所以说孤王我今夜不能处死你。你明白了没有？"

啊？潘仁美吓出了一身大汗，心说这是怎么回事哇？这可跟高僧算的不一样哇？"哎？阎君，我听说可不是这样的命数啊！我听说……""哈哈，潘洪，你是遇见神棍骗子啦！他们说的那些话你怎么能信呢？来来来，为了让你明白明白，你来看，那边来的是谁？"潘洪还跪着呢，顺着阎王手指的方向一扭头，灯光亮处，一个白衣衫的男子踱步上殿，正是杨六郎杨延昭。啊！？潘洪长吁一声，拜上阎君："哎呀呀，果然是现世报应不爽，想不到阎君您如此言而有信哇！真的……您把这杨六郎给拘了来啦？""他早就来啦！你再看看这边，这是何人？"这时候神龛左手边的帷幔有人卷起来，人还没到，先有伞盖仪仗闪出，宝盖下一位王爷，正是八王赵德芳。哟？这……这赚了嘿，不但说拘来了八王，连仪仗队都一块给锁拿到地府啦？老贼刚要哈哈大笑，就看见八王身旁一个小孩露出来了，小孩怀抱金锏、铁鞭，啊？这个……这不是奸诈小儿呼延丕显吗？呼延丕显先冲潘洪挤了挤眼睛，"老贼，这回你可完啦！"

没等他琢磨过味儿来，阎罗王又说了："潘仁美，先别说别的了，眼看就要鸡鸣五鼓，孤王我问问你，你还想不想还阳啦？""哎呀，鬼犯诚惶诚恐，还斗胆请您话符前言，送我还阳！""既然你对所犯罪行供认不讳，业已签字画押，孤王必当严守信约，杨六郎、八千岁、双王千岁俱已来到五殿，你也知道我说话算话，孤王我这就送你还阳！""啊？且慢！""怎么讲？""嘿嘿嘿嘿……阎君哇，您还是说话不算话啊！""潘洪，何来此言？"潘仁美心说，如果按说书的人说，你阎王爷肯定有法子给我改生死簿，可是改之前，我得看看你阎王的法力，看看你到底能不能拘来寇准！"阎君啊，您说还要拘来寇准的魂魄，现在别人都到了，单独他还没来到这第五殿上哇。"潘洪话一出口，金殿上猛然间是一片大笑，就连身后的黑白无常二鬼使都乐了。把潘洪给笑蒙了，哎，你们都笑什么啊？呼延丕显走得更近了，一指神龛："老贼，那不就是寇大人吗？寇大人可早就来啦！寇大人日问阳世，夜审幽冥，他就是第五殿的阎君哇！"

阎王爷嘿嘿一乐，站起身形："来呀！你我鬼神众家大人，咱们跟这老贼一同还阳如何？"堂上又是一阵的哈哈大笑，笑得老贼直发毛，这是怎么回事？就瞧见四周围忽然间灯火通明，照得大殿之上是如同白昼！堂前的阎王爷忽然也改了口了，一把把自己的胡子一扎，帽子一摘，"潘洪老贼，你仔细地看看，本官我到底是谁，你就知道本官我说话算不算话啦！""啊！"老贼抬头一看，可吓坏啦！灯火照耀之下，神龛丹墀以上，法台当中坐定之人，卸去了装扮行头，把这胡子一抹——露出来清秀的面容，正是西台御史寇准寇平仲！

这一段书叫作寇御史假设阴曹审潘洪，[①] 所以民间盛传，寇准死后就被玉

---

① 一般的地方戏曲和各地的鼓书里都说假扮阎罗的不是寇准，而是八王赵德芳。但是在北京评书的一种"书道"里明确是寇准亲自阴审，比较合理，故此采用。

皇大帝封为阴司里的五殿阎罗王，这是给包公打前站儿。咱们中国古代的民间传说，喜欢将这些忠臣名相化为阴司之主，主要还是对民间正义伸张的一种寄托。一共有三位名相最后被传说描写成死后做了阎罗王，都在北宋朝，头一位就是这寇准寇平仲，第二位是范仲淹，第三位就是脍炙人口的开封府倒坐南衙的青天包公——包拯。这是一句闲话，带过不提。不但是八王千岁、双王呼延丕显来了，宋琪、李昉、苗崇善、郑印、高君保这几家儿名臣宿将也都来了，大家伙儿一起乐呵呵地从后边儿转过来，先挨个儿过来恭喜寇准，帷幕再一展开，后堂是佘太君、金头马氏、柴郡主这些位王府女眷、子弟，纷纷也上前来拜谢御史，恭贺案件审结。

老贼一看，可真泄了气了！啊？你们……"赵德芳！寇准！你们身为朝廷亲王、重臣，不顾礼仪，在此装神弄鬼，成何体统？老夫我要见万岁，面参尔等有失国家体面！""哈哈哈，老贼，你还参谁啊？你先琢磨琢磨自己明天早上怎么能活命啵！""哎呀呀，气煞我也！哼……"

老贼眼珠一转，心说供状到了这帮子人的手里，我可就真完了！甭管你们怎么说，皇上都可以不信，可是要是让皇上瞧见自己亲笔签字画押的供状……嘿嘿，我的谋反计谋败露，这事可就不好办啦！想到此老贼也是能伸能缩，俯身跪倒磕头："哎呀！八千岁！八千岁！都是罪臣我鬼迷心窍！微臣我可是知罪啦！一应罪状，微臣我是供认不讳！不错，都是我做的，可这也不是我一个人做的啊！八千岁，请您容我戴罪立功，此事，阵前与我同谋者……八千岁，方才微臣可没说全哪！请您容我把这些人的名字给您都写下来，就算我是戴罪立功，以图您能饶我残喘性命！""哼哼！老贼，算你识时务，如今供状上你已然签字画押，还怕你不认吗？至于你能不能活命，那要看大宋的刑律，岂是孤王我自己一个人能做主的？你先一一将同谋者的姓名写下，容孤王奏报当今再说！""罪臣多谢千岁！"铜笔铁砚还在身前哪，潘洪仰着头盯着寇准手里那份供状——就是这张纸，只要能再诓骗回来……寇准将这份供状递给八王，八王亲自再递给老贼，你赶紧写吧！

千钧一发啊！潘仁美接过来供状，眼瞅着佘太君快步上前，伸手要拦……

这心都快蹦到嗓子眼外头来了！哈哈！小寇哎，你还嫩点儿！佘赛花，你腿脚有毛病，你再快也来不及啦！潘洪一把抓过来自己的供状，根本就来不及细看，瞧见有十个手指的手印儿，一把撕碎，连撕带揉，赶紧给塞到嘴里。方才和寇准一问一答，说得老贼口干舌燥的，没办法，低着头捂着嘴，生怕这口供被人给掏出来，拼尽全力把这纸供状给咽下去了，噎到嗓子里，差点没喘上来气儿！

啊！把八王给气得，好嘛，我冤花了多少万两白银，搭起来这座十殿阴曹哇。哦，你一口吞下供状，你就想这么算了？潘洪，我岂能容你！探手，从身旁怀抱王命金铜的呼延丕显手里把这金铜就端在手里了，"老贼！潘仁美！你忒也的胆大，竟敢当着孤王我的面耍此市井无赖的手段！来呀！我看着，给我将老贼剖膛切腹，给孤王我把供词给找出来！找出来你还是一个死！你这可是自找的！潘仁美，你是非得要死前头哇！来人，动手！出了天大的事孤王我担着！"

还别说，赵德芳从出世以来，从没像今天这么动怒过！就算是当年贺后骂殿，二叔赵匡义把他亲爸爸害死了，篡位登基，还逼死了他的大哥赵德昭——八王爷也没这么失态！那阵儿说什么八王也只是一个十九岁的孩子，自小养在深宫，没见过什么世面，知道自己的爸爸死得冤，可是没人帮衬，自己只有在金殿上掩面而泣的份儿。可今天不一样了，今天是十年之后，年满三十，执掌南清宫政务十年，迎来送往，自己协助三省六部办公，什么都见过了。再者说，今天这个假设阴曹之计，八王是真下心思，早早地在这东岳岭天齐庙里排练，可是下了大功夫啦，熬尽心血，就盼着老贼潘洪写下供状，签字画押。那么眼看着这供状签了，签字画押了，连手印儿都按好喽，生生被自己一时的失误，这供词愣叫老贼潘洪给吃到肚子里去啦，八王能不来气吗？豁出去了！反正这么多的人都亲眼所见、亲耳所听，真要是叔皇怪罪我，我有这么多的人给我做证哪，我怕什么？我要再不把这老贼打死，我对不起老令公！我对不起靠山王啊！

真有跟着拔创的，牛头、马面连面具都不摘，顺手把摆在刑具台上的牛耳尖刀就绰起来了，腾腾腾大步上前，有个小鬼过来一把就把老贼给按在地上，把二臂往后一背，刺啦！牛头把胸前的衣服一扒，露出来胸膛，马面上前，噗！一口凉水喷在胸膛，举起牛耳尖刀就要捅！杨六郎这会儿站出来了，抢上前拦住了牛头、马面，"我说，好兄弟！不能真给老贼开膛哇！这要是真的给开膛破腹，我们杨家的冤仇可就从此石沉大海啦！虽说他今天是招供画押了，可是金殿之上没人认啊！两位两位，咱们还得想辙！"寇准跟一旁说："对！不用给他开膛，他不是吃下去了吗？你们把老贼给吊起来，大头儿冲下，给我抠嗓子！他晚上没少吃东西，连着就给吐出来啦！"牛头、马面还真听话，赶紧叫黑、白无常二鬼过来——这二鬼您猜也能猜出来，正是寇准下代州收来的二猛将王奇、孟得。俩大个儿过来要拎潘洪的脚丫子，看意思这是要把老贼的大头儿冲下，真要控啊！

潘仁美赶紧摇手，声嘶力竭，"寇准！你不遵圣命，万岁不许你用刑！你，你只要是把我给吊起来，你就是给老夫我用刑！"哦……寇准一琢磨，还真是这么回事！"慢着，王奇、孟得，你们哥儿俩都别动，把老太师放下来，可不能动刑，一动刑咱们可就是欺君之罪啦！"哥儿俩把老贼给放下来，瞪着老贼，恨不得把他肚子给掏开。寇准乐呵呵地来到八王面前，"得啦！也甭着急啦！千岁，您别忙着打死他，就算是开了膛，那供状也早烂啦，这一肚子泔水！您看看，这是何物？"八王走近再一看，嘿！真是老贼潘洪方才亲笔签名画押的供词！"嘿嘿！寇爱卿！你，你这是？啊？""千岁，您别忘了，咱们这儿不只一个判官，咱们这儿可有两位哪！"

这阵儿假扮崔判儿的杜审明站起来，冲八王一乐，身后帐幕一掀，露出来自己的孪生兄弟杜文清，方才和老贼在大殿之外搭话儿的是弟弟杜文清，都按开始琢磨好的，跟老贼一句一句都对好了，杜文清前脚儿一踏进阎罗殿，就立马转身儿隐没到柱子后头去了，有小鬼拿黑布遮上。老贼后脚刚进阎罗殿，也搭上大殿里头灯光昏暗，老贼这眼神也不怎么样，根本就没注意这旁边有人走动，一抬眼就瞧见哥哥杜审明在神台之上！老贼这一惊，就认为自己是真到了阴曹地府啦！可真是见了鬼啦！实际上是孪生哥儿俩扮的。老贼招供，

鬼卒

台上台下杜家哥儿俩同时录写供词，哥儿俩写的字几乎是一模一样。

到给老贼看供词的时候，台上是哥哥杜审明，他拿起自己写的供状起身儿，刚刚往下一挪脚步，这边台下的杜文清就拿自己边听边写的供状过来了，因此上老贼又是一惊，这要是凡人所扮，也不可能这么快哇？老贼是真信了！等杜文清拿着老贼签字画押的供状再上台的时候，还是哥哥杜审明接过来这份儿真的，递给寇大人假扮的阎王，寇准审核无误，确认是老贼亲笔签名无疑了，这份儿真的就自己揣在身上。那么等到后来老贼要供状，八王想也没想就答应了，寇准早就料到老贼是要来这手儿，特意吩咐杜文清再把原先杜审明那份儿没签字画押的给拿出来——那会儿杜文清已经照着老贼的笔体签了字，自己按上手印儿，乍一看是看不出来的。本来这一份是作为副本，留作案卷查阅使用，想不到立刻就能派上用场。所以后来递给老贼的供状并不是杜审明写的签字画押的这份儿，而是在杜文清手里的这份儿副本。这一套当初在霞谷县早就练熟了！寇准给这哥儿俩专门练过这手儿功夫，兄弟二人同时录词，以防不备。寇准一早就嘱咐这哥儿俩，一定要把画押的供状藏好！等八王糊里糊涂地听了老贼的谎话，把供状给潘洪看，潘仁美一吃这供状，杜家哥儿俩无不佩服，寇大人真有先见之明，真是料事如神哪！

八王都弄明白了，是真高兴，指着潘仁美是哈哈大笑！痛快！潘仁美这一回可是真丧了气了，到了叫寇准把自己给耍了，这叫假设阴曹哇！倒回去这么一寻思，嘿嘿！打心眼里佩服！抬起头来看了看眼前的寇准，双挑大指，"哈哈哈哈，寇准哪寇准，你是好样儿的！你这计策用得好哇！想我潘洪，十六岁开始跟着我的父亲走南闯北做买卖，到二十三岁捐助军饷，我投在汉王刘知远的驾前，不过是一个从五品的校尉官，一级一级地往上爬，帮着老主倒反汴梁城，我才算做对了这路买卖啊……到今天，官拜掌朝太师，位列三公，当朝的一品！我自问我潘仁美不简单啊！可说是终日打雁，老夫我叫雁啄了眼哪！想不到我潘洪到最后叫你一个七品的芝麻官给算计了！假设阴曹……哇哈哈哈哈，好哇……不过么……""嗯？老太师，怎么讲？""呵呵……哼哼哼……寇准啊！你这是诱供！别看这供状之上我也签字了，我也画押了，可是到在金殿之上，老夫我就是不认！到那时，老夫只说你是强逼诱供，供状之上所写的，老夫我也是一概不知！我看你还能如何？！"

寇准听了也一阵大笑，"哈哈，老贼！你不是不认吗？好！你可别认，我还就怕你认！告诉你，现在是四更了，待会万岁就要升坐早朝，你我上金殿面君交旨！到时候，你看我的！你要是认下了，你可能还有口活气儿，可是你要是不认……哈哈，老贼，你可连这口气儿都没啦！来呀，少要听他多言，押回天牢！明日准备上殿交旨！"

〖三回〗

　　有御史台衙门的差役押解老贼潘洪回天牢，这边儿寇准安排人拆阴曹地府的摆设，遣散表演的戏班儿，一众人等也回衙。八王就说了："列位大人，寇御史，我看这天色还早，各位回去还能歇息一个更次，等到了五更咱们再上朝面圣不迟！"寇准躬身儿："千岁您先回宫，微臣回衙还有要事要办，咱们到时候上殿面君再说！"列位大人纷纷告辞，那么寇准领着御史台衙门的差役们回御史府，咱们按下不表。

　　这段书说到此处，您可能还有不少的疑问，这个假阴曹是怎么弄的呢？咱们先得说说寇准这个主意是怎么想出来的。

　　看管老贼的狱吏张山、刘海是寇准刚从代州回到京城就预先安排好的。张山就是鬼难拿百像生冯山，小刘海就是鬼手匠江海——这哥儿俩是寇准身边最机灵的，嘴上都能说，眼明手快，心眼儿多，最能编瞎话儿。哥儿俩轮流监视老贼，是最合适。从刚一开始预备要审理潘杨讼的时候，寇准就瞧出来自己的御史台衙门里边有问题，料定西宫的势力准能够买通天牢里的狱卒，可是一上来就换人，那会被老贼怀疑。等代州访将回来，一切的证据落实了，先一步步慢慢换人，冯山先进去，摸清楚这些老禁卒们的底细，一个一个调出来。最后是惩办牢头老王，证据早就搜罗清楚了，老王泄露机密，勾结西宫。八王亲自端着金锏就来问案子来了，老王吓得裤子都尿了，跪倒磕头如捣蒜。如此寇准定计，你老王得帮着我办事！如此，天字号大牢关押老贼潘洪的号房里，就只有冯山和江海出入，再无外人了。帮着西宫往来几次都是这哥儿俩，加上八王这么一吓唬，西宫总管最后一次进大牢，叫牢头老王仔细应对，让老贼潘洪不再猜疑，第一计就算是成啦！

冯山、江海盯了几天，就回来跟大人说了，说这老贼潘洪非常地迷信神灵，不但说要家里的人多往庙里跑，多给庙里施舍香火钱，还逼着自己的老伴赶紧去给自己求签儿去！还说最好找一个看卦算命的，请大师来给自己算一算，想看看自己还有多少年的阳寿……哎，就这么跟前来探监的家属老说这个，寇准听说了以后这心里就有点数了。寇准预备审案之前，要先审阅先前的卷宗，那么前任刘定刘御史虽说最后没把持住，自己做了一个贪官，可这位御史是做得挺合格，根据证人口述清理的卷宗档案做得是非常好！寇准先仔细地阅览，看到了天齐庙打擂这件事，按杨六郎的诉状，十大罪状头一条儿是"挟私报复、谋害忠良"，所挟的是什么私？一开始就是这天齐庙打潘豹的私仇！前文书交代过，按照杨六郎本来的诉状，他自己写的，头一句是河东一箭之仇，说当初在太原府前，我七弟先就射了老贼潘洪颈项一箭，从这一箭开始，潘仁美就算记恨上我们家了！潘杨两家就开始结上仇了！王强一看，拿墨笔上来就给抹了，重新起手写，一上来就写："潘杨之隙，起自招贤国擂。"什么意思呢？当初河东一箭之仇，你杨家保的是北汉王，人家潘仁美保的可是大宋，领军的元帅可是现在的二帝雍熙天子！你这一箭是替谁射的？人家那一箭是替谁挨的？哎，在这个地方就显出这文人的脑筋来了。王强一转心思就想到了，杨六郎你这样的诉状送到二帝面前，一看这开头你这状就告不下来！你们这私仇不能说是因为你们原先就有的，你得往天齐庙打擂这事上说——打擂结仇，是你杨七郎要为国家出力上台应的招贤擂，潘杨两家结仇是为了国事，不是为了私事！因此潘杨讼告的头一条就是天齐庙打擂结下来的打子之仇。

寇准查案卷看到这儿，为了把这件事的来龙去脉都弄清楚，亲自去了一趟天齐庙，要到民间去访查访查，问一问老百姓这杨七郎打擂到底是怎么回事。到了东关曹门外，进天齐庙里去烧香，挨个询问。老道和香客里有三月二十八在当场的，就把知道的跟这位御史老爷都说了一遍，这个补几句，那个补几句，大概齐寇准能知道个差不多了。哎，再一瞧天齐庙里的老道走来走去，一个个都很繁忙，就问住持，你们这是干什么呢？住持就说了："寇大人，您尚有不知哇！这位杨七将军，可帮着我这小庙引来香火啦！"寇准纳闷儿啊，"他一个武夫，杀敌冲锋陷阵他杨七郎行，您说叫他帮着你拉香客，他怎么能做得到呢？""这您就不明白了不是，我跟您讲，当初七将军游庙观摆，先到我们的岱岳殿里烧了三炷香！就在烧这三炷香的时候，七将军求了这么三件事。头一件，是要东岳大帝报应当时，要潘豹当天就得死！结果这不是吗？正是七将军上台，就把潘豹给劈了！第二件，他祷告说，最好叫北国赶紧地出兵，这样儿他好能够上阵杀敌，为国立功！这话说得浑点儿吧？可是也就刚过了两个月，北国的战表就打进了东京！您说灵与不灵？第三件，他想要请神灵保佑，许可他弟兄八人一同能够上阵去厮杀。您看，这不是也灵了吗？所以当场有不少人亲耳听到七将军说的这番话，打这儿以后，我们这天齐庙的香火可是太旺了！您看我们这忙什么呢？自从这香火旺起来以后，我打算要重新扩建这座庙宇。为什么呢？皆因为贫道我的师祖始建这座东岳天齐庙的时候，实在是手里的银钱不足，地方儿不够，没能按照营造规格建起来阴曹地府、九天宫十八层地狱，可是这一回呢，有大善人乐意出钱出人给重修庙宇。在这块儿地是不够了，贫道我盘下了东关外的东岳岭，您看看，有没有这个雅兴，跟随小道我到东关外去看看？我这庙起得可差不多少啦！"

寇准也是一时地好奇，想瞧瞧这十八层地狱能建成什么样儿，就跟随住持来到了汴梁城东关外。这就是出了曹门再往东走，再出外城的新曹门，这儿是汴京城外唯一的一座小山，就叫东岳岭，原本是一家儿大地主的田产，可这座荒山上尽是无主的孤坟古墓，到处都是古树、怪石，什么也种不了，一直都荒废着。叫老道看上了，跟本乡财主们一商议，折价卖给天齐庙，也算是给庙里捐点儿香火钱，这座东岳岭就给天齐庙重修九天宫十八层地狱用了。嘿，这回是有钱了，四面八方来给送香火钱，老道这新庙可建得排场！从山下，鬼门关、奈何桥是一样儿都不落，全按照故事里说的给修的——那阵儿也是一样，您零碎越多，香客待的时候越长，这庙里就能多得好处。

寇准来了一看，嘿哟！这座庙修得，真是不错！登上望乡台一看，正好能瞧见东京城，哎，挺有意思。全都看了一遍，寇准仔细一看，还差点没弄好，就问，您这庙里怎么还缺着这么些东西呢？老道就说实话了，"我们化缘得来的这银两啊，也都花费得差不多了，如今想要完工还得一笔钱，可是原先应给我们出这个钱的这个大财主呢，突然又变卦了，不乐意出这么多了，哎，这就落出空子来了，这个我们师徒到现在还没化来，没办法，只好先停工，等着钱呢！"哦……寇准听到这儿再这么一琢磨，哈哈，该着我审清潘杨讼啊！老贼潘仁美在天牢里疑神疑鬼，这老家伙最迷信，这儿不正好帮着我假设阴曹，夜审奸贼吗？最难得的就是，这座东岳岭一半儿的山本来就是京城郊外的义冢，无主的死尸都是地方安排下葬在此，这就没规矩，这儿一堆，那儿一排的，墓碑也是横七竖八，新旧叠压……原先有些家底儿的人家还修建了祠堂好来祭拜的，可是五代离乱，大户人家多背井离乡，子孙又不在，这些祠庙一个一个地废弃，老树槎桠，荒草过顶。天齐庙的工程款不足，这些零碎也就没人管没人顾得上，就那么先荒在路边。这可太绝了，寇准一看，天下没见过这么怪的景致——这边修建好的鬼门关，一进城关大门儿，街道繁华，那一侧就是荒坟野冢，路有白骨叫野狗、孤狼给拖得到处都是……这不就是阴曹地府吗？

哎，所以说最初访查之时，寇准就盘算怎么使这条计了，各种各样的东西得慢慢地凑。他就把杜家两兄弟从霞谷县火速调来，把自己这条计策就端出来了，你们哥儿俩看看怎么设这阴曹？这哥儿俩也是足智多谋，都拍案叫绝。难得，从代州领回来的王奇、孟得正好可以假扮黑白无常！谁也没见过这么大个子的人！现在东京城里是不少人见过这哥儿俩了，可是老贼潘洪一直都在监牢里，从没见过，他不知道我们这儿正好有这样两个奇人，潘洪一看这样两个无常鬼，就能信一半儿！拿今天的尺寸说，身高丈二就是两米四，比姚明还得高一点儿，哪儿找去呀？那个年代生活条件还不好，这么高的人就是能活下来，身子骨也硬朗不了，难的是还能凑上一对儿。这是这条计能用成的第一绝！

所以说寇准敢用此计：第一，老贼没见过王奇、孟得这俩奇人；第二，天齐庙在东关外东岳岭新辟地建起来的九天宫十八层地狱这一处儿，是在老贼出征边关以后才建起来的，潘仁美从来没到过这座庙，进这座假鬼门关也好，登望乡台也好，老贼就不会怀疑了。杜家哥儿俩绞尽脑汁筹划假设阴曹之计，一条一条地过，这个怎么摆弄，那个怎么扮……又想起一绝来。啪！一拍桌子，有了！"我们哥儿俩是孪生的兄弟，相貌可说是一模一样，谁也看不出来，大人您是熟悉了，现在您凭眼睛看您是能看出来，老贼凭什么能看出来哪？大人，就由我们哥儿俩假扮判官，这么这么……"就方才老贼亲眼得见，这边判官刚一进大殿，自己紧跟着后脚儿一迈进这大殿，抬头，就瞧见判官身在神台公案之后！然后一听说话，这哥儿俩说话的嗓音也是一样，老贼一听，这位就是方才跟我要贿赂的崔判官啊！所以一直到老贼跪倒在五殿大堂之上，一看这崔判官，在台上说话呢，刚一转身儿下到后台，也就是一打晃儿的时候，就打自己身边迈步过来了！这不是鬼神是什么？这是真的到了阴曹地府啦！所以说有这王奇、孟得哥儿俩假扮无常，潘洪信了一半儿；有这杜审明、杜文清哥儿俩一玩这大挪移，老贼又信了剩下的一半儿！这就叫不由得你不信！

当然啦，这一回假设阴曹很多的细节铺垫得也好。冯山本来就是口技大师，所有老贼在夜间听到的鬼哭神嚎，那都是冯山自己一个人弄的。模仿令公和杨七郎的声音，是只有江海在天牢里值班的时候，冯山去天波府里一点一点练出来的。引来到天牢里做法事的小老道，可非是旁人，乃是天齐庙里刚来的一位游方道士，此人出奇地手快，擅耍魔术，什么二仙传道、三仙入洞、四海归一……全凭手快！冯山、江海原先也是混江湖的，在庙里一碰上这位，就知道是盗匪圈里的祖宗，连忙约陈雄、谢勇哥儿四个一起将盗圣擒拿。小老道是聪明人，一听就明白了，听说是为了惩治潘仁美，那没的说，我干！摆法坛是小老道惯会的手段，到天牢里来这么一回，不但说要配合大牢里闹鬼的故事，还得骗来潘洪的笔迹和花押签名儿。所以说老贼签名画押以后，寇准得审验一番，看看对不对，万一老贼耍花招，不签真的押字，二帝看到后会以此为由发回案卷重审。再来二回，说什么老贼也不会信了。所以在正式阴曹审案之前，务必得拿到可信的押字签名儿。

　　小太监李林，这位后来就是八王南清宫里的小总管，就是后来狸猫换太子的那位——您听好了，可不是边关大将的那位陈林，这位是南清露华宫的副总管陈琳。陈琳这人十分聪明，是总管大太监崔文的徒弟，一秉忠心。崔文特意派他来配合寇准的计谋，假扮西宫小太监，来给老贼送信儿，这也是给假设阴曹铺垫铺垫。来的太监身份不对，级别不够，都能叫老贼瞧出破绽来。

　　寇准提前算准了日子口儿，当然了，这也是孤注一掷。拖到了最后一天，有意叫江海少算了一天，这样，到日子口儿老贼就松心了，真就以为这事算是过去啦！这是头一计，叫老贼的防范之心先懈怠了，后边就好摆布了。第二计是提前叫老贼不知不觉地服下了麻药酒，按今天的说法就是兴奋剂。因为杜审明、杜文清哥儿俩医术高超，精通此道，特意给老贼潘洪配好了麻药酒，喝到一定的量，人还算清醒，可是这痛感就没了。老贼的大腿上的板子伤好得差不多了，可以下地行走，可是伤口总还是有点儿疼，但是叫药酒这么一麻醉，老贼自己觉得身轻如燕，伤口是一点儿都不疼了，这就有了灵魂出窍的错觉！

　　第三计，是酒替灯油，拿烈酒替换了灯油，这个时间得拿捏得刚刚好，按现在的说法儿，几个班头儿好好地试验了几十次，算是算好功夫了，就在老贼快要被哭声喊起来的时候，这灯油刚好烧完，底下是酒，酒一点着，火苗儿是蓝色儿的，光亮也不如油灯，哎，这就叫老贼真以为是闹鬼了！监牢里边灯火昏暗，老贼就瞧不出来屋子里动过了手脚，暗地里有这么一位穿戴成潘洪的演员正等着呢！这位身量儿和脑袋瓜的大小都跟潘洪无二，提前养好胡须，不够的地方再粘贴一些。黑白无常二鬼一进来，咣当一踹这牢门，老贼吓得就起身儿了，人一离开床榻——牢房里本来是没床榻的，可是这间是天牢里专门儿给潘洪预备好的，里边桌椅板凳、橱柜床榻都是齐全的。老贼一起身儿，这假扮老贼的演员就从柜子后头钻出来了，动作得快，唰！趴在床上待着。王奇、孟得哥儿俩是冲着里边儿的，一看这位演老贼的演员趴在床上了，成心叫老贼回头看一眼，"你瞧瞧吧，你现在是魂魄出窍，可以夜行千里！"这是第四计，不由得老贼不信自己是真魂出窍啦！咱们前文书交代过，群贤向寇准问计，还差一个月，圣上不让用刑，您打算怎么审？寇准担心御史府里有西宫的耳目，再者也担心群臣里难保有来探听底细的，明着不说，却向各家名臣要人要东西，头一个就叫杨六郎给自己招来三个戏班，这戏班就是专门来扮演阴曹诸神鬼卒的，还有一位就是专门装扮成老贼潘洪的，就在这儿用上了。

第五计，王奇、孟得这哥儿俩假扮黑白无常！老贼没见过这么高的人，这哥儿俩还步履如飞，力大无穷，也就由不得老贼不信是鬼使神差了。光这俩大个子还不够！从东京城里御史台天牢出门奔汴京城外东岳岭，即使是这俩飞毛腿跑上山，也得用个把时辰，到那会儿天都快亮啦，还怎么审案子，诓老贼画押哪？第五计就仗着天牢里老贼不知道日头到底是到哪儿啦，谎报时间，潘洪就真以为到了晚饭点儿啦，酒一喝大，正好还有麻药酒，外带江湖人的迷香一熏——这本来也是江海和冯山的拿手绝活儿！这么一来，老贼已然昏睡，你叫都叫不醒——之前好几天都做过实验，没问题。趁着老贼昏睡不醒，几位班头各施奇能，组装一辆安云车，把老贼给运到了东岳岭的山下——寇大人派人跟这儿修建了一座临时的天牢，里边搭建得跟御史台衙门里一模一样。老贼酒醒之后，感觉还在天牢里，其实早就是在城外临时搭建的布景里啦！出门以后道路全都让黑布蒙住，所以才跑了没多会儿就上到东岳岭半山腰，老贼能转瞬回首，在望乡台上回望二十里地之外的东京城。如此，老贼岂能不信是神鬼之能呢？人的腿脚再快也快不到这个地步。

第六计，便是巧设阴曹。从假天牢到东岳岭天齐庙十殿阎罗地府这一段路，全拿杉篙搭好了，黑布一蒙！这用量是不小，寇准是挨个儿跟几家名臣老忠良要赞助要来的，用完了再给人还回去——谁没事要这么多的黑布哇？书中暗表，这么多的黑布谁都不要，最后是呼延丕显看着好玩，跟自己妈金头马氏商量，要不然这些黑布咱们家要来得啦！金头马氏说，孩子你要这些干吗？这也不吉利哇……"妈，我爹刚走，咱家还有什么忌讳？我跟您说，人天波府都有五百火山军，咱们家凭什么没有哇？如今孩儿我是双王的王爵，我回头也要跟万岁爷要来这五百亲兵的待遇来，您帮着我训练出一支咱们呼家的牙兵卫队来！今后孩儿我上阵，那不就有自己人了吗？"马氏一想，孩子说得有道理，就开府门，所有名臣赞助的黑布，都还到我们家来吧，我们可不给钱啊！如此，小丕显跟八王要配额，皇上还真就给了，准许靠山王府扩建，养兵五百。这五百靠山王府的亲兵，都是黑帕子幞头，黑布衣衫、裤子，铁盔铁甲，溜着黑布软边儿……好么，一身儿黑，还专门挑选皮肤色黑的小伙子——这么些的黑布是一点儿没糟践。呼延丕显这一支亲兵卫队，日后跟随他赴会董家林，才有史文斌假扮杨七郎显圣，这支黑骑军夜间现身草桥关，吓退萧天佐的十万大军。这一切，全在今晚假设阴曹的因缘。

这阴曹地府怎么摆设呢？不用你寇准着急，天齐庙的老道都很熟悉。为什么呢？新建的这座天齐庙里头，这些零碎都很齐全，按照民间的传说，比如说鬼门关、奈何桥……这些原本就都有，包括山坡儿上的这座望乡台，这都是天齐庙原先就建好的。寇准和杜家兄弟要做的，就是琢磨怎么排演地狱诸多的刑罚，安排戏子们作假，还得能在黑暗之中看着就跟真的一样！第七条计是得找两位假扮老令公和杨七郎。老令公是老演员专门到天波府里排演的，只能将就着，举止相似就不错了，因此，不能叫老贼离近了看。可杨七郎呢？太好办了！正好寇准在代州查访之时遇见了相貌酷似七郎的史文斌，这个人老贼潘洪也从未见过。寇准正要派人快马去太行山找这位，人就来了！雁门关大营张齐贤、杨静已经将老贼身边的亲信士卒按寇准留下来的锦囊逐一审问完毕，潘洪怎么设计，如何逼战，又怎么害杨六郎和呼延赞……证言证人一并由边关总兵贾能、赵彦押着回京。赵彦害怕沿途还有潘家党羽亲信拦截，自作主张上太行找刘金龙。刘金龙一听就乐了！这是老贼陷害忠良的罪证，你们哥儿俩踏实着，我们哥儿仨亲自护送南下，咱们一起去东京！好，土匪山贼给当保镖的，而且是每到太行山上的各家山寨，必定是好吃好喝地招待。马飞熊一个一个地问，你们都是人证是吗？"回好汉爷，我们都是人证，我们可不想做下这些坏事，那都是在军营，有军令在，我们也是没法子。""你们都是真心指证老贼吗？""我们都是！""那就好！来呀，给我上好酒，这些菜都给撤下去，我吃什么就给这些位吃什么！"有人给换好了酒席菜肴，马飞熊跟山寨的头儿说："去，拿银子去！每个人十两，都给包好，分好份儿，一个都不能短喽。"这几十位来做人证的老军连连拜谢。等这些人进京，寇准安排在御史府里就住下了，消息不能外泄，吃喝招待都是汝南王府来管。如此设计让史文斌来扮演杨七郎，史文斌一听就乐了，自己真没白来一趟！

贾能盼着戴罪立功，知道自己好不容易争取到这次进京的机会，一个劲儿地恳求寇大人也给自己派个角色，哪怕是给十八层地狱扫地的哪。杜家哥儿俩来了主意，想到扮演寒冰地狱的人，如果都是老贼的旧相识，他就更得信以为真了。每个人都得脱光了，在冰水中挨冻，贾能这就有点退缩了。几十位老兵一路都受人照顾，安家的钱都拿了不知道多少，我们这些废人还能做点什么？都乐意，您给我们上冻吧！赵彦呢，自己随身揣着杨七郎的牌位，每日里都带在身边，每晚焚香祷告，愿冤情早日昭雪。一听说有这样的差事，自愿挨冻，扮演寒冰地狱里的鬼犯。而且当晚在殿前得提前进冰水，赵彦不含糊，第一个跳进去，老早就给自己冻上了。等到见到老贼，扑上去，这双手都冻僵了，布满了冰碴，老贼一触碰之下，岂能不信呢？等赵彦跳入寒冰水池，实际是潜入到另外一侧，上来，有人赶紧给包上毡子保暖救护。可是时间太长了，赵彦的手已经冻伤，再也不能恢复如初。

史文斌按照杨七郎的装扮给扮上，身上也插上雕翎箭……唯独这脑门子不一样，找戏班里化妆的高手给画上一笔虎，这就能近处看了。再找天波府的太太们给帮着学学举止做派，学学嗓音，专门儿安排杨七郎在近处拿枪扎老贼，老贼惊慌之下，一时间难以分辨真伪，还真就以为是杨七郎的鬼魂来啦！这也是老贼做贼心虚，不由得不信自己是真的来到了阴间。

第八条计，为了叫老贼能招供，还得乖乖地签字画押，得设这么一个局，就是假托判官跟老贼索要贿赂，透露了生死簿里的玄机，我告诉你你还有阳寿之日，得给这潘仁美一个念头儿，让他惦记着自己还能够还阳呢，这就能引着他招供。

第九条计，是预审不孝、不仁、不义这三名鬼犯，这是先给老贼一个下马威，让他心里的疑虑全都撤去！这又挑油锅装扮得可好，油锅可是真的——

郑印刚给做得的，但是不能将演员真的给放到热油里去，这就跟变魔术的招数是一样的，从老贼这边看，鬼犯黄氏是真的叫牛头马面拿钢叉给挑起来了，黄氏还在钢叉上直伸腿登跐呢！实际上这叉子的尖子是假的，没叉到演员的身上，只是给她撑起来。油锅呢？靠近老贼的这一半是油锅，另一半可不是，是空的，底下垫好了软垫，这人放到这边，在里边假装直扑腾，老贼这是跪着，根本就瞧不出来。油锅底下的火也只烧这边这一半，只有一小点儿，大油锅也设计好了，当间隔着好几层。那么扮演黄氏的演员一进油锅，就有人把几块备好的驴肉丢到锅里，噗嗤……油炸气味就出来了，也就是一晃，灯光一暗，这边的火也就灭了，赶紧再把演员给捞出来。

至于铡刀铡断张三这一手儿，原来也是魔术班常年表演的小噱头，就为了吓唬老贼，灯光昏暗，根本瞧不出破绽。第十条计，就是得能引着老贼招供，乖乖地签字画押。老贼有可能怎么抵赖不说，杜家兄弟和寇准预先就演习好了，老贼这么说，咱们怎么说，老贼要是这么讲，咱们再怎么审……这都预先想好了。因为这哥儿俩都有奇能，写字儿倍儿快，而且笔体十分相近，这就叫哥儿俩在后边听老贼说一句，这就记好。老贼再一看这份供状，都是自己刚才亲口说的，就不得不相信，这是阴间神迹，不再存疑。这就是寇准假设阴曹十条计。

哪承想，老贼是真信了阴曹地府，相信你们这都是真的。正因为迷信，也想到，万一这寇准跟大隋朝的韩擒虎一样，昼审阳间是非，夜理地府善恶哪？那样的话寇准不就拿到我的招供签字画押了吗？不成，嘿嘿，我不签，但是阎王爷喊，我认罪。这就得靠寇准和杜家兄弟的配合了，最后说动老贼，甘心签字画押，阴审大计就算成功了。

〖四回〗

次日一早，二帝登殿升座早朝，文武百官朝贺已毕，寇准就出班来了，献上老贼潘仁美的供状，"启奏我主万岁，此案已然审结，请您龙目御览……"

二帝细读结案书，先呈上来的是潘仁美的口供，再看底下的签名儿，嗯？真是老太师的亲笔签名儿。我跟他一块儿二十年啦，他的笔体我还能看不出来么？嘶……难道说这寇准真的能不动刑就让老丈人签字画押认罪不成？哎呀！二帝心里是一惊啊！"寇爱卿，此案……你是如何审理的？果真，你是未动刑罚吗？"寇准就把自己如何假设阴曹，怎么诓出老贼的口供，简单地给二帝说了几句。皇上又打心里是真佩服寇准，果然是能断奇案的人才！"好，来啊，带叛臣潘仁美上殿，朕要金殿御审定案！"下边的详细内容也就都不必看了，十大罪状自己早就倒背如流了。

工夫不大，老贼被带到金殿之上，老贼一到金殿之上就跪倒喊冤，"万岁！求您给老臣做主哇……赵德芳和寇准，此二人不遵圣旨，滥用私刑，假设阴曹哄骗老臣！他们这是诱供！所有的供词都是他们骗我说的，绝不是老臣本心之言！都是假的！还请万岁您为老臣我做主！"这时候，文武百官里的潘家一党人人自危，都知道今天可是非同一般，要是今天太师倒台，早晚我们也没命了！呼啦……几十位朝中重臣一起跪倒："万岁！微臣我等也替老太师喊冤！此案寇大人审得蹊跷！不是在御史台正堂之上，老太师的口供不能作数！如此诱供，不合我大宋刑律，尚请万岁您明察！"

二帝雍熙天子一看这阵势，心里是暗叫不好。唉……二帝心说，你们这些人不出来还好说，你们一出来，这就等于是要跟老家伙一道儿死扛啊！这么一来，我这老丈人不招不认这也还好说，如今是口供上已然是签字画押啦，到今天你们两拨儿人在金殿上已然是势成水火！哎嘿哟，小八王这回可是得了理儿啦，靠我可保不住你们！二帝挥挥手，"列位卿家还请暂且起身来！是非曲直，今日必能有个公论！来呀，待朕仔细地观看这份儿供状再作道理……"

二帝低头再细看供状，越看越来气儿，怎么呢？这上面不但是原来六郎交的状子上说的那十大罪状，老贼在招供的时候，把自己的这点事儿都给抖搂出来了，不但是挟私报复，还是勾结敌国，意图谋篡大宋江山……是一目了然！哼！二帝心说，本来我还不敢相信你真有这个心，现在看起来，我也是被你给蒙蔽了！看起来果然是人心不足蛇吞象哪！要这么看来，我还真不能再保你了。"潘洪……"潘仁美在底下跪着，可是这眼睛一直盯着二帝，一看这脸色儿，就知道要坏，"万岁，微臣在！""这么说，这份口供确实是你亲笔画押的吗？""啊，万岁，虽说是老臣我亲笔画押，可是……""不要再说了，既然朕已然降旨不许寇爱卿动刑，啊，你因何要签字画押呢？"明白人能听得出来，皇上这句话是话里有话，不是在问你，你老贼为什么还要签字画押啊？这是在告诉你，今天我杀你，那不是我不保你，当初我已经降下了旨意，叫寇准不能给你动刑，这个你也早就知道了。可是你还是招认了十大罪状，还亲笔签字画押。那么好，今天我杀你，可是你咎由自取，你可怪不得我啦。底下跪着的人有能听出弦外之音的，悄悄地往起拔自己，借着要掸衣袖上的尘土为由，哎……这就起来了，慢慢地朝后退……有第一个，就有第二个，三三两两……这拨儿奸党佞臣可就慢慢儿地散开了，各回班列。

潘仁美是老权术家了，根本不用抬头就知道是怎么回事，好嘛，全都弃我不顾哇！"万岁，寇准装神弄鬼，微臣实实是被恐吓太过，不得已他们说什么我就答应什么，最后一时昏聩，惊慌之中草草签字画押也就是了，可是这绝不是微臣我的口供哇！"寇准这时候不慌不忙踏上半步："万岁，潘贼说微臣我装神弄鬼也好，说微臣我让他惊吓过度也罢，万岁，这事是不是他自己做的，真的被神明吓住了，难道他说的不是实话吗？他还能为一番谎言签字画押按手印吗？还请陛下明察。""万岁！他小寇不在御史台衙门正堂问案，供状就不能算数儿！""哦？万岁，潘贼信口雌黄，推翻自己的口供，微臣自然也不怕他巧言舌辩。好，既然潘贼说不在御史台衙署里问案的供状不能作数，那么微臣尚有本奏！""哦？寇爱卿，还有何本？""您看看，这是跟随在潘仁美身边的奸贼之子，此乃是镇殿将军潘龙的供词，对协同其父所犯罪状俱都供认不讳！不单单有签字画押，还有亲笔撰写的供述一篇！您再看这一份，这是镇殿将军潘虎的证词，清清楚楚、明明白白地供述了自己当初如何指挥军卒箭射七将军杨希，如何受潘洪指使，去黑水河陈尸灭迹！您再看，这里是镇殿将军潘强的供词，供述雁门关前如何暗害靠山王呼延赞，如何毒哑郡马杨六郎，俱都是亲笔签名画押，亲笔书写罪状陈词……您再看，此乃是潘洪帐前大将潘章、潘祥、潘容、潘符、潘昭五人的供词！这些，都是潘洪麾下的将领秦肇庆、米进义、刘均齐，还有监军兵部司马贺朝觐，代州观察使刘文裕、观察副使傅昭亮这六人的供词。这一干从奸人犯，俱都签字画押，招供对实，全都是在御史台衙署正堂审结，口供在此，尚请圣上明察！"又一份一份口供呈上来，二帝注目观瞧，哈哈！老贼潘仁美，你还有何话讲？

怎么回事呢？夜审潘洪，这还不算完，寇准连夜升堂问案，把这几位挨个儿也都带上公堂，拿出了老贼潘仁美的口供实词，给这几位看！都认得老贼的笔体啊！再者说，若不是老贼亲口实招，这些事寇准怎么能得知哪？这都是我们几个暗中勾搭商议好的哇！寇准可就说了，老贼招认之时，可说得明白，陷害老令公兵困两狼山的，有你，有你，也有你，还有你！你们谁都脱不了干系！这几位一听就傻眼啦！"啊？冤枉！寇大人，冤枉！""到底是你们冤枉还是我寇准冤枉？你们勾结一处暗害杨家将和靠山王，冤不冤？""不冤！寇大人，可是这些主意不是我们出的，都是老奸贼潘仁美出的！"潘龙、潘虎、潘强这哥儿仨本来还想咬牙不招，可是让那几位这么一带，全都招了，乖乖地签字画押，寇准一一审阅，算是踏实了。等这几位都审完了，也该上朝的时候了，寇准这才带着全部的案卷卷宗，上殿面君。二帝拿着这几份供状这么一看，心里就全明白了。这寇准是真叫高明！真不愧是查验清官册给查出来的！二帝把这口供在龙书案上拿山河镇一压，"潘仁美，你还有何话讲？你的亲笔，还能有假吗？"皇上这个动作，这是在告诉你呢，你这案子就算是定了，你别想翻了！

潘仁美这汗可就下来啦，知道再要狡辩，也难以翻案，怪只怪自己这几个儿子、侄子、干儿子没骨气，顶不住寇准的审问。嗨，赖谁呀？不是我自己也没顶住吗？也罢，连忙跪倒："万岁！老臣，知罪！"这就等于是认罪啦！嗨！皇上叹了口气，"如此，刑部！"刑部尚书上前听旨，"万岁！""你看，潘洪已然亲笔画押，招认了自己的十大罪状，按大宋刑律，该当如何判处？"您这是废话，这十大罪状，那不得杀头吗？可是为什么人家能做到刑部尚书哪？这就是这位有这个眼色，一听皇上这么问，明白了，皇上还是舍不得杀太师呀，这是暗示我呢，怎么才能救太师活命呢？哎，有了！刑部尚书就说啦："万岁，按杨郡马状告潘太师十大罪状么……其罪当斩！"

"哦？"皇上挺不高兴，盯着尚书老爷，那意思，你还有话说吗？"万岁，无奈如今正赶上大赦之期，朝堂不宜宣判死刑重责。""哦？什么大赦之期？""万岁，如今冬至之日将近，按礼部原先就定规好的，今年腊月里您得办郊天大祭，全国放出郊天大赦，一应罪犯全都要开监还归原籍，那么说太师么……"二帝心说，嗯，这算是你明白事理！"嗯，按太师所犯，十大罪状，万死不能赎罪！实在是……当斩！无奈，偏巧赶上郊天大祭！啊，皇侄啊……"八贤王是不慌不忙，怀抱着凹面金锏，横眉立目！这肚子里攒着一晚上的气哪！我就憋着等着听你怎么判，您要是顾念你们的钩子，那就别怪我啦！不答话，就这么盯着老贼潘洪。皇上这话到了这儿了，一瞧皇侄不理会自己，啊，这个么……"哈哈哈，好吧，既然皇侄你无有异议，依朕我看嘛……"八王这时候哼了一声儿："叔皇万岁，依着您，他还能活命不成？""呵呵，皇侄，太师所犯，罪在不赦，这没的说，无奈如今正当国家大赦之期啊，啊，皇侄……再者说，老太师于我大宋，功劳卓著，侍奉两朝，兢兢业业，为国为民，可谓是辛勤劳苦哇……"二帝刚说到此处，就听黄门官上殿来报，天波府的佘老太君、靠山王府的马太君分别携子杨延昭、呼延丕显上殿见驾。二帝只好先不说了，有请两位太君上殿。工夫不大，两位太君由六郎和呼延丕显陪着走上了大庆朝元殿！

佘太君和马太君上殿，一瞧老贼跪倒在殿前，怒目横眉，一起上前见过二帝雍熙天子。皇上连忙请太监抬出来两把椅子，给两位有功的女阴侯看座。佘太君就问了："万岁，昨夜寇大人巧设阴曹，夜审潘洪，奸贼潘仁美已然供认十大罪状，签字画押，现在供状万岁您定然看过了，但不知如何判决？"六郎和呼延丕显早就排练好了，双双跪倒："万岁！还请您为冤死的将士做主！"啊，这个……二帝一阵沉吟，知道自己这话不好往出说了。佘太君一瞧皇上这一沉吟，知道皇上是有心要饶过老贼的死罪，哼！"万岁！可曾记得，当初双王千岁雁门摘印，押解老贼回京，那时节在金殿之上微臣我问过潘仁美，你肯不肯供认这十大罪状？可以说当初老臣我给了潘太师活命之机啦！他要是认下，尚有可说，您可以念在开国的功勋，饶其死罪也还占一条儿。可是他是怎么说的？他是犯下了叛国欺君之罪，尚且拒不招认，这是寇大人巧设阴曹才算我杨家的冤情昭雪！万岁，您要是还不能秉公裁决，老臣我今天在殿上可没有情面可讲！"说完了一瞪眼，把龙头拐杖这么一杵，等着你皇上判决。

二帝哑然，看了看刑部尚书，那意思是你得说话哇。刑部尚书再出班，哆哆嗦嗦冲着老太君，又把方才那一番话讲了一遍，气得老太君坐在那儿一句话都说不出来了。这会儿老贼奸党不少人知道势同水火，自己不出来，真就彻底完啦！又出来几位大胆的，跟刑部尚书身后一站，跟着帮腔儿。照样，有一个，就有第二个帮着说话，接着就有第三个……再次聚成一堆。等这些位都出来啦，二帝不吭声，那我先看看你们谁说得过谁吧！这会儿再看老太君，老太君刚要杵着龙头拐杖起身，马太君一拦，"嫂子，您看我的！跟这些人，没法讲理！"

金头马氏可是山贼出身，太行山马家的掌门大丫头，跟谁讲过理呀？老太太站起来，走到儿子跟前儿："小子，甭跪着，你那鞭带来没？""妈，在这儿呢！""好样的！胆子够大吗？""妈，要没胆子，孩儿也不敢下边庭！没胆子，不配做您和爹的儿子！""好！我问问刑部尚书老爷，您再跟我说说……

我一乡下老太太，我不懂哇，您说这郊天大赦，是谁的死罪都赦免吗？""啊……按律法啊，罪不能免，可是判罚从轻……""嗯，到哪天才不算数呢？""啊，这个么，冬至日开诏书大祭，现在就算开始了吧！嗯……开诏书，祭天，然后哇……少说也得有个个把月吧……"刑部尚书算什么呢？一边说一边盘算，嗯，停个把月，太师远判刺配的话，这就算是活命了，我尽可能地多说些日子。"好，这么说老太太我就听明白了！不论是谁，叛国、勾结敌国、陷害朝臣，杀自己的同袍，哈哈哈哈，都是免死的！我儿，你愣着干什么呢？起来，拿你的铁鞭，把这些人都打死！你看准了，就这些给老贼求情的人！你放心，有圣驾给你撑腰，赶上郊天大赦了，你不用偿命！"呼延丕显乐得，一竖大拇指："娘！您真是我妈！"

小黑脸儿一绷，真不客气！呼延丕显举起来自己的铁鞭，直奔刑部尚书就过来了！二帝傻在龙书案后边了，是哇，我说什么话拦他哪？人可没叛国，只是击杀同袍，我不也得免死吗？刑部尚书吓得都尿了裤子了，一头磕在地上："双王千岁饶命！""我饶了蝎子他妈我也饶不了你！你看鞭！"刚抡起来，旁边蹿过来一个小孩儿，一把就把呼延丕显给抱住了："丕显，别冲动！你先消停会儿！你得等我父皇说话呀！"大家伙儿一看，不知道什么时候，太子赵德昌上殿来了，正赶上这一幕，太子赶紧拦住丕显。丕显直瞪眼："不许拦我，不然……"太子直摆手，"冷静！你等等……你看父皇！"凑到呼延丕显的耳旁："你看清楚了，我爸爸现在可是面带杀气！"

二帝一瞧这架势，真是不顾体面，也不顾情面啦！也是，杨家满门的虎豹儿郎，全都死了！这一回在雁门关外两狼山，差点就全都死绝了！嗨……再瞧瞧小八王晃悠着金锏也看着自己，知道今天是说什么都保不住老丈人啦，"嘟！"一拍自己的龙胆，"大胆的奸贼潘洪！既然潘杨讼已然审结，按我大宋之刑律，你罪犯十大罪状，欺君叛国之罪，重在不赦！你万死不足以赎罪哇！来呀，给潘仁美除去枷锁，身挂忠孝带，押在午门外云阳市口，单等午时一到，开刀问斩！"这一回算是判决啦！殿前武士遵旨，上前给卸掉刑具枷锁，改披忠孝带，押送下殿。

潘仁美刚披带下金殿，黄门官又来上报，"万岁，有西宫娘娘千岁来到殿前，特来为圣驾请安！"啊？二帝就有点坐不住了，这个工夫儿，想不到西宫潘娘娘能赶来啊，这事……今天要不好对付！呼延丕显一扭头，看太子，"好啊，我还以为你是来帮我的，原来你是先跑来帮你后妈的？""嘿呀，我是被她哄着、催着来的，这不是来了先帮你吗？她要是不来，你们这事根本就不算是定局，你先看着，看她说什么。"

开国的老臣和这小八王、佘太君一般的苦主，一个个凝眉瞪眼，攥着拳头，恨不得能上去亲手宰了潘仁美不可哇！这场合我能饶得了潘仁美吗？"啊……传朕旨意，召见。"旨意传下去，片刻工夫潘娘娘就上殿来了。娘娘与其他的大臣不同，要在龙书案旁设座，可是潘娘娘不坐，跪倒在龙书案前："万岁，臣妾特来告罪！""哦？梓童，此话怎讲？""臣妾已然听说了，说是昨夜寇大人假设阴曹，审结了潘杨讼，我的老父亲口招认了十大罪状，有挟私报复、暗害忠良、退弃边防、欺君误国……万岁，因此臣妾特来告罪，请一并降旨责罚于臣妾！""哎，梓童，太师所犯与你无关，你又何必前来请罪哪？还不速速退回后宫。""万岁，既然如此，臣妾只想问，您打算如何定刑？""梓童，太师身犯死罪，罪在不赦！""万岁，如此说来，我家老父已然实招画押了，不知这供状可否能给臣妾我看上一看？""哦，这个么……梓童，给你看看倒也无妨，口供在此，就请梓童过目吧！"

潘娘娘接过来，仔细查看，都看了一遍，眉头紧锁，想主意呢！"万岁，按说您和朝中重臣量刑，臣妾不敢多言，可是臣妾也想到一节，不知列位大人和万岁您是否考虑得到？""啊，梓童你说话就不必再绕弯子了，你说吧，我们还有什么事没有考虑周全哪？还有什么地方儿，于大宋的刑律不合之处？""万岁，八千岁……"八王毕竟是侄儿，也答应一声："啊，皇婶娘……""寇大人……""嗯……娘娘千岁！""列位老大人……""娘娘千岁千千岁……""我只是个女流，从小未能够通读诗书，我这话说得不知道对还是不对。杨郡马状告我父，十大罪状，件件属实，我看见了，我的老父也一一对认，只是这勾结敌国——叛国的大罪……我不知道，寇大人，您可有什么真凭实据在手？

据我所知，我的老父恭谨侍奉两朝，也可说是劳苦功高，这大宋的江山能够安稳到今天，这里边也有他老人家的一份功勋！那么说他要叛国投敌，与他老人家有什么好处呢？您说的都是他老人家的招供之词，可是我也得这么说，老人家年岁已然是不小啦，能不能说，老人家垂暮之年，图报私仇，害死了国家的重臣，一时的失意……寇大人，在您的阴曹之间，他老人家一时心灰意冷，有求死之心，这才招认此罪状！您看，十大罪状里头，那几条都有人证、物证，单这一条儿，说是老父勾结北国萧银宗，可是是谁送的信？两边是谁给传话儿？谁能见证？您是一无人证，二无物证，单凭老人家一纸的供状，您就能审结此案，按勾结敌国给定罪吗？""嗯……"寇准倒吸一口凉气儿，这一下可是吃惊不小，说什么也想不到这位西宫的国母能够想到这一节！

　　其实寇准自己心里也明镜儿似的！我这案子审结得就这么一条不对，虽说老贼真招实供，但是我没有人证、物证！那个贺驴儿，到底不知道是谁，是不是真有其人。二帝一听，哎，真是！"寇爱卿，这个你怎么说呢？果然是哇，老太师供认不讳，可是这一条里边儿可有不对的地方儿，娘娘说得有道理啊。"

〖 五回 〗

"万岁，娘娘千岁说得不错，要说潘仁美如何地勾结北国萧银宗和韩昌，这来往的书信，必定已全部销毁，微臣我难以得到明证！两边送达书信者，据潘仁美招供，乃是北国的信使名叫贺驴儿，此人也早已离开边关的大营。老贼被擒获押送回京，微臣想此人也不会再进宋营。因此这人证么……"潘妃这阵儿搭话了："寇大人，说来说去，还是无有人证、物证啊，既是这样，寇大人，这一件罪状可就得说还得接荏儿查问哪！您能拿住这个什么贺驴儿，或者说您能够拿到我老父与北国萧银宗的书信，这才能说是查实结案哪！既然尚未结案……寇大人，万岁，既然一时还难以以叛国之罪论处，是不是还念在老太师偌大的年纪，您想想，他老人家还能够活几个春秋哪？难道说，几十年为大宋江山南征北战的一位老臣，到老来一时糊涂犯下了错事，就真的不能得一条活命吗？"

西宫潘妃这个话刚一出口，佘太君可不干了，把手里的锡杖一顿，"娘娘千岁！老臣无知，倒要在殿前向您讨教讨教！"这话说得可不客气！潘妃一瞧，赶紧走过来，站在佘太君的面前，深施一礼："老太君，不知您有何事不明？"

"娘娘千岁，潘仁美在边关，不顾江山的安危，为报私仇，害死了先锋官，还害死了监军，退弃边防，封关逼战，置五千将士于两狼山之中！娘娘……千岁！就这些罪状，难道说就不够判个斩刑么？"老太君这话一说，说得可有分量！呼延丕显晄当就给皇上跪下了："万岁！我爸爸死得冤哪！您得给屈死的忠臣做主！"杨六郎一看，我这兄弟是真机灵，也跪下了："万岁！我的七弟死得冤屈！

两狼山屈死的将士死得冤屈！还请万岁您……与忠良做主！"

寇准还没来得及搭茬儿呢，苗崇善领着吕蒙正这一班文武出班，一起跪倒："万岁！万万不可收回圣旨，潘仁美欺君误国之罪万死不足以赎！还请您与屈死的忠良做主，莫使大宋百万将士儿郎寒心哪！"啊！这个……二帝一看，这事看起来是没有转机啦！潘妃一看，这么多人都盼着我爸爸死？哼！我倒要看看，到底有多少人还向着我们家！也跪下了，"万岁！老太师年迈苍苍，为大宋操劳半生！您……还得念在他几十年的苦忠，暂且留下老人家残生性命！"潘妃这么一跪，朝中一班奸党瞧出来转机了，这是要翻案哪！知道左右是潘党要完，假如说老太师能得活命，我们这些人就能有个转机！来吧！呼啦……二番跪倒，"万岁，臣等也与老太师求情，念在太师为大宋操劳半生，暂且改判刑罚！"

啊？这个……二帝可是为难了。八王一看，这里边少不了我啊，"叔皇万岁，依侄儿我看，潘仁美万万饶恕不得！"也退后跪倒请旨。潘妃一看，你下去了，就该我上前啦！磕膝盖当脚走，挪上前几步，可就离龙椅不远啦，跪倒哀告："万岁！老太师年过花甲！况且老人家已然知错，还请体谅其过，哪怕是远配边疆，劳役终老……万岁，也是您的隆恩浩荡……"说完了，潘妃接着朝前爬了几步，可就到了二帝的面前了，哭哭啼啼，手扶皇上的膝盖，以手掩面而泣，一不小心从衣袖之中掉落一物。此物落地，潘妃缓缓拾起来，举在面前，"万岁！您还要体谅老太师当年独秉孤忠，辅佐您登基临朝……这十几年来，可是一片苦心唯……"二帝没太听明白，低头一看，啊？这，这，这……这是何物？

什么东西？一根金簪！书中暗表，这根簪子可不一般，乃是当初二帝赵匡义冒雪夜探万岁殿，在探望自己的哥哥太祖皇爷赵匡胤的时候，一时起了杀心！当时手心儿里攥着的就是这根金簪！就是这根金簪，刺破了太祖爷左臂上的肉龙，老主爷疮口迸裂而死。

插一段儿倒笔书。当初太祖三下河东，白龙关前大战呼延赞，龙虎激斗，伤着自己左臂上的肉龙疮口，留下了病根儿。太行山恩收杨家将，马不停蹄合兵扫北，一直到逼和了北国，再回京城这伤病就更重了。遍请名医，不得其法。皇宫内外正在发愁呢，苗崇善上华山请来师爷睡仙陈抟。老祖进宫探望老主爷，看了老主爷的伤病，拿药给敷上。那阵跑前跑后伺候着老主爷的是二王赵匡义，老祖还特意嘱咐了二王，说你哥哥这个肉龙，眼下是浑身的毒素都聚在这儿了，我拿药一点一点地拔出来，这人没事，等好了之后还跟好人一样。可是你得当心，这个肉龙可千万不能再破啦！假如说再破一回，这血一流出来，毒素跟着血流入心脉，这人就没救了，你要切记！好，等陈抟老祖一走，这二王就动上心思了，一天、两天、三天……天天跟这儿伺候哥哥，眼看哥哥这伤也快好啦，这个起急呀！老祖走的时候说了，因为哥哥赵匡胤乃是练武之人，这寿数可是不小，这一难只要是能挺过去，这寿数得在七十往上！当年老主爷是五十，二王屈指一算，再等二十年，我的大侄子就四十多啦！想当初我妈疼我，曾经跟我哥哥念叨过这么句话，说赵家的江山，哥哥死了给弟弟，我死了再传回来，为的就是不叫年纪小的人当皇上，恐怕叫外人乘虚而入，也来个黄袍加身！可是再过个二十年，我的大侄子——当今的东宫太子赵德昭就四十多啦！还怎么个主少国疑哪？我再要跟我哥哥要江山坐，我可是一点理由也没了！二王回府就犯愁，成宿成宿地睡不好觉，潘王妃看出来了，就问赵匡义是怎么回事。赵匡义正愁没说的人呢，那阵儿潘妃岁数也小，他就觉得说几句实在话也没什么，就把自己想谋夺皇位的想法全说了。潘妃没什么见解，可是天天有人找她，就是老贼潘洪。

潘仁美一听说二王有意要谋夺江山，这心思就动开了，算来算去，知道要想扶二帝登基，非得抓住老皇爷身负重伤的机会！老贼就伙同当初开封府、晋王府的近人找到二帝，仔细这么一谋划，就定下了进宫刺王杀驾、谋夺帝位的计策。可是你们着急，有人也着急。谁呢？就是正宫国母贺皇后。贺后比赵匡胤的眼力要好，早就看出来二王这些日子贼眉鼠眼的，也派出不少的耳目打探消息。那么这么一打探可不要紧，可就知道这二叔一准是没安好心哇！幕僚、死士纷纷出入晋王府，不少人晚上都没出来，就跟晋王府搭铺睡觉，这是要干什么哪？难不成你二叔是要趁老王病危，打算谋夺江山不成？可是贺后这时候想要对付晋王可也不那么容易，为什么？老主爷下南唐回京以后，二王赵匡义陷害首相赵普，逼着老主爷将首相赵普贬至河阳，继任的乃是二王做开封府府尹时候的亲信！这时候开国的五王也都被罢去了实权，谁的手里都没兵！怎么办？东京城里只有天波杨府准许豢养着五百火山军。贺后就派人赶紧去天波府请老令公、老太君进宫，好商议大事。谁知道派人去到天波府，跟着回来的人可不是杨继业，而是大郎杨延平。

杨延平一人领旨进宫拜见贺后，贺后可着急了，孩子，这是怎么回事呢？你爹呢？你娘呢？你的那几位兄弟哪？老主最信得过的这威胜八虎将何在哇？延平就说了，八月十五中秋节是我娘的寿辰，寿诞之日我们家大排筵宴。万料不到，二王千岁亲临天波府，给我娘亲拜寿，寿宴之中就跟我的严慈二老商量上了，说是南北两朝虽说签订了罢兵之议，可边防要塞还得加固修整。连年的征战，瓦桥三关、白沟八寨也都年久失修了，一般的将官没这个能耐——久闻杨家的兵法奇妙，擅建关防，人都说金鼎湖梅花庄无人能破，火塘山火塘寨没人领着是寸步难行！那么您二位要是去帮办三关的修整，边防岂非将固若金汤！就这么，二王说尽了好话，请令公和太君带兵视察边庭。正是万岁爷在深宫养病，我杨家又才刚归宋，我父母这才领着五百火山军和我兄弟八人早在八月底就到边关去巡查边防事务去了。老皇后一听，真是急得直跺脚啊！赶紧写下了密旨，告诉大郎，说孩子你赶紧连夜出京，快去边关召你父母兄弟马上回京！贺皇后跟杨大郎没敢说实情，只说是军情紧急，大郎自己猜出个八九不离十。

哎，就这么，杨大郎赶紧带旨出京前去搬请令公、太君。可是潘仁美早就防着这手儿呢，派下无数的爪牙把守住京城以外各个关卡。大郎得从官渡口过黄河，关卡的守卫军卒严加盘查，大郎答对得再好，也难免有破绽啊！有明白的赶紧送信回京，这消息就叫老贼潘洪和二王赵匡义知道了。听说老皇嫂要搬请杨家将回京，二王知道不好，这下可坏了！眼下自己想再进后宫——皇嫂贺后吩咐下来，万岁爷是一概不见，什么人都不见！自己也很难能进宫啦，更甭说蓄谋刺王杀驾啦！这边儿呢，老皇嫂又着急调回杨家父子，这要是五百火山军进了京，我还能做出什么大事来哪？我这皇位就算是完了！到时候我这帮子人里头哪一个不牢靠啦，想着出卖我等，我就算是叛国的大罪！二王越想越怕，掐指一算，按日子算，等到了十月二十这一天，再要不下手，这杨令公、佘太君可就得回到京城啦！

　　哎，天有不测风云，单单到了这一天，天降大雪！老主爷赵匡胤一个人在万岁殿中烤火养病，闷着闷着可就烦了。赵匡胤这个人这一辈子是视友如命，从十几岁开始，夜间就没一个人闲待着过！就好交朋友这么一个人，晚上老有这么一帮子人陪着他，有说有笑，把酒言欢，或者说练练武艺，聊聊天下的兴亡……可就是这么一个爱交朋友的人，为了保住自己的皇位，保住自己的名利，到最后一个一个害死了自己亲如手足的异姓兄弟！当初桃花宫醉斩了郑恩郑子明，贬走了军师苗广义，这二位当年都是死心塌地地保着他的！自己身边这一帮结义的兄弟，就因为赵匡胤为了保住兵权，功臣阁把酒散将，一个一个全都离自己而去！老主爷自己孤家寡人坐在万岁殿里，思前想后，越想越觉得自己对不住这些兄弟……哎，想起来了，还有一位跟随自己出生入死的亲兄弟哪！连忙叫身边的总管大太监王继恩，快快去晋王府请来自己的二弟赵匡义，再去把太子德昭给叫来，我要跟我的兄弟喝酒，我还要跟我的儿子喝酒，我得为我的儿子托付江山！

　　书里套书，再跟各位透露实情！其实陈抟老祖前来探问老主爷的病体，这么一把脉，就知道老主爷活不过今年的冬天啦！肉龙被打破还只是一节，最最关键的是老主爷连年征战，这身子都给耗虚了，这一番三下河东，老主爷还亲临沙场，夜间秉灯烛办理国家的政务……可说是积劳成疾！老祖就跟太祖皇帝明说了，您的日子已经不多了，您现在要做的是，好好地给太子托付好江山，托付好这些位开国的重臣……您特别是，还得防着您的二弟晋王赵匡义！

　　老道长这么说，可是老主爷却不信！老道长说："万岁，您不信没关系，我可以帮着您做一个局！我说您尚有七十岁的寿数，这二王要是听见了，必定得设法夺位！不信咱们就看看，到那时节，他可就得先下手害你！"老主爷是说什么都不信，二舍是我的亲兄弟，想当初我爸爸从洛阳逃出来，我们哥儿俩坐在一个挑子里，讨着饭逃到了汴梁。有时候哥儿俩就一块饼，我这兄弟年岁小，都知道让着我这做哥哥的多吃几口！那么今天我们兄弟富有四海啦！他是晋王千岁！到后来，他的侄儿做了天子，他是皇叔，一人之下，万人之上，他还能跟他的亲侄子抢江山吗？虽说后来我这兄弟有些事做得……我是对他有些个看法儿，可是他毕竟是年轻，做错了，知错能改就是好的！

其实，太祖皇帝也不是未曾猜忌过自己的亲兄弟，当初自己江南征战多年，灭南唐回京以后，发现京城里到处都是二弟的亲信把控着机要。头一个跟自己说二王不是的人就是宰相赵普，可是晋王身后也有一帮能人相助，各自声辩，不少人跟老主爷说，是二王为了保住江山，防止首相赵普弄权，这才在京城里扶植自己的亲信。这边是亲兄弟，这边是老搭档，老主爷左右为难，难辨是非。

正巧这时大宋接连出兵灭了南唐以南的各州反王，只剩下吴越自在王钱俶了。吴越王虽然奉大宋为正朔，面北称臣，但是尚未缴纳版图籍册，自己有自己的官僚统属，是个独立小王朝。钱俶自然是害怕自己的王爵、权柄被端走，频频给二王赵匡义和首相赵普去信。这一天，十瓶海货和书信送到赵普的府上，赵普正巧被公务缠身，忙于处置，这十瓶海货就堆在廊前，连书信也摆在书房里没来得及拆开看呢。正在此时，太祖皇帝人就到啦！微服私访！赵普匆匆忙忙迎接出来——嗯？就看皇上这眼神儿不对，进大门，不奔正堂，直接往两旁边的走廊里转悠。嗯，一指，"则平啊，这些都是什么啊？""啊？什么？"仔细一看，赵普想起来了："哦，钱俶送来的，底下人说是十瓶子的海产。""嗯，钱虎子送来的，那肯定得是上等海味，你怎么就这么摆着啊？得赶紧送到后厨才好哇！来来来，打开来看看，看起来今天我有口福啦！"赵普当时脸色就变了。不对！圣上进来什么都不问，怎么单问廊下的海物哪？别忙！"啊，哈哈，您想吃什么海味吃不上啊？后厨就有新鲜的！这些，摆在这儿都多半天儿了，路上也不知道得多少日子了，哪儿有登州来的新鲜哇？甭管这些啦，您想吃，等会叫后厨给您做！这些没准都臭啦！摆着吧！"这事坏就坏在赵普这人忒聪明了，要是没反应过来还好，你越说别开了，赵匡胤还就硬杠上了。"啊不不不……谁让朕我赶上了，我就想尝尝钱俶他们家的海产，来！拆！"皇上一声令下。"遵旨！"宰相府的家人没反应过来，皇上身后的禁军士卒们可先上来了，纷纷拆开封条，解开绑着的线绳儿，一开盖儿，好嘛，廊下是金光灿灿！里边哪是什么海味啊？全是一颗一颗的瓜子金！

赵普当场就傻眼啦！哎，不对！"万岁，钱俶这是……嗨，这不误会了吗？他那封信我还没拆开呢，我都不知道这回找微臣我是说什么事哇。不信您随微臣我进书房，他那信我还摆在书案之上！"再怎么解释都是没用的。太祖爷这脸上还是乐呵呵的，哈哈！瞧你，老伙计……怕就怕这么说话，不说朕，也不说卿家，更不上来就说"则平啊！赵普，赵先生……"上来是老伙计，这是跟赵普干吗？先亮给赵普这道免死金牌。老赵哇，我知道，我如今能坐在帝位上，是你老赵的功劳。上来就平头称呼，那意思就是跟我赵普心里分了。赵普多聪明哇，马上就全都明白了，我没能斗过老二，这是老二陷害我呀！

　　怎么回事呢？吴越王钱俶不可能在二王赵匡义和首相赵普当中选边哪？每一次进献礼品，必然是两边一起送到，财宝都是一样多。这一回也是照样。送来的真是金子吗？当然不是，即便是真的要贿赂二位权臣以求自保，也不会这么大模大样的。送来的真是二十瓶海味，这是没错的。可是二王赵匡义是开封府的府尹啊，早就安插耳目等着了，听说吴越王的特使进京啦，还不用你进城，二王赵匡义就假扮巡视城防，在半路上堵着你。吴越特使岂敢得罪，先见过二王，奉上吴越王钱俶的书信……到献礼的时候了，二王一看，就知道这回送的这些海物罐子可好做手脚了，上来就吩咐自己的麾下，来，吴越王真是太客气啦！你们都得有点儿眼力见儿，别叫特使费力气啦，把这二十瓶都拉回到晋王府去，咱们自己来运。早就谋划好喽！一帮子人上前，不管三七二十一，全都卸下来，装到二王赵匡义自己的车上啦！晋王府的管事的一边装车，一边跟赵匡义禀报："千岁，咱们车上还有北方刚送来的山货哪！这些瓶瓶罐罐都拉到咱们的车上，咱们可拉不下哇！""怎么那么不懂事哇？送给吴越王啊，来而不往非礼也！都抬他们车上去！"就这么，吴越王特使的车进城的时候可是满的，满是东北采购来的山货，在城门外登记造册，清清楚楚，一车的礼物装载……吴越特使能怎么跟汴京城门卫门官解释呢？压根就说不清，得嘞，也懒得辩解了。

　　赶晋王赵匡义把这二十瓶的海货拉回晋王府，直接就进了密室，全都拆开来，海物都扔了，每一罐子里边都装满了瓜子金。再照着原样儿都封好了，吴越王的封口印信全都是伪造的——毕竟不关乎军机要事，封口儿都很随意。赶快，趁着吴越王特使刚到馆驿不久，晋王府的请柬就到了，邀请吴越特使前来赴宴。吴越特使本来就是来跟朝中重臣套近乎的，乐颠颠地就来啦！刚到晋王府，赵匡义就说了："嘿哟，您看看我这马虎的，您家大王素来都是带来两份重礼，一份是我的，另一份是宰相大人的。您看，我这一糊涂，全都拉我们家来啦！您看这糊涂事办的！这么着，趁着这罐子里的海货还没坏，这可不能等！您这儿跟我这儿喝酒，这贵重的厚礼可不敢耽搁喽！您派几位手下，拿着钱千岁的书信，我派人帮您送到赵相爷的府邸，您看如何哇？"

吴越特使一琢磨，哪回我来东京城拜会各路神仙，这位相爷也没见我，这回也不会例外啊，我这又没有新鲜的事由。千岁也就是叫我将亲笔书信送上就好，也不见得非得是我本人。"嘿哟，真不瞒您说，我正头疼这件事呢！那可太好了！我刚才还说呢，总不能我从杭州来，给相爷送去北边的山货吧？""嘿，这是我孟浪啦！""那可不敢，谁不知道您二王千岁那真是明白人！如此小人我可就多谢啦！这是我的名刺，嗯……来呀，这位是我的秘书小刘，叫他跟着您的人去送去就成！"小刘知道千岁的书信在哪存着呢，取出来，再加上特使的名刺，跟着晋王府的人就去送海货了！工夫不大，小刘和晋王府的差役回来了，东西和书信都送到宰相府内了，晋王府的人跟赵匡义耳语几句，告诉二王十瓶海货都存放在哪儿了。晋王使一个眼色，二道令就发下去了。开封府周边的里正轮流着去宰相府回报黄河水患这几个月赈灾处置的事务，就是为了拖住赵普。第三道令，一帮子人浩浩荡荡将一车十瓶的瓜子金都送到大内紫禁城。皇城司这边早就勾搭好了，一路无障碍，十瓶黄金送到内廷。太祖皇爷看见一愣，再一看二弟的书信，说这既然是吴越王送给我的，我不敢贪污受贿，上缴国库，还请皇兄陛下您来处置——其他的，一句都不提。

太祖明白啊，吴越王胆敢贿赂你，那他就敢贿赂赵普。不行，我得去看看！怎见得：

大海扬波涛声浅，小人方寸比海深。

海枯石烂终见底，人死魂消不知心。

要知道二帝到底是瞧见什么了，还得听下一本《封杨赦潘》。

【二本·封杨赦潘】

〖头回〗

词曰：

不要毒计巧安排，命也时乖，运有时乖。人生荣乐似花开，挨过冬来，自有春来。好将至语谕儿曹，休要心高，须要命高。为谁辛苦为谁劳，来也萧萧，去也萧萧！

《一剪梅》

上回书说到，潘杨讼审结，寇准金殿呈报案卷卷宗，一应的口供俱全，连老贼在内的奸党十数人全都招供签字画押！二帝几经辗转，知道不能再护着自己的老搭档、老丈人啦，这一回是没招儿了，传出口谕，推出午门斩首！就在这褃节儿上，西宫潘贵妃亲自来到金殿上，跪倒在二帝身前，为老父求情儿，可就趁人不注意，奉上一把金簪！①

---

① 事起皇弟晋王赵匡义密谋篡位。咱们将这段历史故实在今天说的时候，往往会添加一些现代人的观点，对历史人物持批评态度。说书人在此处替二帝赵匡义说几句话。在五代末期军旅中成长起来的赵匡义，他在哥哥登基以后假如选择安逸的生活，决不再窥伺帝位，那样太祖皇帝就能够有安稳的政权吗？答案当然是否定的！赵匡胤刚刚登基建立大宋，最缺的就是像二弟赵匡义这样的政治人才，因此很快就将开封府府尹这一最重要的职位交给自己的亲弟弟，也就是将首都保卫的重要职责也交给弟弟来管理，这才能放心。那么关于杜太后劝告太祖皇帝传位时必传给兄弟，让赵家天下代有长君——这个故事会是真实发生过的吗？很多宋史学者都谈到过，我赞同这样的观点，即金匮之盟不是真实的事件，而是利益相关人编造出来的——主导演就是献金匮的赵普。

为了说明白这把金簪的来历，咱们再补说金簪刺肉龙的这一段倒笔书。

太祖皇帝也有自己的密探，迅速派出去侦查赵普相府，很快就有人回报，的确有吴越王钱俶赠送给相爷十瓶海物，正堆在相府门口的回廊之下，尚未收纳处置。太祖闻听并未动心，这件事最关键的，是你赵普知不知道这些个瓶子里装的到底是什么。既然老二不知道，甘心来献，你则平也可能不知道哇？太祖皇帝等了一天，再探，赵相爷照旧没有动……这就让赵匡胤起疑了。来使说这是海货，你为什么不动呢？咱们前文书交代过，二王这早就预备好了，派人去门下省办公厅和相府频繁递交公文，催办政务，把赵普给牵绊住了。如此一来，太祖亲自求证，一看赵普紧张的神情就知道了，赵普知道这里边装的是金子啊！哼！不冷不热。赵普一时仓皇，不信您随我去书房，钱俶的信我可都没来得及拆开哪！太祖皇帝甩下一句话："哈哈哈哈，老赵啊，你尽管尽数收下，如今你贵为首相，这算什么？哼，这个钱俶，也真是，竟然不给我送几瓶，还以为国家大事全都是书生裁夺，呵呵，岂有此理！"拂袖而去。赵普真是哑巴吃黄连，有苦说不出。

二王赵匡义是一套组合拳，一点喘息之机都不给赵普留出来，很快各种案子都在开封府受理，很多贪污受贿的官员都被揭发、查办。一追查，都有案底，最初祖护他们的靠山很快就查到了——最受皇帝信任的首相赵普。还容不得赵普找皇帝解释，自己的宅子就出了问题了，家宅所用的木料，是他家的管家盗用宰相府的名义从西北走私廉价买来的，可是这位管家不只是给

值得我们重视的是另一点，历史文献记录中，太祖皇帝赵匡胤时不时会夸奖自己的弟弟，说二弟"龙行虎步"，他日必为太平天子……种种暗示，都似乎在指向自己日后会将帝位传给弟弟。当然也有学者认为这是二帝太宗即位以后，吩咐史官杜撰的文字，以证明自己即位的合法性。但我并不赞同这样猜测，因为假如真的存在史官受二帝太宗的委托篡改实录文字的可能，为何不干脆干干净净地修正史料记录，抹去一切可以造成后世猜测的情节呢？我认为，太祖皇帝的确曾经常暗示过，帝位也有传给弟弟的可能性，只有如此，才可能换得弟弟的真心辅佐。相对很多心怀不轨的武臣宿将来说，自己的弟弟，终归是更可信赖的。我认为这种复杂的心态，才是太祖太宗皇权授受历史模糊不清的主要原因。但同时我们也应当看清，太宗始终没有熄灭自己登基称帝的念头，其实也是符合当时环境条件的。

自家建房屋使用，还大量使用政府公务配额，在汴京暗地售卖获利，金额巨大！就这么说吧，什么事都被挖出来啦，谁都捂不住、按不住。

如此一来，证据确凿，把赵普给贬出京城——老伙计你去河阳做一任使相去吧，就是节度使兼宰相的待遇。可咱们前文书早就说过啦，大宋朝得天下，要解决五代以来藩镇尾大不掉的混乱宿命，革除了各州节度使的实权，这就是赵普一手操办的哇。一代名相，是龙您也得盘着，是虎您也得趴着，您哪，跟河阳三城好好反省着啵，谁让您得罪的是赵二舍呢！

赵普离开京城到河阳赴任，也冷静下来了。赵普在河阳反正也不过是一个闲官儿，自己上了华山，本意是要找到老搭档苗广义，可是苗老道不在，他的师父陈抟仙长倒是在山上呢。这二位也是忘年交啦，赵普将自己心中郁闷和盘托出，老祖就知道不好。当初在汴京，这哥儿俩还都是小孩儿呢，是我哥哥看着长大的。我的兄长亲自教授兄弟二人，他最清楚，早就告诉我，赵二舍不像他哥哥，为人有奸险阴狠的一面。现在听赵普所说，果不其然。所以，受了赵普的重托，老祖亲自下山前来解劝太祖皇帝。赵匡胤下河东，有意从河阳过黄河，结果听说节度使赵普上华山去了，哈哈，知道干什么去了，那就先搁着这个茬儿吧。等到河东收杨家将、幽州扫北定三关，老祖来到汴京，赵匡胤也就认定了，你老神仙就是赵普的说客！得，误会上了。

陈抟老祖这番话，老主爷就认为是赵普跟老道私下里说好了的，叫老道来搬弄二王的是非，赵匡胤是说什么都不信。老祖陈抟也没别的法子，就成心骗赵匡义说，你可得小心这肉龙，这个不能再破啦！这个要是再破喽，你哥哥的性命就不保啦！这是成心留下这么句话，然后再告诉老主爷，您不是不信吗？您等着瞧，早晚有这么一天，你这兄弟得来刺破你的左臂肉龙！到那时，你就相信老道我说的话啦！早听我的，你早早地贬走二王，万事皆休！万岁，您若是心慈手软，不肯伤这手足的情谊，你百年之后，你自己儿子的江山难保哇！

哎，到这天晚上，十月二十——要是按今天的阳历来算就是在十一月底左右，陡然间天寒地冻！按咱今天的说法是西伯利亚的寒流到了，满天的鹅毛大雪飘落，银装素裹。赵匡胤想起来老祖陈抟跟自己说的，今年的腊月你是过不去啦！等到寒冬到来，瑞雪飘扬，到那时阳气衰落，阴气上升，阴盛阳衰，你的真元就要耗尽，油尽灯枯，你的日子……可就快到头了！你得为你的身后事早作打算！这是老仙长的一番肺腑之言，老主爷想起来了，知道自己时日无多，可是自己一直也没下决心降旨传位，拖到了今天，赵匡胤眼盯着一片一片的雪花飘落在万岁殿前……想透了，早晚也是一死，不如好好地给太子德昭将江山托付好了，自己也就放心了！所以叫来了身边的太监总管王继恩，你速速前去晋王府，叫来朕的二弟，再去唤来太子德昭和正宫国母前来！我……有紧要的话要对他们说。

王继恩答应一声儿就赶紧出宫去了。老主爷身边就剩下一班小太监，就让大家给自己备酒——天凉啊，必须得点火温着。左等也不见人来，右等也不见人来……干脆，自己先喝着。心里一琢磨这件事，老主爷突然之间就想起来自己的结拜大哥柴荣来了。

唉……十八年前，南唐使臣窦瑶进献来江南美女，得到了大哥的宠爱，是我激愤难耐，三打窦瑶，被贬到归德府为民。那年的六月，窦瑶进宫，毡卷柴王，掳走了我的大哥，逃奔至尧王庙存身。我和三弟、怀德救驾，是三弟火烧尧王庙，这才烧死了窦老贼，救出了大哥。可是经此一路的惊吓颠簸，大哥也身染重病，回到京城没过多少日子就病入膏肓。眼看就不成了，大哥把我叫到了他的病榻跟前，嘿嘿，也是在这万岁殿之内！大哥他至死都认为我是最靠得住的朋友，最可以信任的兄弟，可说是托妻寄子！叫他的儿子喊我一声儿干爹，他的儿子要是继任皇位，我是太上皇！大哥觉得我能甘心啦，这江山不等于是我坐了一半儿吗？嘿嘿，我的大哥喊，不是你兄弟我的贪心不足，实在是兄弟我……难以服众哇！大家伙儿都觉得您这么办实有不公，弟兄们都认为是我应当继承这个皇位，这才有陈桥驿外黄袍加身！大哥哇……不是你兄弟我贪恋红尘富贵，皆因为黄袍披在我身上，兄弟我已然是身犯杀头灭门的大罪，千万人都瞧见了。我要是不反，兄弟我也是一个死；反了，我还能看顾好我的皇嫂和侄儿……我还就得反哪！大嫂骂我，兄弟我只好就这么认了！可是兄弟我自问，我对得住大嫂和我的小侄儿，封小侄儿为云南自在小梁王，远在边陲，没人能管他，他就是南蛮之地的皇上啊！不单单这样儿，我还叫人在内宫之中立起了一方石碑，我的儿孙将来出来进去都能瞧得着，终我赵家人坐江山一天，就永不得杀柴家子孙！您觉得，兄弟我到底做得怎么样？嗨！有道是天理循环，今天这一桩为难之事就轮到兄弟我了，我是将江山传给我的兄弟呢，我还是将江山传给我的儿子？都是我的亲骨肉，砸断骨头连着筋！可万万不要因为我的一时糊涂，闹得个骨肉相残！哎呀，我……到底该怎么办好呢……

那么说，想着想着，赵匡胤嘴里默默念着大哥……可就睡着了。这下儿可坏了，这人在病中，最怕的就是思前想后——思念已然故去的亲朋好友，惦记着自己的身后之事。迷迷糊糊，似睡非睡，就听见身边儿有人说话。嗯？此地乃是朕我的万岁殿哇！我刚才说好了，我不叫人进来，就不许有人进来啊？难道说是禁军的侍卫懈怠不成！嗯！太祖爷缓缓起身来望，哎，迷迷糊糊就瞧见不知何时万岁殿的殿门儿闪开，打外头晃晃悠悠走进来一个人。这会儿外边儿是大雪闪亮，可是殿里的烛火都给压暗了，看不清来人是谁，只能看得出来这位身高过丈，膀大腰圆，身穿一身儿大红色的官服，头上是帽翅乌纱，瞧着那么不搭配——你这身儿和这身形架势忒不合适了。

等再走近，老主爷借雪光定睛这么一看，哦……哈哈哈哈啊哈！却原来是三弟你呀！谁呢？一个头磕在地上的结拜三弟郑恩郑子明。"哦，我当是谁，原来是三弟你呀……三弟，你是来陪哥哥我喝酒的吗？"说到这儿，赵匡胤猛然间一拍脑袋，不对啊，我三弟早就死了哇？"这个，你，你，你到底是人是鬼？"我三弟不是被我斩杀在桃花宫门了吗？

郑子明乐了，摆了摆自己的衣袖："二哥，这您还瞧不出来吗？我既不是人，也不是鬼，而是在上界归位成神！兄弟我是星君元帅啦！""哦……哦，哥哥我还没明白，怎么……今夜晚间，三弟你……来找哥哥我，难道说是哥哥我也该驾崩了不成？""二哥，您甭担心，兄弟我对您可没存什么怨愤之心！你我先为兄弟，可是后做君臣。难得您下南唐回来大加封赠我的妻儿，还给我儿子选了这么好的一个媳妇儿，做兄弟的我是感激不尽，故此今夜特来感谢您的隆恩！我今天晚上来，不但是为了当面感谢您照看我儿子这件事，也是专门儿来陪陪您再喝几杯酒，陪您在这宫中四外转转，陪您解解闷儿……"

赵匡胤心说我这兄弟成神以后，这么有礼有节，这说话做派可跟在世的时候大不一样哇！"哦，兄弟，你是看哥哥我一个人烦闷，你特来陪我来的？""兄弟我知道有一个好地方儿，您真应当前去瞧瞧！""哦？三弟，你要……带哥哥我到什么地方儿去？""呵呵，二哥，甭废话了，工夫可不能长了，我带你去看一看咱们的大哥去！你快快随我来！"赵匡胤糊里糊涂，起身来追郑子明，郑子明大踏步走出了大殿，赵匡胤就跟后边这么跟着。

走出万岁殿，嗯？赵匡胤一看这外边虽说还是一座皇宫内院，可是跟自己原先所记的有所不同了，也是宫阙林立，可是花木要比自己的紫禁城里要多得多！云雾环绕，仿佛是身临仙境！郑子明就在前边儿走着，大步流星，也不等着自己。赵匡胤紧紧跟随，三绕两绕，哎，来到了一座花园之中。嗯？老主爷四下看了看，满花园里都是桃树。此处怎么这么眼熟呢？正在观赏满园的桃花儿，忽然间瞧见前边不远处有一座八角儿亭，亭子之中端坐一人，头戴冲天冠，身披衮龙服，器宇轩昂！等老主爷转到了这个人的正面儿，闪目观瞧，哟！正是自己的结拜大哥柴荣柴子耀，前朝的世宗皇帝。老主爷连忙走上前几步要拜见大哥，可是大哥也怪，好像没看着自己，转身一背手儿就走了，走出了亭子，朝一条小路走去。赵匡胤就跟后边追，可是老是有桃树挡着，怎么追都追不上，一着急，嘴里就喊出来了："哎呀！大哥，您为何不等等兄弟我！三弟，你怎么也不等等我啦！哎呀，可真真是想死兄弟我了……"赵匡胤这么一嚷嚷，柴荣听见了，转身瞧见了老主爷，面带微笑来扶住赵匡胤，"哎呀，二弟，这个地方可不是你能来的，你怎么来了？来来来，快随愚兄我走，待愚兄我带你离开此地！""啊？大哥，是三弟领着我来找您的哇？大哥，想死兄弟我啦！"这阵儿三弟郑子明在一旁嘿嘿地冷笑："大哥，看起来您是真的忘了，当初这个负心之人是怎么对待您的？此人做下罪孽无数，这才命数已尽，魂游仙界，这是要归位啦！哈哈，赵匡胤，想不到你也有今天！明告诉你，今天你来到我们这回星馆，你可就回不去啦！"哎呀，三弟，二哥我是对不住你！二哥也时常惦记着你啊，啊，这里，此处是什么所在？你说这是什么回星馆？愚兄我怎么看着像是当年你我弟兄结拜的桃园呢？"柴荣就说了："二弟啊，此处并非当年你我弟兄结拜的桃园，这里乃是王母娘娘的蟠桃园啊！""啊，什么？您说这是蟠桃园？您玩笑了，这不是……"赵匡胤正在纳闷儿，陡然间就听见桃花林里有人大喝一声儿："哒！赵匡胤，我可算是等着你啦！今天你来了就别想走了，快快赔我的性命来！"

啊？老主爷惊出了一身的冷汗，扭头看去，桃树林后闪出来一个人，也是身高过丈，面似黑漆涂染，凶眉恶目，颌下满部的钢髯！仔细一看，哎呀！非是旁人，正是自己当初在大周朝里的死对头，大司马韩通！当年我在陈桥举旗反了大周，率领大军杀回了汴梁，派出王彦升前去看着韩通。没想到王彦升自作主张，一剑刺死了韩通！这是……韩通的冤魂找我报仇来啦！赵匡胤闪身要躲，郑子明一把就把自己给抱住了："嘿嘿！二哥喊！你不是想我们吗？那你还走什么啊？就在这儿吧！"眼瞧着韩通挥舞一口钢锋剑，口中大喝："赵匡胤你纳命来！""三弟，三弟，你要做什么？快快放开愚兄！"俩脚猛然一蹬，一头的大汗，哦……原来是南柯一梦！

老主爷醒过来，擦擦头上的汗，心中还怦怦直跳，刚想坐起身，就听殿外有人争执起来。嗯？"外面，是何人喧哗？"值班的小太监赶紧进来，"万岁，殿外，是晋王千岁前来探病！""哦，原来是我家二弟啊，那怎么了，为何在外边吵闹不已？还不速速宣晋王进殿哪！""万岁，非是旁人拦挡，而是娘娘千岁在殿前拦挡，说什么也不让晋王千岁进殿！""哦？有这样儿的事吗？扶我起来，我出去看看。"小太监扶起了老主，赵匡胤走出了万岁殿。

来到殿门口儿，大门闪开，出来一看，果然是贺后拦在万岁殿的台阶之前，二弟赵匡义站在台阶之下，控背躬身跟嫂嫂讲情儿，恳求放自己进殿。老主爷来到贺后之后，贺后赶紧转身见礼。"梓童啊，你们叔嫂二人跟这儿吵什么呢？""万岁，臣弟听闻您今天晚上烦闷，要见我，故此连夜赶来万岁殿，可是皇嫂……""万岁，您现在正在养病之中，有什么国事都可以容后再说，为什么要深夜哪？臣妾实实是以万岁您的龙体为重，还请万岁回殿歇息吧……"
贺后一边说一边走近老主爷，眼睛盯着赵匡胤，意思是说，我对二弟不放心，
你还是要小心为是。赵匡胤这会儿睡意全消，再加上殿前满地的大雪，天地
之间一派清爽，很是惬意！心里知道贺后琢磨的是什么，可是这阵儿还真想
喝几杯！"哈哈哈哈……梓童啊，你担心什么？二弟乃是朕的亲手足！我们
哥儿俩也好些日子没见啦，是我叫人去叫他来的，你就甭担心了。哎，德昭
皇儿怎么还没来哇？"总管大太监王继恩赶紧搭茬儿："万岁，方才奴才已经
派人前去宣东宫啦，估摸是大雪阻路，一时还赶不过来。现在有人在东华门
外专门候着太子殿下，殿下一到就即刻给您引到万岁殿中拜见，万岁爷您就
放心啵！""好，继恩啊，你带人在外边好好等着吧，德昭皇儿一到就赶紧领
着来见我来！匡义啊，你速速随朕进殿来喝酒！外头太冷啦，别冻着了！梓童，
你也赶紧回后宫去歇息去吧！这几天你也辛苦啦！可是今天朕我觉得这病体
可是好多啦，今日儿晚上倍儿精神，你就放心吧，回去吧……"赵匡胤挥挥手，
叫贺后回后宫去。贺后不放心，一步三回头，赵匡胤冲她笑了笑，又挥了挥
手，转身拉住二弟赵匡义："来来来，你我弟兄就在这殿中赏雪饮酒！哇哈哈
哈哈……"

　　按赵匡胤的心思，今天晚上我得好好地跟我的二弟聊聊，好好地替我儿
子把这江山托付好喽！自己方才的梦境还仿佛就在眼前，知道自己的大限就
快到了。那时候的人都迷信，梦中见到了结拜的大哥和三弟，而且这三弟是
成心要害自己。思前想后，什么都想明白了，我这辈子对不起我的大哥，更
对不起我的三弟，可是我眼看就要走的人，我不能再对不住我的亲兄弟啦！
伸手把二弟拉过来，"来来来，二弟，匡义，你我弟兄可是多日未见啦！今天
这一场好雪哇，正好，哥哥我可想你啦，咱们哥儿俩好好地喝上几杯！"哥儿
俩手拉着手就进了万岁殿，王继恩和几个小太监也颠颠儿地跟着进了大殿。

　　哥儿俩分君臣落座，小太监在一旁伺候着点旺炉火，这边给热酒，那边
给预备下酒的小菜儿。都给安排好了，赵匡胤挥挥手叫小太监们下去，有俩
小太监是贺后吩咐得随身跟着老主爷，站在门口不乐意出去。赵匡胤瞧出来

了，"哎，你们也下去，我和我兄弟有话要说。""万岁爷，奴才们就在殿外伺候着……"一个一个纷纷退出了大殿。这是大雪天儿，虽说殿内的暖炉火生得挺旺，可是也不能开着门儿啊，小太监把殿门给关上，各自退出去候旨。

大殿之中就剩下这哥儿俩了，老主爷亲自给倒酒，你来我往，有说有笑，哥儿俩可就喝上了。老主爷本来是满腔热忱，邀兄弟来，好好叙叙旧，什么比得了咱们哥儿俩坦诚相对啊？可是太祖跟二弟提几件事，刚一提个头，二王赵匡义就直点头，嘴里"是是是是是……"不会聊天啦？老主心里咯噔一下子，坏啦！今天我二弟进宫来……这是有别的打算哇？太祖皇帝什么样的心机啊，这能瞒得住他吗？一看赵匡义这眼神就知道，今天是必有夹带哇。还真叫老主爷猜着了，今天二王真就有夹带——潘王妃头顶的金簪。

这一回二王赵匡义能先进宫来，是跟太监王继恩早就定规好了的。王继恩心里向着二王，因为自己和贺后有旧隙，如今假如说即位的是太子，那他王继恩没有好果子吃。所以皇上说你去喊来二王和太子，他可不会真的去召太子，而是得赶紧来找赵匡义！可是临要出府之前，赵匡义还是反复地计议，一时难以决断。到最后身边的人谁都没主意，就只有这位潘王妃上来，抽出了自己头上的金簪，交给了赵匡义："千岁，这个，您揣在身上，在进宫的时候你寸铁都不能带，可是这个搜不出来。我听你说了，如今老主爷的肉龙疮口迸发，你只要是能用这个金簪刺破他的肉龙，他不是就……"

二王赵匡义一跺脚，好吧！一不做二不休，我还就得这么办啦！所以就怀揣金簪，来到了宫中。可心里有事，这脸上就不自在，屁股就跟长疮似的，根本就坐不踏实。老主爷什么眼力？一看这二弟今天就不对，难道说，还真叫老祖仙长说着了，我这二弟真就打算要害死我吗？

〖二回〗

大宋朝开宝九年十月二十深夜，太祖皇帝赵匡胤找来二弟赵匡义，兄弟俩饮酒深谈。

可是喝着喝着，老主爷就觉得自己这身上不对劲，浑身这血气凝滞，脑子里越来越昏，知道要不好！看起来老仙长料事如神，我的大限将至！可是太子德昭还没来，自己这话也没法儿单跟兄弟说哇？晃晃悠悠，老主爷站起身形，走到了书案前，这儿摆着自己素常不离手儿的金鸡钺，就抓在了自己的手中。回身在手里这么一摆弄，"哈哈哈哈……二弟啊，咱哥儿俩可有日子没练练啦！想当年陈老先生一心传授你我本领，白天念书，晚上练武！那会儿呢，哥哥我爱练武，弟弟你爱读书。到晚上你就犯困，可是哥哥我是一到早上念书就犯困，因此上咱们哥儿俩一个是文，一个是武。到后来，你辅佐哥哥我打江山，该冲锋陷阵的时候哥哥我上，该好好打点家底儿的时候可就得看兄弟你的啦！你说说，咱们兄弟二人可够多好哇？啊？哈哈哈哈……"说到这儿，老主爷手里拎着这只钺就回到了座位，顺手就把这杆金鸡钺摆在了自己的床榻边儿上，那意思是警告一下二弟，你要是真的打歪主意的话，你可得掂量掂量！

那么二王一看哥哥这么一来，自己还真不能动手儿了。本来我就不是我哥哥的对手，更何况现在老大手里还留着家伙哪！这么一琢磨，赵匡义就把刺王杀驾的心给压下去了，心说我就算不谋夺这个皇位，我不还是晋王千岁吗？在大宋朝我不还一样是一字并肩的亲王吗？这么一想，这二王反倒是踏实了，真心地给哥哥敬酒，哥儿俩越说越高兴。

这老主爷酒也喝了不少，这嘴上就没把门的了，"啊，兄弟啊……今天晚上哥哥跟你说点儿掏心窝子的，这大宋江山打到今天，南北十国算是都收服啦！江山一统，还差什么呢？就差收服北国占去的燕云十六州！可是哥哥我是办不到啦！这往后可就得靠你了！兄弟，只能是靠你喽哇……"您听听，怨二帝赵匡义起念头吗？任谁听不觉得是在给自己托付江山哪？"万岁，臣弟万万不敢当！收服幽州还得您御驾亲征，臣弟我还是在朝中代理朝政，也就是了。""哎，你我兄弟今天晚上只论兄弟，不论君臣！二弟啊，实话跟你说，哥哥的日子可是不会长久啦！就趁着今天晚上你得让哥哥我把这话都挑明了说！""大哥，好，小弟我恭听您的教诲。""哈哈，好好好，做哥哥的我多说几句，你也不要见怪！哥哥我还有这么几个心愿未了！哥哥走后，兄弟你得替哥哥操操心，把这几件事给办好！这头一件，就是收服燕云十六州！当年石敬瑭卖土求荣，将这十六座军州卖与了北国，可是咱们南朝的门户可就都丢啦！长城不在，咱们的江山难以固守！这一回用兵可是免不了啊！""哥哥您放心，这件事小弟我谨记在心。""嗯……贤弟啊，如今杨家将入朝，太行山呼延赞也归附封王，这两家儿乃是当世英雄，有这俩人辅佐你，将来你夺取幽州不在话下！可是你还缺少宰辅良臣啊，没有替你管好家里诸般杂务的人，兄弟你要收复十六州也是妄想哪！""哦，哥哥，这也正是兄弟我发愁的事啊！""好，哥哥我给你举荐一个人，此人名叫张齐贤，当年我巡游西京洛阳，这个张齐贤在街头拦住哥哥我的马头，指天画地，条陈十策，皆是治国安邦的良策啊！可是哥哥我指出数条之不足，只是跟他玩笑几句，说只有四条可用。想不到此人生性狂傲，与哥哥我当众争吵，哥哥我也是一时懊恼，只给了他洛阳太常卿的小官儿，好磨磨他的性子。这话说到今天也已经十来年啦！这个人是哥哥我给你预备好的，不久之后你可以予以重用！""哎呀，哥哥您真是太为弟弟我操心啦！""好，兄弟啊，还有一件，当初哥哥我被困之时，曾梦中见到文殊菩萨前来指点我的迷津，那天哥哥我就许下了香愿，答应过菩萨，江山一统之后，就要重建道场，到五台山降香修庙。可是这十八年哥哥操劳国事，到今天这个愿也没还上，贤弟，哥哥就都托付给你啦！我走以后，你一定要到五台山还愿，替哥哥我答谢几位高僧当年的襄助之情！""哥哥，这个您放心，小弟我转年就去五台山大兴土木，代您前去降香修庙！"嗯……这三件事说完了，赵匡胤就觉得自己这脑袋里嗡嗡直响，耳鸣如鼓，就躺在龙榻之上靠一会儿，闭目养神，半天没说什么话。

赵匡义等了半天，哎，哥哥这怎么不说了呢？"哥哥，您这话是嘱咐完了吗？""嗯……还没有。贤弟啊，哥哥我想起一件往事来，不知道贤弟你是不是还记得？""哥哥，您给提提，看我是不是还能想起来。""哈哈哈，贤弟，我来问你，你可还记得当年澶州城头龙虎风云会，你我弟兄大结拜？那天的事你还记得吗？"赵匡义听到这儿，这心都快蹦到嗓子眼儿外头来啦，好啊，这才要说到正题儿！是啊，要不是当年大哥柴荣的一番大话，我至于吗我？是你们几位做哥哥的说的，他年有荣华富贵，兄死弟继！大哥临终前就说话不算话，我帮着您策划的陈桥兵变，后来呢？您担心郑子明郑三哥图谋大业，您借桃花宫酒醉就杀了三哥。这以后我就知道啦！您也是打算赖账哇？可是今天晚上哥哥这么问我，是想要听我怎么说好呢？得嘞，我得看看再说。

"哦？哥哥，这个年头可是不短啦，您给提提，兄弟我实在是记不清了。""呵呵，不会吧……贤弟，那一年你我兄弟在澶州相会，哥哥我是先与张光远、罗彦威诸位兄弟结拜，后与大哥柴荣、三弟郑子明结拜，那一天，大家伙儿都提出来，何不合成一个香炉？这才是龙虎大结拜！那一天大哥柴荣在花园摆宴，他说的头一句话……兄弟你还记得吗？""嗯，哥哥，您不提，兄弟我还真记不起来了，大哥是说了句什么话？""哈哈，兄弟，也许你不记得了，也许你是装糊涂。当年咱们的大哥柴荣可说了，这江山是弟兄们拿命给大哥换来的，他年大哥只要是有登基坐殿的那一天，这江山是兄弟们轮流来做……""哦……哥哥，这个话兄弟我还记得，柴大哥是这么说的！可是到了大哥驾崩之时，大哥可是叫来了您跟我们兄弟几个，给他的儿子托付江山，说要您好好地辅佐小梁王登基坐殿！大哥可说了不算来着！""没错，贤弟啊，你知道大哥为什么这么做吗？""哥哥，难道说不是柴大哥他……他心疼自己的儿子，不想把江山拱手相让？""呵呵，贤弟啊，看起来你读的书是比我多，可是看事情你看不明啊！""小弟细听哥哥您的教导。""贤弟啊，大哥这江山可不能够给我啊！为什么呢？不是大哥偏爱他自己的儿子，也不是大哥存有什么私心……贤弟啊，等到哥哥我坐江山的时候，我才知道当初大哥的苦心哇！你想想看，大哥的江山是从郭家手里接过来的，这郭家的亲戚有多少？柴家的亲戚有多少？这些人都是亲王公侯，真要是将江山再交给哥哥我，这些人你动不动？后宫的妃嫔你动不动？当然啦，我肯定得动！可是这就是难题哇！这些人能坐以待毙吗？绝不会！所以说大哥要是让了江山给我，等于是把我和他的儿子都给架到了刀下了！"

赵匡义听到这儿，心里也是一惊，没错，哥哥说得一点都没错哇！我怎么就没想到这一层呢？"二弟，这话说起来可是十八年啦！当年你我可都不如大哥想得远哇！所以等哥哥我登基坐殿之后，扬州反下了李重进，潞州反下了李筠……害得你我弟兄奔忙多年平叛，哥哥我还险些命丧在淮扬，这都得说还是大哥有远见啊！所以说，江山兄弟轮流坐，这只是一句玩笑，可是兄弟若是能辅佐侄儿好好地坐江山……这江山才真的能够稳如磐石啊。""哥哥，兄弟我明白了。可是今天晚上您把我叫来，跟我说这些……哥哥，您是什么意思呢？""哈哈哈……二弟！哥哥我是什么意思你还不明白吗？那么我再问问你，当初哥哥我兵到陈桥驿，明明天色尚早，按哥哥我的意思是赶到黄河渡口再歇兵，可是军令传下去却变成就地安营扎寨，这支令是谁给传错的？""这个……""好，我再问问你，等我从大帐里走出来，天上飘落下一领黄袍！这件黄袍你不要再说是上天所赐啦，你倒是说说，是哪一个给预先做好的？""啊？哈哈，哥哥，这个，您还用问吗？""哈哈，这个我就不用你说啦！可是有一桩事你得好好地跟我说说！""啊？哥哥，您要问哪一桩？""兄弟，咱们哥儿们在澶州大结拜，你排行在第几？""哥哥，您真是记不清了吗？兄弟我是排行在第六，你们老拿我开玩笑，管我叫鬼子六啊！""哦……贤弟你是排行在六？好，愚兄我是排行在次，下一个就是三弟郑子明。当初哥哥我误信了奸妃谗言，酒醉夜斩了三弟，哥哥我好悔哇！那么下一个就是四弟张光远……贤弟，今天你跟哥哥我说句实话，你四哥张光远到底是怎么死的？"

前文书交代过，张光远是老主爷赵匡胤的发小儿，打小儿就是赵匡胤家的邻居，跟罗彦威一起和赵匡胤结拜为兄弟，从十几岁就跟赵匡胤在东京汴梁城里打遍街、骂遍巷，四处打抱不平，招惹是非！老主爷从军，在大周朝郭雀王的驾前效力，这小哥儿俩也跟随一起出征，立下功勋无数。到后来，老主爷登基坐殿，张光远被加封为安乐王，御赐一匹逍遥马，张光远就凭着这匹马，满大宋朝没有他不能去的地方儿，就是进皇宫内院也是无人敢挡！张光远为人乐善好施，谁家有麻烦有困难，就骑着自己的逍遥马去给人送钱、送粮，京城士老皆称张千岁为"逍遥王"。太祖爷三下南唐平灭了江南，李后主递交了降书顺表，大获全胜，班师还朝。可是回到了京城以后，日子不长，北边的战事又要吃紧！河东有游侠白龙，自号是后汉乾祐王刘承祐的嫡子，朝北国借兵，管河东北汉要地盘儿，起兵造反。白龙太子一直打到了宋朝的边关，皆因为宋朝的男女名将在南唐这一仗当中损折了不少，五女将被仙师锁拿上高山，少年王侯又被派到四边防御，老驸马高怀德病卧在家……朝中一时竟然是无将可派。老主爷也是不得已，挂欧阳方为行军主帅，河东旧将靠山侯呼延凤为先锋，扫北的大军开往白龙关前去拦挡反王白龙。那么说欧阳方本是文官哪，怎么能文挂武职呢？这就得说是二王赵匡义存有这么一份儿私心。

老主爷率领着五王八侯远征江南而去，大军打到了寿州，中了南唐军师余鸿的空城诱敌之计，被困在寿州城中三年，多亏了苗广义领着八卦仙童苗崇善前来助战，帮着掘出了上一任寿州大帅刘仁瞻埋藏的粮库，大军不缺粮食了，一直就这么困守在寿州，接连两年，赵匡义也没给派救兵。那么说二王为什么这么做呢？当然，他也是无人可派，更主要的，就是想借南唐豪王之手杀尽开国的五王八侯，借机好削弱大哥的政治势力，给自己将来接班铺好路。可是在朝中有首相赵普处处钳制自己，自己也不好大肆地网罗人才，扶持自己的人马，怎么办呢？就在这个时候，遇见了归降宋朝的北汉旧臣欧阳方。二王一接触，嗯，这个欧阳方也不简单哪！不但有文才，也精通行兵作战之法！俩人来来往往挺频繁。工夫大了，二王一步一步地提拔欧阳方，到后来欧阳方一直做到了兵部大司马、东厅枢密使，主管全国的兵马军务。

可是两人过从甚密，没多久这个事就叫老相爷赵普给发觉了。赵普也有辙，你二王不是提拔欧阳方吗？好办，我提拔提拔河东旧将呼延凤！想当初柴王扫北的时候，呼延凤还立下功勋不小，老主爷御赐的靠山侯，按说这爵位也是不低！就提拔呼延凤为京营殿帅，掌管京城汴梁的兵马司公务，欧阳方也得忌惮着点儿。哎，这两位都是当初后周从北汉王刘崇那儿要来的，大宋朝五王八侯都出征南唐了，大宋的武臣之中就显出来这二位来了。

所以等到要三下河东之时，无人可前往扫北，锁拿反叛白龙。太祖爷也只好听从了二王的安排，朝中众将没人比欧阳方和呼延凤更熟悉河东地界，就命欧阳方挂帅出征。可是这俩人能对付得了吗？到在阵前互不服气，你争我夺，阵前将令不能通行，先锋和元帅各呈本章弹劾。没办法，老主爷御驾亲征，赶到前敌白龙关前去，本来是为了化解将帅之间的不合，谁料想欧阳方听说老主御驾亲征来到前敌，生怕识破自己暗中勾结白龙的底细，反倒急于铲除呼延凤。趁着呼延凤阵前战败白龙之机，借口呼延凤不遵将令，就在老主爷的面前请出了尚方宝剑，一剑斩杀了呼延凤。老主爷知道军权在欧阳方的手里，一时也不敢发作，隐忍回归自己的黄罗宝帐。

此时太祖皇帝身边没人哪，赶紧降旨，调来各个边镇远征的五王八侯到前敌来助战，说是来助战，其实是来帮着卸掉欧阳方的军权的。可是太祖爷的圣旨传到了汴梁城，二王就给扣下了，单下了旨意，叫在家养病的逍遥安乐王张光远和清平自在王罗彦威这哥儿俩带兵到白龙关前去运送粮草。这两位闲散千岁不明真相，当然也是着急上前敌和老主爷会面儿，急匆匆抢先赶到白龙关，这一见面才知道是怎么回事。在大营里，老主爷身边也没什么亲近之人，就叫两位兄弟盯着点儿欧阳方，一边还得盼着二弟接着给派兵。哪儿知道哇，赵匡义就再没给派人，这哥儿仨一等好几个月，前边白龙也不叫战，后边也不见再有援军。

有一天，张光远乘坐逍遥驹到处查问呼延凤被冤杀一案——这马想到哪就去哪，谁也不敢拦哪！一直查到了白龙关前的神鬼庄。这座庄子本来就是欧阳方私设的一座宅院，专门用来和白龙暗中会面。张光远跟踪欧阳方来到了神鬼庄，中了欧阳方的埋伏，掉进了陷阱，叫欧阳方活埋而死。罗彦威也跟着张光远来到了神鬼庄，差点也要走进了欧阳方设的陷阱。哎，那会儿呼延赞化名马赞，来到欧阳方身边给养马，偷偷地救出了罗彦威。呼延赞就把欧阳方勾结白龙的实情和张光远已经被欧阳方活埋而死的事告诉给罗彦威。

等罗彦威和呼延赞再赶回大营，白龙和欧阳方已经派兵围困了宋军大营。罗彦威去追欧阳方，呼延赞单骑救驾，杀败了白龙，救下了太祖皇爷。可是，呼延赞认为自己的爸爸是叫皇上杀的，愣上去和太祖爷打上啦！那么这边罗彦威追杀奸贼欧阳方，欧阳方不是对手，可是这嘴厉害，就告诉罗彦威，杀张光远的可不是他欧阳方，而是二王赵匡义！说是二王给自己写了信了，叫自己想辙将张、罗二位千岁置于死地！就因为这句话，罗王饶了欧阳方不死，想留着好跟皇上面前告状对质。欧阳方钻了空子跑了，罗王回到大营，趁着没人的时候就把状给告下。可是皇上说，这话是奸贼说的，闹不好是挑拨咱们弟兄的哪？这眼下前敌军情紧急，这件事先捂着，回头再说吧。

也正是因为这件事，罗彦威就跟赵匡胤隔了心了，掂量着，也许二哥匡胤也看自己兄弟碍眼，怕我们惦记着他的皇位？到后来反而是太祖托病回京，改二王赵匡义带着兵三下河东，这罗彦威还能踏实得了吗？干脆借着令公一口金刀战败了自己，疆场混乱，拨马逃离了大营，远遁江湖而走。那么太祖爷能不明白是怎么回事吗？当初自己篡位登基，就是拿最初澶州会上柴大哥说过的这句话当引子，那么屈指算来，三弟死了，后边还有两位，就是老四张光远、老五罗彦威。匡义想借机害死这两位……这是想我走以后把皇位传给他啊！可是二王带兵下河东，这一仗打得是真不错，一举收复了北汉，还恩收杨家将！这件事自己也就不多说了，毕竟是亲兄弟啊，打算缓缓再算这个账，可是这么一拖，就一直拖到了今天。所以今日儿个自己打算跟兄弟掏心窝子说实话了，自己是打算把江山传给自己的长子德昭，为了自己身后免于叔侄争夺，自己得先镇住二弟，这件事就不能再捂着了，所以太祖爷就问二弟，"哥哥我问问你，你知道不知道，你的四哥到底是怎么死的？"

"啊？四哥？大哥，您问的这个，兄弟我当然知道。当初您三下河东，欧阳方勾结白龙，打算要刺王杀驾，我四哥，不是为了救驾，叫欧阳方给害死的吗？""哈哈哈哈，二弟，你我弟兄还用说这个吗？兄弟，你四哥分明是你给害死的，难道你还能说你不知道吗？你知道我为什么最后非得是支派呼延赞一个人下河东去追杀欧阳方吗？因为欧阳方说什么都不能够活着回来！只有这呼延赞追上欧阳方，他见面就得要了欧阳方的命，这么一来，你和欧阳方两个人之间的往来，就算没人能知道了！二弟，哥哥今天把这个话给你挑明了，是哥哥我心里还有当初兄弟的情分，我跟你过这个话，就是叫你知道知道你哥哥我的用心！"这话说得二王满头的大汗哪，跪倒直磕头："哥哥，今日这个话您说到这儿了，做兄弟的不能再瞒着您了，兄弟我实实是做错了，您看该怎么办，您打也行、杀也行，兄弟我绝无怨言！"

〖三回〗

老主爷赶紧把兄弟给扶起来，"哈哈，兄弟啊，哥哥我要是不为了护着你，哪儿还能叫呼延赞去杀了欧阳方哪？要不是为了护着你，你五哥焉能弃官而走，到今天都是下落不明？""兄弟我明白了！"

"来，坐着，坐着，咱们哥儿俩接茬儿喝酒。""好好，哥哥，您再来一杯！"哥儿俩又喝了两杯。老主爷这会儿占了上风了，就放开了又多喝了几杯，开怀畅笑："贤弟，哥哥我知道你是怎么想的。可是我得先问问你，你知道你五哥到哪儿去了么？""啊？这个……哥哥，我说句实话，兄弟我也派出不少的人去找去啦！有人说是到哪儿出家了，可是就是找不到人，都是传说！""没错！所以说你还别找，找回来，你能怎么办呢？好比说吧，哥哥我真的遵依咱们大哥柴王的遗诏，哥哥我就说，当初大嫂符皇后降旨叫小梁王禅让皇位给我，那是有龙虎潭州会上大哥说过的这么一句话……好，哥哥我也这么说，就因为有当初这么一句话，我们的皇位是兄死弟继。好啊，等我这诏书一开，不信你等着看，你五哥就出来啦！要按兄死弟继这说法儿，二弟……你的排行是在六哇！你想过没有，这江山到底也不是你的！你五哥的身子骨还结实，比你也大不了几岁……更何况，他罗家有一帮子亲戚朋友，到那时，兄弟啊，你连这亲王都不算哪！你想明白过没有？""哥哥，您甭说了，兄弟我明白了！您的意思是，我只有好好地辅佐我的侄儿坐江山，那样的话，我还是皇叔，到时候是一人之下，万人之上！我就算没做成皇上，可是皇上是我的亲侄儿！这跟小梁王和您还不一样，他是姓柴，您是姓赵，他再管您叫干爹，也是跟您隔着这么一层，那都是假的！可您给兄弟我安排的这个不一样，我侄儿是我的亲侄儿，我们都姓赵，这江山说什么还是赵家的！您是不是这么个意思？""哎，兄弟，哥哥我就是这么想的！哥哥知道你是个明白人，所以今天晚上把你给叫了来，就是想干脆跟你把这个意思挑明了。咱们是一奶同胞的亲兄弟，还有什么话不好说的哪？那么好，匡义，你给哥哥一句明白话，你能不能这么做？"

赵匡义心里这个恨哪！心里话，你这是什么亲兄弟哇？当初你要我给你卖命的时候，你就到处跟别人说，说什么我是龙行虎步啦，说什么我将来的福运比你还厚啦……那阵儿我听了还挺高兴，以为你是真打算将来把皇位传给我哪！哪儿知道你翻脸就不认账！说什么在河东身负重伤，逼着我硬着头皮三下河东，您倒好，趁我不在汴梁，我身边亲近之人全都叫你给贬到外省，然后你就降旨封下了东宫守阙的太子，还派他到阵前以监军之名邀买人心！这还不算什么，到了杨家将进京之日，这家儿人最晚来的，凭什么给这么高的勋爵？还什么护驾八虎，非得给人孩子御赐更名，结果你御笔亲题牌匾，就八个字：平定广辉德昭嗣顺！人人议论，您这是要这八虎保着德昭嗣位啊！哼哼……今天你这番话，我要是叫你说给别人听了去，我这辈子可就没戏唱啦！

心里是这么想，嘴上不能带出来："啊？呵呵，大哥，您这话不是骂兄弟我吗？您说到哪儿，兄弟我就得做到哪儿！您就甭担心了，我侄儿是我从小看着长大的，就跟我自己亲生所养的是一样的！德昭也跟我亲近，他打小儿就爱跟二叔一块玩，不是吗……哥哥您就踏实着，我们叔侄可不会合不来，兄弟我一定能好好地辅佐我的侄儿登基坐殿！有谁敢不服的，自有兄弟我来压着！怎么样？""嗯……匡义啊，还得说是亲兄弟啊！这话说得真叫地道！好，哎呀，怎么德昭皇儿还没来呢？"赵匡义心说，这要是让他来了，我可就全完了！"哥哥，今儿晚上这雪可大啊，德昭可能早都睡下了，这要是叫奴才们叫起来，再穿好衣裳拉马赶过来，可就要等一阵工夫啦！""嗯……是啊……"二王一看就知道，哥哥是喝多了，神思恍惚，脑子里有点糊涂了。"哥哥，这么着，兄弟我都明白是怎么回事了，您先躺一会儿，兄弟我就在这儿等着，等德昭来到，再来叫您。""也只好如此啦。兄弟，不如你我弟兄同榻而眠如何？""哎，您那是龙床，兄弟我可没这个福分，还是您先歇着，得有人跟这儿候着德昭哇！""好吧，都是自家兄弟，我也就不客套了，那么哥哥就先躺一会儿……"老主爷往下靠，一个没留神，"哎哟！"嘴里叫出来。匡义赶紧搀扶："哥哥，您这是怎么了？""嗨，还不是这个老毛病，左臂之上这个肉龙，这回叫呼延赞这一鞭给打的，又长啦，还碰不得了！所以只要是一碰着就疼痛难忍啊！没事，我靠这头儿。"老主爷只能是侧着身儿躺下来，这只膀子就只能是冲上边儿。

二王就凑近了："哥哥，老祖走的时候，说是要拿他配的药给您拔毒，那药您还封着呢吗？""哎呀，那个药太麻烦了，忒不方便了！再说也快要好了。""哎呀，哥哥这就是您的不对了，这毒得拔出来哇！这么办吧，您解开给兄弟我看看，我看看还出不出毒啦！要是还有脓血，您这药可断不得啊！""好吧，兄弟你瞧瞧吧。"太祖心说，我倒要看看你会怎么做。你要是真的像老祖说的那样儿，打算刺杀我，我死也不要紧，正好趁着这时候，我这金鸡钺还在手边上呢，我就连你也砍死算了，你死了，我儿子坐江山也就没人能阻碍啦！因此，太祖爷勉强起身儿，慢慢地把衣裳就脱了，闪开了这只袖子，露出了肉龙，"兄弟，你瞧瞧，还出脓血不出啦？"赵匡义凑近了一看，"哎呀，哥哥，您这脓血还不老少呢，我说您怎么还这么疼痛哪！不成，您这个药可断不得哇！这么着，哥哥，兄弟我拿嘴先给您把这毒拔出来！""哎呀，兄弟，万万不可……""哥哥，咱们是亲兄弟，这有何不可哇！您好好待着……"说完了把哥哥这膀子摆好，自己凑近了，还真就要拿嘴上去吸吮。老主爷看着很是感动，这眼泪就下来了，嗨，到底是亲兄弟啊……

可是说什么也没想到，二王趁着这会儿老主闭上眼了，悄悄地拔出来自己怀中揣着的金簪，对准了肉龙，一簪子就刺进去了！老主爷哇呀呀地大叫，打龙床上站起来了，鲜血喷出来，也溅了二王自己一身。老主爷起身盯着自己这兄弟看着，这心里那叫个恨哪！早知道有这一天，我就听了老祖的劝告，干脆免了你的王位，远镇边疆！哎呀……这伤口这回才是疼痛难忍！老主爷这回悟出来了，顺手绰起了身边的金鸡钺，迈步就追！二王这会儿也是吓坏了，赶紧起身闪开，这手里还攥着金簪哪，可是这金簪也抵挡不了老主爷的金鸡钺哇！

这会儿老主爷虽说能够站起来，这脑子里可是越来越迷糊，眼睛睁开了，就是觉得天昏地暗，怎么都看不清楚，只能是对付着追着二弟，抡起金鸡钺乱砍。二王呢，也是一步一步地往后退着，一边退还一边辩解："哥哥，您别急！都是兄弟我一时的糊涂哇！我这也是不想看着您这么难受哇……"这都语无伦次了！老主爷血撞瞳仁啦，攥紧了手中的金鸡钺，照着二弟赵匡义就甩出去了！这也是自己早年早就练好的一招，当年在阵前可说是百发百中，可是今天……老主爷忽然之间就明白过来了，自己已然到了大限啦！方才梦见三弟，其实就是三弟和大哥来接我来了，我还跟命争什么呢？大哥当初是火烧尧王庙被三弟惊吓而死，三弟是我杀的，今天我当然也该着叫自己的亲弟弟给杀死，这就是我赵匡胤的命！想到此处，老主爷手指二王："哈哈啊啊啊……兄弟哇，你，你，你就自己好好……自为之！"说完了，就觉得血往上撞，眼前发黑，一仰脖，咣当！倒在了万岁殿内，叫作声绝驾崩！

殿外的小太监看不见实际的情形，就瞧见殿里灯烛摇曳之下，人影晃动，到最后是钺声击地，听见太祖皇爷说了这么一句："汝好为之！"万岁殿里可就没声儿了。所以有一位小太监把自己看到的传了出来，史官无人敢记，只有几位读书人在私人野史当中记下了这一段"烛影摇红"的疑案。

那么这根金簪就一直藏在二王的身边，一直到回到了晋王府，潘妃出来接驾，就又把这根簪子给要回去藏起来了。后来二帝忙着登基，可就忘了还有这根簪子的事了，今天殿前潘妃为老贼求情儿，又掏出了这根金簪……啊？

二帝就是一愣，哦……我明白了，你是拿着簪子提醒我，要告诉我当初我这皇位可是你和你爸爸帮着我抢来的？嗯……假如说我今天不给潘洪留下活路来，看意思是这潘妃就要跟我鱼死网破，她这是要将我金簪刺死兄长的事大白于天下呀！这样一来，这江山就是我侄子德芳的啦！老臣们饶不了我，满天下的臣民也不会再服我了，我这日子也就到头儿了！哈哈！潘妃啊潘妃，潘仁美啊潘仁美，想不到你们父女也不比我好到哪儿去呀！也罢，为了保住我的皇位，也只有先叫忠良寒心了……

二帝知道，自己刺杀兄长的事，天底下没几个人是真知道，朝野纷传，但都知道是胡猜的！可是这根金簪要是被天下人尽知，潘妃和潘洪今天当殿揭穿，真的为了保命揭我的老底儿，甭管我怎么解释，我说我也冤，可是谁信呢？是非曲直可就难说啦！到那时，这江山我是让也得让，不让也得让！

二帝一狠心，得了，今天在这金殿之上我是说什么也得让老丈人活命，不为了别的，就只为了当初我这皇位可是人家父女给我抢来的！二帝低头愣了这么一会儿，嗯……对着潘妃挥了挥手，那意思你就别说了，我已经知道了。再抬头先看老太君，心里盘算着怎么张这个口，可是一见佘太君这个眼神儿，再看看小八王这架势儿，这个也难办啊！皇上正在左右为难，满朝的文武就剩下一位没跪倒请旨的了，就是这位御史寇准。这会儿再看这个寇老西儿，不紧不慢，上前一步："万岁，微臣有本启奏！"

嗯，是寇准？这个老西儿不会也是要跟着凑热闹，一块来逼我的吧？二帝眼珠一转，这主意就来了："寇爱卿，哈哈哈……朕明白，朕当初答应过你，这一桩案子你审清问明，朕许给你一个吏部天官之职。如今你假设阴曹，总算是把这件案子审清问明，杨家父子的沉冤昭雪，叛国的奸臣贼子得以伏法，海晏河清，你的功劳非小哇！寇爱卿，何不跪倒听封……"寇准一看，知道皇上这是暗示自己，对这个案子我现在不能说话，好，"吾皇万岁，万万岁！微臣寇准听旨！""寇爱卿，皆因为你在霞谷县九年三任，不但说两袖清风，还是断案如神，洗清了民间不少的冤案，破了多少的奇案、疑案，人人称你为青天，更加称颂朝廷施政用人之清明，朕这才金牌调你进京。果然不负众望，不到百日，审清潘杨讼，厥功至伟。朝堂之上，惩奸莫忘褒忠，小小的西台御史与卿你的才华不称，朕特擢升寇卿为吏部尚书，大宋的天官！"微臣谢主隆恩！"谢完了也不起来，那边秉笔太监已经拟好了圣旨，等你来接哪！

皇上也纳闷儿，这是怎么回事？"啊，寇爱卿，既然谢恩，为何还不起身领旨呢？""万岁，微臣做了吏部天官，那李济李大人哪？李大人夜查清官册，于微臣有恩；前些天假扮阴曹，用的大杉篙都是李大人用自己的钱买的。微臣我现在还没还李大人这钱呢，您金口玉言，我还占了李大人的官职，啊，万岁，微臣不胜惶恐……"

潘娘娘在皇上脚边儿还跪着哪，本来想找个话头儿自己好坐起来，想不到寇准在这儿打镲儿，还成心拉长音，把娘娘给气得。好你个寇准哇，你就别得便宜卖乖啦！升你的官就可以啦，您还惶什么恐啊？"爱卿，你是有所不知。许你案情审结擢升天官之职，是这个月里，皇侄屡屡上表所言。现任吏部尚书李爱卿夜查清官册，也当奖赏。前几日朕亦早与皇侄议定，卿家你审结潘杨讼之日，李爱卿迁转参知政事，进政事堂，爱卿你才合晋升为吏部天官，此事前任天官李爱卿早已知晓。哈哈，就算是未曾与李爱卿即日迁官，寇爱卿啊，你也是多虑也，我大宋朝哪里还怕有两个天官哪，啊？哈哈哈哈……"皇上这是在自己给自己找台阶呢，我越说旁的，这件事就越能得到转机。"寇爱卿，你可明白哇？哈哈哈……"好尴尬！这意思就是暗示寇准，我给你升官，你还不说两句话来替我出头，帮帮我吗？寇准正抬头，瞧见皇上给自己递过来的眼神儿了，嘿，连忙磕头："微臣谢主隆恩！""好好好，爱卿免礼平身。""微臣谢主隆恩！""寇爱卿，你还谢的什么恩哪？""谢圣驾许微臣我两个天官之职！""啊？朕我何时说过这样的话啊？""您金口玉言，方才您说的我大宋朝何惧有两个天官。""我那不是说李爱卿跟爱卿你吗？""如今李大人既已入政事堂入相，两个天官就没李大人的份了，都是微臣我的。""哎，老西儿，你这是……"刚想说，你小子这是当众跟皇上耍无赖啊？你这是连升八级，古往今来哪儿有像你这样的？

"万岁，微臣我何德何能，您封我一个吏部双天官之职，您这是捧微臣，微臣心知肚明，皆因为微臣我白天查阳世，夜晚审阴司，您是因为这个许我是双天官，微臣岂能不谢恩呢？"嗨，寇爱卿，朕那是一句戏言……""有道是君无戏言哪！既然您这双天官说出口了，微臣等岂敢不遵旨哪？""哎，寇爱卿，你这不是……古往今来，做官的哪儿有做双份儿的，你这不是乱了吗？""万岁，您想想看，双份儿的官古往是没有，今来可不算没有哇，那不是您创的吗？""此话怎讲？""万岁，您的驾前有这么一位叫作双王呼延丕显，还是世袭罔替的。呼延千岁能做双份儿的王爷，我寇准为什么就不能做双份儿的天官呢？再者说了，双份的算什么啊？这不是，八千岁——千岁身上挂着八个亲王的王爵呢！微臣绝不敢居功自傲，不过是您亲口封赐，微臣等岂敢抗旨不遵！"哦？合着少当一个官你还抗旨不遵啦？"啊，这个……""万岁，您要是不乐意也没关系，您金口玉言，黄金宝玉也有蒙尘之时。那您就将所颁旨意收回，微臣只是独角天官。如此，夜审阴司的职责就免除掉啦，那这回这件案子也就算尚未审结。娘娘言之有理，太师叛国之罪尚未审结，微臣还要发回御史台重审此案。您说过的话不算话，那降过的旨意也请万岁您收回吧，不能用刑这一条也就作废了，限期审结这一条是您和娘娘一起帮着给作废的！啊，微臣我回到御史台，我无限期审案，嗯，还要五刑用尽，微臣我再审潘洪！"

"嘿，老西儿，朕我可不是这个意思！"皇上一琢磨，双天官就双天官吧，不就是再多支这么一份儿银子吗？这钱我还出得起！"好吧，既然说本朝有先例，也搭着寇爱卿你的功劳实在是大，才学也实在是高，小小的天官难免也都屈尊于你哇！双天官就双天官，每月管你两份儿吏部尚书从二品的俸禄。"这边小太监赶紧再重新刷写圣旨，不必细表。那么说你寇准该起来了吧？还不起身，谢完了恩，还跟这儿跪着。二帝这回想得是好，寇准只要是一谢恩，起身儿，满朝的文武百官就得着台阶了，也一同起身给寇准道贺，那么这么一来，自己再顺着这台阶往下说话，大喜大喜！能不杀太师了吗？

　　皇上一瞧，这是成心啊，知道今天我这儿得该着你的，"啊，寇爱卿，双天官也已封完，不谢恩起身，你还有何本启奏哪？难不成，你还要三个……"皇上一捂嘴，这个三个天官可不能说出去，一出口人家又来一个君无戏言。"嗯嗯……寇爱卿，仍然是长跪不起，不知卿家尚有何本奏？你就实说吧，你想干什么？""吾皇万岁万万岁，微臣有本启奏当今，这潘仁美犯下了十大罪状，论哪一条儿都该明正典刑！"嗨！皇上心说你怎么又转到这上边来啦？"好好好，寇爱卿，那么依着你说，国丈老太师就该斩立决？""不是不是，万岁，方才列位大人也说了，眼下冬至日将至，正是阴极之至，阳气始生之时，您该当率领满朝的文武主持郊天大祭，同时还要大赦天下，此礼断不能变！""哦？那么寇爱卿你的意思是……这潘太师还不能杀？""万岁，潘太师能不能杀呢，您不能问微臣我啊，您首先得问问佘老太君跟六郎杨延昭……人家是苦主，既然是苦主，民词民讼在判决的时候还有个赔偿什么的哪！再者说，如今案情是已然审清问明，杨家父子在两狼山前都是为国捐躯。那么说您也别光封赏微臣我一个人哪，啊，您看看……"寇准一边说一边跟皇上挤眉弄眼的，拿手指佘太君。上边潘妃也看得清楚，心花怒放啊！心说这阵儿想不到寇准可是给我出了个好主意！赶紧也搭茬儿："万岁，寇大人说得可是太对啦！杨家是忠良，您得先封赏杨家，然后再断老太师的生死！冬至郊天的古礼不可破呀！"

　　"好啊，诸位爱卿先都请平身吧，你们都先听听我怎么封赏杨家，然后再议太师的判决可否？"文武百官也都站起来了，各自站列两厢，奸党暗自庆幸，忠良顿足含恨。老太君和杨六郎也一时不知道该怎么办，这是寇准说的，也不好上来就指责寇大人的不是。

　　"佘老爱卿、杨郡马听封！"佘太君不用跪倒，点了三点拐杖，杨六郎二番跪倒在地，"万岁……""老爱卿，你一门尽忠报国，公心昭世！老令公忠义辅朕，佐理朝纲，先有逐鹿救驾，又有父子陈家谷殁于王事……真可说是贤臣良将传家，朕亦深为痛惜，悲悯之至！今日于金殿之上，恩蘸帝泽，享禄酬功，故此加授赐赠以安天下忠良之心。朕特追赠令公太尉之职，再加九锡，以亲王之礼，金井玉葬，举国垂哀……"

老太君将拐杖这么一顿，"万岁……"这叫插话儿，在过去来讲这就是大罪，可是今天皇上可不敢发作，这正求着人家儿呢。"万岁呀……老令公的遗体尚在边塞之外的两狼山内——万岁，那本是我大宋的国土，可是叫潘贼脱卖给了北国……烽烟之间，遗体难以还朝。万岁，还谈什么金井玉葬哪？""啊？哦，这个么，老太君，金井照旧，玉葬预设，朕自然会百般设法请回令公遗体，但等遗体还朝之日，再行此葬礼不迟。啊，再说七将军杨希，原为敏烈侯爵位，不宜再加，特追封其子为世袭罔替的吼天伯，子袭父职……"佘太君听到这儿又哼了一声儿，"万岁，这也不成啊，我七儿到今天也没得子嗣哪！您这回许得可不合适啊……""啊？哦，这个么……好办，许可您从下一代子孙当中选一名拜为七将军的孝子，钦赐其吼天伯爵，这个谁来就由老爱卿您来定吧！啊，咱们接着来。陈家谷两狼山前阵亡的将士，俱都由户部妥善安置家小，多放抚恤银两，并敕命五台山方丈智聪长老建醮，超度亡魂！啊，天波楼顶再加高一层！"

"万岁，万万不可，再加高，这天波楼的楼顶可就越过大庆朝元殿啦，这可是大逆不道之罪！""唉……老爱卿，朕已然算清楚了，朝元殿是在高台之上，天波楼是在大街上，就算是楼层高过了金殿，可是论殿顶的高下，跟朝元殿还是没法儿比。这是朕亲口加封，谁人敢非议你杨家？就这么办啦！朕要钦选内廷的画工，给您的天波楼上添加一扇画屏，画上两狼山李陵碑令公尽忠之图，以供后世瞻仰！""谢万岁！可是老主爷已然是封过了……""老主爷封那是老主爷封的，朕我还得加封啊！对了，上一回爱卿你登殿为令公父子求情儿，朕当时一时气愤，将先王封下的金书铁券收归了国库。这一回不单说要返还给老爱卿您，我还得再封赐第二件金书铁券！上一件记录的乃是你杨家将的开国功勋，这一回记录你杨家父子幽州救驾之功，也可免你杨家后代子孙的九死之罪！""万岁，这个先王当年也封过了……""先王封过了孤

杨宗保

王更要再封啊！两件金书铁券不久后就会送至天波楼！老爱卿，还得说那一天朕也是一时糊涂，将先王的玉带收归了国库，那么不但说要将先王的玉带送归天波楼，还要将……"大家都抬头盯着二帝的肚子，您这是怎么个意思？难道说您也把裤腰带解下来赐给老太君？"啊，朕也要御赐一样宝物……啊，这个嘛……"

皇上这眼睛到处踅摸，他还没想好哪！寇准一看，哈哈，这是个好机会，我得趁这个时候把明日儿个犯死罪的杨六郎的命保住！"万岁，微臣见驾，有本启奏当今！"

〖 四回 〗

　　金殿赦潘，必须先得封杨。二帝得想辙赦免潘仁美的死罪，一个劲儿地给杨家封赏，许诺，开支票，开空头支票……到最后要拿出来看家本领来了。当初嫂子贺皇后逼迫自己逼急了，自己封给小八王一把凹面金锏，可以上打昏君……坏啦！这回还能封给杨家什么呢？寇准站出来给出主意。

　　"哦？寇爱卿，不知你有何本奏？""万岁，当初先皇封赐杨门，有一件宝物乃是监国五宝，那就是老令公的九环金刀，御封宝诰定宋神锋。可是这口宝刀已然失落在番邦，一时还难以请回我朝。""哦，对对对……这个事朕还真是一时没有考量到，那么说是不是赶紧接着给杨门再打造一口宝刀……""哎，万岁，天底下任何一口宝刀都跟令公所用的这口刀没法儿比啊！""嘶，没错，没错，当年朕我是亲眼得见哪！多么坚利的兵刃到了令公的面前都是一刀折断！那么爱卿你有什么主意吗？""万岁，杨家虽说是没刀了，可是这还有枪哪，杨郡马这还有下情未能启奏给您。微臣我多嘴，打听来了，干脆就让微臣我替郡马说吧。这个当年残唐扫北的银枪杨老千岁打造了一十二杆金枪，这是杨家的传家宝，杨家兄弟一人一杆，这都是举世难得一见的宝枪，好可惜……金沙滩双龙会上，大爷、二爷、三爷、四爷、五爷、八爷的六杆金枪俱都失落在番邦！再到这一回，微臣访查得知，七将军的宝枪也被潘仁美私自送到了北国，六将军的宝枪也在闯辽营的时候叫北国人掳去！这八杆金枪如今已然全都失落在番邦！"

　　"啊？那么朕我不是还是没的可封的吗？""您别急啊！七将军此一番阵

前决战，勇夺金枪，在阵前抢回来一杆宝枪——万岁，据老太君说，这杆枪乃是当年杨门老王爷打造的八枪之母，叫作金轮火尖枪，也就是火山王杨衮杨老千岁当年吓退北番的那杆宝枪。后来这杆枪辗转流落到了北番，是这一回有北国的将官使这杆枪上阵对战七将军，才是天幸叫杨家人又给夺了回来！那么万岁，您也要再封一件宝物给杨家，依臣之见，倒不如封一封这一杆宝枪！"

"哎呀，叫寇爱卿你这么说，这一杆宝枪朕倒真想观赏观赏！"这话说出口了，可是转念一想，不对，老丈人还在午门以外拴着呢，虽说午时未到，可是老这么拴着也不对哇！"啊……无奈如今是国事缠身，难以如愿啦！这么办吧，寇爱卿说得也是，杨门乃是忠勇将家，也不会贪念朕后宫的诸般俗物，倒不如加封这一杆宝枪……为保定大宋江山的一杆宝枪！嗯，朕就御封宝诰为扫北定宋金枪！"寇准走到六郎的跟前儿，一摁他的脖子，六郎还没明白过来，赶紧顺势磕头谢恩。

佘太君瞧着直憋气，我讨的什么封啊？我杨家人都没了，我还要这些有什么用呢？哼！伸出来自己手里的九龙锡杖一点六郎的后腰，这人就哈不下腰去了，只好再挺直了。六郎奇怪，扭头看太君，您是什么意思？皇上这说得挺气派，可是这封下去，没人谢恩，脸上也挂不住。看见太君这个动作了，这是不让六郎谢恩哪，为什么呢？寇准在一旁帮腔："万岁，老太君这是嫌您刚才的口旨尚未传完哪，所以这才教训六将军莽撞。万岁，监国五宝都有另挂的职能哇，比如说，啊，双王怀里这铁鞭，据说可以上打……还能够下打……"皇上一听，哎，对了，我这是没封完哪！"好好好，郡马听封，你的这杆枪，朕再封你是上扎……"嘶……皇上琢磨着，这个也有点忒不合适了吧？难道说上朝的时候还得抱着这杆枪来不成？"呵呵，这么着，这杆枪特许见官升一级，遇有朝中出了奸臣佞党，准许你先斩后奏！这杆枪在阵前扎死临阵脱逃者、违反军纪者、惑乱军心者、叛国投敌者……总之吧，凡是犯下国法军纪者，皆由你郡马先斩后奏！扎死扎伤，皆不予抵偿……老太君，您看朕这一番封得如何？"

老太君还是不甘心哪，心说你再封给我杨门多少的荣耀，再给我多少的金山银山，又能怎么样呢？我就是想要潘洪的命！老贼不死，我这愤恨难除！老太君将九龙杖缓缓举起，可是却不落下，这就是说我不答应，所以我也不点杖头儿，我倒要看看你怎么办。可是二帝心眼不少哇，一看老太君龙杖高举，就知道老太君虽然是心里还不答应，可是嘴上一时也不知道该怎么说。就趁着这片刻之机，抬头就说："哎呀呀，还得说是老功勋，还得说佘太君巾帼英雄，女杰之中的魁首，果然是大人大量，胸怀山河之安危，心存社稷之久长哇！好，既然佘爱卿都谢恩领受，这也是为了不破我大宋郊天大祭的古礼，免于杀生招惹灾祸，好叫天下苍生安安稳稳地过这一年！好啊，既然寇大人和佘爱卿皆无疑义，那么就请即刻赦免潘洪的斩刑，且先押回金殿，再作处置！"有人替潘党着急啊，自然赶紧去午门外宣读了赦旨，押回潘仁美上殿。

皇上这一番话让文武百官都惊呆了，这都还没反应过来呢，怎么就谢恩啦？怎么就赦免了呢？"老太君就更是气得直哆嗦啊！"万岁！您……万岁呀……这苦主也不只是我杨家！您看，这马太君和双王小千岁也在殿前，你怎么不问问他们娘儿俩啊！您怎么不问问死去的贺国舅……""哦，朕已然知晓，贺国舅也追封为忠勇王之职，准许金井玉葬，子孙世袭忠勇侯。调请瓦桥关的大帅贺令图……嗨，朕我叫顺嘴了，如今贺大帅也已经在五台山出家，直接加封贺令图大帅之子，不论是什么年纪，先加封为世袭侯爵，赐第京城！啊，呼延丕显么，朕已然是赐封有加，不可再升，只加世袭爵位……""慢着！"小孩一噘嘴，朝前跑了两步，"万岁，您就这么一封两封的，光是虚的！您就打算这么就饶恕了老贼的性命吗？""啊？呼延小爱卿……"这皇上可就有点不高兴了，你这小孩难道说还想跟我顶着来吗？"那么呼延小爱卿，你说该当怎么处置呢？朕的赦旨……可是已经下了……"这话是狠哪，我的旨意已经下了，你还打算怎么办？呼延丕显一晃小脑袋，双手捧起来自己的铁鞭："万岁，微臣我可有一事不明啊，您都封了我六哥的金枪啦，为什么不封我的铁鞭？当初我们家这铁鞭乃是老主爷封下的，可是如今这把鞭传到了微臣我的手中，但不知当初老主爷封下的还算是不算？不如万岁您再照着刚才我哥哥那样儿，您给我也封一个，您给我这鞭封瓷实喽，这样我就不怕啦！您要赦免潘仁美么……微臣我就替我妈答应了！"

二帝听了觉得好笑，"小爱卿啊，你放心，你的铁鞭当然还管用啦，监国五宝岂能荒率待之？你看，这不是你携带上殿也没人拦你吗？""如此，微臣我谢主隆恩！您想不杀您的老丈人，那就甭杀啦，可是也不能就这么便宜了他！他可不能再做官了，怎么着您也得给判一个……""好好好，小爱卿，这个朕自然知道该当如何处置！"这阵儿八王可实在是看不下去了，"叔皇，这么说，您是一定要饶恕老贼这死罪不成吗？"潘妃知道，要想叫老爹爹活命，头一个就得过八王这一关。她这会儿也不顾什么母仪天下的仪态了，赶紧凑到八王的面前："哎呀皇侄，皇侄呀……婶娘我可是没别的法子啦，就得求求你了，你就给老太师留上一条活命！老太师今年多大年纪了，他还能够活多少日子哇？皇侄啊，你看，要不然，要不然皇婶娘我可给你跪下啦！"八王吓了一跳，赶紧闪身一旁，"娘娘千岁，这可使不得！哎呀，万岁！难道说您真的就不怕忠良寒心，良将离散不成？若依侄臣之见，潘仁美此一回可是难逃一死！"

佘太君是臣子，只能是梗着脖子站在这儿生气，八王是半个皇上，他不答应赦免潘洪，今天皇上这通封赏也就白给了。皇上也着急，一个劲儿地给潘妃使眼色，潘妃还要往上，寇准赶紧接茬儿："娘娘千岁，您也别着急，您也别跟八千岁求情儿，这都不用！万岁，微臣我有一个主意！"八王和佘太君都傻眼了，怎么你寇准要出面保老贼哪？"哦？寇爱卿，这么说你也赞成朕暂先不杀老太师么？那么你有什么主意，且先说来听听。""万岁，冬至日行郊祭大典，合当大赦天下，这没错吧？""嗯，就是因为朕不久就要去郊外行此祭天地的大礼，故此这几日不宜斩杀朝中重臣哇！""那么这赦旨应当由哪一位颁呢？""这还用问么？自然是朕我亲自写下赦旨，对天礼敬献祭，是朕我来诵念颁发哇！""那么朝中除了您可以宣读赦旨，还有谁能呢？""那自然是皇侄德芳和东宫守阙太子可以代朕宣读圣旨，大祭天地，赦免天下的罪人。""哦，那就好办啦，我再来问问太子殿下，啊……殿下今年的青春几何哇？"

呼延丕显搭茬儿，"跟我一样！"伸手来拽，一扭头，嘿，太子哪儿去了？刚才还跟我身旁呢。皇上两下看了看，是啊，刚才不是给梓童打前站儿来着吗？

再看潘妃，潘妃也摇头，你儿子多贼啊，谁知道他跑哪儿去了！满金殿的太监、侍卫们到处找，工夫不大，大总管崔文就过来了："陛下，您别找啦，太子在后头秉笔太监的书房内帮着您草拟大赦诏书呢！"二帝一愣，我这几个儿子里头我最宠爱的，就是这位第三子韩王德昌，这孩子我觉得最像我，也最聪明，也最爱替我操心啊。他的大哥本来是不错的，可惜太平兴国年间因为他三叔的事，也害了疯魔症了，一会儿明白，一会儿糊涂。老二德明也是真不错，朕我最看好，可惜啊，年纪轻轻就替朕我来分忧，劳累过度，在前年因病夭折。嗯……"寇爱卿，太子如今年纪过小，不宜代朕宣读诏书，开诏颁赦旨者，唯有德芳皇侄可替朕矣。"

"万岁，既是如此，这份郊天大祭的文稿、诏书……您可以请八千岁来诵读颁行——您这份诏书要是交给八千岁，按说八千岁也是监国的王子，您何不……"哦，哦，哦……二帝明白了，我将这郊天大赦的诏书交给八王，到冬至日准日子，这份诏书就不是由我来宣读啦，交给你德芳来啦，可是这份诏书要是交给你德芳，那么这潘仁美杀还是不杀，可就全都交给你啦！你说要杀，你就杀，可是你下旨意杀人……你还怎么颁发这赦旨呢？哎，寇准这主意出得好！我这双天官没白封啊！"哈哈，好好好，寇爱卿说得对！皇侄……""啊，叔皇万岁。""寇爱卿说得可在理啊，那么今年还是特别不同！今年，我朝出了不少的大事啊！那么今年皇侄你也为国朝操劳有加，你的功劳无数，今年冬至日的郊天大祭就由皇侄你来操办吧！这一份郊天大祭的大赦诏书就由皇侄你来宣读开诏！嗯……这么办，皇侄，这不是午时还未到吗？这潘仁美乃是皇亲国戚，到底如何处置，朕一时还真是难以决断。那么到底是杀还是不杀，朕就全权交给皇侄你来办啦！你说杀，这立马就推出去开刀！你说不杀，该怎么办就都听你的！"说完了，皇上把自己龙书案前的卧龙山河镇抬起来，挪到了书案的边上，跟三山五岳云龙架边上这么一靠，就是告诉身边的太监，八王处置完太师潘仁美，我这儿就散朝啦！皇上是一推六二五，我这儿不管了，就看你赵德芳的了，你要是愣是要杀我这老丈人，那么我这梓童也别找我的麻烦了！你要是也没辙，你也不能杀了潘仁美……哼哼，你还说我什么呢?

八王也明白这意思啊,哦,这个么……"万岁,侄臣……遵旨……"八王怎么想的?既然你叔皇说出来了,这个老贼的生死杀饶你都交给我了,那我还客气什么?我干脆就……八王这会儿可得了圣旨了,转身儿面向满朝的文武百官,刚要张嘴说话,寇准走近了:"千岁,且慢……"八王心里这个气呀!这个大麻烦推给我都是你说的!"寇爱卿还有何话讲?""千岁,郊天大赦既然是您来颁,您可不能判斩刑啊,不然您可是有犯天怨……依微臣之见,且请改判为朔州发配,千岁,您三思……"潘妃也凑上来,"皇侄,寇爱卿说得对,您可要三思!""还请八千岁三思……"潘党奸臣纷纷跪倒。

八王一看寇准,寇老西儿直给自己使眼色,嗯?按说寇准是赞成杀老贼的呀,可是他这么一个劲儿地要饶老贼,还直跟我使眼色,哦……寇准是足智多谋之人,我得听他的!"好吧,殿头官,潘仁美可否带到殿前?""回千岁,已然带到朝元殿前!""好,带上殿来!"老贼就给押上了金殿。这会儿老贼没品级了,给押在品级台之前,跪倒在地,浑身直哆嗦,这是真吓坏了,真以为自己这回是死定了。八王把脸儿一绷,"潘仁美……你乃是君之宰辅,国之至戚,恩宠无双,奉命讨伐北番,本当体念圣意之宵旰焦劳,此一番盼捷安民之念,自应将帅调和,怜恤士卒,早得成功,以报国恩。如何挟私仇而误国事,陷害令公,射死先锋杨希,陷没全军,逼死国舅贺怀浦,毒计气死监军呼延赞,退弃边防,损折我数千将士儿郎……种种不法之为,难掩你卖国之过。而今会同刑部,定拟尔罪,按律谋杀朝臣、欺君误国,理应万剐凌迟!今蒙圣上恩宥,念你本是开国功勋、两朝元宰,罪减一等……改判斩刑,全家发配朔州充军!三日离京,日后永不许还朝!钦此!""谢主隆恩!"自然有武士给押下去,暂时羁押在刑部天牢里,再有太监赶到太师府去降旨,这都暂且按下不提。

二帝匆匆卷帘散朝,回到后宫,两口子怎么争吵也就不说了,单说杨家母子和八王、寇准这一班忠良老臣,退到朝外,心有灵犀,都来到天波府上。老太君心里憋着气哪,一回到府内就吩咐杨洪,赶紧着,告诉各房掌房的,收拾铺盖卷，咱们走人啦，不在这儿受气喽，咱们回老家赤州火塘寨了！老太太愣就不会客了，自己一个人回到了后堂，单留六郎一个人在银安殿前陪同客人。六郎虽说这心里也不顺气，可是就这两天，自己对寇大人是佩服得五体投地，既然寇准说应当饶恕潘仁美一死，那么自己也就认了。六郎也是耐心赔笑，先得说庆祝潘杨讼一案审结，老父的冤情大白，各位名臣宿将挨个儿前来敬茶道喜，大家说了几句痛快话。

可是说着说着，这就得说到没杀老贼这件事来了，寇准倒先说上了："千岁，既然是万岁将生杀予夺的大权交给您，可是您为什么不当殿杀了老贼哪？您这不是放虎归山留后患吗？""啊？寇准，你这是什么意思啊？不是你冲着我挤眉弄眼的，你说要我改判老贼为朔州发配的吗？""嗨呀，千岁啊，您这可是误会啦！微臣我不过是说说而已，哪里是真的叫您饶恕老贼的死罪哪？您也不思量思量，潘杨讼一案是微臣我审结的，他老贼能不恨微臣我吗？他这回要是不死，回头西宫国母在万岁面前再这么一说道，万岁这心思一活动，老贼回京，潘门一党可说是死灰复燃！到那时，微臣我还有命在吗？连老令公和呼延千岁都不能保住自己的性命，我寇准有什么本事啊？我还能活命吗？所以我那么说就是想搪塞一下娘娘啊！我跟您挤眼睛，就是叫您别理我说的话，您赶紧杀啊！您可真是……"

呼延丕显一听，这里边还有我的事呢！"就是啊！八千岁，您得知道，这下边庭活捉老贼的人可是我啊！老贼要是不死，叫他缓过来，回来就得先收拾我啊！我可还是个小孩呢，谁我都惹不起，得了，回头我陪着我妈回老家去算啦！"汝南王郑印一听，嗯？这里边不只是你的事，还有我呢！"八千岁，是这么回事！把老贼押回来，在金殿上请旨杀贼里边带头的有微臣我啊！那不成，这帮子奸党记仇，回头他们也得先找机会对付我！我也不能在京城待啦，我妈早就叫我跟她回老家去，看起来这回是不得不回去了！"郑印说完了，高君保也出来说，这里边也有我磕头请旨要杀老贼哇，我也活不了了哇……说着说着，吕蒙正一拍脑袋："嗨！我也躲不过去哇！我以为这里边没我的事了呢，哪儿啊，这假设阴曹的黑布是我给花钱扯的！这要是叫老贼和西宫娘娘知道了，我还有个好啊？得了吧，八千岁，明日儿个您能不能先给我调换个岗位？您把我贬到偏远之处也就是了……"嗬，这叫一个乱哪，挨个儿上来跟八王道委屈，"八千岁呀，您这一饶了老贼哇，您可就坑苦了我喽！不成，微臣我也得辞官啦……"冲着八王是一通挤对。八王可实在是听不下去了，一瞧，轮着老军师苗崇善，这位也站起来了，看意思是也得来跟自己辞官，赶紧自己也站起来了："得嘞，老军师，老监正，您可别说了，孤王我都知道了，您也是怕老贼潘仁美回头再翻身了，您也在朝中待不下去，是不是？""是啊，这么说八千岁您是都知道了，那么就请您高抬贵手，您行行好，我们这回要是回归故里了，您可就别再来请了！""嗨！老监正，您不是前知五百年、后知五百载吗？您倒是算算，这老贼到底是能不能再翻身啦？您要是算准了，得了，孤王我也辞啦，这王子我不干了还不成么？"大伙儿一听这话是哄堂大笑！"八千岁，您还能辞官哪？您要是辞官了，谁管我们啊？您要是不干了，谁来救郡马的命哪？"

八王是越听越不像话，什么，我来救郡马的命？你们这是憋着什么坏呢？"哎，寇准啊，你这可是不对哇，明明是你直给我使眼色，叫我按你说的做的，怎么这会儿倒诬赖起孤王来了！你们一个个面带奸诈，不对，你们这是有打算，快说说！再不说，孤王我还真的辞官不做了啊！"寇准呵呵这么一乐，就问大伙儿，"列位大人，那么我倒要问问，这老贼不死，你们还能活吗？"呼延丕显摇摇头："寇大人，这可不好说，得看我们跟哪儿待着，要是回到老家待着，估摸着没事；要是还跟这京城里当官儿，这就悬哪！""哎，也就是说，要想接着在京城替大宋江山卖命，还就得要了老贼潘仁美的命，这话是不是这么说的呢？""哎，寇大人，这话还就是这么说的！""那么好，列位老大人，下官我这儿有这么一个主意，管教老贼命丧在杨门之手，你们说好是不好？"列位大人直鼓掌啊，寇大人，您就快着点说啵！八千岁都等得不耐烦了！

〖五回〗

寇准就说了："八千岁，列位老大人，我倒有这么一个主意。潘仁美现在是三日之内必须得离开京城，举家流配到北地朔州。六将军，您可知晓此去朔州，都有哪几条道儿可以走哇？"

寇准这么一说，杨六郎好像是有点儿明白了。"寇大人，不才杨景我熟知这条路啊。从京城北上朔州边地，就两条路可以走。一条走太行山西边的潞州，北上太原，再出长城到朔州，山西路好走；山东路不好走，净是山路，出京的时候走酸枣门，过陈桥，从滑州过黄河，过相州、磁州，登太行山的山道，过赵州、定州真定府，最后到代州，再去朔州！""嗯……郡马你是果然熟知地理哇！那么你倒说说看，这老贼发配朔州，他得走哪一条道儿哪？""啊，这个叫末将我看嘛，老贼年迈，还有夫人家眷，必得乘车，愿意走平坦之道，一定会从西路走！""哈哈，郡马，不信的话咱俩就打个赌，这老贼北上刺配，定然不会走西路的官马大道，他一定是从东路的太行山山道前行！你信不信？""哦？寇大人，这个倒也难说，不过您跟我赌这个却又是何用意啊？""郡马，难道说您还不明白吗？"八王这会儿也明白过来了："寇爱卿，你的意思是说……要在老贼发配走的途中，劫杀囚车，刺死老贼不成？"

寇准手捻须髯，微微一笑："千岁，郡马，假如说今日在殿上，您非要置老贼于死地不可，您可知道，郡马告御状乃是私离汛地，这又该何罪哪？""哦，是是是，还有这一节，倒是孤王我一时疏忽了。""千岁，您寸步不让，那么得有人能想明白这一节。到时候老贼是被杀了，咱们的气也解了，可是要是西宫娘娘反过来伙同潘党一应的权臣，诉郡马私离汛地一条……千岁，这也是一条死罪呀。到那时节，军法不能容情，郡马的性命丢了……嗯，您倒也可说是不要紧，可是大宋的江山何人前去戍守？北国的萧银宗二番发来兵马，何人可去抵挡呢？""哎呀，寇爱卿，你说得太对啦，这样看起来，今天这老贼潘洪，还真是不能杀？""那是自然啊！""寇大人，若是真能杀了老贼，为末将家严复仇，末将就是粉身碎骨也在所不惜，何况我是真的犯下了军法！寇大人，还请明日早朝绑末将上殿，甘愿按律处斩！可是这老贼也该杀！""好，六将军，您不是说宁死也要杀老贼报仇吗？这要是在午门以外将老贼枭首示众，不是您亲自动手……您觉得这够解恨吗？""啊？这个……""六将军，既然您说了您不怕死，列位大人，既然你们也说了，这老贼是非死不可。""对，寇大人，老贼是非死不可啊！万万不能让潘家一党再翻身啦！这老家伙要是回到了京城，我们这些人还有命在吗？""那好办啊，依我的计策，与其强要在金殿之上杀了老贼，倒不如，请杨郡马领着府内家将，在路途之中拦截老贼的囚车，活捉老贼，由郡马手刃仇人！列位，郡马，八千岁，你们觉得如何呀？"

诸位大人有想得到的，有想不到的，一听寇准这主意，都赞成，可是也都担着一份心！金殿之上二帝已然饶恕了老贼潘洪，杨郡马要是拦路打劫，劫杀老贼，这就叫抗旨不遵，擅杀皇亲哪！这样一来，郡马还不照样儿是死罪吗？所以说，有人听了寇准这句话，是拍手叫好，可是也有的是愁眉苦脸。八王刚一听还真高兴，可是一瞧有人是愁眉苦脸，哎哟，也想到了，这不是叫郡马犯死罪去吗？"寇爱卿，拦路去劫杀潘仁美，本御倒也赞成，只是郡马去劫杀潘仁美，早晚得犯案哪！这要是叫叔皇万岁和皇婶娘知道了，六郎还是难逃一死，他得给老贼抵偿对命啊！"六郎这时候明白过来了，要解心头恨，手刃对头人，寇大人这是为了叫我能够亲手杀了老贼，这可解了我的恨啦！"八千岁，寇大人，末将如能得偿此愿，甘愿自首到朝堂，到那时该杀杀，该打打，我杨景决不畏惧躲避！""哎，郡马，既然是下官我给你出的主意，就必然不会让你死啊，要是连累你也给老贼偿命了，还用我在这儿出主意吗？"

"哎呀呀，如此一说，寇爱卿，还得等你的主意啊！那么你倒是说说，杨家的大仇咱们得怎么报？"哈哈，八千岁，这还不好办么？您现在手里握着的是什么？"八王低头一看，"嗯？茶杯啊……""嗨，不是这个，是您今天在殿上领来的大赦天下的圣旨……""哦，寇爱卿，孤王明白了！这个郊天大祭的赦旨在我手里哪，我想什么时候开什么时候开，就等到六郎杀死了老贼，上殿交人头的时候我再念！""那可不能拖着，您还就得是在冬至日念圣旨开诏，早一天也不行，晚一天也不行。六将军郡马爷也必须得在这一天头儿上将老贼明正典刑，这么一来，万岁一点借口都没有了，因为在这一天，郊天大祭必行，绝不能杀生，就只能是赦免六将军的死罪！""哦？这么一说，六将军就得赶在这冬至日之前将老贼劫杀？""微臣已然算好了，三天之内老贼就得出城去边防充军，他必得走东边这条道儿，等他走到太行山里，六将军再追上劫杀也是不迟。日期很是宽裕，全在六将军赶回来的脚程，到时候倒是不必提前赶回来。""哈哈啊哈……好你个寇准啊，你这条计可是够绝的！"

忠良老臣这才知道寇准的打算，打心里头佩服寇准这个人，计谋善变，强过吾辈多矣！这么一来，不单说能够叫杨六郎亲手杀死潘仁美，给自己的父兄报仇雪恨，还能保住六郎的一条性命！先套皇上大封杨家——当初天齐庙打擂之后，二帝曾说过先王封过的不算，那么今天这免死金书铁券可是你二帝雍熙天子自己封下的，你还能说反悔的话吗？你封给的免死金牌你得认账！二帝先封杨，然后才好赦潘，可是赦了潘，日后就必须得再赦杨。

老头子们都很高兴，纷纷起身告辞，嘴里是夸赞不止……几位老先生也知道，日子可是很紧，得留出工夫来给寇准，好谋划如何刺杀老贼的前前后后，自己还留在天波府上就耽误事了。等几家老臣都回府了，挨个儿地道别嘱托——排在最后的就是双王呼延丕显和马太君。小丕显留在最后，跟寇准直挤眼睛。寇准乐了，伸手把呼延丕显就给拽住了："双王千岁，这里边还用得着您呢，您也得留下来。"小丕显可是太高兴了，赶紧退步不走，也留下来等着听候派遣。马太君知道自己这个小儿子虽说年纪幼小，可是擅能随机应变，他要给自己的爸爸报仇，自己也不能再拦着。有了这次雁门摘印，马太君也更信得过自己这小儿子了，也就跟着坐下来，想听听杨六郎打算如何劫杀老贼潘洪。

那么，不干紧要的人都走了，厅堂之上八王千岁端然落座，八王就跟自己的妹妹柴郡主说，赶紧还是将太君老人家请出来吧！大嫂周夫人陪同郡主去后堂请老太太，工夫不大，老太太兴高采烈地出来了，连连感激寇大人，这都不必细表。

这边儿六郎和寇准已经展开了北地的地图，查看各个要塞路口，琢磨在什么地方儿劫杀老贼潘洪最合适。寇准就说了，"六将军，您得请那几位前来给参谋参谋！""嗯？寇大人您说的是哪几位？""呵呵，住在府上的不是有几位绿林当中的人物吗？假设阴曹假扮七将军的那位，当初在太行山就拦截我来着，那个史文斌，您给请出来，这件事找他们几位给参谋正好！"书中暗表，寇准的心思正是在这几个江湖人身上，按寇准自己原本的想法，可不是想叫杨六郎自己前去刺杀潘仁美，而恰恰是要引这些位绿林人物去刺杀潘洪。这是寇准自己心里藏着的小算盘儿，因为自打要假设阴曹，杨六郎请来了相貌酷似七郎的史文斌，史文斌已然是在太行山上的盘龙山窟龙寨入伙儿了，寇准这么一接触，对这几位绿林中打家劫舍的好汉的脾气秉性有了了解了，知道这件事只要是叫这帮人知道了，不用等六郎出马，就能够要了老贼潘洪的性命，这么一来，就等于是保住了六郎的命。寇准通过这几天的接触，深知大宋国朝多事之秋，决不能再失去杨六郎。

老杨洪到后堂去，请来了好汉史文斌和二当家的冲天炮马飞熊，哥儿俩来到了银安宝殿之上，拜见了千岁和太君。一听，怎么着？要半路上拦截老贼？这哥儿俩都快乐开花了，赶紧帮忙谋划。马飞熊跟史文斌过来一瞧这地图，乐了，"还找什么哪？六哥，我告诉你，要想拦路劫杀老贼，最合适的地方儿就在我们山寨前边儿！我们是盘龙山窟龙寨，就在我们这座盘龙山的山脚底下，有这么一座小山岗，正好拦住南北大道的路口儿。这座山就叫红旗山，山下有这么一座密松林！我们要是拦路做大买卖，都是跟这儿，这儿是最合适不过啦！不但说南来北往必得打这儿走不可，而且说密林遮蔽之下，杀个把人的也没人能知道……"马飞熊更来劲啦："可不是吗，六哥，我跟您说，这儿有个乱葬岗，咱们把老贼几个脑袋一砍，尸骨往大坑里边一推——跟您说，都不用埋！虎豹狼狐进去一啃，个把月，再要查，都数不清楚到底是几个人，

柴郡主

囫囵个儿的骨头都剩不下！密松林最合适啦！"

八王一听，这都不像话！这都什么人哪，嗯？一捋自己的金锏，哼！六郎赶紧一拦，马飞熊不敢再说了，脖子一缩，先闪到一边儿去了。

六郎和寇准凑上来，按照马飞熊说的这个地方儿一找，哎，别说，还真就是这个地方最合适！老贼要是往北奔朔州，他只要是不先从西路过黄河，就必得从此处过太行山的山梁到河东去！六郎就跟娘亲和八王、寇大人解说了一遍。几个人又把这时间给对了一遍，估摸是赶得上冬至日啦，又把一路上怎么安排都计议了一下。最后六郎担心，万一老贼不走太行东路怎么办呢？寇准乐了："郡马，包在下官我的身上，最后老贼必是走山东路，你就放心按这番计议行事。实在不放心，让史文斌和马飞熊去打前站儿，你们在老贼身后跟随，如有变动，你们约定好沿途通讯的办法。"又商量了一会儿，六郎半信半疑。

八姐、九妹、陈林、柴干非得要跟着一块去报仇，老太君也担心六郎自己是孤掌难鸣，就答应了，还吩咐杨洪挑选府上二十名老军跟随。史文斌和马飞熊自告奋勇，先行赶到盘龙山上去报信儿，好吩咐沿途之上的绿林英雄给杨六郎兄妹一行打好了前站儿……这才各自回府，咱们暂且按下不表。

再说老贼潘洪潘仁美，嘿嘿……实在是万幸啦！我还是死不成啦！特赦回府，赶紧催着老伴儿收拾紧要之物，东西多了也不怕，西宫给分派来不少的车辆，家里值钱的东西也拉上了不少！圣旨是叫自己三日之内离京，按照老贼自己的打算，还等什么三天哪，我第二天就偷偷地跑！好家伙，这要是赵二舍醒过味来，再追我一个斩刑，我可就活不了啦！得嘞！老伴儿啊，什么都不带着都没关系，咱们是赶紧出京！咱们走了，这不还有闺女给看着家呢吗？你还怕丢什么吗？毕竟是当朝的太师，官儿是丢了，可是余威还在。奉旨押解老贼到朔州充军的解差，都跟太师府的门前蹲着守着，听太师府的家将吩咐。哎，等到第二天天一放亮，太师府的家丁出来催着这些位解差赶紧上路，老贼这一行人可就离开太师府，遄奔北上的大道而去。

刚一上路，老贼扭头，左右看了看："我说解差们啊，你们谁是头儿啊？"押解的解差都是京营少殿帅杨文虎给分派好的，打头儿这位乃是旗牌官赵虎，

九妹

副手是他的结拜兄弟钱龙，这哥儿俩一听老贼召唤，也就凑上前来："太师，小的们给您问安啦！我叫钱龙，他叫赵虎，这一趟是我们哥儿俩伺候您。""哦，如此要辛苦二位旗牌老爷啦……""哎哟，在您的面前儿我们可不敢当，都听您的吩咐。"老贼瞥了一眼身后，瞧见了，后边跟着囚车呢。"那么我问问赵头儿，咱们这趟发配，老乜乃是主犯，老夫我是不是得扛枷带锁，还得坐在囚车里才成哪？""哎，老太师，谁不知道您哪，您偌大的年纪啦，哪儿还能叫您上刑具呢？您但放宽心，不用！绝对是不用！""哎，这就不对了，这一路上通关过口的，关卡上管事的得查验你的文书，你这是押解犯人，你不是一般的差事，这还是国家的要犯，岂能如此的儿戏！不可不可，我看你们也甭客气啦！你看看我们这十几口儿人，俱都是钦犯，你都给上上刑具，押进囚车为是！""哎呀，老太师，使不得使不得……"一来二去，老贼就是不松口，不成，你得给我们上刑具，拿囚车拉着走！

赵虎、钱龙哥儿俩一琢磨，哦……明白了，这老贼潘洪自己不能到那囚车里边坐着去，可是你们这囚车里，也不能够说是我太师爷自己跟那里边蹲着哇？所以潘仁美不叫你空着囚车，是免得在过关的时候生麻烦，可不是真的要自己钻到那里边去受苦去。哦，哥儿俩明白了，合着这是叫我们哥儿俩找人顶替这十几位爷钻到囚车里边去？找谁好呢？你搁谁谁也不乐意啊！此一去朔州可说千里迢迢，路途遥遥，谁肯替你老贼钻到囚车里去啊？还是钱龙有主意，"老太师，小的我可有辙了，这么着成不成？您看咱们回头这队伍是打封丘门出城，这得路过铁塔开宝寺，您也知道，开宝寺的山门外，每天有这么几十个要饭的，跟那儿等着信徒来上香的时候给他们施舍来。哎，这些人穷得叮当响，也都没什么事，小的们去把这些人给找来，专挑那年纪和身形相仿的，替您几位在囚车里坐着，罪衣罪裙都给他们换上，刑具也给这些人套上，您看……小人我这个主意怎么样？""嗯，钱旗牌您这个主意还真不错！可是这件事老夫我可是不知道的啊，啊？哈哈啊……""啊，对啊，这是我们哥儿俩的事，您可是不知道啊！"等会儿大队人马来到了开宝寺，钱龙、赵虎去找乞丐商谈，大不了多给钱，拿钱买通群丐，真有不怕受罪的，就为了来来去去这一路上有饱饭吃，还能有钱拿！

此一行的钦犯是首犯潘洪和从犯贺朝觐、刘文裕、傅昭亮、秦肇庆、米进义、刘均齐、潘龙、潘虎、潘强、潘章、潘祥、潘容、潘符、潘昭，合共是一十五名要犯、十五辆囚车。连同太师府、兵部司马府以及各位将军的嫡亲家眷，本族连坐受罚的男女一共八十多人，不算被赦免的死囚犯，因其不必乘坐囚车，都让各家出钱套好的牛车拉着走，这又是三十多辆车。嚯！还是挺壮观，就是没人出来送，悄默声地就走啦！

这一队人马就出了东京城酸枣门，走着走着来到了岔路口，一条是奔东边的，一条是奔西边的。俩解差头儿想都不带想的，指挥打头儿的囚车朝西边岔道上拐。老贼倒先说话了："赵头、钱头，你们俩是打算走哪一条道？""太师，您看这条道是奔河北的渡口，这条道是奔山西河东的渡口，咱们自然是从山西道儿走啦——两个脚程就能到黄河口，如此咱们得走一段儿水路，上了船那可多舒服哇。然后再过天井关、高平关，在潞州再住上几日，您歇歇乏，咱们再北上过阴地关——此一程只有那有点不好走的山道，其他都还好哇，咱们就当从西边儿这条道走！""哈哈，你们说从河东山西道走要好走，从河北山东道走是沿路颠簸，受苦更多是不是？""回太师，不但是河北道上颠簸难走啊，这一路上正好是从太行山的山脚下过，沿路之上到处都是占山为王、落草为寇的贼人，小的们也是担心有盗贼打劫啊……""哎，你们是什么人？你们身后跟着的是京城的禁军，你们是官军啊，还能怕这小小的毛贼打劫吗？不怕不怕，就这么定了，咱们走河北，还就得走太行山的山脚啦！咱们从这边过黄河到朔州去！""啊……太师，您是常年带兵打仗的将军，您能骑马，您这夫人……""嗯？不要多嘴，按我说的走就是了，走河北！""好好好，都听您的，咱们走河北！"哎，就这么，囚车队伍就不走山西道了，绕个远道走河北，渡过了黄河，登八百里太行山，沿着山路一直往北。

一路无书。单说这一天，解差队伍押解着囚车来到了一座高山之下，正往前走着呢，忽听得山上是炮响连天！"哟！老太师，可不好了，这儿可是闹开贼啦！"潘仁美一琢磨，无非是想来抢点钱不是？大不了我们给这帮子穷贼一车银子！"甭怕，没什么的，你们是解差，你们几个先上前去搭话，看看这帮子山贼野寇有什么本事。没本事的，你们俩要是抵敌不过，没关系，你看我这麾下的将官都跟着呢，这几个山贼野寇可不是他们的对手，管教他们一碰面就得跑啊！别怕，你先上去问问！"

钱龙、赵虎哥儿俩先催马上前，一瞧对过儿山上杀下来了一哨人马，为首是两位大王，都是红脸膛，胯下马，掌中都托着一口大砍刀！钱龙壮着胆子上前问话："哒！对面！你们是哪家儿的山贼野寇，你们这胆子也忒大啦！也不瞪大了眼睛好好瞧瞧，我们这不是做买卖的，也不是运送钱粮牲口的车队，我们这是押送囚犯的！还不擦亮了眼睛赶紧给我滚回去！"再瞧打头儿这位，赤红的脸膛，满部的长髯飘摆在胸前，鹦哥绿的箭袖袍，内衬青铜甲，相貌亚赛关老爷。单手一举青铜刀，拿手这么一捋自己的长髯，说话拿腔拿调的，"怎么讲？你们不是做卖做买的？尔等果然便是官军？你们还是押送钦犯的？实话对尔等言讲，如是旁的，老爷我尚不会劫夺，此番下山来……哈哈哈，偏偏就是来劫囚犯的！说老实话，你们押送的囚犯是何人？""小子，你少跟我这儿犯狂！打死你也不敢劫我押送的这位，这位，乃是当今皇上的老丈人，掌朝的太师国丈，恕个罪，说一声他老人家的名讳，就是边关大帅潘洪潘……""啊？哇呀呀呀呀……怎么讲？难道是潘仁美么？""那还有第二个么？正是他老人家！""哈哈！你算是来对了，我们劫的就是他！"

此正是：

此地明知山有虎，他乡莫向虎山行！

要知道下山拦截老贼囚车的到底是谁，杨六郎有没有来到太行山来拦截老贼潘仁美，请在下回书《献书捉贼》之中尽听结局。

【三本 · 献书捉贼】

〖头回〗

词曰：

几岁风尘埋没，一朝云路联登。荣华富贵快人心，神保忠良暗荫。良善终须业就，奸顽到底家倾。皇天果报甚分明，劝你留神看定。

《西江月》

上回书说的是《北宋倒马金枪传》第八卷书《郊天赦》二本《封杨赦潘》，正说到老贼潘洪赶日子出京发配，连夜赶路奔朔州。还真就叫寇准押中了，老贼根本就不敢走河东的山西道，为什么？河北道沿途都是土匪窝子，山贼都痛恨大宋朝，不是作奸犯科的贼盗逃犯，就是杀人越货的江洋大盗，这些人一瞧自己是押解过路的长解囚犯，绝不会为难我的！

可是老掌柜也有算错账的时候，刚进八百里太行山，还没走出多远呢，山上信炮就响了，哗啦……一哨人马杀下山来，足足有二百来人。这人马的声势还真是不小，为首是两位山大王，上眼观瞧，左手这位：

平顶身高在九尺开外，虎背熊腰，红脸膛，浓眉大眼，鼻准端正，四字海口，颔下是五绺长髯，随风飘摆；头戴青铜打造的荷叶盔，一身儿青铜打造的大叶儿连环甲，内衬绿罗袍，狮蛮带煞腰，三环套月的青铜搭钩，左佩弯弓，右肋别箭，两扇儿绿缎子征裙，三折吊挂鱼踏尾，前后护心镜，九股攒成的袢甲丝绦，足蹬五彩战靴，牢扎青铜镫；胯下是一匹艾叶青骢兽，鞍鞯嚼环鲜明，前后威武铃披挂整齐，鬃尾乱参，踢跳咆哮；手里头，提着一口峋嵝古月象鼻子青铜刀，看上去威风凛凛、杀气腾腾！

再看旁边儿这位：

跳下马，身高也得在九尺上下！身材彪悍，也是个大红脸膛，就跟那蒸熟的蟹盖儿相仿！双眉如朱砂漂染，一对金眼珠儿，翻鼻孔，火盆口，颔下是满部的红胡须，扎里挓挲。头顶熟铜卷檐荷叶盔，身挂大叶儿熟铜甲，大红色的征袍，也是狮蛮带煞腰，三环套月的熟铜搭钩，左肋下飞鱼袋内插着宝雕弓，右肋下走兽壶里排满了雕翎箭！左右分开猩猩红的征裙，三叠倒挂鱼踏尾，九股攒成祥甲丝绦，脚底下是红牛皮的战靴，牢扎在熟铜镫内；胯下是一匹赤炭火焰驹，也是踢跳咆哮、鬃尾乱参的，倍儿精神！手里头横着托着这么一口长把鬼头刀！

为什么说是鬼头刀呢？一个是刀头长、刀背厚，刀身也宽，个儿大！刀型跟刽子手使的那口刀差不多。再一个，这刀盘儿雕刻的是一个三叉顶的鬼脑袋，龇牙咧嘴，这刀头是打这小鬼的嘴里吐出来的！可是鬼头刀素来都是短刀，夜行人常用的一种兵刃，随身好带！这位不同，是太爱这口刀了！早年做山贼的时候只是一个步下将，那阵儿就惯使短把儿的鬼头刀，江湖上人送的外号就是"鬼头刀"！那么说跟着弟兄们一块儿升级了，后来自己一步一步做了山寨里的大统领了，这就不能还是背着一口短刀跑江湖了，改了马上的将官——怎么办？我这绰号还要不要？赶上这位这老师就是旁边儿的这位山寨关二爷，外号是"大刀将"，专门抢大砍刀的，擅长的是长刀的刀法。这位就给出了这个主意，你就别改了，就拿你这短把儿刀给你改成长把儿刀——这种也叫"陌刀"①，也可以叫"泼风刀"，打这儿起你这刀就是长把儿泼风鬼头刀，你外号儿还叫鬼头刀不就得了！

---

① 唐代文献中所见之"陌刀"，陌字并非阡陌之"陌"，原字形应为陌，读音应为"泼"，即宋代流行的朴刀。因唐代文献多为手抄，不受刻字字符限制，此陌字属专用字，后世再抄、刻制、定版时有时以读音"泼"的字替代，有时又会字形讹误为陌字。

两位扛大砍刀的山大王身后是二百多喽啰兵，个个都是浑身一色儿的深红色的号坎儿衣，外边套着铁甲，手里头也都是大砍刀举着——简直就像是碰上了大刀队。领头的解差头目钱龙、赵虎也都二乎了，这是山贼么？山贼应当是什么打扮儿呢？破衣拉撒的不说，哪儿还能找着盔甲穿戴哇？这是什么山寨啊？壮着胆子、硬着头皮走上前去，正巧对过儿假关二爷这位先上来了，一拉自己的五绺长髯："呀……哒！对面儿，此山是我开，此树是我栽，要打此路过，留下买路财！哈哈哈……我们是太行山山南占山为王的！别的不用多说啦，你们这队伍后边儿拉的是什么好东西？说给我们听听！老老实实地给我们弟兄留下来，算你们识时务，若说出半个不字，哼哼，你们可要小心了！"

啊？头前儿钱龙、赵虎这哥儿俩一打愣儿，我们这是遇见劫道儿的啦？看这意思人家是做大买卖的，别看下山来的喽啰人数不多，可是这喽啰兵的盔铠甲胄也都挺齐整的，为首这俩首领也都是好样儿的！这可不是一般的山寨啊！哥儿俩还打算靠着老贼的名头儿吓唬人哪！钱龙上前一指这俩山大王："哒！对面儿的！你们是哪家儿的山贼野寇，你们这胆子也忒大啦！也不瞪大了眼睛好好瞧瞧，我们这可不是做买卖的，也不是运送钱粮牲口的车队，我们这是押送囚犯的！这还不是一般的囚犯，这是京城里发出来的国家的要犯！啊，你们没看出来吗？这都是京城里派出来的禁军！啊，你还敢劫吗？还不擦亮了眼睛赶紧给我滚回去！"

这是打算拿大话吓唬吓唬人，实指望来这么几句，能够把这几个劫道儿的给吓回山去，也就得了！您看，什么时候都是这样儿，像潘洪的案卷，最后是交由武德司来办理，武德司是直接听从皇帝指派的武装特务机构，在京城也可以说是一手遮天，背后呢，既有崔文的亲信，也有王继恩的亲信。钱龙、赵虎哥儿俩就是王继恩这边的人，因为这事崔文懂！我把寇准调来了，这就是抓大，这些事是小事，太师已然是倒台啦！护送到边地的跑腿儿活儿，西宫肯定是不放心，这就自然要交由王继恩啦！所以老崔文就跟没事人似的，对相关旨令连看都不看一眼，"嗯……这事啊，你们就交给老王吧！"

好么，武德司的老爷们都是皇帝的耳目，一个个养尊处优，千人捧、万人敬，谁干这差事哇？王继恩也没辙，有根有底儿的将军，一个您都请不动——都这么想的，连你王继恩在内，潘家一党如今就算是倒台啦，我们可不去凑这个热闹。这么一来，老王也只能是从下边再挖急于升官儿的，这就找到这俩从六品的武散官，说白了就是给发一份俸禄养着，哪有什么本领啊？老王太监可不管你这个，只要是你们哥儿俩肯跑这一趟，告诉你们俩，回来我就给你们俩一个五品！这钱龙、赵虎能不干吗？去！我们哥儿俩跑这趟差事！可要是上阵打仗，连三脚猫的本事都没有，只会说句大话吓唬人。再说麾下临时选调来的禁军将士，不是西宫赂以重金，谁来哇？更没人真给你拼命了。

钱龙、赵虎以为能吓唬得住呢，哪承想这两位头领倒乐了，打头儿这位把五绺长髯一托："怎么讲？你们不是做买做卖的？你们是官军？你们还是押送钦犯的？哈哈哈哈……那可正好！实话告诉你们，我们别的还不劫哪，这回我们哥儿俩下山来，劫的就是囚犯，我们就是冲着国家的要犯来的。你说老实话，你们押送的囚犯到底是谁？"

赵虎一看，口风不对啊，"嘿！贼寇，你少跟我这儿犯狂！打死你也不敢劫我押送的这位，这位，乃是当今皇上的老丈人，掌朝的太师，恕个罪，说一声您老人家的名讳，就是边关大帅潘洪潘仁美！你还敢劫吗？哼哼！借给你胆子你也不敢！赶紧把人给我拉回去，让我们过去！再不让路，小心爷爷们走一道公文，剿你的山，灭你的寨！""啊？哇呀呀呀呀……怎么讲？你们囚车里面，果然是老贼潘仁美么？""那还有第二个么？正是他老人家！"再看这位山大王，把自己手里这口大刀一晃，哈哈大笑："哈哈……我还告诉你，小子，我们哥儿俩今天下山来，还真不是为了打劫钱财的，我们还就是为了抓潘仁美来的！听我们的，把囚车给我们留下来！如若不然，你们瞧瞧，我们手里这口刀可决不让你们再去吃饭啦！"

啊？钱龙、赵虎可傻眼了，怎么，人家是专门来劫太师的？得嘞，甭管怎么着，我们哥儿俩这能耐上去也是白给。再说了，为了保潘仁美，上去跟土匪拼命，实在是犯不着！二人回到本部队伍当中，来到老贼乘坐的这辆马车前，"回禀太师，前边是本地占山落草的山贼来打劫，人家说了，不为了抢钱抢粮食，就是为了抢囚车的！"潘仁美一听，眼珠一转，"他们是怎么说的？""人家说了，留下囚车还则罢了，要是不把囚车给他们留下来，决不罢休，人家就要抡大刀上啦！""哦？哈哈，好办，钱头儿、赵头儿，你们就把囚车给山大王留下来，留可是留，他们不是说就是为了劫我来的么？你们就把装着那个形容相貌最像老夫我的那辆囚车给山大王留下来，其他几辆咱们还得赶着走，明白吗？""哦，哦，真给他们留下来？好嘞！就这么办了！"

这哥儿俩转身儿又来到队伍头前儿，钱龙上前搭话："我说，两位英雄好汉，我跟您商量商量怎么样？""嗯？怎么着？不管怎么办，你得把潘仁美的囚车给我们留下来！""没错，您就放心啵，准保给您留下来！可是您看这么办行不行，我们这也是差事，上支下派，没办法！您说我们怎么着也得把这一场差事给办完喽！您看我们这钦犯总共有这么十几位哪，连带亲眷家属一共是八十多人，行的公文是我们得将这些位都给送到朔州去！丢一个钦犯，我们还有话讲，全都丢啦，我们也甭想活了。左右是个死，不如先跟这儿跟您拼命呢！跟您拆兑拆兑，求您给我们哥儿几个留条活路。您看，我们把这潘仁美的囚车留给您，您呢，还得放我们过去，我们还得把其他那十四位要犯给押到地方儿！您看……""哦？这么说，你们愿意将老贼潘仁美的囚车留给我们？""那是没错啊，谁敢得罪您二位英雄啊！"

领头这俩红脸儿的山大王还真没想到，一听这个，那敢情好哇，要是这样的话，六哥和史大哥就不用在红旗山密松林里费劲儿啦！"好哇，那么你赶紧先把潘仁美的囚车给我们押过来，叫我们哥儿俩瞧瞧！""嘿哟，英雄，好汉爷，您也瞧瞧，这山道可不宽绰，我们这前边是老爷们的车辆，得叫我们这车都先给赶过去，后边这囚车才能拉过来哪！您看，是不是叫您山上这些位好汉把这山道给我们先让让？""嗯，好吧！我们这就给你们让开道，别人都能过，单这潘仁美不许过去！""得嘞，您就放心啵！那潘仁美啊，是这一次里头官儿最大的犯人，他的囚车正好是在最后尾儿呢！您看着，这就给您拉过来。"

钱龙、赵虎哥儿俩明白是怎么回事了，开头我们找人蹲在囚车里假扮太师爷的这招还算是蒙对了，这回可合适了！低着头不敢多说话，赶紧赶着潘洪乘坐的马车和潘府女眷的车辆先过山道，两旁边喽啰兵也都瞧着，都瞪着眼睛看着哪！可就是想不到，这一趟押解国家的重犯老贼潘仁美到朔州，是充军发配，这潘仁美竟敢不穿罪衣罪裙？咕噜噜噜……潘仁美坐的这辆车先过去了，后边是潘龙、潘虎还有黄氏夫人……秦肇庆、米进义、傅昭亮、刘均齐……这些位干儿子也骑着马低着头混过去了。一直到最后，是十几辆囚车。钱龙、赵虎指着最后头这辆说："二位好汉爷，您可看好喽，最后这辆囚车里头，关押的可就是当今的掌朝太师，这个，潘洪潘仁美……他是这帮人里最胖的，您看好了！"哥儿俩也是咬着牙撒谎啊，得小声儿点，生怕这位要饭的听见了，张嘴一说话，这要是一张嘴，人家山大王就能听出来这不是太师。

手下的军卒将这辆囚车给推到山大王的近前，两位大王走近前仔细观看，哟，这位年岁不小了，满头花白的头发，胡须都老长，身上穿着罪衣罪裙……可是这位太师爷，怎么这么瘦哪？这……倒是，能比前边那几趟车里的胖点，可也还是瘦哇！嗨，这位啊，是开宝寺前丐帮里的头目，每天有孩子们给上供，因此上能稍微胖点，那也还是个乞丐啊，能不瘦吗？俩山大王不跟钱龙、赵虎似的，大着嗓门就嘀咕上了。可是这位顶替潘洪的老乞丐叫这一路上的颠簸给颠散了架啦，整个人都晕乎了，似睡非睡之间，迷迷糊糊的，就瞧见俩人离自己很近地看自己……刚才在路上，钱龙、赵虎就教给过这几位，"走这一趟，你们几位不是打算还要多挣钱吗？告诉你们，只要是这一路你们按照我们哥儿俩教的做，做得严丝合缝、风雨不透，管保你们还能多挣十两白银！怎么样？""那敢情好啊！您二位费力给说说，我们怎么做？""沿路之上可有不少的关卡渡口，那儿的把守官员得查验通关的文书，哎，就许要过来问问你们都是谁，那么你们得记住自己是叫什么名字，明白么？你们原来的名字可不许叫了，都得按照我们给你们排练好的说！来来来，咱们挨个排练……""告诉你啊，你，你叫潘洪潘仁美，你知道吗？""那怎么不知道，太知道啦，大大的奸臣哪……""去！不许说这个！你就记住你叫什么就得了，哪儿那么多废话啊……""好好好，俺记住了，俺不叫张三了，俺叫潘洪潘仁美！""对喽，我问问你，你犯的是什么事啊？""俺是个大罪人，俺犯的是欺君误国之罪！""嗯，你要发配到哪儿去哇？""俺这是奔山西的朔州去，俺是充军发配去，俺这一去就回不来啦！""得了得了，说这几句就够啦！你好好背背……"

哎，这都叫这俩小子训练好了。等到这阵儿俩山大王凑到近前来看自己，这位不知道是怎么回事，蹲在这囚车里也很难受，一睁眼，哦，有两人盯着我看，这是不是要查验我啊？得了，你们别问了，我自己说吧！"我说，老爷，我这车坐得是太累啦！您能不能行行好给我换换？你甭问啦，我告诉您得了，我就是潘洪潘仁美，原本是大宋朝的奸臣，还是个大奸臣，当朝的太师爷……啊，还有什么来着？哦，我这是充军发配去，俺是要到朔州……"这二位山大王也是糊涂虫，这还听不出来呢。嗯，这潘仁美说的都对得上，史大哥来我们山上也是这么说的！"好！你不是嫌这囚车不舒服吗？好办，你来看！"打头这位举起自己手中的象鼻子古月刀，唰！这么一抡，转了一圈儿，咔嚓！一刀就剁在囚车的门扇上，哗啦，囚车就散了架了！假潘洪糊里糊涂被摔在了地上，"来呀！将老贼潘洪给我捆起来，押上高山！""遵命！"一帮子喽啰兵过来，就把假潘洪张三给捆起来了，往肩膀上一扛，四个喽啰兵扛着潘仁美就上了山了。

钱龙、赵虎一瞧，太悬啦！赶紧连连道谢，得了，二位英雄，多谢您的不杀之恩，那我们可就先走了！两位山大王一挥手，"走吧走吧！别啰嗦了！"钱龙、赵虎和老贼潘仁美怎么连夜赶路逃命，咱们先不细说，单说这二位山大王，扛着大刀，乐乐呵呵地带领着这二百多喽啰兵回山。

回到山寨，哥儿俩摘盔卸甲，换了身儿便装，再来到聚义厅，大小头目各分左右落座。"来呀，快快去把大哥请来！"小喽啰去的工夫不大，又一位山大王从后边走过来了。嗬！这位好相貌，身高也是在九尺开外，身材魁梧，一团的英雄气概！唯独与众不同的是这头发，看这人也就是三十岁上下的年纪，可是这脑袋上已然是满头白发！两道白眉毛！就见这位走到聚义厅上，和二位兄弟道辛苦。二位兄弟赶紧叫人把假潘洪给押上了聚义厅，大哥一看也信以为真了，就跟两位兄弟商量："兄弟啊，史贤弟走的时候可是说啦，要是咱们先抓住了老奸贼潘仁美，告诉咱们说别等着杨六哥，叫咱们赶紧先杀喽再说。是不是这么说的？""哥哥，可不是这么说的吗！叫咱们赶紧先给弄死，然后再快马押送死尸到盘龙山去见他去！""那就得听史家贤弟的啊！来呀！将老贼潘仁美押到聚义厅前，砍头，挖心，不得有误！""哎，大哥，马二哥和史家兄弟不是说杀头就结了吗？怎么还带挖心哪？""这老贼咱们可是久闻大名啦，记得当年这老贼曾经剿灭过熊耳山的瓢把子，我得尝尝！先别砍头，咱们先挖心看看，到底是不是黑的？""嘿！"还是那四个喽啰，动作最快，立马把假潘洪给绑在聚义厅前，扒开了胸膛的衣裳，刽子手叼着牛耳尖刀，一口凉水，"噗……""大王！我冤枉！俺冤枉！您可别杀俺哪！俺可死得冤哪！俺这心可不黑啊！您就白挖啦！"

〖二回〗

老贼被判充军发配山西朔州，这一行可不敢走山西道，为什么？山西道上各州各府的武官大都跟杨家有通家之好。原先都是保河东刘王的，我害死杨继业到这会儿是天下尽知啦，我还敢走山西道？谁动个心眼儿，这就得说能要了我的命！嘿嘿，这皇上给我判充军朔州，这可没安好心啊！他这是要借别人的手要我的命！我得走河北道，走河北，就得过太行山，那倒没事了，因为这太行山上各山各寨的英雄好汉都是痛恨二帝的，有不少是当初跟随老主爷打天下的公侯之后，这些人不会跟老夫我为难！

可让他想错了！太行山满山东西南北中五路绿林的大小统领到今天可是都知道你要打这儿过，全都是憋着要抓你哪！老贼囚车队伍刚到太行山的南山口，这个地方儿叫作宝珠山，山上有一座山寨，乃是统领八百里太行山南路绿林英雄的总辖山寨，叫作牛栏寨！刚刚走到这儿，山上一声的信炮，几百名喽啰兵就杀下来了！领头儿的二位山大王，都是红脸膛儿，都使的是大砍刀，一拦路，你们把潘仁美的囚车给我们留下来！押送的禁军头领，一个是钱龙，一个是赵虎，这哥儿俩机灵，开头不敢叫老贼人等坐囚车走，特意地雇了这么几个要饭的乞丐，假扮作发配的罪人，在囚车里坐着。哎，就把这辆关着假潘洪的囚车给留在宝珠山了。可是临到要开刀剐人心的时候，这乞丐张三醒过味儿来了，我这是替老贼潘仁美死的哇，那可太冤啦！赶紧抻着脖子喊上了："大王！我冤枉！俺冤枉！你可别杀俺哪！俺可死得冤哪！"

嗯？坐在聚义厅里的这哥儿仨就愣了，怎么？"潘仁美，你作恶多端，你还喊的什么冤？""大王啊，俺可不是潘仁美啊！你们要是杀谁都成，那俺倒是不冤，可是我也听出来了，你们是要杀老贼潘洪啊！俺可不是潘仁美啊！你们要是杀了俺，俺是冤死啦，你们也冤啊！"哟？这哥儿仨全都站起来了，来到了法桩之前，仔细地盯着这张三看。嗯，确实是不像，这位也忒瘦啦！那可不嘛，讨饭的能跟潘仁美一样肥吗？这位排行老大、满头白发的大哥就问了："那你是谁呢？开头你干吗要说自己是潘仁美啊？"

张三这才把前些天在京城里的来龙去脉这么一说，嗨！红脸儿小哥儿俩一拍大腿，我们算是上了当了！

书中暗表，这三位是什么人呢？满头白发这位就是这座山寨的总辖大寨主，姓徐，名忠，字表义淳。就是本地人，自幼也习文也练武，家里多少还有点儿家业，念过几天书。十几岁时满腔热血，好管闲事，替人抱不平，打死了乡里的恶霸。没法子，只好上山，投奔了宝珠山牛栏寨的寨主，就因为武艺好，还懂一点儿兵法，改建山寨，官军难以剿灭，到最后被弟兄们拥戴为本山的大寨主。就因为徐忠是天生的少白头，满头的白发、白眉毛，胡须还是黑的，形容奇特。江湖的朋友一见面就开玩笑，说他像故事里的伍员伍子胥，一夜白头，给送了个外号就叫"小子胥"。排在第二的，就是那位红脸长髯的英雄，这位还真是姓关，名骏，字表叔庭，小时候也念过书，有文化，是从山西闯荡江湖路过宝珠山的。后来买卖做不下去了，干脆上山入伙。这位自己本来就姓关，人们都逗他，说他是关二爷的后代，就得义薄云天、仗义疏财……弟兄们谁缺钱都找他来借。一来二去，干脆自比关二爷，专门下功夫去练一口雕着青龙的象鼻子大刀，直练得是刀法精奇，自号叫"大刀手"。另一位是老三，红面短胡须的那位，名叫李虎，生下来就在土匪窝子里，人送外号"鬼头刀"。他入伙最晚，短刀改了大砍刀，专门还跟关骏学过刀法。

这哥儿仨为什么一心一意地要下山来拦截潘仁美呢？史文斌和马飞熊在天波府领受了重任，先出的京城，在半道上候着。沿途打探老贼的行踪去向，眼看着老贼一行人真的上了河北道，这才快马加鞭往北，赶紧赶到盘龙山窟龙寨，找大寨主刘金龙。六郎和天波府跟着来的人，像什么八姐、九妹、七娘呼延赤金……这都是非要跟着来报仇的。

这么多人得收拾收拾才能出门哪，所以说也得马飞熊和史文斌先走，到太行山沿途给杨家人打好前站儿。果然不出寇准所料，史文斌一听这个事就打好了主意了，我还用等你六哥到了才杀老贼？得了吧！我先给老贼安排好天罗地网，别等你杨家人到了再杀他，我告诉这些位山大王，不等着你杨家人到了，就先把老贼的命要了！这么一来，你杨家人可以砍头祭告忠灵，可是这罪责可不能让你杨六郎再来顶着了！七爷当年救下我的性命，这正是我报恩之时！史文斌跟马飞熊一路奔宝珠山先来了——这是五路绿林最靠南边的第一寨。他们俩是快马，当然比老贼的囚车马队要快得多。先就到了南路的宝珠山牛栏寨，上山先来面见三位好汉。前文书说到过，太行山的各路绿林早就都结成同盟了，都尊奉西路红桃山大寨主葫芦王孟良为总头儿。可这件事不用等孟良发话，大家伙儿都乐意帮着史文斌和马飞熊。忠臣孝子人人敬，奸佞国贼个个要杀！都知道杨家的冤屈，都知道京城里潘杨讼闹得不小，死了一个御史台的老爷，为了审清结案，愣是调来了一位县令，连升五级！大家伙儿都听说了，净等着结案哪！

史文斌和马飞熊一到，这么一说，好么，哥儿仨气得是暴跳如雷！"史贤弟，马二哥，你们说吧，叫我们哥儿仨干什么？""也没什么，就问你们哥儿仨有胆子没有？"这不拱火儿呢吗？"有胆子怎么讲？没胆子怎么说？""你们要是有胆子，你们就从今天起，也别做买卖了，山下过什么样的客商也甭去打劫了，你们就等着打京城押运来的囚车马队，那里边就押着老贼潘洪呢！你们趁着他从山底下过的时候，先把老贼给抓起来！怎么样，有这个胆子没有？""哈哈！二哥您可太小瞧我们哥儿仨了！这算什么啊！您放心，这个活儿就交给我们了！只要是老贼潘仁美能走到我们这宝珠山下，就算是走到头儿啦！"

"好，可是我还得再问问你们，这老贼你们要是抓住了，我问问你们，你们打算怎么办呢？""那还用问么？您刚才不是说了吗，随后杨六将军就跟来了，他们一到，我们就把这老贼交给他们兄妹！这是人家的仇人！""兄弟，那你可就害死六将军了！""哟？哥哥，这话可是怎么讲的？""你想啊，六将军是什么人物？你把老贼潘仁美交给他，他只能是将老贼手刃结果了！那么之后呢，六将军这个人的脾气秉性，他肯定是得拎着老贼的人头到金殿上去自首去，谁都不会连累！这是杀的什么人？当朝的首辅！皇上的老丈人！他还能活吗？所以我说，你们要是把这老贼交给了六哥，你们就不算是好朋友，你们可就害死了六哥啦！我这话的意思你们明白了没有？"

哦……徐忠明白了，怨不得你问我们有没有胆子呢，你是想借我们的手杀死老贼潘仁美，这个罪不能叫杨六将军来承担，得我们来顶哪！"好嘞，史贤弟，您甭再多说了，说到这儿我明白了！这老贼不能够交给杨六将军，交给他的话等于是逼着他来动手杀国贼，他要是动手，这罪就是他的了！可要是我们哥儿几个动手儿，在这山寨里要了老贼的性命，大不了皇上派大队的官军过来剿山灭寨！我们哥儿几个大火一烧山，四散奔逃，谁也找不着谁，这罪我们担得起！""哎！就是这么着！好兄弟，咱们五路山寨就是一家儿，这个你还用担心吗？大不了都上我们盘龙山去，您来做我们的大哥。""那这事咱们还跟总瓢把子说一声儿不？""按说应当是跟他嘀咕几句，可是兄弟，这工夫不容咱们跑这路哇！等到了红桃山见着葫芦王，咱们这边儿老贼的囚车早就过了山梁子啦！这要是到了山西，可就不归咱们管了！""得嘞，我明白了，忠臣孝子，人人敬重！这差事就包在我身上啦！""好，那么这头一关就是你宝珠山的，我可就看你的啦！不过我还得挨个儿往北去都托付好了去，万一叫老贼逃脱了哪，我得赶紧奔下一座山寨去！贤弟，擒杀了老贼，你们还得等候六将军。我们走的时候定规好的，我们哥儿俩在前，六哥在后，你们可得加着小心，可别跟六哥的人大水冲了龙王庙啦！前些日子刘超、张盖陪着六哥南下，就没到你们宝珠山，咱们这些朋友里单就你们哥儿仨没见过六哥。""贤弟，二哥，您那叫多余！不用再往下托付了，到了我们这儿，潘仁美就算是走到头儿啦！六哥我也不会认错，葫芦王早就给发过画像啦，跟任大掌柜的相貌一样的就是六哥！"

徐忠这大话可是当着史文斌面儿说的，可眼下还真就上了老贼的当了，拿这顶替的要饭的当了老贼潘仁美啦！要饭的一喊冤，把徐忠给气得！这可叫我怎么在兄弟面前交代哪？过去的绿林人最讲究的就是信义！不成，兄弟，咱们得下山去追！这边刚吩咐喽啰兵鞴马抬刀……山下就有探子先跑上来了，"大哥，山下来了不少的人，看意思个个都是练武的，全都骑着马，马匹上都挂着军刃，说是专程前来拜山的！他们都喊出您的名讳来了，自报名号叫杨延昭……""嘿呀！还等什么，快快！赶紧下山去迎接，这是贵客到了！"徐忠、关骏和鬼头刀李虎这哥儿仨赶紧先搁下手头的这点儿急事儿，整肃衣冠下山去迎接六郎杨延昭。

史文斌和马飞熊前脚一走，这六郎在家就待不住了。留在家里收拾行李，这个着急啊！可是不成……你还就得等着，为什么？自己去是报仇，自己的妹妹和妹夫、弟妹去也是报仇！昨晚上老太君专门为了这一场拦路劫杀分派了一下人手儿，老太君估算了估算，按照潘家旧有的这个势力，这一趟发配朔州，一块儿跟着去的人可不会少！要是就六郎一个人去，这不太把稳，能不能报得了这个仇还很难说。这些位占山为王的绿林好汉到底信得过信不过，这个也不好说。所以老太君的意思是，我不能靠别人给老令公和七郎报仇哇，我得自己组织起来我这些孩子，他们一起去帮着六郎才成呢！

天波府里击鼓聚会，全家人都来了……老太君一点名儿，陈林、柴干这哥儿俩得去，这是姑爷，一起去帮着大舅哥吧！这哥儿俩去，那么八姐、九妹也吵吵着要去，老太君知道这俩姑娘的能耐不小，有这俩跟着，自己还能踏实点儿。"好吧，你们姐俩就跟着你们的六哥一起去，一定要小心！""妈，您放心吧，这两天就多拜托大嫂照看您老啦……"八姐、九妹能去，媳妇里就有人动心了，谁呢？七娘呼延赤金。自己的爷们死在老贼的箭下了，能忍着不去吗？一看八姐、九妹姐俩都回自己的房间去收拾东西去了，七娘就往太君跟前蹭，"啊，这个，婆母啊，您看，光八姐、九妹跟着六哥去……这人手儿够吗？"老太太一瞧就知道了，哦，七娘也憋着给七郎报仇。本来是打算答应七娘，可是刚要说话，老太君一抬头，哟，身边这几位太太个个都盯着自己！老太君是一激灵，想明白了！虽说是这一回在两狼山前老贼故意设计暗害老令公和七郎，可是实际上，当初在双龙会上，大郎哥儿几个困战在四十里金沙滩内，苦战而不能返回幽州——这是谁害的？那些位老军回到东京一一地哭诉啊，都知道了，要没有老贼当初在韩昌下书以后提纪信尽忠的往事，大爷能自荐去赴双龙会吗？圣驾出离幽州城，说好了旗杆放倒八虎才能够回军，可是老贼潘洪在旗杆子里灌铅，生生地把城楼的旗杆给铸瓷实了，杨五郎不能够放倒旗杆，三郎、四郎这哥儿几个不肯回城，愣是以为圣上真的还没出幽州城呢！要不是因为这个，三郎能死在乱军的马蹄之下吗？要不是因为不能够放倒旗杆，五爷不能够救下兄长、兄弟，老五能在五台山上出家为僧么？就你七太太跟老贼有仇吗？我们姐儿几个谁跟老贼没仇哇？

七太太这么一说，大家伙儿都盯着老太君，等着老人家发话，只要是七太太能去，那么我们姐儿几个就也能去！

佘太君一瞧这阵势儿，心里可就打鼓了，这要是几家媳妇都跟我请命，我是许还是不许哪？老太君这么一犹豫，大奶奶瞧出来了，这是婆母发愁了。都去，这肯定是不成。得了，妹妹们也说了，老娘得交给我，那么我是大嫂，我得做好……"婆母啊，您也知道，这些寡妇里谁跟老贼没仇呢？可是全都去太行山捉贼也不成，要是我们家里的人手儿少的话，我想六弟也难办，人手儿不够，一旦说要是放走了老贼，咱们全家今后这口气可实在是咽不下去！您看这么办怎么样？媳妇我不去，我六弟妹是金枝玉叶，她也不能够出远门去，就跟媳妇我一起留在家里陪着您。啊，这个二弟妹和三弟妹的年岁也不小了，远路奔波的，实在是辛勤劳苦，依媳妇我的意思呢，也都先留在家里……四弟妹、五弟妹还有这七弟妹是我们这姐妹几个里头能耐最大的，这姐儿仨跟着六弟一块去，我看还真能帮上大忙儿！八弟妹呢，年岁最小，我看也就先不要去了。婆母您看呢？"大奶奶能这么说，等于是替老太君解围了，二奶奶、三奶奶也就不说什么了，老八媳妇呢，也就别说什么啦，比起来自己这不算什么，我还是乖乖地听大嫂的安排吧。老太君一听这么安排是不错，好吧，就按你们大嫂说的办吧！那么按说好的，就这几家媳妇下去收拾上路的衣物。

可是这么多太太要出远门儿，可比六郎自己一个人要麻烦得多，得好好地收拾，还得再配上好几名女兵伺候这几位太太，这么一来，可就耽误工夫了。到了第二天，晌午时分，就有人来通风报信儿来了，"郡马爷，我得跟您说一声儿，这潘仁美可是趁着天刚亮就出城啦！"六郎听了后可着急啊，赶紧挨个儿催几家儿奶奶，那可没那么快，等到都收拾得差不多了，也到了晚上关城门的时候了。本来这次出京就是私自潜出去，不能够大张旗鼓地走，没法子，还得等着，一直等到了第三天早上，城门刚一开，六郎这才领着俩妹妹、妹

夫和嫂子、弟妹，率领着杨府的男女家将们出了京城，往北去追赶老贼，因为这一趟得赶到老贼的头前儿去！

史文斌临走的时候，给六郎留下了路条儿了，告诉给六郎东西南北中五路太行山绿林统领的各家山寨都在哪儿，告诉给六郎，我给你打好前站儿，你到了之后，挨个儿上山去拜山去！你得在沿途探听好了，好知道老贼的队伍是打哪儿过的！这些山寨里都有撒出去的哨探，都能告诉你准信儿，这样你好知道你怎么朝前赶，该走哪条路。

一路飞奔，沿途果然是都有土匪的眼线儿暗桩埋着。一站一站，本来六郎南下回京的时候就去过一些，这回是故地重游啦，记得更清楚了。可这么一来，一行人就必定走得慢一点儿，到哪一站都得耐心等候各地的哨探接到信报，回到路边的窝点来给六郎报准信儿。一来二去，就比老贼车队走得没快多少，到宝珠山前，仅仅做到尾随而至。六郎一到宝珠山地界，凭着自己手中的路条儿，就知道了，哦，这座山上有三位弟兄，小子胥徐忠、大刀手关骏，还有鬼头刀李虎！我得先拜拜这三位，问问这老贼有没有从这儿过去。哥儿仨一听说是杨六郎杨延昭到了，嗬！这可真是蓬荜生辉呀！这位乃是名将之后！都听说过，当初铜台追车救驾，这位乃是当朝的郡马，任大掌柜最好的朋友！来呀！吹吹打打，咱们下山去迎接杨郡马！

哥儿仨下山岗，亲自摆队相迎，这就耽误工夫了。这哥儿仨还憋着没敢马上说实话，谁都磨不开这面子，乐乐呵呵地先把六郎和八姐、九妹、陈林、柴干、七娘呼延赤金、四娘孟金榜、五娘马赛英这几位给迎进了山寨。都上了山以后先大排筵宴，招待杨家这几位男女英雄，大家落座，酒过三巡、菜过五味……徐忠说了这么几句场面儿话，六郎也说几句客气话，站起身来敬各位英雄……

这儿大家伙儿正喝着酒呢，聚义厅下边有一位可不干了，谁呢？顶替潘仁美坐囚车的那位要饭的张三，这位还跟这儿捆着哪！"嘿！我说，你们怎么还吃上了？还有酒喝？你们别忘了，俺还跟这儿绑着哪！你们这些做山贼的忒不地道了！要不然就把我杀了算了，留着我老跟这儿受这个罪，谁受得了哇？啊？你们不是说了么，你们要杀的是大奸臣潘仁美呀！我不是潘仁美，你们还捆着俺在这儿干什么呢？快给俺放喽呗，俺再不吃饭就要饿死啦！"

〖三回〗

张三这么一嚷嚷, 徐忠和关骏这哥儿几个也想起来了, 我们外边还捆着一位哪! 小喽啰们没有头领的吩咐, 这也不敢放啊, 这么半天了还捆着呢!

七奶奶耳音好, 嗯?"我说, 几位英雄, 你们这外边捆着的这位是什么人呢? 他嘴里怎么说的是什么……潘仁美?"哎呀! 徐忠一拍大腿, 嗨!"几位嫂夫人, 六哥, 这都是小弟见到您一高兴发蒙, 忘了跟您几位先交代了! 你们到山寨之前, 老贼潘仁美是刚从我们这儿山下过去, 这是这么这么回事……"徐忠赶紧把今天这事给说了一遍。这头儿, 关骏也赶紧吩咐人去把张三给解开, 带到了聚义厅前, 给搬来把椅子, 对待这乞丐还不错。张三呢, 问一句答一句, 就把这一趟怎么离开的京城, 自己怎么顶替老贼坐囚车的, 结果到最后顶替老贼给抓到山上来啦, 给大家说道了说道。

七奶奶一听就翻了!"六哥, 咱们这还吃什么哪? 快着点追啵! 要不然这老贼可就从咱们眼皮儿底下先溜啦!"六郎也着急, 稳了稳心神儿,"弟妹, 你先别着急, 要想擒住老贼, 咱们还得小心! 要是就这么追上前去, 老贼随身跟随的兵丁将官也不少, 这么一乱, 难说不会放走了老贼! 这天也快黑了, 咱们追是追, 可是不能太紧, 打草惊蛇, 他们要是知道是咱们追过来了, 一钻老树林子, 那可就不好办了! 这么着……徐贤弟, 我问问你, 从这儿要是奔朔州, 当走哪一条道?"

徐忠挺不好意思, 这是在我这儿愣给老贼潘洪放跑啦, 回头马老二、史老三回来一羞臊我, 我这可没话回朋友了!"六哥, 放走了老贼可都怪兄弟我!

您就甭操心了，我亲自陪着您追下去！太行山的道我都熟，您就跟着我走吧！"六郎一琢磨，没他们还真不成！"如此，杨景可就有劳好兄弟啦！"关骏和李虎一瞧，这事也不能少了我们啊！"哥哥，我们哥儿俩也去！老贼是我们哥儿俩给放跑的，还得是我们给追回来！"徐忠一摆手，"不成，咱们仨不能都离开山寨啊！这要是有什么变故，光靠这些弟兄还不行！这么办，跟着六哥去追老贼，就哥哥我去就够了，你们哥儿俩留下来严守山寨，给我分派一百名腿脚利索的弟兄就可以了！"关骏一琢磨，"哥哥，万一要是遇见岔道，你一个人不够啊，这样，老三虎头，你留下来看守山寨，我跟大哥一块儿去。这儿往北的山道你也不熟，你看好了家就成！"李虎再要说，都不让了，总得有一个留下来的，好吧！哥儿几个商量好了，关骏去挑选了精健能干的一百名本地出身的喽啰兵，分成两支小队，跟着自己和徐忠一同下山，陪着六郎这些人，顺着官马大道就奔北边儿追下去了！

那么搁下杨六郎在后边先慢慢追着不说，再说老贼潘洪潘仁美。从宝珠山前混过去了，老贼可是乐坏了，这才是无心插柳柳成荫哪，哪想到就是为了混过关卡，找了几个要饭的乞丐顶替我们几个蹲囚车——哈哈！说什么也想不到，这个可救了老夫我啦！一路上钱龙、赵虎这哥儿俩也是一个劲儿地说好听的，跟老贼面前儿请功。潘仁美眼珠一转，嗯？不对，怎么太行山的山贼还要专门儿劫我呢？这是有人给这些人通风报信啊！这可不能大意了！老贼多疑啊，看起来这条官马大道我可不能再走了！找来贺朝觐、潘龙、潘虎、秦肇庆这一帮子死党聚在一块儿，"你们都说说，沿途之上盗匪横行，这要是都来劫咱们来，咱们得怎么过山哪？你们有谁熟悉这条路径的？"

潘龙、潘虎都是窝囊废，一句管用的也说不出来。贺朝觐随身带着行兵的地图呢，他本来是兵部大司马啊，这些东西自己家里不缺，摆出来仔细端详，指着地图一通忙活。还是秦肇庆有见解，仔细看了看地图，看明白了："太师，您看，咱们现在一直是在太行山的山东朝北走，这一段儿还过不了山梁子，山梁子这边儿直着向北就是官马大道，可是沿途逢山有寇、遇岭藏贼，这一路上难以太平啊！要不这么走，咱们不走这条大道了，您看，从这儿前边儿不远就是一条岔道，往东这么一拐，道路是绕了点儿，可是迟早还得绕回来……您看看。"潘仁美仔细一看这地图，没错，往东的小道儿虽说有点儿绕，可是最后还能够绕到太行山的正路上来，最后是从盘龙山的山口横着穿过太行山奔山西河东。"嗯……好吧，就听你的，咱们赶紧赶路，待会儿走东边这条道。""这还不成，太师，咱们方才是混过山来了，可是工夫不大就得露馅儿，再过一会儿那座宝珠山上的山贼野寇还得追上来，到那时咱们这车辙子印记可是留给人家消息儿呢！""那你说怎么办？""咱们这么办，您跟老夫人可不能再坐车啦！依末将之见，您和夫人都得骑马走了，咱们这车还从官马大道一直朝前走！待会儿人家来追的时候，就是看这路上的车辙印儿，他们一看是奔大道上走了，就都追到那边去了，咱们沿着小道接着朝东北走，这就叫弃车保帅！""好！好一个弃车保帅！就听你的了！"老贼把禁军的头目钱龙、赵虎叫来，告诉这哥儿俩，赶紧将咱们这队伍分成两支儿，囚车接茬儿奔北边走，装载金银细软的车辆也跟着囚车一起朝前走，叫这哥儿俩押着这些东西跟着一起走，自己和夫人、家奴、家将弃车骑马，跟着几百名禁军的将士改走东边的路。说好了，等过了太行山，咱们在太原府再会面，这不是跟你们俩商量，这哥儿俩能说不答应吗？还盼着能分开走呢！走到岔道口就分开走了。

不说老贼潘仁美，单说这钱龙、赵虎，押着囚车和大车队一起朝北走。哎，这是官马大道，别说，还真好走！可是眼瞧着越走天越黑，这可不好办了，到哪儿投宿哪？哎，有眼尖的，瞧见了，"钱头儿，您瞧，前边可有火光，估摸是人家儿，不是大车店就得是一座村庄，您瞧这火光还不少呢！""好！咱们也点齐火把，紧赶着点儿，到前边去住店去！"可是走着走着，瞧着就不对了，怎么呢？这是漫山遍野的火把！赶走近了才发现，坏了，这哪儿是村庄车店啊，这是山贼把守着道口等着劫道儿哪！漫山遍野的全是人哪！钱龙、赵虎这阵儿想回头可是来不及了，前边这帮子人马早就慢慢地兜成圈儿了，呼啦……就把自己人都给围起来了！为首火光映照之下，跑出来四匹马趟翻，就见为首这位：

跳下马平顶身高在八尺开外！身高膀大、虎体熊腰，面赛蓝靛，两道朱眉直插入鬓，一对蟹眼搭于眶外，秤砣鼻子、血盆大口，压耳的毫毛亚赛朱砂抓笔相似！颔下是满部的红胡须！龇牙咧嘴，哇呀呀地暴叫，犹如凶神恶煞一般！头上是蓝缎子的扎巾，身上是一领蓝缎子的箭袖袍，内衬镔铁连环甲，护心镜冰盘大小，锃光瓦亮！拦腰系一条巴掌宽的狮蛮带，胸前十字襻儿，双打蝴蝶扣儿，宝蓝色的中衣，足下穿着一双牛皮战靴，牢扎在镔铁镫内。胯下骑一匹艾叶青鬃马，掌中托着一杆丈八大铁枪！

这位圈马过来，这么一亮相儿，拨马往旁边这么一让，闪出后边这位了：

此人跳下马平顶身高也在八尺开外，身材魁伟，一张大黑脸，亚赛黑锅底，黑中透亮！一对花绞狮子眉，两只豹环眼，黑眼仁多、白眼仁少，狮子鼻、四字阔口，颔下是连鬓络腮的黑胡须！头上戴板卷荷叶乌金盔，一朵皂缨在脑后垂洒，身上挂乌金打造的大叶鱼鳞甲，九股攒成的襻甲绦，内衬皂罗袍，狮蛮带煞腰，三环套月的乌金搭钩，两扇黑缎子征裙，三折倒挂鱼踏尾，足蹬黑牛皮的战靴，牢扎在乌金虎头镫内。胯下是一匹乌骓马，掌中端着一杆镔铁狼牙棒！

这位出来也是这么拔脯一亮相儿，真亚如烟熏的太岁，火燎的金刚！圈马往旁边这么一闪，闪开来身后，有一匹马上前：

马上端坐之人跳下马身高在九尺开外！身体健壮如牛，往脸上看，面似羊肝紫，两道板刷扫帚眉，直插入鬓，一双金彪眼，皂白分明。鼻直口阔，大耳相衬，颔下是扎里挓挲的短钢髯！头顶紫铜狮子盔，身披大叶连环甲，外罩紫色的战袍，九股攒成襻甲绦，狮蛮带煞腰，左右肋紧扎两只紫金牛皮鼓，外套紫缎子的征裙，足蹬紫金虎头战靴。胯下马是一匹斑豹紫骅骝，双手各端着一柄八棱紫金锤！

这位过去，身后又跟上一位：

跳下马身高也在九尺开外，虎背熊腰，身材魁伟，面赛姜黄，一对朱砂眉，斜通鬓边，两只铃铛眼，烁烁放光！准头端正，狮鼻阔口，左右大耳垂轮，满部的黄胡须；头上戴黄铜盔，身上穿麒麟黄铜甲，赭黄色的征袍，左右分战裙，九股攒成祥甲绦，狮蛮带煞腰，三环套月，黄铜搭钩，前后护心镜，冰盘大小，锃光瓦亮，背后插八杆令字旗，三折倒挂鱼踏尾，足蹬黄牛皮的战靴，牢扎在虎头镫内。胯下是一匹黄骠马，手中托着一口三停砍山刀！

旗鼓枪棒四员将来到阵前，各自亮相儿，都站好了，最后这位一提马就上来了："哒！对面的官军，我们扫听扫听，深夜之间你们打从我们山下过，你们这押送的到底是什么货物珠宝？跟我们实话实说，保你们活命回家！如若不然，哼哼！别怪我们手下不容情！说！"

钱龙、赵虎都看傻啦！这四位比先前那两位还狠哪，个个是膀大腰圆、身材魁梧，看起来是力大身不亏啊，我们哥儿俩可不是对手！钱龙催马先上阵："回好汉爷，我们押送的……""讲！""跟您实话实说吧，我们这一回出京押送的乃是当朝的老太师潘洪潘……"钱龙话音未落呢，就瞧这位背后插旗儿的将官俩眼一亮，"你待怎讲？""好汉爷，我们押送的乃是国家的钦犯，正是当朝的太师……""哈哈哈！可算是等着了！来呀，弟兄们，给我抢！一个都别放过喽！"身后的喽啰一阵的呼哨，就都冲上来了。钱龙、赵虎心里明白，看起来这还是来专门儿抓潘仁美的，我们弟兄犯不着哇！"哎，好汉爷好汉爷，您别先动手，我们决不跟您动手！您要抢什么都成，我们还帮着您赶车赶到山上去！就求您手下留情儿，饶恕我等的性命！""哈哈哈，这叫识时务，好吧，你把这些车辆都给我赶到山上去！这几辆囚车不许丢喽！""您就放心吧，一辆也少不了，都给您赶上山去！"

　　咱们书中暗表，这个地方儿乃是太行山的中路绿林山寨，这座山就是八百里太行山的绝顶，叫作金石顶，当中的山寨就是金石顶决胜寨！咱们前文书交代过，这座山寨的大寨主乃是金牙太保佘子明，怎么山贼起了这么个外号呢？决胜寨的总号一半是在山上，一半可是在山下的决胜庄内，太行五寨的存粮，一半在决胜庄，一半存在决胜寨。五路绿林山寨其他四路都是打劫为主营，单这决胜寨从孟良接管以后就改了职能了，主要是做买卖。佘子明给自己装上大金牙，看着就像是一个走遍天下的买卖人，到哪去都没人怀疑他。这些年佘子明凭着这身好本领，敢出去跑去，做成了不少大买卖，真的让太行山山上的日子是越过越红火！

　　史文斌跟马飞熊北上报信儿，第二站就到了这座山寨了，把拦路劫杀潘仁美这件事这么一说，佘子明一听就答应了，这件大事我得办啊！吩咐好自己手下的弟兄，在各个关卡都把守好了，赅等着生擒潘仁美。那么今天夜里把守关卡的就是佘子明大寨主手下的四位大首领。蓝脸使大铁枪的那位，叫林荣，人称为"铁枪将"；黑脸使铁棒的那位，叫宋茂，人称为"铁棒将"；紫脸使锤的将官，腰悬紫金鼓的那位叫董洪，人称为"铁鼓将"；黄脸使刀背插令旗的那位，叫姚林，人称为"铁旗将"。这都是佘子明手下的四营统领，个个能耐出众，忠诚勇猛，在太行山各家山寨当中很有点儿名气，人号"旗鼓枪棒"四猛。

　　哥儿四个在山下拦住了钱龙、赵虎押运的车队，这哥儿俩倒也好说话，"好汉爷，好汉爷，我们绝不顽抗，您说怎么就怎么着，要不然我们帮着您把这囚车都给您赶上山去？"这哥儿四个还觉得挺新鲜，这好啊，当兵的都不跟我们玩命，乖乖地赶着囚车上山？"好汉爷，我们就求求您，这个囚车给您赶上山去，我们这帮子弟兄都是有家有口的，这一趟也是上支下派的差事，您把这囚车给劫下来了，我们这差事也就算了了，您得容我们回去交差事。您要是觉得我们上了山，瞧见您这山寨的里里外外了，您不能留我们这活口儿，干脆，现在您就放了我们弟兄几个，这个囚车您自己费力给赶上山去！我还跟您保证，回到了东京，绝不会泄露您这山寨的所在，我们就说晚上糊里糊涂地就被人给抢了，我们都找不着这块儿地儿啦！"董洪一听，哈哈大笑，"好小子，你这嘴还真利索！告诉你，我们这儿是金石顶决胜寨！八百里太行山谁人不知？哪个不晓？你们想来剿山灭寨？哈哈，告诉你，几百年来这儿就没被攻破过！你们能吗？少废话，都给我赶车去！"钱龙、赵虎赶紧低头乖乖地帮着给赶车，这个山大王可狂，咱们小心着点吧！

等到这囚车都被拉上了高山金石顶，小喽啰过来挨个儿来砸囚车，把里边的犯人都给拉出来，捆成一团。姚林、董洪就过来了，指点人群："喊，我说，你们哪一个是叛国贼潘仁美？啊？你给我先出来！"几个乞丐你看看我，我看看你，方才在宝珠山的时候，潘仁美就给带走了！后来再上路的时候，钱龙、赵虎又挑出来一位，这位算是这帮子要饭的里边最胖的了，脸蛋子嘟噜着，一双小三角眼儿，脸色也够紫。"就你吧，我说，待会儿还有沿途查验公文的，你就说你是潘仁美，知道吗？也让你小子当一会儿太师爷，怎么样？"要饭的不知道是怎么回事，就知道这一趟跟着走下来能得不少的钱！好啊，您怎么说我们就怎么做就得了。所以这会儿姚林、董洪一过来问，这位想起来了，这是我的事啊！"哎，我说，你们忙忙活活地叫本太师何事哇？"这位这气派比先前那位学得可好得多！"啊？这么说你就是潘仁美？""嗯，正是老夫……""你给我出来吧你！""哎哎哎，轻着点轻点！"董洪一把就把假潘洪给提拉起来了，"出来出来，来呀，把这个人给我好好地绑上，押到聚义厅前边，等大哥来了再处置！"

工夫不大，决胜寨的总辖大寨主金牙太保佘子明甩着手儿就出来了，这位也是刚给叫醒的，走到聚义厅，先给四位兄弟道喜，然后再来看潘仁美。"我说，你小子就是太师潘洪潘仁美吗？"这小子已经给吓坏啦！心里话我不是太师爷吗？怎么这帮子山贼对我这么不客气？还把我单给捆在这个地方儿？嘿哟，这不会是……这么一犹豫，佘子明眼睛一瞪："嗯？怎么还吞吞吐吐的？说！你到底是不是潘仁美？""嘿哟，好汉爷，我刚才不是说了吗，我就是太师潘仁美……"

佘子明惯走江湖，细一打量就知道兄弟们抓错了，这潘洪也忒年轻啦，"哈哈哈……可算是叫我给抓住啦！来呀！将老贼潘仁美的人心给我剜出来，我们哥儿几个就酒喝！"其实金石顶决胜寨压根就没这手儿，刚开始几个弟兄你看我，我看你，不知道大哥说什么呢。佘子明给了个眼色，有机灵的明白了！"是嘞！"过来几个人，这就要动手扒衣服，还有一位弟兄晃着一把修脚刀就过来了。这位这个急啊，越想说自己不是，这嘴越不听话："我这不是跟您说了吗，我，我就是太师潘仁美！我可是太师爷啊！"啪！一个大嘴巴！"知道你小子就是潘仁美，你瞎嚷嚷什么？等着，着什么急？我这就给你开膛！"正在这紧要关头，就听一旁噔噔噔噔……疾步跑过来一个人，来到桩橛之前这么一端详，嘿嘿地冷笑，赶紧转头跟佘子明说："大哥，不对！抓错了，这个人可不是老贼潘仁美！"

〖四回〗

　　禁军头目钱龙、赵虎，押运着囚车和好几套装满了金银财宝的马车咕噜咕噜……顺着官马大道接着朝北边走，老贼潘洪领着自己随身的部下和潘府的不少家将一起从岔路分开走，沿着东路的小道就走下去了。钱龙、赵虎走着走着，果然如老贼所料，大道上还有人拦着哪，遇见了金石顶决胜寨的人下山来打劫，将囚车都赶上了高山，抓出来顶替老贼潘洪的要饭的，捆在桩橛这就要下刀……从聚义厅里跑出来一个人，凑到近前仔细这么一看，嘿嘿，这哪是老贼潘洪哪，这是假的！

　　"大哥，不对！您抓错了，这个人可不是老贼潘仁美！"佘子明一愣，啊？再看来人，哦，原来是兄弟你哇！怎么，你怎么知道这不是老贼潘仁美？这位嘿嘿一乐，"大哥，请恕小弟上山之时没跟您说实话，我不是旁人，我本是拜在老贼的门下做他的螟蛉义子的潘定安！"

　　潘定安怎么在这儿呢？前文书可留着这个伏笔呢。当初双王呼延丕显下边庭，要在校场里颁发饷银，那一天呼延丕显诓来帅印，好活擒老贼潘洪。这个计策，在前一天呼延丕显都跟八台总兵说好了，告诉这哥儿几个帮着一块儿制服军营里的潘党，自己好奉旨捉贼。可是小丕显算错了一步，怎么呢？在这奉旨捉拿的钦犯之中，排在最末一个的正是眼前这位潘定安——潘仁美的义子干儿。可这潘定安，本来是八台总兵官里黄荣之子黄豹。前些年，老贼在京城势力是越来越大，不少上门拜门儿的，这也都是不简单的，一来二去，就有给老贼磕头认干儿子的，说白了，就是给自己找个靠山！也有当爹的拉着自己的孩子去上门认亲的，有的还好，自己的原名儿没改，比如这秦肇庆、米进义、刘均齐。有的就不然啦，亲爹亲自给改的名儿。当然啦，有的就是要这么一个场面儿，这个场合一过去，这孩子也领回去，不一定真用这个假名，只是回头拿这拜干爹这个事去吓唬别人去！也有来真的的，比如这位潘定安，他是拜完了以后，就留在了太师府，贴身儿服侍老贼。当然了，潘仁美这干爹也不白当，还得给自己这些干儿子们谋好差事，一个一个都做上了武官儿了。这位潘定安就是这样儿，被自己的亲爹总兵官黄荣逼着到太师府来拜干爹的。今天揭开这条，各位可能就想起来了吧？为什么潘洪升帐点卯的时候，这黄荣老也是不到呢？他是去找自己的儿子潘定安去报信儿去了！

八台总兵里的这位黄荣是最不容易的一位，从小是苦练武艺，立志要做一员大将。少年从军，平西蜀、下南唐，立下了不少的功劳，积功升到了总兵官儿。可是自己是布衣出身，没什么靠山，也没什么势力，辛勤劳苦了半辈子，就是一个八台总兵就算是到头儿了。老黄荣可是不甘心啊！可是你再不甘心也没用哇。等到自己的独生子黄豹长大以后，自己清楚了，不能再这么光靠卖力气了，我也得走点门子！我的儿子打小儿就练武，做别的什么都不行，可是再不能学我啦，像我这样光靠卖傻力气不行啊！我自己这脾气不行，我不能低头哈腰地去给人家拍马屁去，我不能不要我这张脸，可是怎么样呢？这辈子就是这么个结果啦！年岁这么大了，空有一身的本领，我没机会施展啊！眼瞧着多少窝囊废，那都有什么能耐？那也叫武艺？可是就因为有靠山，会溜须拍马，会见风使舵……嗨，一个一个都爬上去啦！是，不要脸，没面子，可那都是实的！封妻荫子，门排画戟、户列簪缨！我呢？这辈子就秉承着师父当初教给我的这一介武夫的臭脾气，有什么用呢？可怜的俸银，月月不敢断喽，只要是断一个月，家里就能断顿儿！任谁都能呵斥我，谁让我这职位忒低了呢，嗨……老黄荣实在是不甘心，一咬牙，东家借、西家凑，凑上一些银两珍宝，舍下脸来去求自己的上司——京营殿帅御总兵杨振邦。杨静杨振邦是个厚道人，不好意思推托，就把黄荣托自己办的这件事托给了南台御史老爷黄玉。黄玉是老贼潘洪的内弟，小舅子，走黄玉门子的人本来就不少，可是黄玉得买这杨振邦的账，因为这位殿帅爷当初也是二帝的近臣，深受二帝雍熙天子的器重。再者说，还真不难办，因为黄玉是潘仁美夫人的幼弟，黄豹也姓黄，两家儿的家乡也离得还真是不算远！黄玉也是为了给杨总兵的面子，先认了黄豹一个同宗的亲戚。这样一来，再给介绍到太师府上，重礼奉上。老贼自然不在意礼物有多珍贵，先得给自己夫人家乡穷亲戚点面子。一看黄豹的武艺，哟，这孩子能耐可不错哇，潘仁美也没多问底细，真就认为这是妻舅家的同宗远亲——他哪有工夫细查，底下人也不敢质疑啊。就收下了，还专门给改了名，就叫潘定安。

老贼这干儿子也是忒多了，开始也没特别上心，一年、两年，这孩子就住在府上，武艺不错，人性也好，很踏实，对待自己也很殷勤忠诚。哎，过了这么几年，潘仁美觉得这孩子是真不错，怎么看怎么好，专门给挂了个职务，吃着皇饷，实际上就是跟着潘洪当保镖。可是黄豹这一当上实职了，这是势力啊！秦肇庆、傅昭亮这几位虽说职位比黄豹要高，能耐也更大，还都得拍着黄豹——这是老太师跟前儿的人，老领着往京畿禁军军营里跑，也无非是吃喝嫖赌，各种声色的享乐……这就难免跟亲爹黄荣碰上面儿，爷俩在众人的面前还不能说破，黄荣是憋着乐，回去只能跟自己的亲兄弟黄胥聊聊，弟兄俩也都是守口如瓶。这就是潘定安以往的来历。

呼延丕显要诓帅印捉拿潘洪的那一天，这个潘定安——小黄豹到哪儿去了呢？当然是叫黄荣给通风报信，自己一个人先溜了。当初呼延丕显跟几家总兵官一摊牌，我来边关是来锁拿奸臣潘洪的！到了要发军饷的头天晚上，几家总兵官说好了互相都看着，谁也不能偷偷地出大帐，这样就没人去给老贼送信儿。可是黄荣分明知道自己的儿子也是钦犯里头的一名，这老头一晚上都睡不着啊，百爪挠心！虽说知道圣上要锁拿潘贼，这件事老黄荣也是十分地赞成的，可是自己的儿子搅合在里边了，我这孩子是好孩子，他可没害过人哪，他要是这回跟着老贼一块领罪，这可是我这当爹的害了他呀！

黄荣也是豁出去了。到了次日天明，本应当赶着到中军帐前听令，黄荣趁着没人留神，自己一个人先掉转马头去找儿子去了。黄豹出来也赶着要点卯，哎，迎面碰见自己的亲爹，还纳闷儿呢，您不应当走到这儿啊？黄荣急得，一拽儿子的马缰绳，走吧！拉着儿子的马就奔野地里跑！黄豹出大营，还真就没人敢拦，为什么呢？他身上有大帅亲授腰牌。等跑到了荒野无人之处，黄荣才说了实话："孩子，爸爸害了你啊！都怪爸爸官儿迷，一门心思想叫你比爸爸更有出息，没想到反而是害了你的前程，还好悬害死你的性命啊！"把呼延丕显下边庭来的目的一五一十地一说，"孩子，你不能再在大宋朝待下去了，跟着老贼潘洪，甭管坏事是不是你做的，你这就都是死罪啊！这叫欺君叛国之罪！你呀，趁着身上还有令箭、腰牌，你赶紧逃出大营，走得越远越好。好在爸爸教会了你一身儿能耐，你就是流亡到了北国，也少不了有你的用武之地！孩子，去吧！不知道爸爸还能不能再见到你啦！"

黄荣是真舍不得啊，可是不行，耳旁已经听到聚将的鼓声，头卯就要点啦！头卯不到，一捆四十；二卯不到，八十军棍外加插箭游营！三卯不到……就得是开刀问斩！可是父子之间平素就见不着，今天好不容易见着面了，又马上要天各一方……黄荣如何能铁石心肠啊，父子俩是抱头痛哭！

一直哭到了二卯的聚将鼓声传来，"得了，孩子，你快走！爸爸不得不回去听令，还得帮着钦差捉拿潘贼！"黄荣这才上马疾奔中军大营而来。单说脚程，其实离得并不远，可还是误了三卯，被老贼开刀问斩了。黄豹跑出去不太远，突然之间听到校军场上追魂炮三声儿……黄豹就明白是怎么回事了，这眼泪唰地就下来了！骑在马上往外走，越跑心里越不是滋味，一狠心，圈马又回来了。

父子连心，黄豹悄悄地回到了中军大帐——照旧，没人敢拦着他。刚到校军场的辕门之外，抬头一看，正是自己爹爹的人头高挂！扑通！黄豹摔落马下，趴在地上放声地痛哭啊！好在这会儿已经三军无主了，呼延丕显诓来了帅印，生擒了潘家父子，一时半会儿并没人管黄豹。黄豹哭罢多时，攥干了眼泪，一咬牙，起身上马，回到了自己的寝帐——他这儿还收藏着好几封信呢！什么信？太关键了！小黄豹潘定安在潘仁美身边是干什么的？专门帮着老贼传递秘密书信的！小黄豹跟着潘仁美已然是很多年了，眼瞧着从十七八岁长到了二十来岁，老贼说什么也想不到这潘定安就是黄荣的儿子，对这个小黄豹是非常信任！最关键的是这黄豹办事精明干练，你想不到的他都能替你想得很周到。老贼对他也是非常地赏识，特别重大的紧要事，都不敢叫自己的亲儿子去，会叫黄豹去办。王强秘密潜入宋营以后，老贼要跟韩昌通书信，也不能全靠王强暗中相送——有很多事自己还要当面和贺驴儿商谈。就安排黄豹凭着贺驴儿给的信物出关奔辽营，专门儿给两边联络往来。黄豹只知道有一个北国的密使叫"贺驴儿"，老贼也认为他本名就是叫"贺驴儿"，这个身份除了老贼自己，再无人知道底细。

王强假托自己是代州随军文书，救走了杨六郎以后，这个人就再也找不着了。老贼接连给辽国的元帅韩昌写了好几封催促北国出兵夺取雁门关的书信，只得全都是派黄豹去送的，可是好几封信送过去了，却石沉大海，不见约定出兵的回音儿。

怎么回事呢？老贼千算万算，没算到这孩子有自己的主意。黄豹知道自己替老贼南北两国传书送信可是通敌的死罪，怎么办呢？不给送？自己也活不了！再说了，我不去，还会有别人去，那不就真的给送到了吗？我要是真送过去书信，让北国人知道我们这边儿已然杀死了呼延赞，北国人毫无忌惮，直接杀进雁门，我就是大罪人啦！黄豹这脑子够用，跟老贼拍胸脯拍得啪啪的！干爹您踏实着，孩儿我保证给您送到！这事不能叫别人知道哇，派下腰牌，随意出入军营和关防，没点儿，什么时候都是十万火急的军机要事！这样，火漆封印封好的信就交给了潘定安小黄豹，黄豹怀揣密信出了雁门往北，私自将老贼的原信就给替换了，换上自己在军营里偷偷仿写的。好在小黄豹学习虽然不是很好，可是写字还算漂亮，能模仿别人的字体。模仿了老贼的字体，可是说的话很模糊，什么你们多等会儿吧，我们这儿还在谋划中哇……都是唱高调的空话。关键是元帅的大印，黄豹伺候老贼起居，那还不容易吗？趁夜间偷偷去盖了印信。韩昌收到信，一看，这不是等于什么都没说吗？自然韩昌回信也是不疼不痒。

最后的这一次，老贼得着准信儿，杨六郎和陈林、柴干都死在渡口，老贼就下定了决心，就要献出关城。小黄豹领了老贼的书信，等到出了雁门关和哨卡，来到了僻静无人之处，拆开书信这么一看，可吓坏了！老贼在信中催促韩昌尽快起兵夺取雁门关，劝北国先打开长城口子再说，在信里还附上了边塞哨卡的地形图，每一个地方都标得很清楚！嘶……呀！黄豹可是吓坏了，这要是把这封信给送到北国人手里，这还了得？我国边防要塞的底细就亮给人家啦！韩昌就按照这个图一一派兵一堵，这些要塞就都得被攻破啊！这个怎么能给北国人呢？这得害死多少弟兄！

黄豹一动心眼儿，干脆，就把这张图和信都给藏在一个树洞里，自己空着手儿到关外转悠了一圈就回去了。回到瓜洲营面见老贼，只回复说韩元帅公务繁忙，等了好半天都没工夫见自己，愣是叫我自己先回来复命，叫咱们等着他们的信儿。"哦？北国元帅韩昌就没再说别的？""孩儿我没见着他哇，传话的中军官就留了一句，叫咱们千万不要轻举妄动！""嗯？轻举妄动……我还能怎么轻举？老夫我还能如何妄动？定安，你来去好几次，那你看呢？韩昌为何不见你？此刻机不可失，时不再来！""大帅，我……""定安，干吗吞吞吐吐的？有话你就快说！"黄豹心里知道老贼生性多疑，别的送信人倒是不会，可是万一有别的探子到过北国军营去打探呢？小黄豹很机灵，干脆就来个真话假说。"父帅，我跟您说，此一番两狼山围困，北国人死伤惨重，我前些日子进营帐，能听到到处都是伤兵哀号，能见到遍地的伤残尸首。可是这回我去，这些都看不见了，营帐里的粮草车也都没了，看起来是拉了不少的伤兵回北国！不少的营帐，我探头偷看了几眼，大多数都是空的。据孩儿我猜想啊，韩昌不见我，是怕叫我看破实情！""哦？有何实情不能叫咱们知道？""您看……据您说，呼延赞一死，您说的那位北国密使贺驴儿就忽然不见了！他到哪儿去啦？""这个么……老夫我也给他发了一张任何时辰都可以随意出入大营、关城的腰牌，我看，他是回北国大营去啦！""嘿哟，要据孩儿我看哪，这位回去就再也不回来……这里头有事！我这话不知道该不该说……"其实呢，要是有人这么跟你说，你最好的回答就是：那您就甭说啦！可是老贼不是这人性，偏要听，"嗯？定安啊，那你就说说看。""韩昌不给您回准信儿，不是不想来夺城关，而是他们的兵马粮草不足！可是要是信任您呢，何须充足哇？他们迟迟不说来，这就是不信任您！甚至说，这是防着您哪！他们现在不进雁门，我是这么看的啊，会不会，等到北边调来大军，再连咱们也一块儿吞啦？""嗯……"老贼点点头，也没多说什么。"定安啊，我都知道了，你先去歇息吧！"

本来这潘仁美对韩昌就没什么信任，连着几封信都不见有准日子的回信，就更加上小心了！干脆，我连你我也先防备着点儿啵！这才连夜布置，吩咐边关哨卡俱都严密防备。这么一来，等到韩昌和萧达览带人来查探之时，意外地发现，雁门城关要塞都没有要开城献关的意思。韩昌失去了贺驴儿传信儿，就只能是等黄豹了。黄豹呢，每次奉命送信儿，都是出来转一圈儿就回关。哎，这些书信，就都叫黄豹给藏起来了。

黄豹知道自己不能多停留——他并不知道就在自己回营的时候，校场里老贼已然被擒。自己回到寝帐一刻也不敢耽误，干粮、水袋这都挂着，有勤务兵每天早上给预备好了，把暗藏的老贼和北国私通的书信都揣好了，急匆匆二番再逃出大营。

后来探听到可靠的消息，来的小钦差擒住了老贼！等呼延丕显押送潘仁美回京，黄豹一直都沿途跟随窥探，也惦记着暗中保护。一直跟到黄河口，知道不会出差错了，不跟了。可是自己戴罪之身还能去哪儿呢？就在太行山下流浪了，东游西逛，居无定所，也一直想不好自己该怎么办。自己和老贼潘仁美是杀父之仇，按说自己应当把这些潘洪私通韩昌的书信都给交出去，帮着杨郡马告御状去，自己也算是报了仇了。可自己也是从逆之人，跟在老贼身边好多年，多少也办了不少的违心之事，更有从奸之嫌。最关键的，是给南北两朝通讯的人就是我自己啊！不是我送的信儿，韩昌能知道我们这边的事么？不是我给送的信，韩昌能在两狼山虎口交牙峪里设好埋伏吗？老令公能死么？所以说黄豹自己内心非常矛盾。既想出头献书信，好给自己爸爸报仇；又怕没人信自己的话，人人都得说自己是老贼的亲信，到最后自己也是死罪难逃！我要是再死了，我爸爸不就白死了？嗨……黄豹也是左右为难，所以虽说听到路边有人聊起过，说到皇上现在是要审问潘杨讼啦，难啊，都打死一任的御史老爷啦……黄豹还是不能够决断。哎，走着走着就走到了太行山下的决胜庄。这天就在庄子里落脚儿，结识了九龙王张盖和小银枪刘超这哥儿俩了，一来二去，互相都很钦佩武艺，这么一聊，知道黄豹也是无处容身，干脆，就推荐到太行山金石顶决胜寨当中做了一个头领。所以今天黄豹在寨子里听说，说佘子明将老贼潘仁美给抓住啦，正捆在聚义厅预备要杀呢！黄豹赶紧赶过来想认认，这么一看可着急了，这不是潘仁美啊！

〖 五回 〗

黄豹可是真着急啊，听说是要杀老贼给杨家报仇，自己不也就父仇得报了吗？这叫一个兴奋！高高兴兴地奔过来，一瞧，嘿哟，大哥叫老贼给耍了！这不是老贼潘仁美本人啊，这是个替身儿！"我说，这位老兄，你是谁呢？你也忒贪财了吧？潘仁美给了你多少好处，你就能甘心替潘仁美死啊？"这要饭的可算是找到知音了，闹了半天害怕得不知道该怎么说了，这回可算是有引话的了："嘿哟哟，我可冤哪！我是这么这么回事……"

金牙太保佘子明一听明白了，得了，你不是说你冤吗？我看你一点儿也不冤！就冲你这个糊涂劲，你还活着什么劲呢？一摆手儿，旁边的刽子手明白过来，抡起大砍刀，噗哧！这假潘洪也不能饶！佘子明一把抓住黄豹，"兄弟，你刚才说什么？你怎么成老贼的干儿子了？"黄豹就简简单单地把自己这来龙去脉跟几位好汉说了说，自己和潘仁美是杀父之仇，我这随身藏着老贼卖国通敌的书信可有些日子了，就是没敢进京去告状去！

佘子明这才醒悟，连连摆手："兄弟，先不说别的，这老贼潘仁美是说什么也不能放过！听马飞熊和史文斌的意思，说什么这老贼也不能活着从我们这太行山这儿给放走。这要是没走到太行山，那好说，绿林人一问，咱们还可以说，我们没等着，这个没法子，不是我们没血性，也不是我们不打算替忠良申冤，我们有心，可无奈人家没走我这太行山啊！可是今天不但说是走了，还就到了我这决胜寨的道口了……不成！回头史文斌、马飞熊这些好朋友来问我，我怎么回给人家呢？"赶紧叫人押上来禁军的头目钱龙、赵虎，你们哥儿俩看见没有，那位——那脑袋已经叫刽子手给砍下来了，你们俩要是不说实话，这就是你们俩的下场！钱龙、赵虎吓得直哆嗦，“好汉爷，您问什么我们都说实话，您说吧！”佘子明就问了：“我就问问你们，这真的潘仁美到底哪去了？”

钱龙、赵虎不敢隐瞒，一五一十都说了，方才我们是在岔道口分开的，车辆还走的是这官马大道，太师府的人都改了道，走那条山道，顺着山坡小路朝东边走了。哦……佘子明这么一盘算，顺着小路奔东边的岔路走？这天色已晚，你能在哪儿落脚呢？没别的地方儿，你还得是在我那决胜庄里落脚！决胜庄是我俩兄弟刘超、张盖在那儿看着哪！可是这帮子人不再跟着禁军的队伍，谁能知道是发配的长解呢？俩兄弟要是被瞒混过去……可要坏！佘子明吩咐下去，四营的指挥使旗鼓枪棒四员大将跟着自己，再带上小将黄豹，因为这么多人里边就他才认得老贼的模样，再点齐一百名精明强干的喽啰兵，各自带好了火把，好赶夜路，连夜要去决胜庄捕拿老贼潘洪。

佘子明领着人刚刚下山，就瞧见远处火把晃动，打南边来了一支人马，为首之人快马飞奔，看见佘子明这边了，这个人高声地喝喊：“哎，前边是决胜寨的佘子明佘大哥吗？”佘子明一听，哦，这是好兄弟徐忠！赶紧提马上前会面。“是徐贤弟吗？正是哥哥我来啦！”两边的英雄见面，都不细说了，佘子明就把自己误擒假潘洪的事给说了一遍。

徐忠乐了，“哥哥，一点儿不丢人，我们也一样，抓上山来，才知道是个要饭的顶替的！您这么着急地下山，是打算怎么追呢？”佘子明就把自己的猜测说了说。我审问过了解差和禁军头目，这帮人奔东走山道，只要晚上还得投宿，他们就只能是在决胜庄落脚，咱们这就奔决胜庄去找人去！

大家计议已定，准备结伴连夜遘奔决胜庄。这块地儿宽绰，人和马都先歇歇。佘子明叫来黄豹，见过六郎，据实相告。六郎跟黄豹原先在军营之中也是抬头不见低头见啊，知道有这人；陈林、柴干原先就熟啊，光知道这位姓潘哪，对他说的话都是半信半疑。黄豹从身上取下包袱，拿出来老贼通敌的书信：“郡马，小将我也没别的念想，只想替父报仇！我豁出去啦！您看看这几封信，这是帅印，这些都交给您存着，这里还有我自己的供状。"佘子明和徐忠盼咐喽啰举着火把给照亮了，八姐、九妹、呼延赤金也都凑上来看。六郎看完了每一封信，心里这个激动就别提了，记得哇，金殿之上寇大人叫潘妃给问住了，不就是差这些吗？把书信包好，里三层、外三层地裹严实了，揣到怀里，生怕不稳当，外边拴了好几道扣儿。长舒了一口气，扑通，先给黄豹跪下了！"杨景，先替天波府上下拜谢恩公！唯有这些证物，才能让我杨家的冤屈彻底洗清！"六郎知道，黄豹献出这些通敌书信，一旦要出头做证，就是死罪啊！黄豹是冒死献书，经得起我一拜！黄豹可不敢当哇，赶紧跪倒抱住六郎："六将军，小将我是罪该万死哇！"

六郎这一拜，拜出来好几位一辈子的好朋友！太行山上众家兄弟暗挑大指，六爷真是好样儿的！徐忠一瞧，人多了也不好办，跟佘子明商量，旗鼓枪棒四家兄弟就带着决胜寨的几十位兄弟回山吧，我们的人跟着，你们再留下二十位兄弟就够啦，要熟悉道的！走吧！大家伙儿夜行山路，可不像白天那么快，这一走工夫就大了，眼看天色渐渐鱼肚白啦，天交五鼓时分，前边儿离决胜庄可就不远了。越近，这耳朵里就听得越真，哟！就瞧见决胜庄这边火光冲天，还有一片的喊杀声起！

不管夜里路途颠簸，加鞭赶路。老远就看见啦，决胜庄是一片大火！几位英雄和天波府的嫂子夫人、八姐、九妹跟着杨六郎、佘子明紧催坐下马，赶到切近，嘿嘿，离近了这么一看哪，冲天大火，亮如白昼，全都烧完了。佘子明被气得好悬从马上摔下来，晃晃悠悠甩镫离鞍跳下马来，坐在地上顿足而叹！

前文杨六郎从边关潜回京城这段儿书里给您交代过，这座决胜庄就是金石顶决胜寨在山下的大本营，决胜庄的庄主看着是两位大财主，可其实都是佘子明的好兄弟，一个是九龙王张盖，一个是银枪将刘超。这哥儿俩管着这决胜庄，庄子宅院里存着的银钱、粮食都是金石顶八百里太行山各山各寨的存粮。太行山上多岩石，难以开垦出良田，所以别的地方的山寨都是可以在寨子后头开垦耕地，单这太行山金石顶上这几座山寨不成，得从寨子外边买粮吃。所以佘子明外号叫金牙太保，为什么呢？当初为了能够到四乡八镇去买粮食，这位山大王老是打扮成一个买卖人的模样，可是衣着打扮好办，这个面相可差得太远了！做贼的人凶眉恶目，能跟做买卖的人一个样儿吗？可是您还得装扮，要不然这些事没法儿办！就为了装得像，剃去了颔下扎里挓挲的胡须，单在嘴下边留这么一小撮短髭须，在嘴里镶上几颗大金牙，看样子与唯利是图的商贩十分地相像——打这儿起，绿林里就给这位起了个外号叫金牙太保。佘子明就为了能够照顾到各山各寨，单在山底下起建了这么一座决胜庄，分派人手看护好了，为的就是各地运来的粮草先存在决胜庄，不急于运送到山寨之中，到时候看哪一家儿急需，先紧着哪一家儿山寨，有人管给运送到山上去。当然了，日子长了，决胜庄有余钱，也买下来不少的田地，这个田庄可是越做越大。小银枪刘超也善于和地方官、乡里的老人、保正周旋，兼做其他的买卖，这决胜庄的势派也越来越大！自己出产的粮食就够山上用的了，更何况这座山庄也是过往的走镖、商队歇脚儿的地方儿，每个押镖镖师里的明白人都认得这哥儿俩，也都知道这哥儿俩的底细。可有了决胜庄的帮助，自己这镖就丢不了了！所以来来往往的镖客和商队也都给决胜庄拉好东西来，有的是成车成车的粮草，有的是各地的特产货物或珍宝文玩……刘超就光是在这儿打开互通边塞南北、太行东西的交易，决胜庄从中牟利就不少。

今天晚上佘子明连夜赶来这么一看，坏啦，整个决胜庄已然是陷于一片火海之中！这火势实在是太大啦，看起来要想全都给扑灭了，还得花不少的时间啊！可是等大家伙儿来得及扑灭这一场大火，估摸庄子里的粮食也就毁得剩不了多少了！自己费尽心血经营的决胜庄算是完了！气得佘子明顿足捶胸！

杨六郎多少知道这里边是怎么回事，赶紧先把佘子明给扶起来，连连解劝。一边呼延丕显赶紧分派跟着来的几百名喽啰兵分头前去帮着救火，几个头目马上四处打听，这决胜庄的头领们都去哪啦？这到底是怎么回事？好在跟着来的里头，有的原先就是决胜庄里的人，都是佘子明的手下嘛，赶紧去找二位庄主去了。这工夫就不小了，给找来了庄子里的大总管。大总管赶紧过来，先得给大寨主佘子明磕头，这位也认得六郎，当初见过，也过来见礼。六郎搀扶起来，佘子明拉着总管来到僻静之所，"老总管，你倒是快点说说，咱们这庄子到底是怎么生此变故的？"总管扑通一声跪倒在地："哎呀，大寨主呀，兄弟我们……可对不住您哪！"

怎么回事呢？九龙王张盖和小银枪将刘超这二位庄主今天晚上都不在决胜庄里！皆因为在一个月之前，太行山八百里五路绿林的总瓢把子葫芦王孟良，他占据的山西红桃山栲栳寨粮草告缺，派人直接到决胜庄找九龙王张盖来调动。张盖接到了总寨主的绿林公文，不敢怠慢，赶紧叫庄丁速速备好了粮草，雇来了几十套大马车，就叫小银枪刘超亲自押着送到山西红桃山去！那么太行八陉，决胜庄要到红桃山，就得走井陉口，也叫土门关，说是关，其实就是一座山谷古道。刘超押着粮草车一站一站往红桃山走，关卡守军往来查验反而好办，可是刚刚走过土门关，刚走到太行山的山西路，可坏了！自己就是劫道的，偏偏还遇见劫道的了！刘超也纳闷儿，我们全是贼啊，太行山里谁还敢来劫我们哪？谁那么大胆儿？这位也是咱们这部书里非常重要的一位英雄——焦赞。

焦家祖居陕西耀州三原县，世代武官，黄巢灭唐，焦家举家搬迁到河东应州府沙河镇安家。北汉刘王出于自保，向北国俯首称臣，北国人越过边境到应州地面儿来抢牲口、粮食，已成家常便饭，部落酋长一缺少钱财、人口的时候，就买通两国边关的将领，甚至是借来兵丁将士，发兵闯过边防，到汉地来抢人和财物。焦赞的父亲名叫焦洪畴，家传的武艺精熟，自幼更是熟读兵书、通晓战策，为了保住一方百姓的平安，光等着靠河东北汉王的兵将可靠不住。焦洪畴号召四乡八镇的老百姓一起筹资起建山寨，依靠山势高修寨墙，各个村社之间也都高高立起了岗哨，一旦发现有北国的铁骑来犯，到处鸣警，老百姓就都逃到山寨之中，这一阵儿就全民皆兵，大家一起来保卫家园。哎，别说，真的赶上了这么几回，北国的游骑前来抢夺财物，焦洪畴及时示警，好几个村庄里的老百姓都挑着自己家的东西躲到了山寨之中。焦洪畴素常训练好的几百名小伙子带上兵刃、弓箭登上城楼，北国人冲到山寨底下，还真没什么别的法子，闯进村里也抢不到什么，因为值钱的财物和积攒的余粮早就搬到了山寨之中了。哎，有这么几回以后，周围的几个村子都服焦洪畴，几个村子里的老人出面共推焦洪畴为大寨主！哎，这个焦洪畴后来在河东还小有名气。

再后来，为了北边的安定，北汉王刘继元也不得不起用自己的好友金刀杨继业任应州的总镇，杨继业到任以后，约见本地的绿林好汉，在应州歃血为盟，这里边儿就有沙河镇焦洪畴。多年后，河东归宋，南北一统，焦洪畴也自然是率领着自己山寨的上上下下归顺了大宋朝。可是时间不长，二帝谋篡帝位，驱走了河东旧将，焦洪畴听说自己的结义大哥杨继业被赶出了京城，一怒之下就在沙河镇山寨中扯反旗，自立为王。

二帝坐江山以后，听了潘仁美的劝，对不服自己的人到处派兵征剿。焦洪畴这座山寨到底是经不住连番儿的攻打，到后来山寨被攻破，焦洪畴被杀身亡。焦洪畴有两个儿子，老大就是这位山大王焦赞，本来原名是叫焦光赞，老二叫作焦光普。山寨被打破，哥儿俩分别逃出了山寨。老二朝北边跑，就流落到了北国，后文书这个人还要出场。焦光赞奔南边跑，跑到了太行山里，到了这么一个地方儿，叫芭蕉山瓦房寨。芭蕉山上有这么两家儿本土的乡绅，一家姓陆，一家姓陈，收留了逃难而来的小焦赞，收养在自家中，陪着两个小公子：一个叫陆程，一个叫陈雷——焦光赞就陪着这两位小公子读书练武。

焦光赞跟着俩小公子也读了两天儿书，会写几个字，俩员外给加了个表字，就叫克明。这样叫顺嘴了，都叫焦赞焦克明。在芭蕉山也待了有近十年，小哥儿仨一起长大了。因为焦赞武艺好、力气大，谁也不是他的对手，陆程、陈雷也都服焦赞，等两位老人家相继过世，芭蕉山瓦房寨一时无主，也搭着时不时总有周边的土匪豪强前来抢夺财物、欺压百姓，瓦房寨里的老人也干脆就推举焦赞为寨主爷。

芭蕉山的地形地势可比当初的焦家山寨强多了，官军难以攻破山寨，焦赞干脆也自立为王，打算学太行山上其他几家山寨一样，索性做起了剪径劫财的买卖。只不过都是劫富济贫，劫了商队，焦赞和陆程、陈雷哥儿俩也是先跟几位镖师、掌柜的聊聊，这么一聊，哎，这几位是好人啊，得了，不但说放人，还退还货物，甚至还帮着给押送一段儿。哎，有不少的客商还不好意思，特意给山大王留下点儿粮食、财货，山上的日月过得还可以。好么，说是劫道儿的，快改了保镖的啦。平时主要还是自种自吃，决不许下山坑害本乡本土的老百姓。哎，日子久了，焦赞和两个小兄弟陆程、陈雷在这一带也是小有名气。焦赞因为是一张大黑脸，自己给自己上号叫"铁面天王"；陆程呢，素来很孝顺自己的母亲，就叫"赛专诸"；陈雷小时候被开水烫过，这脸上留下一块红斑，就给上号叫"红地煞"。叫出去名号去，纯是为了吓唬官军。

焦赞就想着，自己这个山寨也发展得不错了，我们也得转正啊！满太行山上都说是火葫芦王孟良管带着，那么我得到他们那边去入伙儿！小哥儿仨备齐了礼物，一起到红桃山去拜山，要求见葫芦王孟良，谁知道孟良没拿你芭蕉山当回事，愣是不见！这焦赞就来气了，好啊你孟良，你不是不待见我吗？好！我非得做出点儿样儿叫你瞧瞧，省得你总是瞧不起我们芭蕉山！就因为这个，这一回刘超押运粮草要上红桃山，在半路上遇见焦赞啦，焦赞这能耐还真是不弱，擅使两把钢鞭，鞭打小银枪，杀败了刘超，这几十车的粮草就都运到芭蕉山去啦！

刘超丢了粮草，没有先去找孟良告状，先回到决胜庄跟张盖诉苦。张盖一听，咱们哥们在太行山哪儿能受这个欺负啊？再点齐了庄子上的五百精兵，备好了二拨粮草车，又奔红桃山来了，想着是先把这粮草交给孟良，然后再一起奔芭蕉山去找焦赞算账去！还是刚刚走到山口，焦赞又来啦！钢鞭施展开来，张盖也不是焦赞的对手，叫焦赞给战败了，二拨粮草车也丢了。刘超、张盖也没辙了，赶紧带着人上红桃山去找孟良告状，打算赶紧再到芭蕉山去抢回自家儿的粮草。葫芦王孟良一听，什么，竟敢有人强抢咱们的粮草？如此无法无天？哈哈！弟兄们，随我前去剿山灭寨！您还剿山灭寨哪？土匪窝里斗呗！那么刘超和张盖就为了这一场纷争，跟着孟良去攻打芭蕉山瓦房寨去了。这一去日子就不短了，这边决胜庄里就剩下打虎将杨青自己一个人掌管日常的事务。

史文斌和马飞熊扽着这条官马大道朝北走，各山各寨都说到了，这座决胜庄也来了，可是进到庄子里没见着二位庄主，只有憨小子杨青在。就把东京城里这件事前后始末简简单单地跟杨青说了一遍，还特意地嘱咐他，你在庄子里好好候着，假如说有押解着囚犯的队伍到这儿，你就打听打听，人家押着的是什么人。要说是潘仁美，你呀，干脆就给潘仁美打死，然后再给人头送到盘龙山上去！兄弟你明白了没有？杨青心说这还不简单，"好嘞，二位哥哥，你们就瞧好吧！凡是叫潘仁美的，我见着就给打死……"

今日儿晚上杨青瞪着眼睛跟庄子路口儿这儿等着，眼看着天黑了，远道上赶来一队人马，还有男有女，不论男女都骑马，走得可都很辛苦！杨青是个直心眼儿的人，跑出来仔细一看，这队人里没押着囚车，也没戴着枷锁刑具，更瞧不见解差、公人，哦，这个不像是押解囚犯的哇。杨青张嘴就问了："哎，我说你们这么匆忙地赶路，你们是不是押解着犯人来着？"打头儿的是秦肇庆，一打愣："哦？这位小兄弟，那么你问这个是打算做什么呢？""我就问问你们这儿有没有一个叫潘仁美的犯人，有，你们就甭打算过了，把这潘仁美留下来，叫我拿叉子给捅死！要是没有，你们可以进我的庄子，我们庄子上保管好吃好喝地招待你们……""嗨，瞧您问的这事，我们这儿哪儿能有潘仁美哪？绝没有！我们也不是看押囚犯的，我们是上北边做买卖的！""啊，果然没有潘仁美么？""当真是没有哇！""那么好，天黑了，再走山路崎岖，你们这马都受不了，你们就先住在我们庄子上吧！"吩咐几个庄丁，专门给老贼这一行人带路，进决胜庄里给安顿好食宿。杨青这个人厚道，人家不说自己是潘仁美，就认准了这些人里没潘仁美。吃晚饭的时候，潘仁美这一班人问什么，这杨青就答什么，把底细都交代了，老贼就弄明白了这座庄园是怎么回事了。

等到深更半夜，老贼就把自己的子侄、麾下都给叫起来了，稍作吩咐，几个人先杀死了看守门户的庄丁，自己和家眷们带着马悄悄摸出决胜庄。秦肇庆和米进义、刘均齐这哥儿几个，怀揣火石到庄子里的各个粮仓垛子里去点火。这大火一起，全庄的人都起来救火，也就疏于防范，老贼一班人趁乱而逃，顺着山路就上山奔太行的井陉口去了！

杨青到处喊大家救火，还操心要救人哪！今天晚上咱们这儿不是住了好些客人呢吗？一会儿有人查看了一下，说就那几间客房没着火，可是人没啦，都走了。杨青正有点纳闷呢，庄上的老总管就跟他说了，傻庄主啊，就是那帮人放的火啊！咱们庄子里管得多严哪，怎么可能好些个粮仓仓房同时失火呢？杨青一跺脚，撒开了飞毛腿就去追去了！这会儿佘子明到处找，这哥儿仨一个都不在了。老总管把这事一细说，六郎和佘子明就猜出来了，这帮子来借宿的客商就是潘仁美！哎呀，不好，杨青贤弟实在直心眼儿，他一个人追上去，这要是中了老贼设的埋伏可就坏啦！那是有死无活啊！

佘子明一听，红眼珠子比大金牙还亮，"六哥您说得没错！咱们必须赶紧追！老贼一行人一过太行山，要抓住他就真不容易啦。"

此正是：

道高一尺龙伏虎，魔高一丈鬼神惊！

杨六郎到底能不能追上老贼潘仁美，为忠良报仇雪恨？请听下一回书《松林雪恨》。

【四本 · 松林雪恨】

〖头回〗

词曰：

世事颠颠倒倒，人情覆覆翻翻。几番遭险受艰难，怎屈忠心赤胆。瘦马奔驰峻岭，孤舟漂泊江干。风涛经过几千番，回首苍山日晚。

《西江月》

一曲《西江月》，引出来一部《北宋倒马金枪传》的第八卷书《郊天赦》的第四本《松林雪恨》，到这本书里，杨六郎要手刃潘贼，到底是为忠良报仇，为父兄雪恨。

上回书说到黄豹献书，六郎连夜追贼。可是追到了决胜庄，老贼已经先下手放火烧了决胜庄的粮仓。听说打虎将杨青自己一个人先撒开飞毛腿去追老贼了，六郎和佘子明一琢磨，这小伙子心眼儿太实了！他一个人，要是真追上了，也难说就能擒住老贼。哥儿几个一合计，不能再等了，再苦，再累，咱们也还得赶紧追！

可说是赶紧追，大家伙儿你看看我，我看看你，半天没挪动地方儿。为什么？连日来的奔波，都实在是太累了！六郎好说，久经沙场，早就习惯了，可是八姐、九妹和呼延赤金、马赛英、孟金榜这三位太太呢？刚才是说到了决胜庄就能逮着老贼潘洪了，几个人也是一时的心气儿，可是追到了此处，怎么样？决胜庄已是一片的火海……老百姓和庄丁都紧着忙活救火，虽说不用你天波府的人救火吧，可是谁看见这么大的一片火不心急呢？也跟着救火。等到这会儿都奔到山道上来了，没火烤着那么难受了，身上这么一凉快儿，觉得舒服点了，几位太太平常——您再说您是巾帼英雄，别忘了，到底是素常不怎么出门，平常有什么事也不用这几位奶奶夫人们出去跑腿儿。到演武场里练武艺倒是没怎么断，可是太平年月，说到底轮不到你们几家奶奶再去出征杀伐了，这体格不能跟久在沙场的人比。还有双王小千岁呼延丕显哪，这位是太子伴读，久在宫中，出出入入不是骑马就是坐轿子，什么时候跑过这么远的道儿哪？所以这小丕显也累得够呛，一个个都靠在大树窠里睡着了。

六郎一看，心有不忍啊，一瞧，除了几位天波府上的老兵，陈林、柴干二位妹夫还站着，别说，还有一位太太还立着没倒下，谁呢？七太太呼延赤金。这里边就数七太太的仇恨大！再者，几个奶奶夫人里边，也就数这七太太的能耐最大！呼延赤金一瞧，想上去叫这几位赶紧起来，六郎伸手给拦住了，单指嘘声，转身走出几步，点手叫徐忠、关骏、佘子明和陈林、柴干、呼延赤金这几位过来叙谈。

六郎就说了："几位好兄弟，依我看，咱们不能再这么追了，这几位都是累坏了——陈贤弟、柴贤弟，你们哥儿俩留下来陪着这几位弟妹、嫂夫人，等大家都歇息好了，你们再起身来追我们。佘兄弟，还有徐贤弟、关贤弟，你们哥儿仨谁还能给我们几个人带这道儿？有一位就好，没你们给引路，我们还真难找到奔山西的道。"佘子明和徐忠都乐意帮着一块追杀老贼，可是这儿也得留人，佘子明就说了："徐、关二位贤弟，这个地方儿毕竟是北边了，不是南路的地盘，你们不如我熟。你们哥儿俩留下来陪着几位太太和这位小王爷，我先陪六哥去追！""好吧，佘大哥您先陪着六哥去追去，我们先留下来。这么办，你们要是追下去，人手也别太少了，这几个弟兄都跟着你们吧！"叫过来自己带下山来的几个南路宝珠山上的弟兄，决胜寨的弟兄舍不得粮庄，基本上都留下来救火了。再有，就是天波府跟来的十几个老兵，再困再累，也舍不得睡，都巴不得赶紧追上老贼，好给令公和七爷报仇。如此商定，陈林、柴干和徐忠、关骏留下来照看几位太太、小王爷，给找来御寒的衣物，就在道边上搭窝棚先歇息一阵儿。六郎收拾了一下自己的随身物件，紧催着几家弟兄和黄豹、七太太呼延赤金一起上路，顺着山道就接茬儿朝西北追下去了！

　　前文书说到杨六郎私下边关的时候就交代过了，决胜庄这个地方儿再奔北可就快到三关边庭的定州府了，所以老贼要想到朔州，不能再往北走了，再往北就到了嘉禾山和倒马山，前边要想过山梁奔山西的话，那就得跟当初的杨六郎一样，得走十八盘骏马倒退的崎岖山道，就老贼这回拖家带口的，这根本也就不可能。所以这会儿就得从决胜庄直接奔西，此处就是真定府灵寿县管辖地面，太行八陉里就得走这第五陉，也就是井陉土门关——天下九塞当中的第六塞。从这儿过去，下山就是河东的盂县和忻州府。那么要拦住劫杀老贼潘洪，就在这儿过井陉口土门关之前把老贼拦截下来还好说，要是等他过了土门关，大队人马一进了河东地界，沿途就不再是荒野无人的密松林了，你杨郡马还怎么动手儿？再者，一旦说是过了太行山，去朔州可就不止是五六条大道了，你朝哪个追？所以说史文斌和马飞熊还是筹划得不错，你就在井陉口这儿之前的松林里埋伏好就成，老贼要去朔州是必走这条路！六郎领着呼延赤金和佘子明这一班兄弟紧催坐下马朝前赶，你人心急可以，马可是实在跟不上了！除却连夜的奔波，这山道本来也不好走哇！大家伙儿都心疼坐下马，全都是下马来徒步而行……这一半天走下去，天光就开始越来越亮啦！山林之中云雾腾起，百鸟争鸣，哎，弟兄们把手里的火把一个一个都熄灭了，缓步登山。

　　杨六郎这一行人走着走着，嗯？就听见前边不远处有喊杀之声，赶紧紧走几步，绕过了山环儿，嘿！瞧见了，前边不远处是一块儿开阔地儿，场子里有这么七个人，全都是在马上围战一个步下的，六个人车轮战打一个。六郎这一行人赶紧上前，仔细一看，当间苦苦支撑的这一个，不是别人，正是自己的好兄弟，打虎将杨青！那六个，正是老贼潘仁美麾下的几员大将：秦肇庆、米进义、刘均齐、傅昭亮，另外两个正是当年在滹沱河渡口劫杀六郎的潘府家将钱秀、周方。

　　书再捯回去这条线儿。老贼潘洪哄骗过了宝珠山牛栏寨，这心里是直后怕啊！怎么办呢？先把自己的人分成两队，叫押解的禁军头目钱龙、赵虎哥儿俩领着禁军士卒，押着囚车先从官马大道走，自己和家眷、家将亲信人等骑着马改走林间的小道，绕道走井陉口。这一绕道，到了天色将晚的时候就到了决胜庄了。前文书说过，打虎将杨青是实心眼儿，哥哥史文斌和马飞熊临走的时候说了，见着押解囚犯的队伍，你给拦下来，把囚犯都抓着。你是全杀了，也成；你是自己不好断，给押到盘龙山来找我们断，也成！杨青可得了劲儿了，平常日子里都是张盖和刘超这哥儿俩做主，自己虽说名义上是结拜的兄弟，庄子里的人尊称自己一声儿"三当家的"，可自己心里明白，自己还当不了家，没人听我的，大家伙儿就知道我是个能打老虎的，不知道我也能当家！这回好，这么大的一件事，怎么样？你们哥儿俩赶不上啦！谁叫你们不在呢，就看我的吧！杨青这个人还就认这个死理儿了，从听说这件事以后，别的什么都不管了，全都扔给庄子里的大总管，自己一个人带上精明强干的几十名弟兄，见天在大道边上等着，就盯着过往的人群里，看看有没有押解着的囚犯。哎，昨儿个眼看着日头就要落山了，就碰见老贼这帮人了，叫秦肇庆这么一通糊弄，杨青还真就信了，一瞧潘仁美这一干人这打扮不像是囚犯，搭上这秦肇庆多少懂得点江湖上的唇典，这黑话都对得挺好，杨青就拿这些人当朋友了。特别是这几个天王心眼儿也多，拿话套杨青，这实话就套出来了！秦肇庆心说，既然你问我们这儿是不是押解潘仁美的，你就先知道这个茬儿了，那么看起来你是一定跟杨六郎有瓜葛！"哦，合着您认得东京的六将军，郡马爷？嗨，您怎么不早说哇，这也是我们的朋友啊！嗨，你看看！""啊？这么说，您几位也都认识我家六哥？""啧，这怎么话说的？六哥？那，那是好朋友哇！太好啦！可不单单是认识啊，我们过命啊……"潘仁美在旁边一听乐了，是，是过命，不是他死，就是咱们死！这么一通套近乎，杨青也是喝得过了量了，问什么答什么，老贼就差不多都知道怎么回事了。

这样到了晚间，老贼等本庄的人都睡着了，这老小子开始动坏心眼儿了，叫起来自己这一队人，包括老幼女眷，也都悄悄地起来等着。老贼毕竟也是个帅才，先安排手下几名有点儿本事的将领分头出去点火闹事，又派出几个人去把庄子里的马匹给牵来。等庄里的粮仓大火一起，满庄子里的人就慌神儿了，还有谁顾得上管他们啊？老贼这帮子人趁乱就跑出了庄子，直奔上山的小道而去。杨青一开始还管救火，可是忙活来忙活去，想起来了，今天这些位客人哪？别把这几位京城来的客人给惊着，赶紧来客房这儿来寻，找不着！老总管急了，"三当家的，这您还看不出来吗？这火一准是这帮子人放的！您看，同时好几个地方火起，这没十几个人办不到啊！"杨青一拍脑袋，还真是，是我办错事了！杨青心里急啊！这偌大一个山寨的家业，要不是我一时糊涂，能毁到这个地步吗？我非得抓住这帮人不可！太可恨了！杨青是个飞毛腿，不用骑马，绰起自己打猎用的钢叉就奔出来了。老总管拦也拦不住，但是知道他是浑身的本领，也就没管他，先跟这儿救火要紧。

杨青追老贼，老贼早就料到这一节了，挑了一处转弯山环路口的开阔地——这个地方好设埋伏，转过弯儿来全是大石头！吩咐麾下六将埋伏在此处，再给分派好几十名跟随着的家丁、军校，嘱咐秦肇庆在山坡上备好石块儿，多留下来弓弩箭矢——要拦住追兵还就得靠暗算！

埋伏都布置好了，老贼眼珠一转，假意说自己带着人先奔西去。说好啦，你们埋伏到天快亮的时分也撤伏往西，我们在前头等着你们，给你们先做好午饭——这么着，顺着土门关大道，你们黎明时分寻着炊烟找就对啦！真等吗？哪哇，剩下的人是上马就趁着月色跑哇！老贼跟贺朝觐都知道，只要是能够在追兵追上之前跑出去井陉口土门关，自己这些人就能立马奔山西道下山，下山的岔路很多，谁也不可能猜中我们走的是哪条道。

果然不出老贼所料，杨青一个人追到了埋伏之地，四外无有遮挡之物，叫秦肇庆这几个人瞧见了，一声令下，几十名潘府的家丁开弓放箭！啪啪啪啪……杨青是打猎出身，少年时候在五台山上经受了名师的指点，能耐不小，可是这是偷袭，天色又黑，刚刚走到这个地方儿，还没喘几口气呢，啪！一支冷箭就射来了。噗！这一箭还好，射在小伙子的大腿上，哎呀！杨青一个滚儿就摔倒在地！幸好，这一摔，乱箭就都射空了。杨青赶紧朝旁边闪身，秦肇庆下令停止射箭了，带着几员家将杀下山坡，打算借机就把杨青的命给要了。可是别看杨青这一条腿受了箭伤，腿脚不那么利落了，可是杨青的能耐可比这几个大得多！杨青把手里猎虎用的钢叉耍开了，跟这六将拼死对战，还别说，真能对付一阵子。

六郎来的时候，杨青靠这条伤腿对付这六个快有点支不住了。六条军刃一起打过来，他就是生往外磕也够费力气的；再一个就是秦肇庆也开始活动心思了，边打边喊人预备，正打算再叫军校近前来暗算。正在杨青堪堪不敌的危急关头，杨六郎、佘子明、呼延赤金这几位就赶过来了。几个人赶紧翻身上马，六郎一马当先冲在最前面，火尖枪一抖，扑楞楞楞楞……抖出来五只枪头，奔秦肇庆就扎过来了！秦肇庆哪儿见过这五虎断门枪啊？啊？一打愣，赶紧举起雷震镋往外磕枪头，哪一个是真的呢？随便这么一拨弄，枪花一晃，这是个假的。哎呀！知道要不好，闪身要躲，那能叫你躲过去吗？噗！这一枪带着气呀，扎进去能有半寸，正扎在大腿根儿上！呱唧！秦肇庆就摔下马去了。

紧跟着六郎身后的是七奶奶呼延赤金，七奶奶乃是当年河东令公呼延彪的闺女，家传的兵刃是一条大棍。瞅着秦肇庆身边的这员将，手里是狼牙藜蒺棒——混天王米进义。呼延赤金就奔这米进义过来了。米进义一看，杨六郎是厉害，我们都知道，秦肇庆一枪就叫郡马给扎下马来了，这个不丢人，应该的！可是你一员女将你跟我耍什么横哪？我混天王再次，我还能不及你一个女将吗？米进义还想在弟兄面前露露脸呢，撒马上前，抡起狼牙棒就砸！呼延赤金的脾气跟七郎也差不多，越是硬茬儿我还越想碰碰，抡起自己的镔铁棍，打着悠就往狼牙棒上迎，"当啷！"这声可大了！呼延赤金不知道自己跟这位比能怎么样，所以也是实足的劲儿了！咬紧了牙关，一闭眼，爱怎么怎么的，我就这一棍了！当啷啷一声巨响，手也震得有点麻，可是觉得还成，没怎么样啊？再一睁眼，好么，就看对过这位，俩手扶挈着——狼牙棒可比棍要粗，可是力气上实在不是呼延赤金的对手，愣叫七太太把这棒子给砸脱了手啦！两只虎口震裂，吱吱地冒血津。二马一错镫，这米进义还打愣呢，七太太心说我要是抬脚踹你，我在这么多人的面前也太不雅了也，得了，把这棍子一横，拿这棍子一杵他，你给我下去啵！呱唧！米进义也跌落到马下！

第三个跟上来的就是金牙太保佘子明，大寨主胯下马掌中使一条禹王槊，也是抡圆了，照定阵中的傅昭亮就砸。傅昭亮早有防备，挥舞手里的月牙护手铲支撑十字架来迎，咔嚓！三件军刃搅在一块儿，傅昭亮一愣神的工夫，佘子明把这槊头一拧，槊头上是一只大手，手里攥着一管笔，这根笔勾住了月牙铲，朝下这么一带，铲头不由得向两下这么一分，傅昭亮这当间儿的门户就打开了，哎呀！想要躲闪格挡都来不及了，这禹王槊再朝里这么一伸，不用使劲儿，借着劲儿这么一顶，傅昭亮在马上就坐不住了，三摇四晃，一撒手，月牙铲都扔了，呱唧！噗！滚落在尘埃。

杨青正在混战当中应接不暇哪，嗯？眼前几个人影这么一晃，一个、两个、三个……都落马啦？再定睛一瞧，"嗨哟，这不是六哥吗？您……哎，不对呀，这几个不是您过命交情的朋友吗？"六郎好给气乐了，"傻兄弟，我的好朋友还能打伤你吗？他们都是恶人！他们就是老贼潘仁美手下的将官！兄弟，你这伤怎么样了？""啊？这几个就是老贼潘仁美的人？嘿哟！真是把我给骗喽！六哥，没事，不信你看！"杨青少了三个对手，就剩下三个了，那还能费劲儿吗？脚底下稍微挪了挪步，凑到刘均齐的身边儿，钢叉一抖，就朝刘均齐扎上去了。杨青这个钢叉是双股的猎叉，分开得挺宽，看着样子很笨，可是到了杨青的手里就不一样了。杨青在手里这么一抖弄，这钢叉的叉头就打转儿，眼瞅着打着旋儿就扎过来了。刘均齐没见过这样儿的招数，不知道这里边的厉害，抬起自己的三尖两刃刀就拨杨青的叉头。哪知道这杨青的钢叉左右都能打旋儿，你这刀头一撞上钢叉，钢叉双股再这么一旋，这边这个叉头尖子被你刀头给拨开了，那边那个立马就转下来了，再赶上这钢叉往里进的这个寸劲儿，噗！叉头尖子就扎在刘均齐的前手手腕子上了。啊呀！刘均齐一喊疼，这刀就撒手了。杨青再顺势这么一进，横着俩叉头尖子，这么一捅，刘均齐也落马啦！

这边四将相继落马，钱秀和周方一瞧，得了，咱们哥儿俩还是赶紧跑啵！哥儿俩撒丫子就开溜。佘子明一看，"六哥，决不能叫这俩小子跑去报信儿，我去给追回来！"佘子明打马就追，刚要上山坡，杨青想起来了，"哎！佘大哥，得小心，上边有弓箭手！"佘子明提马上到山坡，眼看见钱秀、周方转过了山环了，听杨青叫自己，一扭头，"兄弟，你说什么？""大哥，你小心！"再一扭回来，啪啪啪啪啪……对过儿是乱箭齐发！

〖二回〗

　　钱秀、周方这俩小子撒腿就跑，金牙太保佘子明策马就追。可没料到，在山环儿后边，老贼预先就埋伏好了弓箭手，老贼俩侄子潘章、潘容督管着。这哥儿俩趴在大树后头一瞧，四位干将都落了马了？钱秀、周方朝自己这边儿跑，身后还跟着一位山大王？这哥儿俩一心虚，赶紧下令，小旗儿一挥，射！快都给我射！大家伙儿一起放箭，啪啪啪啪……几十支就射出来了。佘子明可就来不及躲避啦，这马刚提到山坡上来，迎面就是一通乱箭！噗！噗！噗！好几支都穿在身上了。好可惜啊，太行山金石顶决胜寨的大寨主，为了替忠良申冤报仇，中了奸贼的埋伏，惨死在乱箭之下！

　　佘子明身后跟着的几个决胜寨的弟兄一看大寨主身上插满了雕翎箭，都傻眼了，"啊呀，大寨主！您……我跟你们拼了！"一帮弟兄一拥而上，对过第二圈儿箭又射出来了。前排的喽啰兵纷纷跌倒在地，有的射中了要害，当场也送命了；有的只是受了箭伤，扎在肩头的，戳在大腿上的，匍匐在地，很难再爬起来了。后边儿还有找补的箭射上，伤上加伤。六郎一看，这么硬闯可不行，赶紧冲上来拨打雕翎，召唤各家弟兄赶紧回来。

　　杨青这眼睛都瞪红了，撒狠儿要硬冲上去，也被六郎拦住了。黄豹眼珠一转，一把拉过来已经被喽啰们捆好的秦肇庆，"秦大哥，这事兄弟我对不住啦！我看就你个儿大，你给我们挡着点得了！你这手底下的兄弟要是够仗义呢，索性叫他们放下弓箭，要不然，您就给我们当挡箭牌！"黄豹从秦肇庆的身后这么一推，"走！"秦肇庆还挺横哪，一晃肩膀，"哼！小子，左右是个死，老爷我怕什么？走就走！"大摇大摆地奔山坡这儿就来了，撇着嘴，跟上边的弟兄还亮相儿呢。上边这几位弓箭手都是原先太师府的家丁，平常也是作威作福惯了，素常可是都惧怕秦肇庆、米进义这几位老爷，今天一看，坏啦，对过儿押着这位爷来，我们是射还是不射啊？潘章、潘容和钱秀、周方这四个人一看，哈哈，是老秦哪？照射！你不是横吗？这一回看看你是真横还是假横！"来呀，绝不容情！给我接茬射！"啪啪啪啪……乱箭如雨，奔秦肇庆就来了！秦肇庆这个恨哪！噗！噗！噗！叫潘府的家丁射中了自己的前胸几箭。气得秦肇庆是破口大骂："好你个潘章啊！好你个小潘容！你家秦爷爷在阵前没少救过你们！啊？你就是这么对待我的……"骂了没几句，就没声了，失血过多，这人就昏了，慢慢地瘫软在地。

黄豹本想是推着这秦肇庆慢慢地走到山环底下再上去拼命，这下也不成了，只好趁对过儿的箭一时停歇，撒手扔下秦肇庆的尸身再跑回来。

黄豹也是浑身血迹，六郎赶紧给拉回到小树林里来，"兄弟，你这没伤着吧？"黄豹说："六哥，这帮小子可够狠的，连自己人都不手软哪！您放心，这些都是秦肇庆的！"说完了再一趸摸，旁边就是傅昭亮，一把给托起来，"走！你接茬再来一回！您是边关大将，这帮小子跟你应该没什么仇吧？"傅昭亮知道自己要是这么再叫黄豹给推上去当挡箭牌，自己是有死无活，赶紧求饶，"六将军，郡马爷！您可得知道啊，我傅昭亮可没做什么坏事啊！身在军伍之中，哪能说不听从大帅的吩咐啊？您可得饶恕小的一条残生性命啊，可不能拿我当挡箭牌哇……再说啦，当初我也是在大爷手底下干过的哇！那不是……那都是刘文裕不是人！"涕泪直流。

六郎一看，心有不忍，虽说这几个人就是死也是死有余辜，可是不能这么死在自己的手里，因为自己刺杀老贼，可以说冤有头债有主，就是老贼一人足矣，不宜伤这么多人的性命！这多死一个，罪过都得落在我头上。六郎摆摆手，叫黄豹先缓一缓，可是自己一时也想不出什么好主意来。傅昭亮一看，就怕你杨六郎变卦，赶紧说："六将军，对面这些兵丁里头，有的跟我也有点儿交情，您可以把我稍稍地推到前边一点儿，我好好地劝劝这些人！您看怎么样？"六郎一琢磨，这会儿可是十万火急，不知道老贼前边奔逃到何处了，假如眼前这个坎儿半天还过不去，万一放老贼过了井陉，这一趟自己也就白来了！"好吧，傅将军，末将也本来无意伤你，只是此处再不能闯过，唯恐老贼抢先出关，到那时我的大仇不能得报！傅将军……现在放你过去，该怎么办你就自便吧！"

六郎说完了，给傅昭亮松开了绑绳，放他自己过去。呼延赤金瞧着愤恨，可是不敢拦着。傅昭亮这一迈步儿，旁边的米进义和刘均齐也急了："六将军，我等俱是老贼身边的狗哇！人在屋檐下，岂敢不低头？您可是大人大量，不能够只放走了傅将军一个人哪！"六郎一瞥，这哥儿俩也是求得可怜，算了！一咬牙！明知道自己的七弟、呼延赞死的时候，这几个也没干好事，可是这会儿自己不能够计较这么多了，现在就是要抓住老贼潘洪就可以了！上前将这两个人的绑绳也都松开了，"别多说了，你们去吧！"呼延赤金眼睛瞪着，"我告诉你们，别以为放了你们就算是没事了，你们几个得把这箭岗子给撤了！要不然的话，姑奶奶我在后边照样也能一箭一个射死你们！"

这时候是保命要紧啊，可不能学秦肇庆啊！赶紧抱着脑袋出来，一个个连声喊叫："弟兄们，别射！别射！千万别射！是我们几个！"刘均齐可着劲地骂呀："钱秀，周方！潘章！潘容！你们是浑蛋！竟然射死秦大哥！你们是忘恩负义的小人！"傅昭亮说："兄弟，你千万别乱嚷嚷，你听哥哥我的。""喊……我说弟兄们，咱们这是冲谁哪，啊？都拼的什么命啊？你们自己好好想想，别再给老贼卖命啦！咱们都够啦！你们亲眼瞧瞧，杨郡马是够多仁义哇，愣能把我们哥儿几个给放了！你们呢？他郡马爷和双王千岁追的是咱们吗？不是！是他妈的他们姓潘的！都听哥哥我的，当初我也待你们都不错，我什么时候骗过你们哪？都别再给姓潘的卖命啦！都起来，把那姓潘的俩小子给捆起来交给郡马爷！告诉你们，郡马爷绝不会为难咱们的！"

佘子明

刘均齐和傅昭亮、米进义一步一步地朝土坡走，土岗子后头的这几十名弓箭手还真听进去了，都知道潘仁美陷害忠良，也都知道自己是在干什么呢，谁不懊悔呀？可是自己的家眷都在潘家人手里呢，自己跟随潘仁美发配到边关，那都是西宫国母差人吩咐下来的，能不遵命吗？不遵命把老贼全活着给护送到边关朔州，自己的家小孩子就没人管了！可是到了这会儿了，都看出来了，老贼潘仁美的性命已然难保了！杨六郎这么追，这早晚得叫他追上，看起来杨家人是坚决不让老小子再活下去啦！老令公忠良受害，谁不暗中骂潘仁美啊？我们哪，跟着一块走到这儿也就算是够可以的了！有的人这心可就活泛上了，慢慢地把这弓箭可就放低了。

潘章和潘容这俩小子一看，可害了怕了，心说我们甭跟这儿看着了，你杨六郎爱过得去过不去，我们反正是不管了！这俩小子丢下了众人，各自上马就蔫儿溜儿了。钱秀和周方一看，也想赶紧跑，这些当兵的可不干了，这些人一看，心说你们都跑了，我们拿什么跟六爷面前请功呢？几十名弓箭手一起起身动手，趁着钱秀、周方这俩小子还没跑远呢，就都给拦下来了，绳捆索绑起来，各自一起高高举起了弓箭，示意自己不再射了，以便六郎和呼延赤金与几位太行山的好汉赶紧过来。

六郎一瞧，也就叫身边的弟兄和弟妹一起走出了小树林，来到大路上。傅昭亮和刘均齐、米进义还算有情义，过来背起来秦肇庆的尸身，找了四匹马，驮上尸身，跟六郎告辞，"多谢郡马爷您的不杀之恩！我们哥儿三个如今是有家难回！当初从贼为恶，做下了不少伤天害理之事，如今一朝得活命，也是苟延残喘！今后找一处深山古寺出家修道，了此残生也就是了！"杨六郎拉着太行山众家兄弟让开，叫这哥儿仨登程往回走。

再说这几十名弓箭手，各个缴械归降，也都知道自己回不去了，纷纷表示愿意投在六将军的旗下。六郎心说你们刚刚射死了佘子明，现在是群龙无首，太行山众家兄弟没有领头的了，都还听从我的，你们还能在这多待吗？从中挑出来岁数大的，叫过一旁，告诉说你们还是赶紧赶回东京，见着刑部该怎么回话怎么回话，这儿就没你们的事了！啊？合着刚才射死的这位是大头领？一听都害怕了，索性丢掉了军刃，卸掉铠甲，就剩下一身儿便装——冻得直打哆嗦也比丢了命强啊！这一群人结伴也往回走。哥儿几个一商量，甭回东京啦，咱们准是死罪哇！得嘞，紧走几步跟上刘均齐、米进义、傅昭亮，恳求收留。一边走一边地哀告，算是讨得一条活命。

剩下的就是钱秀、周方，这哥儿俩眼巴巴地瞧着六郎："六将军，您是大仁大义！冤有头债有主，害死你们杨家爷们的是潘家人，可不是我们这俩小卒子啊！您可一定得高抬贵手……"六郎心说，再饶了你们俩，太行山跟我来的弟兄们能答应吗？顺手绰起自己的火尖枪，来到切近，一指自己的枪头，"你们哥儿俩瞧好喽，你们死得不冤，谁叫你们净跟着老贼干坏事来着！我这枪乃是当今圣上所封，遇见奸佞先斩后奏！"不等这哥儿俩哀告什么，一抖枪，噗！噗！两枪，透心凉！将这俩小子给扎死了，死尸交给太行山跟来的弟兄。你们拿马匹跟大寨主的尸身一起驮回山寨去，回去以后还得给大寨主祭灵哪！太行山来的这些位弟兄也难免要哭哭咧咧，眼泪巴巴地牵着马，带着大寨主佘子明的尸身回转东边，这就得先去决胜庄再说啦！

有几位还是不干，跟六郎说要跟着一块追击老贼，想赶上去杀死潘章、潘容，好给大寨主报仇。六郎沉吟了一下，告诉这些位说："兄弟啊，你们几个还是先回去。一来是，咱们的马匹不够，你们几个非得跟着一块来，咱们这路跑得太慢；二来是，前边还有盘龙山的刘金龙和马飞熊这些好兄弟哪，都约好了，这日子他们也得出来拦截老贼，人手是足够了！兄弟们千万不用担心我们这边，还是将佘贤弟的后事操办好为要！"几位弟兄正好还不知道该怎么办了，"如此我们就谨遵六将军您的将令啦！等您拦着了老贼潘仁美，您的大仇得报，还请您返回决胜寨和宝珠山来，跟我们家大寨主再见上一面，那时候我们才好将寨主的遗体下葬。""好，这一定！"这太行山的几家喽啰兵就拉着大寨主佘子明的尸身先回去了。

六郎查看了一下杨青的伤势，"兄弟，你这个伤势，虽说没什么大问题，可是要跟着愚兄我前去追杀老贼，毕竟还是有所不便。兄弟，要不然你留在此处，少待片刻，后边儿的几家弟妹、嫂嫂也会再追到这里，哥哥我怕待会他们到此，眼看地上血迹、箭矢，惊慌失措，山道上快马追击，别再伤着。有你在此等候，有人提点几句，给指指道儿，就会好得多。贤弟你看……""六哥，这道儿根本就不用指啊！就这么一条道儿！谁来都知道准是您赢了，这都是敌将的血！嗯，也有我的……这么着，待会要是追上了老贼，这不是有您呢吗，还用我上去动手么？哪怕是您就叫我在一边看着，兄弟我也踏实啊！"

呼延赤金一瞧，这小伙子大腿上中了一箭，好在这箭伤都不深，箭头也没淬毒，已经被天波府的老兵给剜出来了，还给上了药，包扎好了。呼延赤金这阵可是着急哇，心里话，要是非得带上这位，这马怎么也跑不快啊！七太太心直口快，"六哥，要不然这么着，您跟着这位兄弟在后头追着，这不是还有咱们家里跟来的这些位老哥哥吗？从这里边挑几个马快的跟着我，我头前先追下去！要不然真要是叫老贼躲过了盘龙山弟兄们的拦截，这下可就等于是放跑了老贼，我终身抱憾！"六郎看看杨青，又看看七娘，都放心不下，一时没主意。呼延赤金气得一跺脚，翻身上马，回头跟几个老兵说，"谁能跟得上，赶紧上马追！"有四个跟七爷交情好的，确实是不放心七太太自己一个人去，都翻身上马跟着就走了。这样六郎也能放心点儿，帮着给杨青撅到马鞍子上头去，吩咐两名老兵照看着杨青，自己也上马沿着山道就奔西边去了。

先说跑在前头的七奶奶呼延赤金，紧催坐下马朝前跑着，这马也都累坏啦！但马生性忠诚，只要是主人不歇息，耐着性子跑，也只能是小跑着。天波府老军怎么喊七太太您停下来吃口，您喝一口水再赶路，都不成！就这么顶着一团火往前跑！一口气，眼看着日上中天，眼看着就快要到了土门关啦！呼延赤金可就知道要加小心了，停下来喝口水，嘱咐大家慢走轻声儿，一步一步朝前走，仔细地查看周围——哎，还真叫她瞧出来了，不对，四下的山林里可都埋伏着人！为什么？自己这五个人骑着马打这山道儿过的时候，两旁边连一只鸟都没被惊着。两旁边都是松林，可是这么半天了，自己连一只松鼠都没瞧见过！不对，这林子里藏着全是人！七奶奶性子急，心说这里边埋伏的是谁呢？假如说要是老贼的人，那么人家是在暗处，我们这几个是在明处，这要是暗箭伤人，我们可躲不开！七奶奶一着急，伸手这么一拦，"停住！"猛劲儿这么一勒缰绳，这马前蹄蹬开了，稀溜溜地一声儿暴叫！七奶奶在马上就喊上了："哒！林中鼠辈！缩颈藏头，鬼鬼祟祟，何不现身与奶奶一战，更待何时？"单臂把自己的大棍一抡，嗡嗡的声响！

呼延赤金为什么这么嚷嚷？自己是女流，我一喊，你敢出来跟我打吗？只要有人一来气，我还打不了你个女人吗？一出来动手儿，暗箭就不会再射啦！那么这林子里是有人吗？真有！这么一嚷嚷，打林子里边一个一个相互搀扶着就走出来了。呼延赤金一看，一个个都是家丁打扮，也有穿军装的，也是盔歪甲斜的。这些人走出来就给呼延赤金磕头求饶："哎哟，这位好汉……啊好奶奶，您是大英雄，您放过我们得了！我们都是潘府的家丁，我们可没干过什么坏事啊……"呼延赤金这才弄明白，原来这些人都是跟随老贼一同发配的护从军卒。"好，我也不来为难你们，可是你们得说实话，这潘仁美现在去什么地方了？""女英雄啊！老太师已然被前边儿山寨里的好汉给劫了去啦！""哦？是在什么地方？""就在前边儿不远，刚刚劫走的，这不才把我们给放了吗？"呼延赤金一听，我得赶紧追上去，这老贼要是不能死在我和六哥的手底下，这一趟也算是白追了！"既然已经放了尔等，不要再躲躲藏藏啦，回去！自己去刑部自首，必会宽大！"赶紧跟四个家将紧紧追赶，果然就瞧见不远正有一队人，呼延赤金连声地呼叫："哒！前边儿的人听着，快快将潘仁美给我留下！如若不然，姑奶奶我可不客气啦！"

前边儿这位听着直纳闷儿，嗯？老贼护从人马里怎么还有女将？吩咐前边儿的喽啰继续抓紧上山，自己一圈马就回来了。

呼延赤金一看，对过儿杀出来一员大将，紫黑脸膛，身高得过了一丈有余，肩膀上扛着一口出了号的金背砍山刀！呼延赤金明知道这是位绿林好汉，可是自己不知道怎么说这个事，干着急。可是这位误会了，一瞧呼延赤金身后这四位，也都是家丁的打扮儿，就以为是老贼潘仁美的随从。心说，这后边看起来还不少哪？"哈哈，要留下老贼也不难，你得胜过爷爷我的金刀！"说着话马就到近前了，这位这口刀，唰！就奔呼延赤金头上剁过来了！呼延赤金一瞧，不动手是不成了，抡起自己的大棍，得了，干脆我有多大力气用多大力气吧！当啷！棍头顶在刀盘底下，这刀可就出去了！

"哇呀呀，这员女将忒厉害了，洒家败了哇！"这位山大王趸马往回，身后让出来一位，黑马、黑衣、黑帽、黑脸，手里是一杆乌缨枪，扑楞楞楞楞……抖枪就要扎呼延赤金。呼延赤金抬头一看，"啊？延嗣！老七，你……你……你怎么……身在此处？"

〖三回〗

呼延赤金紧追不舍，专门追前边儿的喽啰兵，追上了，不知道该说什么好呢，对过儿下来一位山大王，扛着口大金刀，也不说什么，上来就动手。误会啦，以为呼延赤金是潘府的人呢。这一动手，这位力气再大，也没法儿跟呼延赤金对战哪，呼延赤金和杨七郎平常小两口打架顶牛儿早都练出来了，力大无比啊！一棍就把这位的金刀给磕出去了！这位再一让，后边闪出一位来，黑人、黑马、乌缨枪，七娘一看就傻眼了，这不是七郎吗？哦！我知道了，听六哥说过，太行山好汉史文斌的相貌和七郎相仿，这位不用问了，定是盘龙山的老三史文斌。

那位问了，不是说史文斌、马飞熊就住在天波府里吗？怎么这位七太太跟史文斌俩人还没见过面儿呢？哎，皆因为史文斌相貌和七郎太过相似，老太太一见面儿就哭了一场，何况说七太太哪？六郎是有意安排，反正是弟妹来了，史贤弟就得避让；史贤弟要在，弟妹别来——虽说是住在天波府客房，老管家见过，老太太老见，周夫人作为长媳，掌管阖府事务，柴郡主作为内宅督管，也都见到过。其他几家媳妇也多少都见过几面儿，唯独七娘呼延赤金一直没见过。所以刚一见面儿，真是打愣！可是转念一想，就能想明白！

呼延赤金心说，我别莽撞了，直呼其名吧！"我说这位兄弟，咱们且慢动手，我瞅着您这相儿面熟，您是不是盘龙山的三当家的史文斌史贤弟呢？"史文斌刚要颤枪扎，一听这个，这位知道我的姓名？"哎呀，贤夫人，那么您又是哪一位呢？""嗨，咱们是大水冲了龙王庙，一家人不认得一家人啦！妾身我乃是七郎之妻，我叫呼延赤金！""哎呀，原来是七嫂，冲撞冲撞，实实是不好意思！来来来，我给七嫂您引见，这位就是我们盘龙山的大当家的，人号金刀大将，刘金龙刘大哥！也跟七哥有交情，当初我们在天齐庙都是七哥给救的命！"

呼延赤金连忙下马施礼，刘金龙和史文斌也赶紧下马还礼。这阵儿手下喽啰刚把刘大爷的金背砍山刀从草窠里给捡回来，嚯！刀盘都给磕出一条缝儿来！"七嫂啊，您这神力呀，七爷也就到这儿啦！""嗨，我比他差远啦，他要使全力啊，你这俩膀子也没啦！"刘金龙直晃悠脑袋，真叫不是一家人不进一家门啊！我给你个台阶儿，您连下都不会！两下赶紧说正题儿，史文斌就说了，方才正好是我们在这山道上拦截住了老贼潘仁美的人马，将老贼人等擒住之后，派人押着上山去了，再后来是潘章、潘容追上来，也叫我们擒住，已然押送上山去了！七嫂您就放心吧！那么怎么就您这五位呢？不是说好了六哥带头来吗？"嗨，六哥舍不得好兄弟杨青，打虎将杨青腿上中了箭伤，在后边走着比我要慢点，我是急性子，所以我先来了！"几个人正说着话呢，后边传来了马走銮铃声响，大家伙儿一起张望，正是六郎陪着杨青一行人赶到了。弟兄寒暄几句，说到了佘子明为了杨家的大仇，叫潘府的家丁箭射而死，众家兄弟掉落了几滴眼泪，遥遥拜向金石顶的方向，请佘大哥一路走好罢了！

几个人赶紧登山，先上盘龙山再说吧！一队人乐乐呵呵地登上高山，来到了聚义厅，各自列座。刘金龙高喊喽啰们，赶紧把老贼潘洪带上聚义厅！工夫不大，喽啰们呼噜呼噜把抓来的人推推搡搡就给押上堂来。

六郎是真上火啊，赶紧离座来查验，把这潘仁美的脑袋往起这么一推——这心唰地就凉到底儿啦！怎么？又是个假的！史文斌一看六郎这脸色就急了，"怎么着？六哥，我看您这眼神不对！""嗨！兄弟，你是不知道哇！这一路上我们可是叫这老贼给蒙苦啦！"杨六郎就把这一路上每一个山寨被老贼哄骗的事这么一说，嘿！史文斌给气得！别人上当还成，我是亲眼见过老贼的呀！

刘金龙

我就觉得这个人已经是够像的了，没想到还是放跑了贼人！六郎还得好好安慰史文斌："兄弟，这也不能够怨你，你就见过老贼一面儿，还是在深夜之间……那阵儿的潘仁美身穿囚服，头发凌乱，衣衫褴褛，你就是见着也看不清面相，认错也是难免啊！"刘金龙上前一把抓过来这个假潘洪，"好小子！你竟敢欺瞒你爷爷！你给说老实话，潘仁美到底跑哪儿去了！说实话我饶你一条命！不说实话，就叫你死在眼前！"再看这个人，摇头叹了口气，就是不说话，一低头。六郎一瞧这人这神情不对，既不求饶也不说实话，看起来就好像是要等死一样。过来仔细地瞧了瞧，这个人的年岁也不小了，脸上皱纹堆垒，神情枯槁，看意思怎么也得在五十五往上了。看起来这是一名老兵，模样跟潘洪还真有这么几分的相像……

六郎上前来，把这个人的绑绳就给松开了，再看其他几个人，也都不是潘龙、潘虎、贺朝觐、刘文裕之流，知道这都是冒充的，就跟刘金龙说："兄弟，他们的家小也都在太师府里，都有难言之隐，算啦，就别难为这些人了，他们也是没办法，把他们都给放了吧。哥哥跟兄弟借几个钱，分给这些人，让他们权作盘缠好回家，这些当差的也都不容易。"几个人一听都跪下了，一个劲儿地磕头谢恩。假潘洪听六郎这么一说，跪倒在地，连声痛哭："六将军哇……您真是大仁大义！您是菩萨心肠，我对不住您哪……您还是杀了小的啵……""哎呀，老哥哥，起来起来，我与诸位往日无冤近日无仇，我凭什么要你们的命哪？我杨家的仇人就是潘洪！我追上来，就是为了要老贼的命，其他人等一概无干！你们都别担心，待会儿带上点儿盘缠，赶紧各自下山去吧！"假潘洪更是哭得昏天黑地了："六爷，不是我们不知道哇，我们都知道是老贼陷害了老令公，也知道是潘太师害死的七爷！可是我们也是没法子啊！我们全家人都活不下去了！要不是我能替潘太师死在山上，我的家里人可就全完了哇……"六郎赶紧把假潘洪给扶起来，"来来来，别这么说，到底是怎么回事？你好好说说，看看我们能不能够帮到您哪？"

假潘洪坐起来抹了抹眼泪："六爷啊，跟您说实话吧，我就得替潘太师死

马飞熊

哇，我要是不能替他死，我的家人可就活不了了哇！刚才在山下临了要登山的时候……嗨！潘太师可说啦，叫我假扮他的模样来哄骗各位山大王！说只要是我能够骗得山大王相信我就是太师，管保我的孩子能得个一官半职，打这儿就不再受穷啦！六爷啊，小的我也是没法子啊……您，您可得饶恕小的我哇！潘龙、潘虎是一个劲儿地吓唬我，说只要是我露馅儿了，山大王再追下山寨，他们这些人回去就先杀了小的家小妻子……"这位哭成了泪人了。六郎一听，"哦，要是这么说，老贼这一班人还没走远，你们还不能就下山……"

这阵儿马飞熊把后头看押的潘章、潘容给押过来了，"六哥，那么您看看这俩是不是也是假的？"还没等杨六郎说话呢，这二位倒一个劲儿地给马飞熊磕头求饶："好汉爷、好汉爷，我们都是冒充的！我们都不是自个儿！我们都是当兵的，我们都是不得已啊……"杨六郎一看，哼！好你个无耻之徒，你们不正是潘章、潘容吗？"贤弟，这两个是真的，这两个都是老贼的亲侄儿，帮着老贼做下了无数的坏事！不过，念其总归是从犯，圣上判为发配也就是了，兄弟吓唬吓唬也就算了，回头还是放下山去，以防给你们山寨带来麻烦……"杨青一听这俩就是潘章、潘容，可不干了！"不成，马大哥，这两个人可实在是饶不得，佘子明佘大哥就死在这俩小子手里！"杨青把方才佘子明怎么追贼死在乱箭之下给大家伙儿说了说，马飞熊外号就叫冲天炮，火气最大，一听，怎么？这俩小子下令射死的佘子明？哇呀呀呀……咔嚓！俩脑袋一碰，都给碰了个桃花开放，双双死于非命。杨六郎一看，这会儿我再拦也已经来不及了！嗨，得了，死了就死了吧！不过几家兄弟，这件事可千千万万不要泄露出去！

正在这时，山下有人来报，说山下有人要上山来找列位大王，自报家门是东京汴梁开封府天波杨府来的陈林、柴干……不等喽啰兵说完，刘金龙是一拍桌子，别说啦，你我快快下山迎接！工夫不大，又把这帮人给迎上了山寨，这里边有八姐、九妹这姐妹俩和俩姑爷陈林、柴干，还有双王千岁呼延丕显、宝珠山的寨主徐忠、大刀关骏，还有四太太孟金榜、五奶奶马赛英……这一班人也都上山来了，看起来是在途中歇息好了，随后又快马加鞭追赶而来。

　　六郎将各家姐妹、兄弟迎上山寨，纷纷落座，各自把眼下的紧急之事给说了说。呼延丕显一听，眼睛一亮！"六哥，您说的那个假潘洪在哪呢？"刘金龙叫喽啰去叫去，一会那位潘府的家丁来到了聚义厅内，跪倒给各位磕头，最后特别得给这双王千岁磕头请安。呼延丕显跷着二郎腿在上边坐着，"我说，听说你长得倍儿像潘老贼哇？麻烦您抬起头来，叫我看看，到底是怎么像的呢？"这位傻乎乎地抬头跟呼延丕显一对脸儿，呼延丕显低头看了看，嗯，确实是像啊！"好，看起来不怪你啊，要怪就得怪你爹娘，怎么那么没远见，像谁不好，偏偏要像这个老贼潘洪！"这位假潘洪也愣了，心说不是我爹娘不争气啊，那阵谁知道最后是这位当太师啊？"哎呀，双王千岁，还赖您多多照看……""哼哼！我问你，你知罪不知罪？""哎呀，千岁，小的我知罪！""那就好，你先下去吧！"这位给弄了糊里糊涂地就下去了。再说聚义厅上，这人可是聚齐了，六郎一时也没主意了，看史文斌和刘金龙，刘金龙也没主意，明知道老贼是在山里呢，等着看着我这山寨的动静儿，人在暗处，我们是在明处，这下可不好办了！

　　双王千岁呼延丕显嘿嘿地乐，"我说六哥，咱们该怎么办还得怎么办啊！您得赶紧下山，速速西去，藏身到红旗山密松林之内！这天色眼看就又要黑下来了，太阳一落山，山路难行，您可得抓点紧！"六郎摇了摇头，"丕显贤弟啊，嗨，你这说得倒是对，可是这老贼忒也地奸猾，你说到了晚上他还能走山西这条道儿吗？""六哥，此去要过土门，老贼必须得走这条路，他们不可能再回头。他不去朔州，那就得坐实了抗旨不遵，那不等于是把脑袋给送上门了吗？所以我料定，今天晚上，老贼是说什么都得走这条道儿往西过土门关！要过关，下山前就必须得先过密松林！您就放心吧，听我的，您赶紧带着几家嫂嫂到密松林中去埋伏起来，今夜晚间必能在林中擒住老贼！"史文斌和刘金龙都纳闷："小千岁，您是怎么算出来的？老贼要是方才就偷偷地跑啦，这会儿可能早就过了土门关啦！剩不下多少里程啦！您怎么那么大把握呢？""你们在密松林那头安排下眼线没有哇？""当然有啊！这些天早就加派了人手了！""得着老贼过去的信儿了没有？""没有！可要是老贼这帮子人进林子里，走林间小道儿下山，我们的哨探就不见得都能望见！""还有好几十口子家眷哪！老夫人们不得坐车，但无论如何也得乘骑马匹才可能走山道，您让她们如何走得了林间的小道呢？""哦……"

丕显扭头再跟六郎说："六哥，事不宜迟，您得先走一步！咱们这些人不能够一起走，一起出山寨，人多势派大，容易叫老贼发觉，您得悄悄地下山去！您可牢牢记住我的话，一定要悄悄地摸下去，您可以走林间小道儿，您绕点远儿，先到密松林要道把守好。"六郎虽说是半信半疑，可是这阵也只有听丕显的主意了，赶紧带着呼延赤金和八姐、九妹、陈林、柴干这四个人先下山，随后是五太太、四太太，这两位嫂夫人带着天波府来的二十几名老兵紧随其后，再往后才是山寨里给派的引路喽啰……

等杨六郎先下山走了以后，呼延丕显请来大寨主刘金龙，"刘哥，您是不是胆子不够大啊？"刘金龙把脸一绷，"嗯？小子，啊不，千岁小子，你这是怎么说话哪？""刘大哥，小兄弟我说这个是想问问您，您要是下山见着老贼了，您是杀喽哇，您还是帮着给抓着就得了？""那还用问吗？六哥要是亲手刺杀了老贼，他得担罪责啊！这些史文斌和马飞熊都跟我说明白了，见着他就得咔嚓这么一刀！""好，要这么说，您是有这个胆子啦？""嗨，千岁，我刘金龙别的不称，就是有胆子！""哈哈，那可好，现在不用你动手杀老贼，你就赶紧动手把这个冒充老贼的人脑袋给砍下来！您得听我的，只有这么办才能够将老贼给引出来！""啊？双王千岁，您这话可是怎么讲哇？六哥都说了好几回了要饶了他们。""哈哈！刘哥，您顺着我说的想啊，老贼就在山寨外头等着哪！我们从东边大道儿过来的，沿途没有老贼踪影，说明老贼一行人等没有退回去！您密松林的哨探没有送信儿回来，说明老贼一行还没过土门关！那，多半天啦？他们人呢？就藏在您这山寨之外！偷看哪！他为什么逼着这位假冒自己还得要假冒到死呢？要依着我的估算，这老贼还是打算从这条道儿过太行山山口，然后从这儿奔山西边防，好逃脱六哥在后面的追杀！可是他不知道咱们这山上的人能不能认出这个人。假如说咱们要是杀了这位，人头高悬在山寨外的高杆之上，您想想，老贼一瞧，就以为是我们认错了，杀错了人了！可是这么一来，这条道儿上不就等于是没有劫道的傻等了吗？老贼必然是打算趁着天光渐暗之际，再从我们盘龙山前的密松林里过！他还能在大白天的时候大摇大摆地从官道上走过去吗？""哦，哦，哦，哈哈哈哈，双王千岁啊，还是你高哇！这主意真不错！来呀！把假潘洪带上来。"

这一回假潘洪被带上聚义厅来，刘金龙一瞧，这位这会儿不像刚才那会儿了，是也吃饱了也喝足了，脸色也不灰了，意气风发的！怎么呢？太师是不成了，可是这回我搭上双王千岁了！瞧方才千岁待我那个客气，估摸以后我也能得个官儿做？赶紧乐颠颠地上了聚义厅，"千岁，刘寨主，您几位还有什么事能叫小的我们几个效劳的？"呼延丕显乐呵呵的，起身离座："老兄，哈哈啊哈……这回果然是得劳烦您啦，这个事没您还真不成！我和刘寨主商议好了，打算跟您借一样儿东西！""哦？千岁，您可别太客气，您就直说吧，只要是小的我身上带着的，您借什么都没问题！只要回到京城，还请千岁您好好照看照看小人我！"刘金龙这个气啊！这都是生来就是奴才的人，既有可怜之时，也必有可恨之处！不等呼延丕显再说什么了，站起来，伸手接过来身边喽啰身上扎着的自己的宝刀，来到假潘洪的身边儿，"哈哈，承蒙你如此地大方，我先谢谢你喽！我们就是想跟你借你的……这个！"话音未落，这一刀就砍下来了，刘金龙是金刀将，毕生抡刀杀人无数，唰！一刀，假潘洪的人头落地了！

呼延丕显一声喝彩！"刘哥！您真是好样儿的！可是那几位也不能留，那些人都是假潘龙、假潘虎、假贺朝凯、假刘文裕！要是说这四个人您都已经识破了没杀，那么假潘洪您凭什么就认不出来哪？您得把那几位也得宰了，然后人头高高地挂于寨门外边的高杆之上！寨子里灯火通明，鼓乐喧天，您再大排筵宴，好好地热闹这么一通。这么一来，这老贼手下的人就认为咱们将这些假的都当真了，这些人就敢在夜间偷偷摸过盘龙山山道，奔密松林去了！"刘金龙和马飞熊连连赞叹，看不出来小千岁您还真是足智多谋！来呀！别四位假大人啦，将刚刚擒拿上山来的老贼的家丁，一个不剩，全都砍头，人头挂在高杆之上示众！

工夫不大，这些位全都见阎王去了，喽啰们听呼延丕显的，后补追魂炮，叨叨叨……一班鬼魂下到地府见到了阎君，还告山大王哪，说这山大王说话不算话，求阎君给自己报仇。判官一听就乐了，你们知道是谁要了你们的命吗？绝不是盘龙山的刘金龙，而是东京城来的双王千岁呼延丕显！啊？怎么讲？判官就把实话都说了。首恶五鬼怀恨在心，不肯轮回转世，就贿赂鬼卒，逃出了地府，游荡在京城天齐庙内——因为在天齐庙里才能够寄身到七十二司的司主手下帮办鬼魂差事，能不叫鬼卒擒回地府。这样儿一混就是几十年，得不到敕令，五鬼不能够出天齐庙，也就不能够害呼延丕显一家儿。可是这一年，宋仁宗的西宫娘娘庞赛花要到东岳岭天齐庙去降香，请旨双王千岁保驾，在七十二司神祠之中设计要陷害双王。谁料想奸妃刚刚伸手要扶起呼延丕显，试图借机反戏，这五鬼出来搅闹，双王抬头只看到五鬼猥亵西宫，呼延丕显一时暴怒，举鞭驱赶五鬼，将庞妃打得伤痕累累，这才身担死罪！这是《金鞭呼家将》开书的引子，其事出在今日，这是老书里的段子，填写此处，给列位听众凑凑乐趣。

那么等这人头悬挂在盘龙山山寨的寨门高杆之上以后，时候已经不早了，眼看就要日落西山，自然有老贼的耳目察看到了，飞速偷偷潜回密林之中，把这个事就告诉老贼潘仁美了。潘仁美一听，山寨里的山大王果然上了老夫我的当了？哈哈哈……再把各处分派出去的哨探都给叫回来，一一查问，你们都见过杨六郎没有？都说没见过！是没见过吗？当然不是，六郎来的时候是走的明道儿，安插在林子外边的哨探都瞧见了。可是没人会告诉老贼和贺朝觐、刘文裕，这些潘府的家奴也都恨坏了老贼啦！自己这帮子人多少人都被老贼给推到山上去了？从瞧见呼延赤金和六郎上山，就隐而不报。后头陈林、柴干、呼延丕显上山，也瞧见了，隐而不报。再一看，自己多年的老朋友假冒潘洪，人头高挂，就知道完啦，真杀人啊，这一路去朔州，谁能说下一站冒充老贼送命的不会是自己哇？每一个哨探斥候互相之间连招呼都不用打，倍儿默契，谁都不提。老贼和贺朝觐一问，就说没看见！这些人都约好了，谁也不说实话，就盼着赶紧叫杨六郎抓着老贼，好解解他们的心头怒气，也叫他们还能活着哇。

　　果然老贼可是上了当了，就真的认为前边不会再有埋伏了，赶紧吩咐手下的家丁帮着扶一班女眷上马，自己也和几个儿子、侄子、党羽亲信上马，悄悄地摸出老林子来，上到了官马大道，穿过盘龙山，眼看着就要穿过井陉口的土门关！

〖 四回 〗

　　杨六郎沿着太行山道追杀老贼潘仁美，这一路上连过太行四寨，头一座是南路的宝珠山，大寨主小子胥徐忠先擒住了老贼的替身，等到被六郎识破以后，这才跟随六郎一同追击下来。等到上了金石顶中路的决胜寨，大寨主佘子明也上当了，没捉到老贼的真身，陪着杨六郎一起追下太行山，到了山脚下的决胜庄。庄子里就剩下三当家的憨小子打虎将杨青在家，也上了老贼的当了，大晚上被老贼放了大火，烧毁了庄子里的粮仓。老贼一行上了太行八陉的井陉口山道，这要是逃出了土门关，老贼人到了山西境内，可就不好追了！

　　六郎顺大道追贼，佘子明中埋伏被箭射而死，最后追到了盘龙山上，还是叫老贼金蝉脱壳而走。万不得已，杨六郎带着八姐、九妹、陈林、柴干和七太太呼延赤金这几位赶紧趁着天黑之前，由窟龙寨的小喽啰带路，抄小路潜入西边的红旗山密松林之内，等候老贼过关走到此地，自己再锄奸报仇！

　　眼看着这天色就暗下来了，六郎、七娘、八姐、九妹、陈林、柴干这一班人隐身在红旗山密松林之内，可以说是凝神屏息，大气都不敢出！这要是逼迫老贼再次离开大道钻进老林子，想要抓住老贼可就更难啦！这几十个人就这么等着，眼瞧着月上东山，星河灿烂，这都快过戌时了，官马大道上还是不见有人马穿行。嘿！难道说今日儿个老贼还真就不走这土门关道了不成？六郎正在纳闷呢，就听见自己的身后人声响动，赶紧回身去看，林子里边走来了盘龙山的众家兄弟和呼延丕显。六郎一看，这盘龙山来的人可是真不少哇，大寨主金刀大将刘金龙、二寨主冲天炮马飞熊，老三是小黑虎史文斌，还有宝珠山的好汉小子胥徐忠、大刀将关骏，后头得有二三百喽啰头目，悄悄地跟着来到这密松林之内。

六郎心说这都是好朋友们担心，可实际上老贼身边已然是剩不下什么人了，沿途之上一站一站，叫各山各寨的英雄抓去就不少，逃散的也不少，还能有几个人在身边呢？用得着你们这么多人下山来吗？呼延丕显抢在前边过来，满脸堆笑，他这也是心虚，因为六郎说了要饶恕那假扮的老少五贼，可是自己为了能引老贼坚决地走井陉口土门关，这才杀了那五个人，人头悬挂在寨外的高杆之上。这些，现在六郎还都不知道呢。"好兄弟，我这还着急呢，怎么这么长时间你们还没下山来？"刘金龙呵呵地笑："六哥，我们早就下来啦！可是在这林子里也找不到你们，又怕惊动了山间走道儿的人，回头再露了破绽，我们这帮子人走得可慢啊。"这些人心都虚，"就是就是，六哥，这得小心点儿，别回头叫老贼发现了我们的行踪，叫这老小子给跑喽！"六郎看这几位，个个怎么低眉耷眼的，不敢正脸看自己，这是有什么藏着掖着的？可是这会也顾不过来了，眼睛不离林子外头的这一条山道，咬紧了牙关，心说今天晚上只要是你老贼潘洪真的打此处经过，我必得把你就地擒住，就得在此处要了你的残生性命！今天不杀你，我杨景无颜再去面对梦中的父兄，无颜再去面见我的萱堂老娘亲和众家嫂嫂，还有我的弟妹啊……

说话都少，就盯着这大道上，又过了有这么一个时辰，这可就够晚的啦！哎，有响动了，就是从东边儿奔西来的。六郎就瞧见在这东边儿的大道上慢慢地是灯火如龙！大老远灯笼火把不少啊，在山道上屈曲蜿蜒地可就过来了，嘶……这得多少人啊？虽说是夜静无人之际，可毕竟是人多，灯火辉煌，越近，照得山林里外越亮。六郎借着灯火也能瞧清楚，从这旗号儿一瞧啊，这是一队大宋朝的官兵，队首队尾可是真够长的！这队伍里的将校指挥使各职俱全，行伍严整，军卒的铠甲穿戴也很齐整。呼呼啦啦这大队人马就来到了林子外头了，六郎粗略这么估算了一下儿，怎么着也得有上千人！火把漫山遍野啊，这可就不算少了，这绝不是乡兵乡勇，看起来这是州府调拨的本府镇兵，可是这是来做什么的呢？嗯？六郎可就奇怪上了，我才从这边过来，没听说有仗要打哇？哎，别忙！这不会是押送老贼潘洪来的吧……刚想到这儿，呼延丕显就凑过来了："六哥，我看这买卖要糟，您说不打仗的时候，谁能够调动这么大的一队官兵呢？我看，这里边必定有老贼潘洪裹挟在其中！"

"嘶……兄弟，这么一大队的人马来历不明，我看咱们还是不要轻举妄动，看看情形再说吧！""呵呵，六哥，您绕住了，甭管他们是打算去干什么的，我是大宋朝的双王千岁，您是大宋朝的百灵侯，私访边庭，遇见你地方官调动这么多的官兵到山西去，你我查验查验也是许可的啊！"

六郎一听呼延丕显这话，知道老贼实在是奸诈多端，兄弟这说得也有道理。一咬牙，回头一个传一个，大家伙儿都知道了，上马的上马，点火的点火，前头有喽啰兵放出了响箭，有的是直敲锣，咣当咣当，喽啰兵就鱼贯而出，占住了山道上的上风头，列开了阵势。六郎和众家兄弟、妹妹、弟妹一起杀出了密松林。杨六郎一马当先抢到了前列，这儿跟着四个天波府的老兵给打着火把，照着亮儿，六郎高声喝喊："哒！对面，是哪里来的人马？这是要到何处去公干，是哪一位团练将军统制？还不快快前来见过我朝靠山王、靖山王双王千岁！"山道之上的大队人马推推搡搡地就停下来了，后边跑出来两匹马趟翻。为首之人相貌如凶神恶煞，顶盔掼甲，胯下马，掌中端着一把八卦开山钺；后边这位生得是面白如玉，相貌很有儒雅之风，颔下是三缕墨髯，银盔银甲素征袍，胯下马，手中提着一杆亮银枪。

六郎一看，这二位显然都是边镇的守将，可是自己并不认得，上前抱拳施礼："二位将军请了……"这俩人瞧了瞧六郎，也都把自己的兵刃先挂好，抱拳还礼："这位，猜得不错的话，您就是东京天波府的六将军，杨郡马吧？""哦，正是愚下，但不知二位将军是……"使大斧子这位说："六将军，我们二人乃是新任定州的团练正副使，我姓王名钏字表全节。这位是副使，姓李名明字表如辉。我二人久闻您的大名啦，这是盔甲在身，不能全礼了！"

二番见礼，六郎也低头还礼。"六将军，您拦住我们的大队人马，不知您是何用意？""哎呀，二位将军，如今有我朝双王千岁正在这密松林之中歇息，见到您这一支人马夜间穿行红旗山，王驾要检视一二。二位将军，且请随我进林中与千岁答话。"王全节一听六郎这话，这脸色就变了，"六将军，不是末将我不听从您的话，末将有紧急公务在身，不得下马，王爷有什么事，麻烦您请您老人家就到此处见面，我二人实在是军情紧急，不得已啊！""哈哈哈，不用啦！不用啦！王将军、李将军，孤王我在这儿哪！"话音未落，呼延丕显从杨六郎身后骑着小马也出来了。

王全节和李如辉一看，都是一愣，这位王爷也忒小啦！我们还以为是哪一位老千岁呢！六郎微微一笑："二位将军，不好意思，我们也是不得已啊！这位就是新任靠山王、靖山王的双王千岁呼延丕显，皆因为呼延老千岁已然为国捐躯在雁门关前，小千岁十二岁下边庭智擒潘仁美，万岁嘉其智勇双全，承袭父爵，还加封了靖山王。哎，二位将军速来见过。""哎呀，王驾千岁，末将不能全礼参拜，还请恕罪！""二位，免礼免礼！""千岁，您，这是要查验什么？""呵呵呵，没事没事，孤王我是闲来无事到太行山行围打猎，今日儿晚上玩得太晚了，这才露宿在密松林内，没什么要紧事啊，就是叫您二位过来打个招呼，两位将军为国事操劳，你们可真是很辛勤哪！""哪里哪里，王驾您是过奖了。既然没什么紧要之事，末将这就告退了。""哦？哈哈哈，好好好，你们军务繁忙，孤王我也就不再多耽搁你们的时间了，啊……这个么……""噢？千岁，您这是还有什么事不好说出口的么？""哦，也不是，只是一点点私事。""千岁，但讲无妨！要是我二人能做到的，自当万死不辞！""呵呵，王将军、李将军，万死可是不用……嗯，王将军，你这定州带出来的人马一共是多少人？""啊，这个么，呵呵，千岁，我这跟在后边的乃是我定州镇上总令军令使麾下的一千二百健卒，您这是要……""哈哈，好，用不着你了，你头前走你的！孤王我刚刚在五台山发下了宏图大愿，说迟早有这么一天得跟我大宋朝的上千将士结结缘，没别的，二位能否叫这一千二百将士一个一个从我这走过去，孤王我想跟每一位挨个儿地这么问声好哇！"

李明一听，这都什么时候了，一个一个跟您打个招呼，这叫什么缘法？"千岁！我们这是有紧急军务在身，实在是身不由己啊！还请您体谅一二……"王全节干脆把自己的大斧子摘下来："千岁，六将军，咱们别打哑谜了，我跟你们实话说吧！今天晚上你们为什么会跟这儿守着，末将我二人已然是全都知道了。我们为什么来到此处，六将军，您也能猜得出来！您二位想要找的潘仁美，就在我这队伍当中！您看！我这儿是圣上御赐兵部都堂签发的调兵金牌，这儿还有西宫国母的懿旨。您说吧，我们哥儿俩都是官卑职小，能不尊奉懿旨金牌的调动吗？今天晚上我们就是专程来护送潘仁美过关的！您要是非得劫杀潘洪，那么没别的说的，你我就得扯破面皮上阵见仗了！都说您这杨家枪法天下无敌，也叫我王全节见识见识。"

呼延丕显一听，我猜到就是在你们这儿呢！原来是老贼夜宿在决胜庄的时候，查看地图，知道此处距离山下的定州府不远，贺朝觐和刘文裕也知道定州新上任的两员团练使和杨家人没什么瓜葛，这才命潘强和潘祥哥儿俩拿着金牌和懿旨，趁着夜色，在大伙儿还预备跟决胜庄点火的时候就先跑了，奔定州去调动兵马前来护驾！这些也都是西宫娘娘在老贼临走之前给预备好的。王全节和李明见到金牌和懿旨能不出兵吗？虽说一路上成心地拖延行进，到了今天天黑之前还是和山道边上等着的老贼潘洪会合了。潘强和潘祥是打着暗号朝前走，老贼自己的心腹在林子边上瞧见暗号了，这才通禀深藏林内的老贼，出来相见。

老贼这是真高兴！知道我有这一千二百人就不一样啦！太行山的山大王再厉害怎么样，我这是官军，你敢动官军的押送队伍，你就是死罪！到时候上表皇上，就能给派上万大军来剿山灭寨，到时候谁能顽抗？人踩马踏也能将你这弹丸之地踏平喽！老贼这回心里算是踏实了，跟在大队人马之中，大摇大摆地就奔土门关来了。王全节这么一说，呼延丕显赶紧闪身退后，后边闪出来史文斌、马飞熊、刘金龙和徐忠、关骏这一班绿林好汉！

六郎这心倒踏实了，知道这潘仁美眼下必然是在这队伍当中，这一回你还能跑到哪儿去？六郎一看几家好友都要上前，连忙伸手拦住："列位兄弟，今天晚上这件事是给我们杨家报家仇，好朋友就先别跟我抢！我说二位将军，既然你们也是出于公务，还得说要使开本事死保老贼潘洪过关，我杨景并不怪你们。可是两位也得知道，我杨景这一次冒死前来劫杀老贼，誓为父兄复仇，为屈死的冤魂超度，这一回我不手刃潘贼誓不为人！您二位要是非得拦着我，哼！可知道杨景的金枪如何？"说到这儿，扑楞楞楞楞……一颤金枪，圆睁二目，瞪着眼前这两人，你们怎么打算的？

不等李如辉说话，王全节不干了，先一摆自己的大斧子，"杨景，都说你的枪法厉害，我王钊还就是不服！既然你坚持要劫潘洪，那就先胜过我这八卦开山斧！"一催马就上来了，借着火把的亮儿抢个上风头，唰！大斧子就劈下来啦！六郎一瞧，看起来不给你点颜色看看你真是不知进退哇！六郎抖擞精神，举枪就点，啪！这枪头就奔王全节前手就点过来了。天黑啊，六郎能凭着多年的苦练找准地方儿，这一下就点到了斧子杆上，没等你斧子下来呢，这枪尖子就划拉到王全节的前手手腕子上了。王全节手上一疼，哎呀一声，这斧子就走偏了。六郎这阵再横着一拨，这斧子就撒手掉到地上去了。啊！王全节这下可吓得够呛，赶紧拨马往回败下去。六郎也不追赶，这毕竟深夜之间，再有火把照着也看不真。李明一瞧，先说话了："六将军，都知道您杨家枪法的厉害，末将我就不跟您面前儿现眼了，可是这也是我们的职责，没办法，您……""怎么样？李将军您也要跟我对上几回合？""哎，末将可不敢！可是六将军，您得知道，这一次要是在红旗山下您将老贼潘洪劫去，末将我等回到定州府，也是没辙，必得上表朝廷，到时候朝廷也得调来各州的大军前来剿山灭寨，我看这盘龙山就要不保哇！"

别说，李明这么一说，六郎还真有点犹豫了。刘金龙一看，哈哈大笑："六哥，您甭在意，我们盘龙山被剿也不是这一回两回了，我们哥们可不怕这个！李明，识时务的赶紧把老贼潘洪交出来！"李明微微一笑："各位英雄，我不冲你们，我就冲着六将军。您看，我这有一千二百人，这要是一声军令下，上千人奋不顾身冲上来，你们这……不过三百人，也得伤亡惨重。当然了，也许我们哥儿俩连命都保不住，可是这是我们的职责所在。我们不往上冲，完完全全是冲着六将军您，大宋朝没有一个人不敬重你们杨家的。""承蒙将军惠泽！""这个末将实实是不敢当，来，您把我绑上，这样我就不得已得领着你们到后边儿去找潘洪。""如此得罪了！"黄豹和杨青上来给李明捆起来："这位仁兄，叫你受罪了！"

李明双臂被绑，步行往回走，喝令士卒不要动手——当兵的都知道是怎么回事了，谁还乐意押送老贼潘仁美啊？都个个在心里头叫好称快！挨个儿盘查，走到队伍当间儿，六郎踏实了！潘强去调的兵，心疼自己的妈，特意让定州府又给补了专门能登山走坡的奚车——哎，大家都瞧见这些辆奚人设计打造的山地登云车啦！每辆车里都是罪人们的家眷，掀开帘子检查，个个低头叹气。黄豹熟哇，一直查到了老贼夫人黄氏，果然还在！再往后，从队头走到队尾，连王全节在内，每一个人都过了一遍——就是没见着潘仁美这一行人。问王全节，摇头说不知道；再问部下的校尉、都头、伍长，有知道的就实话实说了。前边儿一停，还听见打斗之声，留在队尾的潘仁美就带着自己那帮人躲得远远儿的！拖在队伍最尾的几位都是站在马鞍桥上望前头，谁都没注意自己身后的老贼一帮子人是什么时候不见的。

嗨！李明就说了："六将军，那么这儿的事我们就不管了，金牌懿旨我二人必得遵从，我们还得将这些家眷押运到朔州。此刻我们还得奔前边儿的土门关，进城关去驻扎。到那儿了，今晚上这件事少不了得走公文上东京呈报各部，早晚皇上就得知道，到那时盘龙山剿山灭寨也是难免，各位英雄还是早作打算为妙，我就不多说了。"山大王们也不会为难各位女眷，都答应放行，李明领着自己麾下的一千二百人接着往西走。这边呼延丕显二番严加盘查，嗯，绝对没有潘仁美、贺朝觐、刘文裕等人巧扮藏身在内。呀！刘金龙和史文斌这一帮好汉可就愣啦！各处哨所的探子也都叫来一问，肯定是没人闯过去过！

这么说这老贼是钻林子啦？怕不会还是又撤回去了吧？

　　还是呼延丕显拿主意："各位哥哥，先别忙，赶紧聚拢火把，咱们查看足迹，看看哪一条小路上有人走。甭急，老贼身边虽然没有了女眷，但是天黑，此段山路陡峭，怪石嶙峋，他们绝走不快。"六郎跟呼延赤金也实在是等不及了，一咬牙，上马沿着官马大道再往东追回去……刚走不远，就听身边的小道之上有人高声叫道："官道上这位，是杨六哥您吗？"六郎一惊："正是杨景，您是哪一家弟兄？""哈哈哈！六哥，并肩字儿！您是不是在找潘仁美呢？"

〖五回〗

红旗山密松林六郎劫杀潘仁美，不料老贼金牌调将，调来了定州团练使李明、王钊押送着自己过井陉。到了红旗山下，王钊不是六郎的对手；李明也情知有愧，甘心撤走，可是老贼潘洪还是潜逃而走。六郎正着急追寻，山间小道上下来不少的人，为首之人大声喊六郎："六哥，您看看我们是谁？"等火光一凑近，六郎一看，哎呀！原来是兄弟你们哪！

谁呢？正是金叉将郎千和银叉将郎万，身后跟着到红桃山去帮着葫芦王讨要粮草的决胜庄庄主刘超、张盖。前几天郎千和郎万奉令到忻州府管辖各地催粮，巧遇红桃山的大队人马要去芭蕉山讨要被劫走的粮草，两边一聊，都想去凑个热闹，见识见识这位敢跟葫芦王叫板的焦赞。

后来葫芦王孟良和焦赞也碰上面儿了，刚过没几招儿，不打了，英雄相见恨晚，都很对脾气，打这儿起芭蕉山就算是入伙了。这头儿万事大吉，好汉爷们痛饮一番。马飞熊、史文斌的飞马传书就到了，刘超和张盖一看，赶紧跟总瓢把子孟良告假。葫芦王听着是真新鲜！盘古开天辟地以来，哪儿有土匪帮着官军打群架？张盖、刘超也来不及多做解说了，心说早晚您得碰见这位，到时候够您忙活的！按您的脾气秉性，您一准比我们还上心！葫芦王孟良本来还有大事找决胜庄、决胜寨商谈，可是谁叫自己过命之交的任堂惠就认这位天波府的六将军呢？这是拐了弯的好友至交！没的说，你们赶快回去，要好马不要？"那……那您要是舍得……""嘿！什么时候学的真跟个员外似的，吞吞吐吐、拐弯说话？去！我们这趟所有能日夜兼程跑山道的，

全都给你们骑着！人手够不够？不够……""人不用！人手足够啦！多谢总瓢
把子！"

这哥儿四个带上二百多快马队连夜就赶回来了。正巧走到这一段山道之
上，碰上这王全节、李如辉领着上千步兵押送老贼，老远就瞧见这火把队伍
啦！这哥儿四个是真有运气，那么多人一抓就是假的，偏偏这哥儿四个带着
人抄小路回家，一碰着就是真的！不然老贼一行一钻进林间的山路，六郎就
甭想再找到啦！真是狭路相逢！也没别处可钻的了，上来一问话，小头目就
觉察出这帮子人多带着京城的口音，而且队伍里边高矮胖瘦老少都有，就知
道这准是潘仁美一行之人。刘超带着人这么一冲，一个一个地锁拿，兵部司
马贺朝觐还想负隅顽抗，可不是九龙王张盖的对手，几下子就叫张盖给生擒
活捉！其他人像什么潘龙、潘虎、潘祥、潘强、潘符、潘昭……这一帮奸佞
党羽也都被获遭擒。老贼还想改换袍服逃走，郎千、郎万这哥儿俩原本就认
得啊，上来先找老奸贼，一起拿金银二叉将老贼挑起，这就算是大功告成了。
老贼一党被郎千、郎万押着回到了官马大道上，正好碰见了到处转磨的杨六郎。

刘金龙来到此处一看，哈哈大笑，痛快！让我们可费了不少的劲啊！来，
统统都押上红旗山！喽啰们都给押到了红旗山的山顶上，六郎也跟着上山。
来到这里这么一看，这山顶上是这么一大块儿开阔地儿，当间是一块巨石，
就像是拿刀裁出来的这么齐刷刷的一块儿板儿，整整齐齐地竖着，打远处看，
就跟一面旌旗迎风招展相仿。再加上这块儿岩石完全是红的，所以这座小山
包就叫红旗山。

六郎一看，这倒好，小喽啰们已经都预备好了，靠在这块儿岩石之前早
就搭好了刑台，老贼这帮人都给押到了台子上，挨个跪倒，正好是一排。这
阵儿的潘洪低头不语，一声儿都不吭，任凭你呼延丕显怎么在一旁挖苦、讥
讽，明知道自己今天晚上是死定了，决不搭茬儿！对过儿有喽啰给搭好了座
儿，六郎被请到了当中的首座儿，左手是呼延丕显，右手是刘金龙自个儿，
挨个下来就是刘超、张盖、马飞熊、史文斌、徐忠、关骏、杨青、黄豹、陈林、
柴干、郎千、郎万这一班英雄好汉和边关大将，七太太和八姐、九妹也都跟

在六郎一旁站立，叫人都给搬来木墩子坐着。

这回可算是抓到正主儿啦！一个个眼睛瞪得都快鼓出来了，手里攥紧了自己的兵刃，就盼着杨六郎一声令下，好冲上前去乱刃分了老贼，这才解气哪！六郎按了按自己的心，这可真是太不容易啦，这心都快蹦出来了！自己也是不错眼珠地盯着老贼，今天晚上是说什么也不叫你再溜了！六郎还客气呢，扭头跟刘金龙说："金龙贤弟，现在人都到齐了，你看……"刘金龙一摆手："六哥，今天晚上这是在我的地盘上，你先别动手，该你动手的时候自然会是你的！可是现在还不成，我们还有几句话不说不痛快！您说成不成？""贤弟，你得知道，无论如何，这老贼你得给哥哥我留着。""这您放心！不过……""兄弟，还有何难处？""六哥，我想起来了，方才李明将军可说了，我这盘龙山山寨虽然是坚如铁桶，可官府要想剿山灭寨也是不难啊！太行山山顶上不能开垦种地，我们这粮草就是命根子，说不怕剿山那是大话！说实在的，兄弟我还是真怕！这么看来，今日儿这潘仁美还是真不能杀，您说呢？哎，兄弟们，飞熊贤弟，你说哪？"马飞熊连连点头："大哥，没错，我看今天在我们盘龙山上，这老贼还不能杀！就是不能杀！谁也不能够动手！"六郎一愣，哎，这是什么意思啊？刘金龙冲着六郎眯眼乐了一下，站起来来到老贼的面前："潘太师，我说的可是实话，你可是千金贵体，你这带着不老少的金牌啊、懿旨啊什么的，我们还真不敢动。可是你干的坏事实在是多，逼不得已要说杀你，我们也敢！到底是敢还是不敢呢，可就全在你了。我说，你到底是能不能说话？怎么哑巴啦？你要是不说话，我们也豁出去算了，干脆把你杀了得了……""哎，别价儿啊，好汉，英雄！你说的是什么意思？我可没听懂。""老奸贼，还有你听不懂的吗？我是这个意思，反正你才是正主儿，我们要是真杀了你，就算是顶了死罪了，那么早晚我经营的这盘龙山可就算是完了！可是你如此地作恶多端，叫我们逮着你了，说不杀了你，也实在是难以平胸中的这口恶气！你说吧，我们怎么办？""啊，这个……好汉啊，您不妨明说，老夫我实在是不知啊！"

刘金龙早就想好了要耍弄老贼一番，这才解气，假装沉吟不语，这时候史文斌就说了：“大哥，万万不可啊！这老贼作恶多端！七哥被他绑缚在花标柱上，射了一百单三箭，七十二箭透前胸啊！您万万不可饶恕了此贼！”“哎，贤弟，这都是巷陌里弄的村鼓盲词之说，一个人的身躯再宽广，这也扎不上一百单三支羽箭哪？愚兄实在是不信！”“哎呀，大哥，人家都是亲眼所见！”都扭头瞧陈林、柴干，这哥儿俩一捂眼睛，我们没瞧见，你们接着说你们的。“他们是亲眼所见，你听到的不是口口相传的吗？我不信！”史文斌这个气呀，也过来一拍潘仁美：“老贼，你说说，你是不是射了我七哥一百单三箭？”潘洪心说这我也没数啊！这不是杨六郎、寇准后来数出来的吗？我冤不冤哪！“啊？这个么……”刘金龙一瞧，“嗯，潘太师啊，你若是能在今日重演一番当年雁门关瓜洲营里箭射杨七郎的这一回，真叫我们瞧见了，你能在一个人的身上射上一百单三箭，告诉你说，本大王说话算话，准能饶了你的活命，还能派人送你过关！”“啊？这位英雄，你，你此话当真？”“告诉你，别看杨六郎在这儿坐着，怎么处置您，他还得是听我的！我说放你就放你，我要说杀，那谁也拦不住！”

“好好好，老夫我情愿演示，您说吧，叫我射什么靶子，我保管能够射上一百单三箭！”“嗨，老太师，射靶子能说得过去吗？靶子是木头草编的，人是肉的哇……”“大王，好汉，您的意思是叫我射真人？”“那是当然了，不但是真人，你还得射活人，我看看你当初到底是怎么能射得成的！你看看，这不是在你的面前活靶子一点都不缺少吗？你选吧！”这工夫，有小喽啰过来给老贼潘仁美松了绑了，还给送过来一张弓，一左一右各有一位给背着雕翎箭，只能是一支一支地递给你，你看吧！老贼转身回头一看，山壁之间全是自己的亲友亲信，哎呀！咬紧了牙关啊，慢慢地把这张弓可就拉开了，看着谁都下不去手，嗯……一下狠心，这里边数这代州刘文裕跟自己最远，这个家伙以后也没什么用，得了！一瞄准，啪！结果这一支箭没射中，啪嗒！射到岩石石壁之上，箭就落地了。把这刘文裕可给气坏了，“好哇！老贼！潘洪！你这老东西！你忘恩负义……”喽啰兵一看，赶紧递给潘仁美一支箭，一努嘴，嗯！潘仁美也生怕这家伙再嚷嚷出什么来，弯弓搭箭，朝前紧走了好几步。老贼毕竟年轻的时候是一员勇将，这回瞄准了，啪！噗！一箭射中前心，刘文裕是一声惨叫！老贼又给补了几箭，这算是没声了。可是射着射着就有掉到地上没射好的，刘金龙赶紧摆手，"这可不算，我说潘仁美啊，你得记得，射歪了就算你白射了，这个可不算，你还得重新来！"啊？老贼摇晃摇晃自己的膀子，杨七郎那一百单三箭是一百人射的哇，你是叫我一个人射一百支箭？

再抬头一看山壁之上还剩下的这几位。嘿哟，这可怎么办呢？这会儿呼延丕显明白过来了："刘大哥，我看这还不成！""怎么讲？""您想啊，当初我七哥，那是什么样的身形？身高过丈！膀大腰圆！刚才潘仁美射的这个是个小瘦子，因此他可射不上一百单三箭！要想能叫他真的重演当天这一回啊……我看得这么着，就叫他在潘龙、潘虎、潘强这哥儿仨里挑一个！您看这哥儿仨，虽说不上是身高过丈吧，怎么着也得算是膀大腰圆了吧？""嗯！贤弟，还是王爷您高明！"六郎一听这都不像话，心里有点不高兴，可是一时还不好意思说出口来，手握着自己的金枪可就站起来了。山崖石壁上这哥儿仨一个劲儿地骂呼延丕显，"小鬼哇！你损吧你！"

老贼长叹一声，低头拉开了这张弓，搭上雕翎箭，先瞄准了潘龙……潘龙早就吓坏了，哆哆嗦嗦，"爹呀，我的亲爸啊！您可千万别射孩儿我啊！孩儿我不想死啊！我还没活够哪！您可不能真射我啊！二弟啊，你快点跟爸爸求情儿，快点！要不然射死我下一个就是你哇……"潘虎一听，真是，我们欠着人家三条命哪，得拿三条命来换老令公和呼延赞、杨七郎的性命，那么我大哥先死了以后我也跑不了哇，接茬儿就得射死我啊！"我说，爸爸喊！您可不能射死孩儿我啊！您看您都多大年岁啦，您老还能活多少日子哇？我还能活多少日子哇？您就拿您的命跟他们换就得了！您把我们都射死了，可就没人给您戴孝送终啦！您，您要不然射老四得了，反正您是最不待见他……"

潘虎这么一嚷嚷，潘强不干了，也赶紧喊："爸爸哎，您可别听我二哥的，他最不像话啦！他最招您生气啦！您得照看我，我可是老儿子，我的岁数最小！您可是最疼孩儿我啦！"潘龙一看，这哥儿俩全都岁数小，哟，这么说，射死我不成最合适的啦？"你们哥儿俩别喊了，这事得听大哥我的，杨家人恨的是咱爸，咱们呢，都是听咱爸的，他叫咱们干坏事，咱们也不敢不干哪，你们说是不是？别瞎嚷嚷了，咱们还是一起求杨郡马，杀了咱爸一个人，咱们哥儿仨都能活！""对，杨郡马啊，您可得饶过我们哪，我们可不是起意害你们父子的元凶啊！都是我爸爸指使我们干的啊……"

老贼这个丧气啊！真丢人！嗯……射死你们？就冲你们这帮子孬种，简直是不值得！嗨！我还活什么劲哇？我还篡位谋夺江山干什么啊？有什么用呢？就冲我这仨孬儿子？嗯……老贼长叹一声儿，手里这张弓就放下来了，沉吟了片刻，哼哼哼哼……老贼倒笑了。老贼心里话，看起来今天真是我的死期到啦！我算计人算计了一辈子，今天轮到我被老西儿寇准给算计了！我现在才明白过来他为什么要替我求情儿，这哪儿是给我求情儿啊，这纯是要让杨六郎亲手宰了我！好哇……说是我死在杨六郎、杨八姐、杨九妹还有这杨七娘的手里？哼哼，其实我是死在你寇准之手！你个寇老西儿哇！可恼啊……可恨！哼哼！我也不是死在寇准的手里，我是死在他赵二舍的手里！哼！我算是明白过来了，你是先借我的手害死杨继业，不单那个人是你的眼中钉、肉中刺，我也是！等杨继业死了，然后你再掉脸儿来对付我？哈哈，赵二舍啊，你要是真的想保住我，你至于把我往北边发配吗？再者说，你就算是往北边赶我，你不会把杨家人给看住吗？嘿嘿，你以为你的如意算盘就没人能明白吗？你看我怎么办，我要不把你也给和弄下台，我就不是潘仁美！我死不能白死，我还得拖几个垫背的！我得和弄你们叔侄反目！我得说动杨六郎和开国的这些位老臣扶保八王登基，我叫你们窝里斗！你们叔侄俩这么一拼，谁都好不了，到那时北国的大军再一南下，大宋朝就得亡国……哇哈哈哈哈啊哈哈……怎么着？我就好比是战国时候的苏秦啊，我死了也能把我的仇给报喽！

当年苏秦在齐国为相，得罪了不少齐国贵胄，他们就派出刺客刺杀苏秦，这一柄匕首捅进腹内，刺客就跑了。苏秦一时半会儿还死不了，坚持到面见齐王。齐王大怒："苏先生，寡人一定会给您报仇！"苏秦就说啦，您哪，这么这么办，您就给我报了仇啦！说完了，苏秦就咽气儿了。齐王吩咐下去，将苏秦的尸身拖到大街上示众，摆上千金为赏，公示：自己查出来苏秦是敌国的奸细，这回杀得好，谁杀的苏秦，可以前来领千金重赏。一共来了四位，都说苏秦就是他们杀的。好！每个人领二百五，推出去，杀！

眼瞧着潘龙、潘虎纷纷跪倒求饶，"呸！不成器的狗子！没用的东西！""爹啊，我们是狗子，您成什么啦？"啪！老贼手里这弓箭都不要了，撒手一扔，自己往身后的石崖子上一靠，把俩胳膊一抱，"哼哼哼哼……"是一阵地冷笑。八姐、九妹就愣啦，上来拿金枪一指，"哒！老贼，你死到临头乐什么？""哼哼，我知道，你们兄妹是说什么都不会饶我一死的，我还跑什么哪？我还求什么呢？我死就死啦，我在乎么？不过，我死以前，我可有话跟你们兄妹说上一说！杨延昭，你过来！""老贼，你还有什么要说的？""杨延昭，你不过是一介武夫，老夫我行兵半生，执掌朝纲也是有年头了，我的见识可比你多得多！我恐怕有件事……你还蒙在鼓里呢吧？""哼，什么事你还瞒着我们？你现在说出来讨饶，你还妄想能得活命吗？""不然，杨六郎，老夫我知道活不过今天啦，我还要说的话能是求饶的吗？延昭，你好好听听！人之将死，其言也善！""好，鸟之将亡，其鸣也哀。你说吧。"

"哈哈哈哈……杨延昭，你们都认为令公是死在老夫我的手里？""那是自然，事到如今你还想巧言抵赖不成？""哈哈哈哈……杨延昭，老夫我一直认为你的母亲佘老太君有这个眼力，哼哼，这么一看，连你妈在内，你们杨家人就都没有！我告诉你，你父帅并非是死在老夫我的手上，而是死在了……哈哈哈，当今宋王雍熙天子之手！""老贼，逼战两狼山的是你，兵陈雁门关外的也是你，箭射花标柱的还是你！你还敢如此地信口雌黄？""哎……延昭，非是老夫我巧言舌辩，我来问你，当今皇上明明知道你我两家有杀子之仇，为什么还要让我来挂帅，你父子为先行？你想一想，你的父帅在瓦桥关连上六本辞退先锋之职，他是为了什么？谁不知道哇，他赵二舍这是在借我的手除去你的父帅！延昭，你想得明白还是想不明白？"杨六郎略一沉吟，这思绪可就乱啦，要照老贼这么说……八姐先搭茬儿了："不对，老贼，圣上要是成心害我家父帅，为什么还要派出呼延千岁做保官？""哈哈哈哈……既然派了呼延赞，何必又加派这位贺朝觐哪？再者说，判老夫我充军发配，判到哪里不成，非要说判到北边的长城，他难道说不知道你会拦路截杀吗？你再想一想，他这明里是饶我一死，暗地里可就是给你一个机会，好叫你亲手将老夫血刃！而且告诉你说，你拎着我的人头回去，他管保还不会杀你，准得饶了你，他得收买你的心，让你给他卖命！""老贼，你满嘴胡言！你说这些是想干什么？""杨延昭，我跟你实说了吧，他赵二舍不但说看不惯你家父帅，他也看不惯我啦，他是嫌我们都碍事！他眼睛里就看得上你！所以他得把你父帅除掉，然后就能把我也给拿掉！他这是一箭双雕！延昭，你看出来了没有？"

杨六郎听到这里，不由得是激灵灵地打了一个冷战！一时之间，不知道自己该说什么。"哈哈哈，我和他赵二舍，说句大话，这江山是谁的，全看谁快！我在雁门关，想和萧银宗、韩昌合兵一处，可惜啊，都怪老夫我是一时心软，还担心京城里的家小人等，还顾念我和他赵匡义多年来的情义，当断不断，反受其乱哪！我这也就是差在这一步儿上！要不然，成者王侯败者寇，还没准儿是怎么回事哪！哼哼，杨六，你要是有志气的，你光杀了我潘家的人就算是报仇了吗？你要知道，你真正的仇人，可不是我潘洪，而是当今的天子，雍熙帝！有种你就找他去报仇去！他雍熙帝不是有道的明君，可眼前有明君——就是那南清宫里的八贤王！你要是杀了他赵二舍，拥立赵德芳，杨延昭，你就得说是流芳百世的创业的功勋！"

"我呀呀呸！你个老贼，死到临头还在这里徒逞词锋之利！我怎么会容你挑拨？""非也！延昭，你不信我说的没关系，我指给你一个人，你可以去问他去！今天我又不求你饶恕我这条命，我说这话就是要叫你明白明白！""你叫我去问谁？""哼，你可以回到东京去问老太尉、老相爷赵普赵则平！你去问他去，他会告诉你过往的实情！哈哈，杨六郎，你是绝不能够知道，当今的天子雍熙帝，他这皇位是怎么得的，你都知道吗？"杨六郎心说，烛影摇红，谁都听说过，但是谁也不清楚。说是当今谋刺了老主爷，我爹爹也曾经悄悄地跟我念叨过这件事，可是现在是死无对证，你叫我去问老相爷干吗呢？"老贼，你叫我去问老相爷……你是什么意思？""我叫你去问他，就因为他说的话你能信！我是想叫你回京之后，和几位大宋朝的老臣勋贵，你们几家在一起，可以凭着我手里这个凭据，逼当今脱袍让位，他下去，你的大舅哥就应当登基坐殿！"老贼说到这儿的时候嘿嘿地冷笑："杨六郎，我实话告诉你吧，当年在万岁殿里到底出了什么事，谁都不知道，只有我知道！当初留下的凭据也还在老夫我的手上！呵呵呵，杨延昭，就看你愿意不愿意。只要是你愿意，我就把这个事原原本本地跟你说一遍，回到京城怎么做就全在你自个儿啦！"

六郎往上迈近半步，"潘仁美，你是不是想要说开宝九年十月二十日烛影摇红这件事呢？""啊，没错！我这手里头还留有凭据，你就凭这件东西，可以到养老宫去找贺老太后，就可以带着兵杀回东京，逼迫当今脱袍让位！改朝换代，可就全在你杨延昭啦。""哼哼，潘仁美，你话说完了没？""啊？延昭，我这话……我……老夫我还没开始说呢！""还没说啊？你下地府再找人说去呗！"抬手把自己的火尖枪一提，噗！一枪就刺穿了老贼的咽喉！

此正是：

诚将忠魂招义魄，果报昭彰你怎脱逃？

【五本·探病开诏】

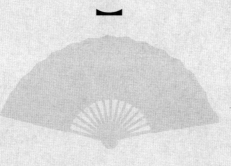

〖头回〗

词曰：

富贵忙忙碌碌，清贫冷冷闲闲。布衣菜饭自安然，何必高车荣显。且自欢欢喜喜，何须熬熬煎煎。是非成败定于天，休要吁嗟埋怨。

《西江月》

一曲闲词，道出这一段传统评书《北宋倒马金枪传》第八卷书《郊天赦》的第五本《探病开诏》。

上一本《松林雪恨》，杨六郎私下边庭劫杀潘仁美。

到最后，潘老贼眼看自己是没活路了，要说一段当年勾结二帝一同害死老主爷开国太祖皇帝的故实。杨六郎往上迈半步，已经凑得是很近了，就问老贼："潘仁美，你想要说的是不是就是当初万岁殿烛影摇红这桩公案？"老贼还很得意，嗯，杨六你被我勾住啦！老夫我的大仇得报，死不足惜！"哼哼！没错，老夫我正是要跟你说这个事！我这手里头还留着有凭据哪！跟你说，延昭啊，你就凭着这件儿东西，你可以到养老宫去找贺老太后，你还可以去找赵普，他们就会告诉你该怎么办！这么说吧，杨延昭，你就能够统兵杀进东京汴梁城，你就是一直杀到大庆朝元殿上，也没人敢拦你。你便可以逼迫当今脱袍让位，你就可以改朝换代！哈哈哈哈……怎么样？到那时，谁是开国的功臣啊？哪一个又是定鼎的元勋哪？不就是你杨景杨延昭吗？啊？哈哈哈哈……大宋朝三帝就是你杨六的大舅哥啦，到时你就是一人之下，万万人之上！""潘仁美，你的话说完了没有？""嗯？别价，什么意思？我这儿正给你出主意哪！延昭，我这真格的可还没开始说呢！""还没说啊？你下地府再找人说去吧！"抬手把自己的火尖枪一提，噗！一枪就刺穿了老贼的咽喉！

六郎这一枪刺下去，按咱们今天说的，一枪扎破了喉管，声带和气管就都不能工作了。老贼憋了半天也说不出话来，这大动脉也破了，脖颈上的血就滋出来啦！八姐、九妹正竖着耳朵等着哪，啊？怎么着，六哥这书不听啦？这……这个我们姐俩不能落后哇？上来也要扎，六郎给拦住，"妹妹，老贼是活不了啦，你们俩上来是要干什么？""六哥，我们也恨得慌！不自己扎上这么几下儿，心里憋得慌！""好吧，你们俩也想动手解恨是不是？这好办，六哥我这杆枪乃是先祖遗物，圣上御封的镇国金枪，许可它先斩后奏，你们就用这杆枪扎！"八姐、九妹也没好好寻思寻思，顺手接过来这火尖枪，照着老贼的胸膛，噗！噗！两枪下去，这力气使得也忒大啦，都穿了膛了！七奶奶呼延赤金这么一瞅，好么，扎老贼可少不了我啊！媳妇里边儿数我的仇恨最大！你们是死爹，我是死爷们儿！你老贼害我守寡啊！"两位妹妹，快给嫂子我让开！"这姐俩一闪开，呼延赤金上来一瞅，老贼拿手捂着脖子和胸口，还直瞪眼哪。呼延赤金嘿嘿地苦笑啊，把六郎的火尖枪端起来，一指老贼，"潘仁美啊！你也有今天！我替自己死去的夫君——延嗣……老七，扎你一枪！"噗！一和弄，一拔，鲜血四溅！老贼总算是彻底地断气儿了！

后边刘金龙、史文斌、马飞熊这哥儿仨也上来，都借六郎这条枪，一人一枪，扎完了解恨哪！再后边儿是陈林、柴干、郎千、郎万、杨青、黄豹、小子胥徐忠、大刀将关骏……一个一个上来，都拿枪扎一下！连朋友带亲戚，还有不少头目统领，也心怀义愤，挨个儿站出来要扎，也都一一成全。到最后一枪扎完了，呼延丕显左手比了一个二，右手比了一个六："六哥！"六郎一瞅，兄弟，你叫六哥就好，干吗还比一下儿呢？"六哥，咱可丁可卯地扎了老贼二百零六枪！"六郎是一阵地惨笑啊："七弟，老贼射你一百单三箭，哥哥我扎了老贼二百零六枪，算是给兄弟你报了仇了！"

忠良的大仇得报！扎完了，设摆了令公和七郎的灵台，摘下老贼的首级祭奠亡灵，就不一一细表了。潘家一应的贼党，潘龙、潘虎、潘强、潘祥……还有贺朝觐这些从恶之贼一个没留，全叫刘金龙给杀掉了，剩下的家丁、军校，安排人给护送到土门关去，交给了李明、王钊，也算是对这二位有个交代。

　　杂事都安顿好了，呼延丕显把六郎叫到一边儿嘀咕几句："六哥，您还得预先知会您的这几位好朋友，这一趟来擒拿潘贼，沿途各山各寨也就算了，可是这最后一站儿——盘龙山窟龙寨是说什么都脱不出干系去。这盘龙山就得是毁山灭寨的结果啊，谁都保不住！您得跟这几个朋友说清楚喽！这些位好朋友也都不能再露头儿啦，最好是能够远遁他乡，叫地方官儿再也查不着，这才能保一条活命！"六郎一想也真是，这是大宋朝的国法王章，谁也不能坏！呼延丕显这提醒得很对！赶紧拉过来盘龙山的三位大王，把这事算是挑明了说，还得给这哥儿仨赔罪。你们这山寨要不保了，全是六哥给兄弟你们惹的祸事！刘金龙和史文斌赶紧给六郎拦住，马飞熊的心大，"六哥，您甭多想！没事，到哪儿不是吃饭哪？大不了再踅摸一块儿山头儿另开张儿呗！"有的喊这哥儿几个上金石顶决胜寨，徐忠和关骏直接喊这哥儿几个上宝珠山去……刘金龙和史文斌知道打这儿起自己算是没安稳日子过了，拦路劫杀国丈，这就是死罪，我们跑到哪儿灾祸就得带到哪儿。刘金龙拱拱手："六哥，您也甭担心了，我在横海沧州有这么几家儿好朋友，那个地方儿东靠海、北临疆界，您可以放心，河北的官兵想要到横海郡去抓人可不那么容易！这件事一完，兄弟几个遣散满山的兄弟，我们哥儿仨带上几个贴己的弟兄就投奔沧州去了。""好，你们弟兄三个有地儿去就成啊，到沧州安定好了，还得给天波府来封信，告诉哥哥你们的行踪，到时候需要杨家做什么，哥儿几个都千万不能客气！""六哥，我们都明白，咱们是一辈子的好朋友，回头弟兄几个一定来信。""好，只要是不非得死守盘龙山，别跟来剿山灭寨的官军硬碰硬就好，哥哥我就放心了！"

　　红旗山密松林里二百零六枪扎死了老贼潘洪，这还不在紧要，要紧的是连伤十几条性命，六郎心里知道，自己是不能够再活了！回头皇上能杀自己一个人顶罪，就算是他顾念我杨家祖孙的功勋啦，要不然，私自劫杀国家的一品重臣，皇亲国戚，这就得是满门抄斩的罪责。虽然眼下潘仁美是个配军，可是西宫国母还跟皇上身边呢，老贼潘洪说是发配边防，谁都知道，早晚还得回来。既然我把这案子做下来了，我就不能够连累别人！拿自己预备好的皮囊把老贼的人头装进去，跟几家好兄弟告辞："现在愚兄我没心思再与各家兄弟盘桓啦，老贼一死，我们父兄的大仇已报，哥哥我得赶紧奔东京去！至于在佘子明兄弟灵堂之前，有劳几位兄弟代为上香祭告一番！""六哥，您先走您的，弟兄们心里都明白！这话这么说，六哥您就记住了，我们这几个就是您的亲兄弟！有您再到边关成卫来的那一天，您想着这儿还有我们几个哪！我们就跟这边占山为王、落草为寇啦！只不过是劫富济贫，决不骚扰百姓，您就放心吧。得了，六哥，青山不改，绿水长流！您赶紧着吧！""都是我杨景的好兄弟！列位兄弟改日再会了……"六郎心说，我还能不能活着，我自己还不知道哪！可能就得是来生再会啦！扭头下山要走，陈林、柴干、八姐、九妹、呼延赤金想要跟上，叫六郎给拦住了，指了指一旁的呼延丕显，"两位妹妹、妹夫还有弟妹，你们一路奔波也是够劳累的了！再者说，这还有双王千岁跟着呢，你们慢慢地陪着呼延千岁在后边走，我得赶在八千岁郊天大祭开诏的日子之前回到京城，这才能活命呢！"几个人也就不多说了，眼看着六郎先上马而去。

六郎心里真实所想是，自己抢先回家投案自首，皇上要是一怒之下先杀了我一个人，这件事也就到这儿了，不会再追究我的妹妹、妹夫们的罪过。我也不能再见我的娘亲了，再见着，怕我自己都舍不得，凭空增添老娘的伤心！等我已然身首异处之时，妹妹们也就该回到了汴梁，都是怎么报仇的，就都靠妹妹、妹夫再跟老娘去说啦！

书说简短，密松林报仇雪恨，杨六郎算是了了心愿了！想起来自己出来的时候寇大人的嘱咐，赶紧催马一路飞奔，撒开了缰绳，追星赶月，日夜兼程，一口气儿跑到了东京汴梁城。沿街一打听，不早不晚，明天就是冬至日的头一天，知道八贤王就要在明日开诏郊天大祭啦！我要是再晚一天，我这想死都难了！赶紧催马来到大庆朝元门前，甩镫离鞍，什么都不管了，一把把老

郎
千

贼的人头从自己的兜囊之中取出来，高举在自己的面前儿！告诉门官赶紧进殿启奏万岁，就说我杨延昭奉旨锄奸还朝！

吓得金瓜武士纷纷退后，等门官的宣召一下，自己大踏步噔噔噔噔……登上了朝元殿。这阵儿文武百官正在金殿上挨个儿进奏表章，忽然间听到殿下有人闯了进来，文武闪开，都朝外看，哎呀！这是杨郡马！怎么浑身是血啊？这，这手里拎着的是什么？不用等都看清楚喽，还用问吗？能是谁的？全都明白了！这准是老贼潘洪的脑袋啊！这是不服当初二帝的判决，追着去杀死了老贼！一个个都当着面挑大指啊，都夸，"六爷！""郡马爷！""延昭啊……""你可是好样儿的！真是好样儿的！""列位，杨景就没别的说的了，这么多年我多承列位的照看，今日儿我得先告辞啦……"一脸的苦笑，嗯……杨六郎今天已经豁出去了，我吃了这么多日子的苦，我被毒药毒哑了嗓子，我还被毒药划花了面庞，我颠沛流离潜逃回了东京汴梁城，为的什么啊？单单是为了给我的父亲，给我的兄弟，还有那冤死在两狼山里的将士们报仇雪恨吗？告老贼，杀老贼，是给你卖命！现在我的哥哥、兄弟都为国捐躯了，杨门八虎，当年是多么样地威风！不是因为你的昏庸，不是你这做皇上的不明……大宋江山哪儿能够有这么多的磨难？哪儿能有这么多的名臣宿将丧命在疆场？如今孤零零就剩下我一个人，我自己还活着干什么呢？这大宋朝的江山我还拼命保什么劲儿呢？走到殿前，跪倒磕头，把这人头朝自己的身前这么一摆："万岁！杨景见驾，万岁万岁万万岁！"

用今天的话说，二帝雍熙天子赵匡义是一点心理准备都没有，说什么也想不到杨家人能带队前去追杀老贼潘洪。今天抬头一看，杨六郎携带人头闯上金殿，这就是死罪一条儿啊！"爱卿，免礼！你这是，你手里举着的究竟是何物？""万岁，此乃国贼潘洪的首级！微臣我追到了红旗山密松林，手刃老贼潘洪，现携老贼人头还朝献于我主面前！微臣我特此来向万岁请罪！""啊？大胆杨景！你？你！你你你……你是何苦来哇……"

书中暗表，对杨六郎，二帝太宗皇帝是由打心里头喜爱，杀别人都可以，可是要说杀六郎，二帝实在是有所不忍。一个是，当初自己被困在黄土坡污

万
郎

泥丘，要不是六郎献出来自己的马匹，牵马坠镫，自己能有今天吗？六郎有单人独骑救驾之功！再一个，杨延昭乃是老相士所说的保国良才哇！柴郡主珍珠衫可是给了这位啦！按照当年老祖陈抟说的，谁能得着郡主的珍珠衫，谁就能够保着大宋江山三十年的太平无虞！这珍珠衫正好是我太平兴国头一年叫六郎得着的，现在就保着我两回逃出敌军之虎口啦！这日后……"延昭啊，潘仁美已然偌大的年纪，朕也知道判得轻了，可是刺配边防，北边更是地近塞外，苦寒之地哇！能安稳过几个春秋？他偌大的年纪又能够再活几年？不过是苟延残喘而已。你……你又何苦要穷追不舍呢？"二帝是打好主意了，无论怎么说，今天这杨六郎是不能杀！如今我这大宋朝实实是缺少良将辅佐，老王侯一个一个全都不在了，现在我谁都倚仗不上了，只能是靠你杨延昭一个人啦！所以这是给递话呢，你这是何苦呢？只要是你能说得上来，说我为什么非得要追杀老贼，那么我今天就能饶你不死。二帝也明白了，皇侄八王千岁讨要去了郊天大祭的赦旨诏书，只要是皇侄将这份诏书宣读已毕，打这儿起一个月之内就都是戒杀日，逢该是斩刑的就都得赦免死罪，从轻发落！哎，我还得留着你这条命给我卖命哪！

可是二帝低头再瞧杨延昭，六郎这阵儿什么话也都不愿意再说了，低头不语，这意思就是说，您问我我也不答，我是但求一死，什么话我也不想再说了！二帝问完了话，跟这儿等了半天，杨六郎头都不抬，满朝的文武也没一个搭自己茬儿的，为什么？当日老贼潘仁美犯下了十大罪状，个个都该斩，哪条不该杀哇？您还真就能找出由头儿来，什么叫冬至日郊天大祭，你把老贼给饶啦！那么今天郡马不过就是为国锄奸，我们也到底看看你能怎么办。今后还保不保你，全在这一桩你是怎么判的——我们都等着瞧热闹，可就不理会您啦！

杨六郎跪在自己的面前儿，连一声儿都不吭，哎呀……二帝心说今天我这台阶儿可得怎么下哪？往常这些位忠良老臣都哪儿去啦？护国的武安王老相爷赵普，我给人家罚回故里，我不想再见了……开国的太原王曹老千岁，唉，幽州城下一战，音讯皆无……我那宽厚忠勇的姐夫高老千岁……哎呀，丧命在幽州城下了！姐夫这一死，君宝和君佩也不怎么来上殿了。可那直言敢谏的八百里靠山王，呜呼呀……呼延赞哪呼延赞，怎么你也离朕而去了？二帝赵匡义这一阵才真觉得自己是孤寡难耐了。哎，不对呀，我的皇侄呢？扭头看看自己的身边儿，哦……也难怪，皇侄德芳为了次日的郊天大祭之礼，现在是到郊外搭设冬至日祭天的神台去了。嗨，这是你的妹夫啊，德芳你不在，可就没人给说情儿了！再往下看，武将班中头一名，应当是二辈汝南王郑印哇，怎么郑印今天也没来？"殿头官，汝南王郑爱卿因何未到殿前听旨？""我主万岁，难道说您忘了不成？自从寇天官假设阴曹审结了潘杨讼一案，潘太师被判发配朔州，郑千岁就上了一道辞王表章，言说母亲老王妃年老多病，必须得回归故土调养，郑千岁跟随还乡，少则三年五载，多则十年二十年，郑千岁说……""他说些什么？""千岁言讲，什么时候老娘亲陶王妃病体痊愈，什么时候千岁再回京陪王伴驾！"嘿嘿！二帝心说，陶王妃老皇嫂都多大岁数儿了，小毛病能断得了吗？看起来郑爱卿也是难以还朝啦！再往下，还想找双王呼延丕显呢，这小孩也够机灵啊，能给我出点好主意。嗯？干脆没见着人！自从自己轻判老贼潘洪，这双王就不来上殿见驾了，难道说小小年纪他也要辞王还乡吗？哎，对了，吏部天官寇准寇平仲寇老西儿最有主意了，老西儿哪儿去了？"如何天官寇准今日也未上殿哪？"你们这值日生是怎么记考勤的？三省六部都打卡了没有哇？不能白等着按月往卡里打工资啊，你们到点儿得来上班啊！"万岁，今日寇天官也跟随八王千岁前往郊外赶造台坛去了。""哦……好吧，既然是列位公卿不在殿前，朕一人也一时难以决断。延昭……延昭……啊，卿家既然已然甘愿伏法，朕也就不再多问了，不如暂押天牢，请三法司审定罪案，再听候处置！"熬过今天，明天八王一开诏，你不就活了吗？先收监吧！

　　六郎听到这儿就是一愣，想起来老贼潘洪临死之前跟自己说的话，万万想不到还真就让老贼说着了，皇上这回不杀我？六郎可不肯谢恩，啪，把潘仁美的人头一拨拉，咕噜噜噜……"万岁！您何必再过堂问案？微臣认为也不必再押羁天牢，就这儿审又有何不可？您问什么我都认！跟您说，这案子就是我做的，我挟私仇杀了皇亲国戚，今天我上殿来还就等着挨刀啦！"今天六郎也横了，为什么？我死都不怕了我还怕您何来哇？今天你只要是下旨杀了我一个，今后我那俩妹妹和妹夫，还有好兄弟郎千、郎万，连带太行山前前后后这几家儿寨主的事发了，沿途各站各哨的上报都传到你这儿了，你也不好意思再多杀人了。就我一人的性命抵偿，一帮子朋友能够逃脱罪名，也就够本儿了！二帝正在左右为难，呼啦……不少的文臣武将跪倒在金殿，都是谁呢？全都是当初潘家的死党。"臣等启奏万岁，杨延昭为报私仇追杀老太师，身犯欺君之罪，国法难容！还望万岁能依律判处！"

这些人为什么那么急着要六郎的命？都彻底地想明白了：时至今日，已经不是你死，就是我亡的紧要关头！前些天潘杨讼审结，未必就是潘党彻底输了，毕竟西宫国母在那儿安然无恙！八王呢？照旧还是八千岁，可是杨家，就剩下一个杨郡马啦！老太师只要能保活命，一年边庭受苦，能再回京师，潘家的人可没散，我们就还有机会翻身！如今老太师人没了，杨六就有可能上位，成为帝国的首席武官！一旦这个席位叫杨六郎占了去，那我们就再也不会有好日子啦！各位，就早做准备卷铺盖回家啵！怎么办？最后挣扎！咱们再折腾最后一回，趁此时机把杨六弄死！只要他一死，潘杨此番是两败俱伤，哪头儿都甭想缓过来。只有在今天让杨六死，我们这些人才有可能存在转机。

所以全都跪倒请旨，按律必杀杨六。二帝正在为难，殿头官又来了："启奏万岁，殿前西宫国母特来殿前恭请圣安……"又来了！哪儿是请安哪，这分明是在金殿之前安插好了耳目，得着信儿了，赶紧上殿前来催命啊！二帝挥挥手，宣梓童上殿！这边，干脆，别等你再给我掏金簪啦，"既然是杨景一心求死，又是罪在不赦，来呀，推出午门，单等午时三刻开刀问斩！"

〖 二回 〗

　　杨六郎松林雪恨，二百零六枪刺死了老贼潘洪，特意早早赶回京城，直接就擎着老贼的人头上殿领罪，就为了来领死来的！自己一个人顶罪，全都在我一个人的身上，等着二帝赶紧杀了自己痛快！皇上左右为难，舍不得杀六郎，可是架不住群臣里潘家余党请旨，更有自己的西宫娘娘潘妃凤驾临朝，知道这就是为了杨六郎这条命来的。得了，我别再等你给我亮金簪啦，我先下旨斩啵！"来呀，将杨景推出午门，午时三刻开刀问斩！"

　　没有跪倒请旨的文武一看，心里凉了半截儿！知道这大宋朝的江山已然算是完啦！杨六郎再一死——杨家将男丁七郎八虎一个也不剩下，老王侯尽皆阵亡，朝中能征惯战的勇将可就没啦！更何况此事北国尽知，一旦叫北国人探知六郎也死啦，大军压境，何人能够前去抵挡？各位心中盘算着，一班文武挨个儿地打好了主意，叽叽喳喳交头接耳：咱们哪，别跟着犯傻了，能贪的，赶紧再贪点儿；以前不会贪污受贿的，跟潘家奸党学着点儿，也可以勒索，也可以贪污公款……贪够了，够养活一家儿人后半辈儿的，趁早辞官回家，省得回头免不了要做这亡国之臣！这也是一时的愤恨之情，全是气话，并不是真心所想。不提殿上这班人，杨六郎一听，遂了愿了，潘洪的人头也不要了，站起身儿来，有金瓜武士挂上了忠孝带，转身儿下殿。

　　这边西宫潘妃上殿，一看见地上一颗头颅，这心里算是踏实了。怎么？前文书细说过这一节，潘娘娘并非是这老贼潘仁美的亲生之女。潘玉茹本来是南唐宫中的一个歌女，太祖三下南唐，最后一仗是夺金陵城，老贼带着兵打进了金陵皇城，手底下的人四处儿地搜刮南唐富户的财宝珍奇，这潘仁美就盯着一个事，得给二王赵匡义找一个绝色的美人带回去——这才在李煜的后宫找着了宫女玉茹，带回老家，改称是自己的女儿潘玉茹。老贼要挟潘妃的就这手儿，假如说你西宫国母的身份被拆穿，我是犯事被杀，你也甭想好喽，你也得落一个欺君之罪。

今日老贼既已身死，还知道自己底细的就剩下老夫人黄氏……哎，潘仁美被杨六郎杀了，那么那老太太呢？西宫上殿先拦住武士："且慢，万岁，杨六郎刺杀国丈，罪在不赦！可是臣妾我还有话要问他，还请万岁您能容许……""哦？好好，这也是应当的，来呀，带杨延昭上殿！"等六郎再回来，来到金殿之上，潘妃就紧着问，你是怎么追杀的国丈？六郎不能说实话啊，就是我一个人，我从后边追上押解的队伍，杀跑了押送的官军人马，在红旗山密松林内刺死了老贼，还有潘龙、潘虎等等吧，我这就是为了报仇，回来请罪来了，微臣但求一死！

潘妃点点头，"嗯，那么我的娘亲何在？""太师夫人年迈，杨景不敢冒犯，连同太师府一应的女眷、家人等全无伤害，我都让她们照旧到土门关前去报官，好依然押送她们前往朔州服刑。""哦，如此说哀家的老娘亲安然无恙？""安然无恙。""好，万岁，臣妾要问的话就问完了。""武士，还不押下殿去！""遵旨！""且慢！""回转来……""娘娘千岁，您还有何话要问？""延昭，那么我再问问你，你要刺杀我的老父，他……他在临受你这一枪之前，可曾与你……与你说了些什么？"

问这句话是真要问杨六郎的，成心等着六郎一个人已经走到了大庆朝元殿的殿门外头来的时候再叫住他，娘娘缓步走出了金殿。知道我这么问你，殿里的人可就很难听得清楚了。潘妃的本意是想问问杨六郎，我爸爸临死之时，有没有把我的底细告诉你？如果告诉你了，你是铁了心回来领死，这个话你谁都没告诉，我也就算是踏实了。要是没告诉你……我就更踏实了！可潘妃也害怕六郎真的知道了，这时候就说出口，身边耳目不少，尤其是不能叫万岁听着。潘妃就一步一步地往外挪，带着六郎往出走，一边走一边在嘴里还念叨:"延昭啊,你可要好好地想一想,我的老父,他在临被你刺杀之前,果然,就什么都没说吗?延昭啊,你一定要告诉哀家实言,你本是大宋朝的忠孝贤臣,你尽可放心,你死以后,哀家必然会安顿好你的后事,厚赐天波府……延昭,哀家问你的话,你明白么?"

六郎一听,误会了,想起来老贼最后跟自己说的话,心里明白了,老贼要说的是当年老主爷烛影摇红疑案,大家都传言说是二王刺杀自己的亲哥哥,这才夺得了大宋的江山!那么老贼说自己手里有真凭实据,嗯……必然当年这位晋王王妃也会知道,她这么问我,当然是想知道老太师临死之前是不是把这件事告知与我,当然也是想问问我有没有说出去。"哈哈哈哈!娘娘千岁,跟您实话实说吧,老贼临死之前,确曾要告知微臣我一桩机密之事,事关官家宫闱……可我杨景绝不是贪生怕死之辈,岂能效此小人之为苟延残喘?娘娘放心,杨景没有容老贼说出口就枪刺咽喉,他这话可没说出来!您听明白了没有?您的话问完了没有?微臣我可要到午门以外受刑去了!"

书说至此,得加几句评语。杨六郎是咱这部书后半部的书胆,天下第一枪,也是天下第一的忠臣。忠于谁?既不是二帝太宗,也不是后来即位的三帝真宗,更不是他的大舅哥八王千岁赵德芳,而是江山社稷、黎民百姓,《北宋倒马金枪传》整部书到最后捧的就是这样的人格。按老书的说法,仁义礼智信五德,杨延昭做到了"智"。潘洪要跟杨六郎交代当年的底细,目的就是要挑动杨延昭给自己报仇,扳倒二帝,扶起来赵德芳,叫赵匡义还江山给赵匡胤这一支儿,老贼这才甘心呢。可是杨六郎并不听他说完,一枪就扎死了老贼,断了他的话。为什么?杨六郎自小就有这种品性,他人有机密之事我不打听,你就是说给我,我也不听!既是机密之事,必有不能够大白于天下的道理,我为什么要听呢?你们皇家的恩恩怨怨、是非曲直是我杨延昭能够给拆解明白的吗?我自问我没这个本事。再者说,这些年来,自己跟八王赵德芳常来常往,也深知大舅哥的人性。常听德芳说,当今天下太平来之不易!多少人战死在疆场?多少人马革裹尸?再要乱啦,不知道还得死多少人,就冲他素常的言行,六郎就知道,德芳绝不会有谋篡之心!假如说真的是扶八王登基,好不容易叫二帝摆平的省道州府，德芳能全都安抚得了吗？天下不知道多少野心家憋着闹事呢，番邦外国正愁没借口发兵抢夺边塞哪，我能够这么糊涂么？所以杨六郎不等老贼把这话说出口，一枪刺死。等今天西宫问出来这么一句糊里糊涂的话，他只能联想到这儿，哦，看起来当年也有你的份儿？我得叫你明白明白我的心意，就说了这么一番话，娘娘您还不明白吗？

潘妃一听这话，惊得是一身儿的冷汗哪！想不到，老干爹到底是对外人言讲出来！哎呀，你说你没容他说出来，可是谁知道呢？你说没容太师说，可是显然……你杨六郎是知道怎么回事啦！要不然你怎么就能够知道事关官家宫闱之内哪？再者说，你就真的是自己一个人去劫杀的吗？"嗯，延昭啊，那么这一桩……你可要知道，事关……""娘娘千岁，微臣我说的您还没听明白吗？此事杨景断然不再提了！"说完了，也就不跟潘妃再说了，大踏步下殿，自己奔午门外云阳市口而去。潘妃心里暗自打鼓，可是说什么也得等着看到了杨延昭的人头才算是踏实点儿，转身回到金殿之上，皇上吩咐太监给搬来凤椅在一旁等候。皆因为杀人还是要等到午时三刻，这会儿还得再等等。

潘娘娘刚刚坐好，文班当中闪身走出来一位，皇上一看，正是当朝首相大学士宋琪宋老先生。"老臣见驾，愿我主万岁万寿无疆，万岁，万岁，万万岁！吭……"跪在地上直咳嗽。二帝嘿嘿一乐，这是有求情儿的了："宋老爱卿啊，难道说您是来给六将军杨延昭求情儿的吗？"这是拿话引引你，你要说是，我就顺着你说的办，今天该赦免还是得赦免啊。这会儿老丈人已然是不在了，你西宫再闹又能怎么样哪？二帝的本心是不想让杨延昭死，还是盼着能有人上来给求情儿。可是老宋琪走上前来摇了摇头："万岁，微臣我不是来给杨郡马求情儿的，杨郡马抗旨不遵，竟敢刺杀皇亲，罪该万死，实在是该死哇！这件事再与老臣我无一点的瓜葛啦。老臣我是忽然间想起一桩往事来，自打今年这年一过啊，老臣我就觉得每到晚间心悸多汗，难以安眠啊！吃多了吃少了都容易患病，看起来……万岁，微臣我这年岁是到时候啦！有道是长江后浪推前浪，一辈新人换旧人，也该我退位让贤啦！老臣我跟您辞去相位，求万岁您赏赐我良田几亩，微臣就要解印回家啦！啊，还望万岁您恩准！"

　　二帝一听，这话我怎么听着耳熟呢？当初我要杀寇准，你也是来了这么一通儿，那会儿我也是准了你的本，就为不叫你要挟我罢了，我还真能叫你宋琪辞官吗？"哈哈哈，宋爱卿啊，大宋朝眼下可是离不开您老哇！您老今日出班辞朝，朕我尽皆明了，您是不是想为延昭求情，暂缓他的死刑，可是一时又担心朕我不准本哇？""哎，万岁，您差也！老臣此时已然不再关心国事了，老臣我实实在在是要辞官回归故里了……吭……""啊？这个么……梓童啊，你看看，宋老爱卿为大宋劳苦功高啊，可是这个，啊，这个啊……"逼得皇上不知道说什么好了，反正就是说，是你来了我才要杀杨延昭，可是你看看，这些位大臣可是都不愿意叫我杀啊！

　　潘妃心里话，你还就得杀，你要是不杀的话，我今后就老得这么提着心。"万岁，您问臣妾我是什么意思呢？宋老卿家，您这辞朝是真的吗？哀家我可听说了，前一回……"老头一听，俩眼一亮，"呵呵呵呵……娘娘千岁，老臣我实实是要辞朝回归故里，绝不是以此有何要挟哇。真真确确地要辞去官职，老迈矣……""陛下，您听见没有？宋老爱卿可不是为了给杨将军求情才要辞朝的，准不准本可全在陛下，您就不必再问臣妾我了。"哎呀，二帝摇头叹息："老爱卿，您这是……嗨，大宋江山可离不了您哪！您能不能……""万岁，不瞒您说，印绶微臣我早已预备好了，宰相府要处理的公文微臣我也早已批改完毕，该转给六部的文书也都转发过去。""啊？这个，嗨，看起来老爱卿是决意不留啦？""万岁，微臣我意已决，这一回回归故里，再也不问政事啦！我得回家好好地教教书，想再教出来几个好徒弟来……教出好徒弟来，可是不能再叫他们去做官……""好好好，老爱卿，您也不必再多说啦，既然是真心实意地前来辞官，朕也只得是应下，改日再摆宴相送于卿家。朕……准本了。"

　　老宋琪这话已然是说绝了，二帝心有不忍，可是眼前殿上杀不杀杨六郎才是紧要，自己一时还想不出如何应对潘妃，又如何能保住六郎性命，心里起急，也只好先准本。宋琪点了点头，老头也不和同袍们告辞了，扭头就下殿，看意思这是下定了决心了，决不再还朝了。群臣也跟着摇头叹息，知道老头是真灰心了。就算是万岁准本，您辞官也得等散朝之后再走不迟呀。好，这老头，就这么溜达着下去了。

宋老丞相辞官下殿，随后右班丞相李昉又出班来了："万岁，微臣我也有本启奏。""哈哈，李爱卿，你也甭说了，是不是你的老寒腿又犯了？你也想要辞官不做？""哎呀，万岁，还是您圣明。""哼哼，好吧，看起来你们没有一个肯出班给杨延昭求情儿的了，你们全是要辞官的？""微臣无话可说，恳请万岁您准本。""朕准本，下殿去吧！"李昉摇摇头，也下去了，干吗呢？去追宋琪去啦。老宋琪今年是七十，李昉也六十有二了，老哥儿俩一块搭档有小十年了，舍不得就这么散了。宋琪的故乡本在幽州，说是辞官回乡，那是不可能的。李昉的家乡是在河北，这才紧着追上老相爷，得嘞，咱们哥儿俩一块辞官儿，您跟着我回我家得了！孩子们在京城还有孩子们的事业，咱老哥儿俩到家乡田园乐守，老来难得一个清闲。这里边这滋味儿，就让赵老二自己慢慢品去呗！李昉这么一嘀咕，老宋琪心里多少还能舒坦点儿，哈哈一乐，和李昉下殿而去。

苗崇善一瞧，你们老哥儿俩这是挤对我哪？"万岁，微臣也是有本启奏！"二帝一看，知道你也是要辞官，这一回你不辞我还辞你哪！上一回你可耍得我够呛！"苗爱卿，难道说你也是要当殿辞官吗？""臣启万岁恩准。""哼哼，朕是一概准本，快快下殿去吧！""谢主隆恩！"苗崇善也下去了。

苗崇善一走，一班文臣武将纷纷上表辞官，呼啦……殿前又跪倒好几位。二帝也是真给逼急啦，点给西宫，你也瞧瞧吧！你是非得要杨六郎的命，你爸爸已然是不在了，你干吗还这么往绝路上逼我哪？二帝也是夹着气，"走！都走吧！谁也甭留！"呼啦……一帮二品、三品的大臣纷纷下殿。

王延龄左右这么一看，就剩下自己和吕蒙正啦，在后边儿一捅，"哎，你怎么着？咱们俩还干不干了？"吕蒙正不但说没往前上，还往后退了两步儿，冲王延龄摇摇头："这会儿不能走，咱得等着这主儿来了再说。"拿手比了一个八字。哦，王延龄明白了，"那么你的意思是这主儿来了，六将军就不能死？""当然了，这会儿再上去辞官解印，你们可不是给六将军求情呢，你们是逼着万岁杀杨六郎呢！我看得出来，皇上不是真的想要杀杨六郎，这不是西宫在这儿看着呢吗？他就等着咱们谁出去求情儿呢，这会儿你一出去求情儿，杨六将军就能得活命。""嗯，吕大人，那么你为什么不出班求情儿呢？""哈哈，王大人，这你看不出来吗？杀不杀杨六郎，全在他们赵家去决断去，我们凭什么掺和呢？为什么宋老丞相、李枢密和这些位都辞官而去呢？这都是灰了心了，借着今天这个茬儿，全都撒手不管了！"

二帝在上边一瞧，你们俩跟那儿嘀咕什么呢？"王爱卿、吕爱卿，你们两位在那里鬼鬼祟祟地说些什么？难道说，你们两位也要辞去官职，回归故里养老去么？"吕蒙正赶紧一拽王延龄，哥儿俩走出班列跪倒："启奏万岁，微臣等不敢言老，更没有辞朝之心。我二人是在商议，这么多位大人都辞官而去，可就没人跟您请旨监斩啦！方才我二人是在议论，杨六郎一人上殿请罪，按律当斩！可是杨家府蓄养家丁家将众多，万一要是叫杨家之人知道，岂不是要搅闹法场？所以说我二人一同向万岁您请旨，要做监斩官！还请万岁您降旨！"

皇上一想，哎，着哇，我这还缺少监斩官哪！"如此就命你二人为监斩官，午时三刻，将杨景斩首示众！"

〖 三回 〗

二帝雍熙天子因为西宫潘妃来到殿前看着自己刀斩杨延昭，没办法，命王延龄和吕蒙正为监斩官到法场监斩。明着是叫这二位去监斩，心里头是盼着这两人想主意解救下杨六郎来，知道你们俩前往法场去，就能想出主意来。

二位先生领旨下殿，来到了午朝门外云阳市口，迈步来到法场之内，探望六将军杨郡马。"延昭啊，我们二人特意领旨监斩，来宰你来了。"六郎一抬头，叹口气："两位大人哪，劳您驾了！想不到到最后临走了还得给您二位先生心里添堵！"吕蒙正呵呵一笑："郡马啊，跟我说句实话，这回……看起来是你自己来找死啊？""啊？吕先生，您这话是怎么来的呢？""郡马，恕下官我直言，你刺杀老贼，叫我说，实实在在也真不算什么！你们兄弟八个如今只有你自己一个在你的娘亲面前尽孝，你不能轻言求死。""这个么……吕大人，不论怎么说，我刺杀老贼，死罪难免！杨景我是甘心领死，您甭说别的了。"

吕蒙正盯着六郎看，"哈哈，延昭啊，你不是真的想死，你要是真的甘心领死，你可以找个地儿自刎也就了事啊，你何必还要赶回到金銮殿上亮出来潘仁美的人头来你再求死呢？我看你还不是真的不想活了……六将军，你还是老老实实地把你怎么刺杀老贼的，跟下官我讲上一讲。""哎呀，吕状元哪，您就甭问了，我也是一时糊涂，我就回来了，就为了叫万岁明白明白。""郡马啊，你也得知道，眼下万岁是巴不得有人替你求情儿，可是满朝的文武谁不明白，都晾着皇上哪！""嘶……""郡马，您可知道为了你，宋琪宋老相爷已然是辞官不做了！""噢？""李昉李相爷也辞去了相位。""啊？""苗崇善苗军师也向圣上讨旨，辞官为民了。""哈哈！吕状元，那么您怎么还没辞官哪？""我这不是为了您吗？我是将军您和郡主的媒人啊！如今大宋朝左右二相辞官不做，这都是为了郡马您哪！圣上不是真要杀您，可您是真要求死！您死以后，忠臣寒心，良将辞朝，这大宋朝可就算是危在旦夕了！"

"吕先生，您说得倒是不错，无奈怎么讲我也是一条死罪啊！""哈哈，我看不然，明日是什么日子口？""冬至。""不错啊，圣上定规好了就在明天在郊外举行祭天大典，已然写好了郊天大祭的赦旨，大赦天下！郡马，八千岁和寇天官设的计谋我们也不是不知道哇，您怎么就不等上这一天呢？""嗨……吕先生，杨景我是一言难尽！您，还是别问我了。"吕蒙正一瞧，山说海说杨六郎就是不肯说是因为什么，不听自己的，这也就猜到八九分了。

"郡马，你要是这么说，我可就想得到了，您，是不是担心这刺杀之罪还牵连到他人……您这是想自己一人顶罪了事？"六郎一惊，赶紧说："吕大人，我的状元老爷，您这话就到这儿就得了，可不能再往下……""哈哈哈，六爷，您这不是绕住了吗？郊天大赦的诏书一开，死罪就能一并饶恕了哇！甭管什么人的罪不就都饶了吗？您这死……死得冤不冤？"六郎一愣，"吕先生，您说的这个……""得了，郡马，您是好糊涂哇！您不想想，今天您死了，杨家这一代可就一个都不在了，这大宋朝还找得着像您这样儿的吗？谁还能够领兵挂帅镇守北边哪？少了您这杆金枪，边关的安危谁人前去略定呢？""哎呀，吕先生，杨景惭愧！""不过您也不用担忧，我和王大人讨旨监斩，就是为了派出人去给八千岁送信儿去，这一半会儿就能够回来！您踏实地坐着，来来，给搬把椅子来，别叫郡马爷受罪！"

本来呢，八王和寇准到郊外监察工程也已经完毕，早早地赶回来也要向二帝交旨，正碰上吕蒙正派出去的人，八王就知道六郎回京请罪，眼看要开刀问斩，不等后边的仪仗队了，赶紧领着寇准和几家儿护驾的家将、太监飞马赶回午门外，这就算是拦下了法场。

寇准在路上就把这主意给出好了，八王来到法场，扯起来六郎就走，领到大庆朝元殿的台阶前叫六郎先等等，自己和寇准来到金殿之上交旨。二帝听完了回复，冲皇侄点点头儿，抬手示意，八王这才登金阶回到二帝身旁，跟潘妃相对落座。二番由太监奉上诏书，也不等二帝搭话，展开诏书，就把次日举行冬至日郊天大祭的旨意诵读，顺带着，大赦天下的诏书也就颁布下去，着令三省六部的官员各司其职，回去预备大赦令颁行天下，文武这才山呼万岁，谢恩起身。潘妃可听傻了！这份诏书本来是自己为自己的父亲太师潘仁美活命给讨要下来的，也赶上这么个日子，万岁准许，可是开诏之日，却是杨六郎死罪赦免之期！

二帝也明白了，"皇侄啊，不用多说了，朕自然也就知晓，是不是你把杨郡马也一并赦免了？""哈哈，叔皇，什么都瞒不住您，就请您宣他上殿谢恩吧。""来呀，宣杨延昭上殿谢恩！"六郎上殿，心乱如麻，跪倒在地，还是一言不发，不知道自己该说什么好了。还是吕蒙正提醒，磕头谢恩，谢万岁不杀之恩。想不到潘妃已然气得浑身颤抖，禁不住大叫一声儿，昏厥过去。二帝一看，今天朝堂之上实在是乱得可以了，"皇侄啊，明天的大祭之礼你就代朕去办吧，朕也要回宫调养。来呀，快快扶娘娘后宫养病去者！杨延昭刺杀太师，死罪免去活罪难饶，暂押天牢，听候处置。"

金殿之上草草散朝，八王知道六郎是死不了了，心里头踏实了一半儿，叫上寇准、吕蒙正和王延龄一同去找老相爷宋琪，恳请宋老再留任三年，您找到了可以替您的宰相之才您再辞官不迟哇！老头拿手一指吕蒙正："八千岁，还找什么找啊，这个人就是宰相之才！我早就该回家啦！这一番在金殿之上我这话已然说绝了，不可再回头，甭管谁来做这个首相，反正我是不干了，还望千岁恕罪！"八王也不能再说什么了，看起来这件事也只得是如此，又去李昉和苗崇善两家串门。说的是一样的，李大人预备就此回家，苗先生呢，已然扮上了，一身儿的道袍，头顶道冠："我这就还上华山修炼去！想当年我的父亲就因为入了世了，修行有亏，老人家最后走得早。您看……我的师爷睡仙老祖陈抟，到今天还在世哪！我去华山去找师爷去，重新开始修炼道法去也！"

吕蒙正一把攥住老道的袖子："苗大人，您父亲武乡侯老侯爷虽说辞官离朝，可是到圣上有难的那天，把您给送到了寿州城献粮救驾！苗大人，如今您要离朝，可也不能就这么走了，您得给我留个人才成哪！到时候圣驾有难，还得你苗家出个军师！"苗崇善摇头笑了笑："如今朝中有你和寇准二位贤能，有没有我是一样的，不过，我说话算话，我儿子苗安世眼瞧着就要成人，也是在华山上跟师爷学艺哪！我这就上山悉心教授，有圣驾遭难的那一天，他必定能下山辅佐千岁您！蒙正，你就放了贫道啵！"吕蒙正跟苗老道说说笑笑，暂且不提。单说八王这么一看，三位老忠良这一回是一个都留不住了，看起来这一番忠良寒心冷意，都是从这潘杨讼而起呀！赶紧吩咐太监从自己南清宫查点出金银珠宝、玉器珍玩无数，厚赐三位忠良，这也就不再多说了。

次日是冬至日，八王奉旨代主举祭，一大早来到东城之外天坛，吕蒙正代首相登台诵读表文称贺等等，这也不一一细表了。到了次日，八王与吕蒙正和寇准上殿交旨，再一瞧二帝，没精打采。皇上也没心思处理国事，一应事务都交给八王代为批阅，没大事也就不必再进宫上奏了。八王趁机启奏，三位老忠良去意已决，那么相位不能空着啊，不如升吕蒙正为首相，张齐贤为右班副相，立即降旨到边关召回张齐贤来……二帝也全都准奏。

八王一看，叔皇心急火燎的，看起来是要着急回宫去探视潘娘娘的病体，得了，"叔皇万岁，那么您看，杨延昭刺死太师一案，咱们应当如何判定？""哎呀，皇侄啊，此案尚未细审，不急于一时吧！郊天大赦，只能是免去死罪，其他的，且等你的皇婶儿病体渐愈之后咱们再议。延昭就先暂押在刑部监房之中吧！佘太君若要探视皆给方便，全都由皇侄你去办理去吧。"八王也无奈，既然是皇上已经这么说了，强要说议处六郎的案子就不好说了。散朝回来，君臣几个人一合计，赶紧一起到天波府去见佘太君商议对策去了。

八王和寇准、吕蒙正来到了天波府，面见老太君，把这两天的事前前后后仔细地一交代，老太太且喜且忧。高兴的是，终于算是报了血海的深仇了！杀了老贼潘仁美，解了自己的心头之恨，也好告慰令公的在天之灵。那么忧烦的是，六儿延昭现在还羁押在刑部大牢之内，罪名未定！虽然说郊天大祭的诏书开读以后，这一回的死罪赦免，活罪是难饶！得是什么罪责？如何解救哪？大家一时半会儿也想不出一个好主意。寇准寇天官可就说啦："八千岁，怎么处置六将军，关键还看潘娘娘，她别出来给万岁吹风儿，万岁是不会杀延昭的。那么依微臣之见，咱们得进宫探病去！可是进宫之前，最好是能够搜罗证据，假如说咱们手里有老贼谋反的证据，这六将军追杀太师的罪就能够减轻。"

老太君摇摇头："寇大人，您这个话等于没说啊，当初您假设阴曹，多么好的一条计策，诳得老贼把自己的奸谋和盘招认，可是咱们还是得不着他私通北国的真凭实据啊！"几个人正聊着呢，外边老管家杨洪进来："老主母，跟您说一声儿……""杨洪啊，八千岁和寇大人都不是外人，什么事你就说吧。""七太太和两位姑娘可回来啦！还保着双王千岁，这才刚进京城就直奔咱们这儿来啦！""哦，快快叫到银安殿来，我正有话要问他们。"八姐、九妹和七娘呼延赤金、四娘孟金榜、五娘马赛英、双王呼延丕显，还有陈林、柴干这一班人都回来了。上殿见过老太君，分两旁站列。呼延丕显就跟下边儿搭个座坐下来，他的嘴利落，就把这一趟追杀潘洪的事简单地给大家说了一遍。寇准一听，这眼睛可就亮啦，"双王千岁，您说的这个黄豹何在？""就在下边等着治罪哪！""快快请上银安殿。"一会儿黄豹就上来了，双手绑缚在背后。因为自己曾经协同老贼给北国通信，自知自己也是死罪一条，也想开了，先跪倒请罪。八王说："黄将军，这也不能全都怪你啊，老贼的将令你也不敢不遵，孤王我代万岁恕过你的死罪。来呀，给黄将军松绑，起来讲话。"

黄豹哪还敢起来哇？就跟地上跪着。寇准走过来可就问了："黄豹，你说的老贼潘洪给北国的信件都放在什么地方了？""大人，小人的这些密信证物，全都交给郡马了呀！"寇准一愣，六郎急着回京找死，根本就没提这事啊！他不会是……"嘟！大胆黄豹，本官料定你必有私藏！此刻不交给千岁，更待何时！？"黄豹吓得嘴张得老大："哎呀，寇大人，您果然是断案神探！小人我的确尚有私藏，老贼这最后一封私通北国的亲笔书信，尚在小人我的怀中。这……这……这可是小人最后的救命之物！"连忙解开自己胸前的铠甲，拉开战袍衣襟，露出来胸前的口袋，里边果然藏着一封书信。

寇准走过来，想要伸手接，可是这手不听使唤了，突突乱颤。老太太想自己起身来接，试了试，自己根本就站不起来啦！八王也看见了，心里话，寇爱卿啊，相识以来，头一回看见，原来爱卿你，也有如此紧张之时！黄豹双膝向前紧走几步，书信递到寇大人的手里，展开来，寇准一看，清清楚楚，潘洪进献杨七郎的坐骑黑毛虎和金枪给韩昌，还约定好帮着北国诈开雁门关！书信里边还夹带有边关边防哨卡的机密地图，所有的山口、地道口、藏兵洞、粮草给养储存之处……都逐一详细标注。寇准一看，一抖搂这封书信，哈哈地大笑啊！"千岁！八千岁！六郎手里的书信根本就不用去问啦，定然是叫郡马给毁了，如今这封信，是唯一孤本了！您看看。"八王看了，传给老太君，再传给吕蒙正，这一班人总算踏实了。老贼的罪证坐实，六郎便应当无罪，过两天上朝明辨，大家一起给六郎求情儿。

可是一连好几天，皇上也没上朝，抱病在后宫不出来了，国家大事全都让新任的首相吕蒙正辅佐八王代为处置。

遇见必须当面请示皇上的，八王要进宫面圣，太监传话，告诉说只许您一个人觐见，别人还不许来。八王一个人进宫探望叔皇，问什么，都是你看着办……单单是到杨六郎这儿，"皇侄啊，这件事朕我自有主张，你就不必问了，等你婶娘病体痊愈之后咱们再议。"八王实在不好再说什么了，只得回来跟吕蒙正和寇准、王延龄这几位商量，你们几位得拿个主意啊！

王延龄低头，吕蒙正看寇准，寇准看八王，"八千岁，明告诉您，我们也没主意！皇上不见您，我们也没主意，等过年呗！过年的时候不至于万岁还是不出来面见群臣吧？""唉……"八王摇头叹息，"三位足智多谋的爱卿啊，你们不知道哇，孤王我这几天陪着御妹去大牢里去探望延昭，叫孤王我看，这延昭已经不是原先的延昭了！三位，还能够等到过年的时候吗？这要是老把郡马这么押在刑部大牢之内，足以令忠良寒心哪！天波府里的寡妇太太们也不会答应，老太君年近六十啦，老太太从心里是不乐意，可是见到我不多说什么，怕孤王我多心……忠良尽皆寒心，工夫长了再要暖回来可实在是不容易呀！爱卿，如今大宋的江山要靠谁来扶保？北国再来进犯，要靠谁人前去挂帅出征？三位爱卿啊，你们可千千万万得替孤王我想一个万全之策！"吕蒙正说："千岁，我们这几个人也是刚刚赴任，三省六部，麻烦事还多着哪！您再给我们三天，我们赶紧先处置繁杂的政务再说。等到了第四天头儿上，我们几个找您来，到时候还没主意，您找他算账！"一指寇准。寇准乐了："找我干什么呢？""杨六郎到密松林去劫杀潘仁美，不是你教的吗？你不是答应了他刺杀之后你是一力承担吗？这会儿不找你找谁呀？""好吧，八千岁，挤对到这儿了，到时候您找我要主意！"

这一晃，一天、两天、三天过去了，到了第四天头儿上，吕蒙正和王延龄都来找寇准来了，"走啵，年兄，咱们一同去见千岁吧！"寇准就问了："二位，我问问你们，这三天皇上没出来露过脸吗？""嗳，还就是一直没出来过，我们每天都去打听去来着。""好，那么里边有什么消息传出来吗？""有哇，只有太监送出来一份皇榜，张贴在午门以外的大街小巷……""噢？这是要出榜求医？""不错，圣旨上说了，潘娘娘身患怪病，久治不愈，每日不思茶饭、寝食难安，说是一睡觉就做噩梦惊醒过来！宫里的太医挨个儿给看，都不知道病患从何而来，这才出榜招贤，看民间有没有什么秘方，能调理娘娘的病症。可是说啦，谁要是能够给娘娘的病症调理好了，赏银可是千两！老西儿，你看这钱你能挣到不能？""哈哈，我明白了，这钱我还真能挣着！走走走，你我去找千岁！"

"不用啦！"吏部衙门外边一阵喧闹，双王呼延丕显陪着八王就闯进来了，八千岁乐呵呵地说："我可是按日子来找你来了，不用你天官大人麻烦了，你这主意有了没有？""微臣恭迎八千岁，您放心，这主意有了！您得领着微臣我这就进宫去给娘娘探病，走！"八王一愣，"哦，这么痛快？好！可是我叔皇要是不见你我怎么办？""您放心，一准儿会见你我君臣。可是光咱们俩去还不够，您还得把那位黄豹黄将军给带上，叫他在宫门外候着，随时传他觐见。"这个好办啊，吩咐亲随太监去天波府请黄豹前来。八王就问："寇爱卿，你想到什么主意了？""千岁，您知道圣驾刚刚贴出来皇榜，招纳能人进宫给娘娘治病一事吗？""哦？这个孤王我还不清楚，你说说是怎么回事。""千岁，咱

黄豹

们先别啰嗦了，赶紧去朝元门外去揭榜去！别真有人敢去揭榜治病，咱们就赶不上啦！""好好好！"

等到来到午朝门外，君臣一看，老百姓围着皇榜正议论着呢。好，这张皇榜还在就好。寇准一捅呼延丕显，小丕显上前帮着给揭下来，君臣三个人一同进宫。来到后宫宫门口儿，八千岁也假装郎中，告诉太监，说是有大夫揭榜了，快快进去启奏万岁。二帝着急啊，赶紧吩咐迎进来揭榜之人，来到偏殿召见，一瞧，哟，哪儿是什么大夫啊，就是这仨？脸色就不好看了："皇侄啊，这都什么时候了，还跟朕我开玩笑！都回去，朕我不见！"

〖 四回 〗

　　寇准同八王、双王一同揭榜，要为西宫国母医治疑难之症。什么病？当然是心病！潘妃问杨六郎，我爸爸临死之前都跟你说什么了？她是担心自己的出身问题被老贼泄露出去，这样自己这日月可就保不住了。我本是南唐后宫一名舞姬，这可算是欺君之罪呀！杨六郎就认为当初烛影摇红疑案你潘妃难免也有一份儿，这件事我掺和不了！老贼要说，六郎没容潘仁美说呢，就一枪扎死了老贼，不叫你再说了，我不想听，也决不祸乱江山，大宋朝的安稳得来不易，你们当初是谁对谁错，我杨景不予过问，我就报我的仇！噗！一枪要了老贼的性命，这就是松林雪恨。

　　那么六郎误会潘妃说的事，以为你潘国母要问的也是这回事呢，告诉潘娘娘，潘仁美是要说，可是我没听，事关宫闱以内的名声，我……不知道！这叫此地无银啊，潘娘娘可就犯上愁了，必得置你杨六郎于死地不可，你知道了我的底细啊！无奈八王开诏，这是自己当初硬要下来的大赦诏书，自己还不能说不认账了！因此上卧病在西宫，可就不吃饭了，日思夜想，难以成眠，为自己这点事儿发愁，拖过一天，再拖一天……自己不觉得，水米不进，身体就越来越差，一日不如一日，可就病入膏肓了。

　　寇准揭榜，八王、呼延丕显一干人等陪着，一同跟着看守皇榜的内侍进宫。二帝出来一瞧，是你们哪？朕我不见！拂袖要走，八王一闪身儿，不是你老西儿揭的皇榜吗，你来说。寇准上前："万岁，微臣岂敢跟您开玩笑哇？微臣我以前在老家就是做郎中的啊，我最擅长医治疑难杂症。不过万岁，您说话可得算数,这上边写着可是赏银千两!""嗨!寇准啊,钱我还能少得了你的吗?你就别跟朕我提这个啦!唉……寇爱卿啊,爱妃她茶饭不思,每日里吃不了几口吃的,可说是卧床不起啊!每天也不愿意起床活动活动,晚上还睡不好,尽是噩梦!你说这是怎么了?这是身患何病呢?""万岁啊,饮食不进,寝食难安,这也许是虚火上浮,也许是阳虚,也许是阴虚,微臣我得给娘娘千岁把把脉,望闻问切,微臣我也能确诊娘娘这个病根儿!""哎呀,太医也是这么说的,可是这些无用之人,没有一剂汤药能够让娘娘吃下饭的!""哈哈,万岁,您别急,您叫微臣我看看,反正眼下您不是没别的法子吗?""嗯,也罢,那就请皇侄和两位爱卿随朕到西宫为娘娘探病。"

二帝根本就不相信寇准真能治好娘娘的病。可是自己闷在西宫可有好些天了,也实在是快撑不住了,这才张榜招贤。二帝一琢磨,甭管你寇准有什么花招儿,得了,你跟我一块儿进宫去吧,你帮着我给爱妃解解闷儿也成啊!就算是陪着西宫潘娘娘聊聊天儿,没准我这爱妃的病能好点儿。二帝就是抱着这么个心,领着德芳皇侄和寇准寇天官和双王小千岁呼延丕显一同进了西宫。来到西宫得先安排安排,给娘娘探病可以,可是不能够真的见到真人儿。娘娘人在里边,外边摆好了屏风三道,隔着屏风拴好了一道红线,要悬丝诊脉!嗨,说书人都这么说,其实谁也没见过。

寇准还真会装模作样,来到屏风近前坐下,假意分开三指,这是寸关尺,搭在三根丝线之上,闭着眼睛瞎晃悠脑袋。八王跟二帝就跟他后边站着呢,瞧着可气。呼延丕显瞧明白了,上来一捅这寇准,"哎,你别瞎晃悠你那官帽儿,你倒是说说,娘娘这是什么病啊?有救没救?要真是没救了,你也跟皇上万岁爷说句实话。"呼延丕显有意仗着自己是个小孩儿,张嘴没遮拦,成心逗娘娘说话。

寇准直皱眉,"双王千岁,您可不知道哇,这病可难看啊!看起来不是娘娘千岁这病不好诊治,实在是难以确诊啊。""哎,老西儿,你这话是什么意思啊?""嗯,难说啊,看起来陛下不是真想给娘娘治病啊……""哎,寇爱卿啊,你这话是哪儿说的?朕我还能不为梓童的病症着急吗?你到底是什么意思？""您看啊，悬丝诊病，这是切，可是我们学的时候，那是望闻问切，四样儿！微臣我看不到娘娘千岁的气色，我怎么给娘娘诊病哪？""哦……爱卿也是言之有理，可是这个……皇侄啊，你看如何？""叔皇万岁，全凭您来决断吧。""好吧，朕进去和梓童商量商量。"工夫不大，皇上出来了，吩咐太监们撤去屏风，准许几位到内室为娘娘诊病。

八王、寇准、呼延丕显一同往里走，给西宫娘娘见礼。说是来到西宫寝宫内室，也不能说往娘娘床边上一坐给看病，那成什么啦？娘娘多少还是穿戴齐整了，在床榻之上半坐起来，欠身儿算是还礼了。隔着还挺远呢，太监都给摆好了椅子，几位称谢落座。

二帝就问了，寇卿您还要把脉不要了？寇准说："不用了，微臣我先望上一望……还请万岁您恕罪。""恕卿无罪，快快为娘娘诊治疑难病症。"真瞪着眼睛看吗？为人臣子可不敢，慢慢抬头，观看潘妃的气色。寇准为什么非要看？就是要看看你潘妃是真病还是心病。假如说是真的重病，这脸上就能够瞧得出来，假如说是心病，只不过是心神恍惚，这人的精神头不好了，可是不会伤到元气。寇准仔细一打量潘妃，心里就有数了。"哈哈，万岁啊，八千岁，双王千岁，微臣我可道喜了！"呼延丕显："怎么着？您道的什么喜哇？莫非是娘娘她……"八王可逗乐了，"丕显，别瞎闹。寇爱卿，万岁可是忧虑过甚，你可不要开玩笑了，快说说应当如何调理？"寇准微微一笑："万岁，千岁，娘娘的病并不是什么疑难杂症，只是小恙！""啊？那么说寇卿你有法子医治？""哈哈，万岁，您看，微臣我这儿带着药方儿呢！"打袖子里抽出来这么几张纸来，"万岁，微臣我这方子可是祖传的，有奇效。""哎呀，别多说了，快快交给太医，叫他们去配药煎制……""万岁，我这方子可不是用来煎的，不用！只要把我这方子交给娘娘千岁一看，您信不信，娘娘这病就能好！"潘妃一听，眼前一亮，"寇卿家，你这是什么好方子，快快给哀家我看看。""有请娘娘过目。"宫女接过来呈上，潘妃接到手里打开一看，嘶……自己老干爹给北国元帅韩昌的亲笔书信。不用细看，这信就是潘仁美的亲笔信，潘洪的字体自己认得，他人再难模仿。

哎呀，想起来了，当初自己在金殿上给太师求情的时候说的是，这不是叛国之罪没有凭据吗？等你们有了真凭实据，再说治我爸爸死罪。这怎么样？这就是真凭实据！潘妃这脸上可就见汗了，一点一点红色就上来了。皇上在一边一看，哟，还真管用啊！娘娘把这信一叠——知道寇准的厉害，可不敢当着大家的面儿撒泼撕扯。眉毛一挑，凤眼圆睁，"寇准，你这是什么方子？你这是来给哀家我看病来的吗？你们这分明是欺君之罪！万岁，您看看，这哪里是什么治病的药方，分明是一封他们栽赃我老父的反书！"皇上接过来一瞧，果然是反书，不知道该说什么好哇。八王凑过来一看："寇爱卿啊，你这分明是一封勾结番邦的书信，怎么说是一剂药方儿啊？""万岁，八千岁，您二位看不出来是谁的笔体吗？""哟，怎么着？你说是何人的笔体？不是你的么？""当然不是微臣我的啦，您瞧瞧，这是太师潘洪的亲笔，您再看看，这底下还有潘太师的印信！"

八王当然是知道了，低头细看，故意地凑到皇上的脸前儿，"叔皇，您看看，侄儿我这眼睛有点儿花，这是潘太师的印信吗？嗯？这好像还真是帅印。"二帝点点头，"皇侄啊，不错，这正是我朝的扭头狮子烈火印，这笔体也正是潘洪的，这是一封反书，是太师勾结北国元帅韩昌的凭据。""哎呀，这可了不得啊，叔皇，您是看准了？"皇上这个气啊，"哼，德芳啊，朕我是看准了，没错！可是，这又怎么样哪？老太师再是什么反叛，这不是已然故去了吗？""万岁，这您说得有理，潘太师再是什么反叛，这也是已然故去了，也就算了吧。"寇准一起身，"好好好，万岁这是金口玉言，算了也就算了，咱们走吧！"

潘妃可不干了，什么？算了？没门儿！"慢着！想算了？不行！万岁！今天这是什么意思？说是来给哀家我探病，实质上是将我父亲的书信一封呈递到您的面前——这寇准是来干什么来的啊？万岁，这是欺负我！他，他这是欺君之罪！寇准！你拿出这封假反书来栽赃陷害，你……你还想走？"说着话，这潘娘娘可就坐起来了。寇准知道她起来了，心里话，只要是你起来了就好办哪！

一躬身，成心往后退："哎呀，娘娘千岁，万岁，请恕微臣叨扰之罪，微臣我知罪，请旨下殿去也啊。"您说您是下殿，您倒是真往外走啊？他不价，成心慢腾腾地小碎步往后蹭。娘娘早忘了自己是大病之身，一踏步，"不成，寇准，你得好好说道说道，你这是什么意思？这是我爸爸的反书吗？你这是从哪儿来的？现在人都已经死了，你说是我爸爸写的信，你有什么凭据？你这有人证吗？""哎呀，娘娘千岁，微臣我也是一时糊涂，怎么就信了呢！这是有一个人自称是太师麾下的将官，献上书信，说是太师命他给北国送去的书信……""这人在哪儿呢？""啊，娘娘千岁，您这可是病体在身……""不要紧，这件事关系到我父亲身后的声誉，岂能儿戏呢？你说你有人证，你得给我带上来，你拿不出人证来，哀家我可不让你！"

嚯，这奸妃又拿出泼妇那劲儿了，坐在床上一掐腰，怎么着，你得把这人给我带上来！潘妃怎么琢磨的，你这肯定是胡说的，你怎么能有人证呢？谁给你当人证哪？给我爸爸送反书？谁能够真承认呢？这是死罪！你这是吹牛呢，你是想吓唬我……哦……我这一软也就饶了杨老六了，哼！甭想得美！"皇婶娘啊，侄儿我看您的身体有恙，恐怕难以面见什么人证。这个下书之人乃是边关的将官，形容丑陋，举止粗野，说话的声音也大，叫他觐见，可别再吓坏了婶娘您。""哈哈，德芳啊，你们别想跟我面前这儿通同作弊，我什么没见过？哪儿有这许多的话说，快快给我带上来什么人证来！没这人，我可饶不了他寇准。哼，德芳啊，就是你，也难逃这作弊之罪！""哎呀，婶娘啊，您要是非要见这人证么，可不能在这西宫之内哇。""好！听你的，我跟着你们到前殿去。""哎呀，婶娘啊，您这病体……""不碍事！咱们即刻上殿。"说着话，吩咐宫女进来，这就要预备更衣，皇上和八王、双王、寇准先行退出。

皇上一边往外走一边叹气，责怪八王："德芳啊，这件事好不容易就算是过去了，你们这是干什么啊？怎么还要惹恼你的婶娘哪？"寇准在旁边乐了："万岁，您看看，我说我这药方儿是好的吧？是不是？您看娘娘这气色也见好了，这会儿都能够下地出门了，您还犯愁吗？""啊？这个，嗨！寇爱卿，可真有你的，这是不是你早就算计好的？""万岁，微臣等有罪！""嗨，你有什么罪，治好了娘娘的病，算你是有功！""嗯，万岁，那么皇榜上您应给的千两白银……""哎呀，你不是清官吗？还在乎这银子干什么呢？""嗨……万岁，跟您实话说吧，微臣现在身为吏部的天官，方知六部官吏的难处，整顿吏治，手里可是真缺钱哪！多少廉洁奉公的官吏入不敷出，度日如年，这样儿的人微臣得替您暖暖他们的心，您说呢？""哈哈，寇爱卿你办得好！这钱回头就叫人给你送衙门里去，你就踏实了吧！不但给你一千两，朕我还给加一千两！可是这娘娘这回你是怎么打算的，你得跟朕我说实话。"

寇准就把黄豹的来历给好好地说了一遍，都给说明白了，跟八王一起恳请万岁尽早审问杨延昭，好叫忠良之后尽早能够一家团圆。二帝听了以后，暗自沉吟片刻，可就问八王了："德芳啊，你也不是不知道，朕我并无杀延昭的心，可是这一回是延昭自己求死啊！得了，眼下算是你们有主意，算是把你婶娘给激起来了，就算是你婶娘装病在床，可是她不肯松口，你说朕我怎么处置哪？""叔皇，您别忙，待会儿我们到在偏殿，宣黄豹进宫面见圣驾，我们自然有话跟我婶娘说，到时候不怕婶娘她不松口。""这么说你已然打算好了？""我同寇天官、丕显早就合计好了，叔皇您就放心吧。""那咱们先就说好啦，你们说动梓童，朕自然就饶过延昭的罪责，准许他回家；你们说不动你婶娘的话，别怪我了，还得委屈延昭在天牢里待上一阵子，等娘娘的丧父之痛轻点儿了，朕再做打算。""好，万岁，就这么说定了！您得知道，再不叫六将军回天波府，满朝的忠良心里头冷啊！"呼延丕显一看有戏，嘿嘿一乐："万岁，您不让六哥回家去，我这王爷做得也真的是不踏实。""嗯……不用你多嘴！"

君臣你说我，我说你，来到偏殿。工夫不大，娘娘驾到偏殿之中落座，自有小太监给端上来茶水点心，娘娘饿了，先吃点，不光吃，边吃边骂："哼，……我倒要看看，寇老西儿，你能找出什么样的人证来。德芳，你们甭想糊弄本宫……我倒要看看是什么人……这么大的胆子，豁出去命不要了来告发太师！"其实人证黄豹早就到了，就在宫门以外候着呢。崔文一看，甩着搭甩就来了："万岁，人证就在宫门之外等候，就等您的旨意了。""哦，好啊，降旨，宣进宫来，到偏殿面君，我倒要问问这下书之人。"

娘娘也吃完了三碟子桂花糕啦，黄豹也就给带进来了。别说，这一进来，娘娘就认出来了！为什么呢？到过年的时候，潘妃还得回太师府探望自己的父母，虽说不是亲生，可是这个礼数不能坏了，按旧例兄弟们个个过来拜见娘娘，老贼的干儿子们也来拍马屁，干儿子里就有这位黄豹——那阵儿就叫潘定安。

突然瞧见，潘妃一急，什么都忘了，俩眼都瞪得跟桃似的："怎么？如何是你？你……你不是那个什么……定安吗？"但凡是潘妃有心计，上来就说，我不认识这个人，一赖账，八王和寇准也不好说下边的话啦。可这阵儿潘妃全糊涂啦！潘妃心说，你怎么还能活着呢？我一直还以为你也跟着那几个都死于盘龙山脚的密松林里啦，怎么独独你能够活下来呢？"万岁，娘娘千岁，罪臣黄豹见驾！""哎，我记得你不是……潘定安吗？你怎么改名儿叫黄豹了？""万岁，娘娘千岁，微臣我本来就是黄豹，乃是八台总兵黄荣之子！"黄豹就把自己是怎么拜的干爹，怎么在老贼麾下听命，怎么帮着老贼跟北国联络下书，都一五一十地说了个明白。

黄豹手里还剩下反书的最后一页，这上边有老贼的签名落款儿——这也是寇准给自己留好的后手儿，崔文接过来，呈上请万岁御览。潘妃这可真愣了，"啊？潘定安……不，黄豹啊，你这是死罪你知道么？""回娘娘，罪臣我当然知道！可是天理昭昭，微臣岂能任忠良含冤？此一番献书请罪，该什么罪领什么罪。"二帝一看，人证物证俱全，瞅瞅八王，再看看寇准，"皇侄啊，这么看起来，当初太师的死罪难以饶恕哇。可是人现在已经不在了，不必再予追究，那么你们非要进宫献出太师的反书又是什么意思呢？"

呼延丕显一看，得了，还是我直说吧："万岁，这您可是绕住了！这是为了六哥的事来的！当初要是给潘仁美定的死罪，六哥干什么还要去密松林去劫杀他哪？所以说这事得看是怎么起的。如今罪证分明，您知道这老贼的谋反之罪确凿了，可就知道当初饶了太师的死罪是办错了！死人不能说拉出来再杀一回，那么活人哪？您得把六将军的罪给免了才对啊！"皇上扭头瞧娘娘，你说吧。

娘娘都气糊涂了，"什么？他杀了多少人哪，就这么算了？不成！不能饶！你别以为就你们机灵，哦，赶到他杀了我爸爸才开你们的赦诏？哼！人我杀不了，我也不放！就是不能放！"寇准听到这儿，忽然间一下站起来了："娘娘千岁，听您的意思是要从严办案，国法森严，容不得私情是不是？""对啦，这回我还绝不容情啦！没私情！咱们就讲讲国法！怎么着，你仗着你是读书人，你欺负我是女流之辈不懂得国法吗？""不敢不敢……娘娘，您这么做，微臣我可是太赞成啦！您……这是要大义灭亲，敢说您绝不后悔吗？""不后悔！""您敢再说一遍吗？""再说十遍我也敢啊，不后悔！不后悔！不后悔！不后悔……""好好好……万岁，既然娘娘都说了，家再大，不如国法大，那么就请您也依国法处置吧。""哦？寇爱卿，您指的是哪一桩哇？""万岁，微臣我不给杨延昭求情了，他爱死不死，跟我老西儿没干系！可这潘杨讼可是微臣我审清问明的，不查办到底，微臣我不放心，怕遭人报仇暗害，防人之心不可无啊！如今证据齐全，太师潘仁美乃是国贼无疑，叛国投敌，脱卖疆土，十大罪状，合当是株连九族！别说是太师自己了，更别提什么潘龙、潘虎从贼之贰臣，也甭管是门生护从，协同犯案，视为同案犯！就是眼下朝中的文武百官里，就有不少的亲朋近人啊，远的不说，近的……万岁，那么西宫的国母，潘娘娘……您得查查律法，该当如何处置！"

"嘟，寇准，你大胆！"八王乐呵呵地站起来，晃晃手里的金锏，"叔皇……您要是下不了决心，侄臣我帮着您！"

〚五回〛

潘妃害怕日后杨六郎泄露自己身份的秘密，死活不肯饶恕六郎。不成！我不干，说什么也不能够饶了杨六，不能容一点私情！哦？寇准说，您说的是不容私情，要依国法严惩不贷是不是？那没错啊！"好，娘娘千岁，那么您可是看好了，潘太师私通北国，脱卖疆土，就是株连九族之罪！潘龙、潘虎这班人死得也一点都不冤，何况他们还有从贼之恶！娘娘，那么您呢？"

寇准的意思再明白也不过了，既然说潘仁美叛国之罪都明了了，那么你娘娘可是他的闺女，你该不该领罪啊？皇上还没来得及说话呢，八王腾地一下就站起来了，一晃自己的金锏："叔皇，怎么样？咱们是不是一点的私情都不讲啦？"潘妃一愣神，明白过来了，假如说不徇私情，那么我本是叛国贼之女，他这是帮着叔叔正国法！

潘妃一看，不拿点儿真格的我可要撑不下去了，一拍桌案，"万岁，您好好看看这封信，谁能说这就真是我父亲亲笔所写的？怎么就能够落在他们手里？臣妾我可不信！如今我父亲他老人家不在了，你们想怎么栽赃就怎么栽赃，想要干什么呀？这是整我爸爸吗？我说你们这是想整治当今！"这可是奸妃使出看家的本领了，无非就是倒打一耙！你们不过是告我死鬼爸爸，我不怕，我告你们！皇上也是拿她没办法，自己一瞧就知道，这就是潘仁美自己写的，可是也得帮着娘娘的腔儿。"是啊，德芳啊，这也说得在理，潘太师当时批下的公文无数，要模仿他的笔体也还真不是难事。这烈火大印哪，也不是绝不能够仿刻……当然了，朕这么说也并不是说怀疑你们君臣假造书信，可是万一你们也是叫别人给蒙骗了哪？"

黄豹跪在地上一听，看起来这是把我往死路上逼啊？猛然站起来了，"万岁！您先等会儿再说！"啊？皇上一愣，这小子怎么敢这么说话呢？"万岁，您这意思我明白，您这意思是说，这几封私通北国的书信不是潘仁美自己写的，而是小将我假造的！万岁，微臣我进宫来见您，就没打算还能够活着出去！臣祈万岁现在就赐臣一死，您看看我这献出来的书信是不是真的！"潘妃一看，这可是来真的了，"哼！我还就不信了，万岁，您先降旨斩杀黄豹，我就不信了，他们还真是不怕死了怎么着？"黄豹是面无惧色，站起身来就要往外走。二帝一看，今日儿个要是真的杀了黄豹，回头我这宫里可就不好办了。"且慢，黄豹，不必急于一时啊……"死还有着急的吗？"如今还在冬至日的大赦之期，就算是你犯了死罪，也该当赦免啊！皇侄……"八王上前："叔皇万岁，您有何旨意？""哈哈，你们今天这探的好病啊！"皇上给挤了挤眼，这意思就是就坡下啵，好好哄哄你的皇婶儿，这个坎儿也就算迈过去啦！敢情皇上也会和稀泥？

八王和寇准就明白了，你看看我，我看看你，都盼着对方先出去搭话。呼延丕显心说，这话还就得我先说，谁让我是小孩儿呢。"我说你们谁也甭说了！娘娘千岁呀，您要是非得杀黄豹不可的话，那么黄豹死了，您这案子可就跟着一块儿犯了！有道是王子犯法与庶民同罪，您自己又当如何呢？您想想，黄豹都来到这儿了，他能怕死吗？您哪，今日儿个掂量好了该怎么办，我六哥是违抗圣旨半路劫杀……可是要是六哥不去，等到这几封信一出来，能饶得了潘太师吗？我看，还不是得降旨要他的命吗？那么无非是早一步晚一步的事情啊。"

潘妃瞅着八王手里的金锏就犯晕，呼延丕显摇摇晃晃，自己手里摆弄着打王鞭。潘妃想起来当初双王锏打刘御史，知道这小孩儿手黑，心里也是怦怦直跳。呼延丕显多机灵啊，看出来了，我跟你说话，你不看着我的眼睛，你老瞄我的鞭干吗啊？哦……哈哈！小孩儿明白过来了，这是害怕我拿这鞭敲你？哼哼，你怕什么，我就跟你来什么！好个小丕显，真会装疯卖傻，仗着自己是孩子，知道皇上不会怪罪，又往上迈近一步——就这一步，可了不得了，丕显抡自己的打王鞭就能够着娘娘了。"娘娘千岁，您得掂量掂量两头，哪头轻，哪头重，难道说……您非要闹一个两败俱伤不成吗？"别看呼延丕显小孩儿年岁不大，小黑脸儿，俩眼珠子锃亮，猛然间这么一瞪，嘿哟，吓得潘妃浑身就是一哆嗦。心里话，这孩子这阵儿要是来个浑劲儿，也跟打刘定似的，啪！给我也来一鞭，我死了，皇上能怎么着呢？我还不得是白死吗？

八王一看，皇婶娘眼神散乱，看起来这会儿也是心乱如麻，赶紧起身："皇婶儿啊，您看这么办成不成，我们不过就是想求万岁网开一面。杨景刺杀太师是死罪，可是郊天大赦也赦免了，不能总在天牢里关着。死罪能免，活罪不能饶，罚他充徒外乡，过个三年五载的，也就是了，难道说还真的就非得把事做绝吗？"潘妃一看，八王话都说到这儿了，不答应也是不成了，点了点头："好吧，万岁，既然皇侄有这个话，他也是为了大宋朝的江山社稷，臣妾的私怨何足道呢？臣妾我来给这杨景求个情，不知道万岁您可能准许？"二帝一听，心里这个舒坦，还是我的梓童会说话啊，"朕岂能不准哪？这就好，这就好。来来来，快快送娘娘回宫，梓童病体初愈，难免身体虚，可别在外边工夫大了。"潘妃知道也只好这么办了，也就不再过多地过问，甭管你杨六发配到哪儿，反正是得出出我的气，多少我能顺畅一点儿。

潘妃臊眉耷眼地回了后宫，日后二帝怎么哄、怎么顺说咱们暂且不提，再说偏殿之内的君臣几个，赶紧派人去刑部天牢，提出来羁押的杨延昭进宫见驾，片刻都不要迟。

六郎来到偏殿面见二帝，还是照样儿，微臣我但求一死！往这儿一跪，低头就不说话了。二帝盯着一瞧，也多少有点儿心疼，这人要是说意冷心灰到了极点，脸色满是灰的，低着头，眉眼根本就不抬起来，一点笑模样都没了。您想啊，自打从红旗山密松林刺杀老贼回来，上殿请死，六郎是怀抱必死之心！我压根儿就没打算还活下去了——一则是，我杨六一死，八姐、九妹和那一帮绿林里的好朋友也就都没了罪了，为了给我们家报仇，我决不能连累这么多的好朋友；二则是，父子兄弟一共是九个人，一年当中就全都不在了，眼下就剩下我一个人……显得只有我杨六一个人是贪生怕死之辈！先前我是为了能杀老贼报仇，现在仇恨都报偿了，我还活着就没什么意思了！

再在天牢里这么一关，每日里思前想后。人就怕这么胡思乱想，更何况六爷是自己一个人关在大牢里，连个说话解闷儿的人都没有，这心里是一天比一天寒哪！人在难处思宾朋，一个人关在大牢之中，六郎可就想起自己的老父亲和几家哥哥、兄弟了，想起来当年父子九人并肩驰骋之日……那是够多么样儿的威风，有多么样儿的畅快，怎么能就一下儿全没了呢？最想念的，还是自己的七弟延嗣。杨家这弟兄八个里边，六爷和七爷这哥儿俩最好，岁数近，小时候也玩得在一块儿，七爷爱犯浑，别人管教不了，还就是六爷的话他爱听。我七弟什么样的天赋？世之虎将啊！这样儿的人才你哪儿找去？可是叫老贼愣给射死在雁门关内！唉……六爷是真的死了心了！少年时候的报国壮志也都谈不上了，可以说真是伤心欲绝！我父子空怀壮志，怎奈报国无门。等到大赦圣旨到在天牢，知道这一趟叫自己进宫偏殿面圣，这必定是皇上要赦免我的死罪，可是我出去以后还能够做什么哪？六爷且思且想，神思恍惚，糊里糊涂地往这儿一跪，自然是一言不发！

皇上一看，也有些个心疼的地方儿，哎，谁让你刺杀国丈呢，也该受受罪，责问了两句，话头一转，这就要降下口旨赦免杨延昭。八王和寇准、呼延丕显一起上来解劝六将军，黄豹也过来陪着六爷跪倒。二帝先传口谕吧，郊祭大赦诏书已开，杨景行刺潘洪死罪免除，黄豹因揭发反情有功，将功补过，协同谋叛之罪免于追究，因私离汛地，与杨景一同判充徒汝州，罚监造御酒三年——这也真不算什么刑罚了。按大宋朝的刑律，徒刑还得追加杖责，可是大赦之期，一概也都给免除了。

六郎和黄豹再拜谢恩，圣上推恩准许回家探亲，三日之后必须由开封府押解离京。八王和寇准寇大人、双王呼延丕显一同将六郎送回了天波府，一家人难得团圆三天，这个高兴劲儿就不用提了。

晚宴自然是要在天波府里摆开，八王就借机跟老太君和六郎说了，"延昭啊，这一回还要请你多多体谅，要是不给你一丁点儿的刑罚，也实在是无法叫叔皇跟西宫皇婶儿交代哇。罚你去汝州监造御酒，这么一来也就算是对付过去了！这还得说是寇天官想得周到，左右是这三年你也不能够出仕——杨老令公为国捐躯，按律你也必须得回乡服丧丁忧。可是孤王我寻思着，你若是回到山后故乡，如今你杨家男丁就剩下你一个了，老太君难免思念成疾。所以奏请陛下判你到汝州服刑。汝州离京城四百里，真着急的话快马加鞭两天就能回家。你放心，汝州太守一向与孤家交情不错，我给他写上一封书信，自然会照看好你这三年。""嗨，如此，有劳兄长了！""乍一听，这是六郎会说话。这个时候八王是作为自己的大舅哥说的话，这是在讲私情，自己就不能再称呼千岁了，口称兄长，这是替自己的母亲和妻子感谢亲人，显着是那么亲近。可是天官寇准竖着耳朵这么一听，心里咯噔一下子，心说要糟糕，听起来这郡马已然是心灰意冷了，这是在刑部天牢之中关的日子多了，他决口不跟八王称臣，这是打算不再保大宋江山了哇！逮机会我得给六爷宽宽心，得给他解解这个心锁。君臣交杯换盏，话不投机，没多长工夫也就散了。

书说简短，到日子口儿了，六郎也不敢耽搁，拜别了老太君，一早就到开封府听候发落。府衙差遣解差押送——说是押送，可是有八王千岁的嘱托，开封府的解差也由衷地钦佩忠良贤臣，自然是对六爷也很客气。天波府里的上上下下跟随着一直相送到了汴梁城外十里长亭，天官寇大人和八王千岁、呼延丕显也早就赶到长亭给六郎饯行。君臣没聊几句，六郎眼尖，就看见人群中有一个人抻头张望，正是多日不见的结义兄长王强。

六郎赶紧分开众人，将王强请到了亭内，与八王、寇天官和双王、老太君一一见礼。六郎想起来，当初若不是这位仁兄仗义相助，自己还不知道如何才能够进京面圣告御状哪。赶紧给八千岁引见，说明当初帮助自己攒御状的前前后后，八王一听这位就是前一阵子代写御状的先生，也很是赞赏，就在长亭之内多聊了几句。六郎心里一活动，我自己是无心于仕途了，可是王先生为了救我，私离汛地，远遁他乡，现在是寄居在京城里，我不能叫王先生因为我断送自己这一辈子的前程哇。这一番恩德，自己不知道什么时候还能够报答于王强呢。趁着别人不在身旁之时，就跟自己的大舅哥王家千岁托上关系了，嘱咐八王千岁日后可一定要逮机会给王强谋个差事，好帮着王强能在京城容身。嗯……八王还记得御状之中的言辞机锋，知道王强确实是有真才实学的人，也就答应六郎了。

多少话别之情不必细表，一路上解差对六郎照顾得也是不错，从汴梁到汝州也就是四百来里地，六郎、小黄豹和二位解差都骑着马，说说笑笑，一路上可说是游山玩水，散漫着走，四五天也就到了。汝州的都监老爷老远就出城来迎接。当朝的郡马爷、八王千岁的御妹丈——绝不敢说怠慢着，哪儿能用您二位来干活儿哇？安排好了住宿之所，是个大院子，后花园也不小，自然有伺候二位日常起居的差役仆妇，什么都不用你们干，到点儿开饭，要什么立马出门去给置办去。这么说吧，简直是比在自己家里住着还舒坦呢。六郎在汝州的日子可是不错，这叫三年的徒刑，又赶上正好也是丁忧的日期，算起来日子也不算很长，干脆就安心在汝州住下来。

六郎这就有空闲了，每日练练新学的十二手交牙绝命枪，再重新认真读读兵书战策，顺手再指点一下儿黄豹的武艺。黄豹本来用的是护手钩，并不擅长使枪，经过六郎的教导，改学了长枪枪法，这黄豹的能耐眼瞧着就见长。

汝州的知府张济，既收到了八王的亲笔书信，也收到了吏部天官寇准的书信。好嘛，一个是监国亲王，一个是如今的顶头上司，哪个都不敢得罪。自打六郎到汝州那天开始，每隔五天就得约着喝一次茶，每隔十天必定要大摆筵宴，喊来汝州地界的名流、士绅作陪，陪着六郎和黄豹二位。其实也不为别的，就是担心自己属下有做得不到的地方，借机会当面问问，您还有什么想办的事没有。六郎和黄豹每天除了练枪还是练枪，也有点烦了，就问知府大人，汝州这儿不是离着中岳嵩山不远吗，素常就听人说嵩山里有一座少林寺，不都说吗，说天下的武术皆出于少林。还有说哪，说老主爷太祖皇帝，当初就曾在少林寺中学得三十二路的长拳，我们打小儿就听说，没真见过，我们能不能去探访探访？

张大人一听说要去嵩山少林游玩，可是太好啦！为什么？那儿不归我管，我可算是踏实啦！少林寺在登封县，登封就不属我汝州府管辖啦，那儿属洛阳西京治下，这个大包袱我就甩给洛阳和登封县的老哥儿们啦。抄录八王和寇大人的书信，再亲自提笔给管理嵩山的登封县县令写公文，嘱咐接待好郡马。这边不敢耽搁，让汝州的都监大人陪着启程。路程倒是不远，就在汝州城北百里，快马一日可到。登封县令、县尉都迎出来，虽说六郎是革去爵位的百灵侯，可是张济写信告知，人家是八千岁御妹丈，世袭的大宋王侯第一家儿，名满天下的名将之后……你们可千万别怠慢喽。登封县县令一看公文，气乐了，谁不知道杨家啊？用你说哇？高高兴兴地前来迎接。

县太爷专门得陪着进嵩山，逛一逛中岳的名胜古迹，什么测影台、观星台、嵩岳寺、中岳庙……到嵩阳书院，正巧遇见赋闲归乡的几位老先生。为首的正是老相爷宋琪、老枢密李昉，当然还有跟随二位名臣一同辞官的几位先生，有刚卸任的左谏议大夫杨徽之杨先生、太常少卿李运李先生、太子中允张好问张先生……一共是九个小老头儿。最后是一位高僧，乃是洛阳僧录司首席掌教赞宁大和尚。那八位当初是因为杨六郎才辞去的官职，因为李昉在洛阳有这么一座园子，栽培了不少名贵的牡丹品种，这些位在李昉的邀请下，赶在过年前就到洛阳来相聚啦。一算人头，干脆，仿前朝白居易九老故实，请掌教大师赞宁来一起合为九老，每日谈论天下大事，评一评往来之兴废，写写字、画画儿，作诗填词，品茶斗酒，不亦乐乎。

这一天赞宁大师就说了，都到了洛阳了，咱们老哥儿几个何不到中岳一游呢？几个老头儿腿脚都还可以，齐声说好，这就来啦！正好和杨六郎相遇。

几家名臣这是因为自己才辞官的，又是他乡遇故知，分外亲切，干脆就陪着九老同行，游罢嵩阳书院，一同奔少室山少林寺而来。少林寺的方丈福居大师一听说来了这么多的贵客，绝不敢怠慢，收拾出来十方禅院，将挂单在此的游方和尚们都分到周边的其他下院中居住，专门为九老和杨郡马开出临时的公馆来。六郎一住下就不想走啦，每日里九老有九老的去处，福居大师陪着到达摩洞、初祖庵、历代碑林、塔林各处古迹去游玩观景儿。六郎和黄豹就待在寺里，向武僧们请教少林棍法。

学了有一段时间，六郎和黄豹琢磨着将六合枪改成棍法，和武僧们过过招儿。少林寺里还真就一直寄住着几位武痴，都是各地的游方和尚，聚在少林寺中切磋武艺。这些人跟六郎、黄豹一比试，六合枪里的漏洞也就显露出来啦！原先杨衮创造的只是马上枪法，现在步下使出来，招式中的漏洞有的还是要命的！于是大家伙儿一起帮着钻研，想好的法子修改，就动手比试，拿捏进退之间的诀窍，不知不觉，哥儿俩的能耐又见长了。

这么一来，六郎索性和汝州的都监告辞，请都监回汝州办公，自己就在少林寺十方院住下，每日切磋棍术拳脚。

这一晃又是一个月，这一天，汝州的都监又来啦。不但他自己来啦，还带人来啦！谁呀？老太君和郡主……天波府上上下下不少人全来啦！眨眼之间就要到年终岁尾了，佘老太君和柴郡主一商量，要不咱们去汝州过年吧！按老太太的心思，哼，六儿在汝州得待三年，我年年都在汝州过年，叫你皇上知道以后，你自己去咂摸滋味儿去啵！我身边就剩下这一个儿子了，儿子在哪儿我去哪儿！说好了，告诉郡主，你小年就去给八千岁、贺老太后去拜年去，告诉他们今年三十就不在家过啦！天波府就交给大儿媳周夫人看管，再问问其他人，谁还想跟奶奶我走哇？宗保、宗冕自然是要跟着一起去看爸爸去的，宗孝、宗恺、宗怀这几家儿侄儿一听，那哪成啊，我们哥儿几个也得去！这哥儿仨的妈一听，你们要去哇，那……婆母，姆们也跟着吧？天波府里的寡妇太太们也都跟着来啦。

汝州的都监赶紧安排好，跟老太太讲，六将军现在搁嵩山哪！那得了，在汝州城里就歇了一天，次日就赶到嵩山少林寺来啦！这下少林寺可热闹！知客僧直跟方丈福居叫苦哇，说您看这可怎么办好呢，咱们这十方院倒是不算小，自来也都有后院可以安置女施主们……可是也经不住这么些大人物来哇？这简直是半朝的名臣功勋都挤在咱们这儿啦！方丈一听，嘿嘿一乐，你这还敢叫苦哪？跟你说，这幸好是八千岁没跟着来，这要是连八王千岁也一块儿跟着来了哇，那会你再跟我嚷嚷为难也不迟啊！

老方丈话音刚落，外边小和尚就跑进来了，了不得啦！师父、师父，您快快前去迎接，南清宫八千岁和吏部天官寇大人已来到山门之外！

此正是：

有风方起浪，无潮水自平。
世路由它险，居心任我平。

这才引出来董家林八王、寇准赴会斗武，杨六郎二番出世，青龙白虎三会金枪。

【六本·风穴得宝】

〖头回〗

诗曰：

> 未遇英雄被犬欺，
> 得失荣枯自有期。
> 时来风送滕王阁，
> 运去雷轰荐福碑。

上回书六郎充徒汝州，可并不受罪，汝州知府待如上宾。常听人说，天下的武术都源出于少林，到底是不是？干脆到嵩山少林旅旅游。自从大唐朝开国，少林武僧曾经协助唐太宗剿灭洛阳反王王世充，太宗登基以后御笔钦封，准许少林养僧兵护寺。从此，少林武僧奉旨习武修行，二百多年来皆有高僧游方四海，汇集天下武术大家的拳法、棍法之精华，自成一派。太祖皇帝青年时远游少林，学过棍法和长拳，凭此闯荡关西路，扬名天下。所以到老主爷登基以后，对少林寺多有照看，敕建庵堂、修缮殿宇，降旨准许开垦田庄，增设僧兵兵员，少林武僧自此也有了官职授受。这回是汝州和洛阳一同签发公文，对待六郎和黄豹就是上宾啊！哥儿俩天天跟少林寺的武僧一同钻研棍法，学会了少林棍术，糅合到六合枪法里。杨六郎又从更深层领悟到了十二枪中的绝妙之处，马上步下都有改进，可以说在枪法上更上一层楼。

一晃就到新年啦，这一天，老太君领着几个小孙子和几家儿媳妇特意赶来汝州和六郎相聚，一大家子人一起也到少室山来啦。刚落脚没几天，少林寺的知客僧正发愁呢，好么，八王和寇准寇大人也来啦！干吗来啦？专门来访六郎来啦！有紧急军情找老太君来商量来啦！

话分两头儿，咱们再说北国这边儿。

王强南下进京，黄豹出逃，南北就没人给传递消息了。前文书交代过，韩昌正要起兵攻打雁门关，北边传来密报。北国临潢府有耶律家的老人儿——三家儿亲王起兵造反，诱杀了老相爷萧思温——也就是萧银宗萧太后的父亲。这些契丹反王又在临潢府滥杀萧氏子孙，口口声声要推翻女皇萧银宗，迎请海外寄居的统和君——北国也起了内乱了。这可是大事！赶紧着吧！韩昌率领大军回到了幽州，帮着丈母娘女皇萧银宗平定叛乱。所以自从张齐贤和杨静领兵来到边关以后，边关一直都是安宁的。等北边的内乱也将将平息，老太太萧银宗和韩昌又商量着如何乘胜拿下南朝。虽然说劲敌杨令公是死了，可是南北谍报消息中断，到底什么时候才是我南征最好的时机呢？正在犯难，南朝这边儿就来密信了，信皮儿上有暗号，画着一头小毛驴儿！萧太后心里咯噔一下子，赶忙拆开一看，哈哈大笑！"延寿，咱娘俩为大辽开疆拓土的良机到了！"

杨六郎前脚儿刚离开京城赴汝州充徒，八王就觉得心里头懊恼，没事就爱往天波府里跑，来瞧瞧老太太和妹妹柴郡主——简直了，来一回挨一回训，能给您好脸色吗？单说这一天，八王又来了，照旧让妹妹好一顿数落，臊眉耷眼地往出走。哎，那是谁呀？瞧见有这么一位，在自己前头出的天波府，自己是空手给挤对出来的哇，这位，手里还提搂着几样儿点心盒子——不对哇，这是往出拿哇？怎么着？不但说是老太太给送东西，还是老管家杨洪亲自给送到府门外？还是杨洪喊府里的轿子？还杨洪亲自给掀开的帘儿……好，这叫一个气！我，我堂堂八千岁，别说杨洪了，杨青、杨白也没有哇！愣就没一位送我出门的！这人谁呢？他凭什么就有人给送出大门儿外哪？

八王憋一肚子气，迎着回来的杨洪就来了。"嗯？咳咳……"杨洪扫了一眼，"哟，没瞧着您，这不是八千岁吗？贤爷您什么时候来的哇？"得嘞，您别装糊涂啦！"哎呀，老哥哥，那个人，就那个，您刚给送出去那位，顶着个马虎帽儿的那位，谁呀……还得您给掀轿帘儿？孤王我可是头回见啊！有谁能落着让您给掀轿帘儿的？""嗨，您是问他啊？那是我们杨家的大恩人，跟六爷一个头磕在地上，攒御状的王先生啊！""噢……"八王想起来了，走的时候妹夫可是托付给我啦，要我瞅机会，给二叔说说，能给个官儿做，就别亏待了人家。嗨，瞧我，我怎么愣给忘了哪！"嘿，老哥哥，这王先生住哪儿呢？""嗨，老太太本来说是要请到府上来，人家是我们杨家的大恩人，不能亏了礼儿，说是给腾出一个小院儿来——王先生本来是外乡人，就为了救我家六爷，庄子叫老贼潘洪的奸党带人给烧没啦。可是人王先生是个明白人儿，说啦，如今天波府里净是女眷啦，他来可不老方便的，就干脆还是在城北的绿芜厅车脚店儿里安身。这不老太太还说哪，打算给府里值钱的东西归置归置，叫我去多凑上点本钱，帮着王先生，谋个买卖营生。八姑奶奶说王先生算命成，我正踅摸着给找个铺面儿……哎，八千岁，不然……干脆，您给找个得嘞！您要是在南清宫门口给王先生来个算命看卦的摊儿，准成！"

嗨！八王心说算了吧您，我一王爷，我能帮着您跟市面儿上找相面、算卦的卦摊儿铺位吗？那我成什么啦？可别价，您让王强去算卦相面去？延昭回来不得跟我翻斥吗？我就是这么帮着延昭报恩的吗？回头吩咐小太监，赶紧按老管家杨洪说的地方去找王先生，就说我八王赵德芳有请！

好嘛，这位大辽国的奸细贺驴儿——如今潜入南朝的王强，得见贤王，一步登天啦！有八王千岁的举荐，二帝正发愁呢，几位老臣辞官走啦……别的还好，三省六部是有管理流程的，头儿走了，底下该干什么干什么。可这宫里给太子教书的先生没啦，这太子没老师可怎么办？正好这位攒御状的王先生文才出众，破格提拔，直接就进翰林院为侍读待诏的学士，给太子教书。早早晚晚的，王强大摇大摆地出入宫闱，自然就结交了不少时常出入皇城的官吏，尤其是宫里管事儿的侍卫和宦官。这些人没人知道王强的底细，都认为他就是八王跟前儿的人，还传说是跟杨家有交情儿。

原先西宫里的大小太监们，都知道打这儿起太师的门子就算断了，没人能再撑起来了，连西宫国母也是能不出门就不出门了，天天憋在家里头。皇上呢，有时候能一个月都不来西宫一趟……其实外人怎么能够知道哇，紧关节要之时，是潘妃拿着当年刺破肉龙的金簪来要挟二帝，二帝当场不得已才给老贼潘洪留下性命。这可架不住日后慢慢地品啊，二帝总算是琢磨过滋味儿来啦，是真叫二帝心寒。再跟八王在五台山上的所作所为相比，慢慢地，二帝太宗可就想明白了。从幽州回来以后，皇上这身子骨就老爱犯毛病，屡受惊吓之后，夜夜不能入睡，时不时地爱做噩梦。特别是在西宫，见天儿晚上都是呼喊中惊醒，嘴里喊的是谁？正是自己的大哥赵匡胤！别说二帝自己啦，就连潘妃都吓坏啦！

那年月的人也没有不真信鬼神的。架不住连天儿的噩梦缠身！二帝这么一闹腾，就连潘妃自己都受不了啦，她自己就找辙往出支皇上。哎，这天二帝夜游南清宫，跟自己的皇侄说几句体己贴心的话，叔侄俩月下畅谈。也搭上是快要过年啦，晚上索性就不回宫了，就在皇侄的寝宫下榻……别说，这一整晚都睡得舒坦。二帝一琢磨，这是我大哥的冤魂在皇城里找我索命，可是他得顾念自己的骨肉，不会来搅闹德芳的南清宫，嗯……或许是大哥看我待皇侄不错，也就不来南清宫纠缠与我啦！

可这也不是长事啊，您在南清宫住下您是舒服了，养老宫里的贺老太后不干哪，没事就叫老太监们轮流说挖苦的话，就刺着你叫你走。没辙，一回去，甭管自己睡到哪儿去，晚上总是能听见响动，还能听见董家林、黄土坡里北国的瘪咧号角之音，成宿成宿腿上的箭伤复发，疼痛难忍。

老太监崔文一瞧，坏啦，皇上这眼圈儿……再这么下去可不成哇！巧了，眼看着快要到年根儿了，二帝去武成王庙上香，功臣阁里都上完了香，就到了自己的太平兴国府，这么一瞧，还真有心，早有人将十三家国公、九州节度使的画像都给撤掉了——潘洪现在是叛国之罪，决不能再挂画像在功臣阁啦！可是这些画撤掉，四壁空空荡荡，这也不像话呀？总管崔文自个儿偷偷做主，请御前画师来给画了满墙的八虎闯幽州故实，从杨七郎日抢三关、夜夺八寨画起，一直画到杨五郎五台山替主出家为止。杨家兄弟除了千顷地一棵苗儿的杨六郎，那哥儿几个的画像全都上墙啦，也跟这儿是配享春秋之祭。二帝一看，正合心意。当晚就在这搭好临时的行宫，亲笔题写诗赞上墙。哎，别说，在这太平兴国府里凑活睡一晚反倒是安然无恙，就跟在南清宫里一样——干脆，就住在这儿了，打这天起，二帝就不回皇宫内院了。

这么一来，潘妃邀宠之心也是渐渐地淡去。皆因为自己本来就不是潘洪的亲闺女，原先的身份低微，假如说潘老夫人托人告状，自己就是欺君之罪！嫁给二帝这些年了，自己不能得子女，不能够母以子贵，预料得到自己失宠是早晚的。干脆，早晚都有这一天，我已经做到了人上人啦，我还能求什么呢？就这么终老宫中也就是了。我这日子过得也还说得过去，何不见好儿就收呢？这样一来，干脆搬出自己私藏了多年的诗词书籍，大多都是南唐内府收藏的。一部一部地翻看，有特别动心的，自己就抄写下来，顺便也练练字儿。哎，来了兴致了，邀请宫中的女官来给自己指教，自己索性就开始读书、作诗、练字儿、画画儿……潘妃就不总给二帝捎话儿什么的了，万岁爷您哪，是爱来不来！赶上有时候二帝心情也还真不错，溜溜达达地来到西宫，想要和潘妃叙叙旧。结果反倒是潘妃自己不冷不热，埋头瞧自己的书，也不跟话儿。二帝一来二去，还真就不再往西宫里跑啦！

这么一来，这么些的太监能不先知道吗？一瞧，西宫国母自保都难，还能走这个门子吗？得嘞，咱赶紧改投天波府吧！怎么才能够呢？哎，天天儿进宫来教太子的这位，不都说是杨六爷的结拜大哥吗？就跟这位多近乎近乎不就成啦？王强呢，也是有意要结交这些位皇上身边儿的近臣，这样自己就能多探听出来大内里边的事儿，更能知道一些重要的机密，自己好时时给萧太后发出密信哇！哎，就这么着，在给太子教书的时候，王强就将大宋朝此时的兵备底细摸了个清清楚楚！要说报仇，王强比谁都心急！头一个是要杀杨六郎，这是给自己的一个哥哥报私仇。更大的仇恨是什么？是杀萧银宗和韩昌、萧达览，这是给自己的爸爸、兄长们报仇！可是要杀萧银宗和韩昌，自己就得先让杨六郎做了元帅才成呢。在王强的心里，就怕你们南北两边不开仗，你们不打仗我如何方能得报冤仇哪？

王强得了官衔儿，在京城里可也就安好了家了，赶紧修得了密信一封，差心腹之人送回了北国。要不怎么说是密信呢，太密了，光得着一封，谁都瞧不明白，得三封信凑到一块儿才成呢。信使得是从三条路北上，一路海上，一路悄悄出三关，一路是慢慢腾腾地走河西远道儿。这时候也就长喽，等女皇萧银宗得着王强的小黑驴暗号密信，拼起来一读……哟，这黑驴儿还真是好样儿的！

这一阵儿正赶上北国的内乱初定，萧银宗在幽州的日子慢慢舒心点儿了，接到了王强的密信，仔细一读，这才知道大宋朝发生的这些个大事。不得了哇！按王强信里说的，南朝此时正在武备空虚之时，是千载难逢的用兵时机。萧太后找来北国的几家重臣，将这封密信的消息转告，几位一合计，都知道这是难得的时机。可是咱们这儿也没法子打大仗啦，精锐部队还在北边儿呢，一时之间难以调动回到南边儿来哇？咱们要不要进兵南犯呢？

按说，此时女皇萧银宗并不乐意立刻出兵和南朝翻脸——此时南北罢兵本来是对北国也有利，萧银宗好慢慢地收拾北地残局。再者，雍熙三年南北大鏖兵可是整整一年啦！打这么一仗下来，南朝损失了数以十万计的士卒和数千战马，北国的损失远比南朝还要大！为什么这么说？北国是地广人稀，最缺的就是人！这一仗下来，虽说还算是自己打了个胜仗，可是少年好儿郎在阵前损折了多少？没南朝那么多，也得有数万！尤其是那些身负重伤的伤兵，国家不能说不管啊，可是再发回原籍，月月得关粮饷，单这一项，就够老太太头疼的啦。

老太太不想用兵南征，这头疼的事不只是这一头儿。身边这回得力的人，除了俩弟弟不能离自己的左右，还就是这仨姑爷：大驸马韩昌和二驸马穆易、三驸马王识途。两狼山前的战事一完，哥儿仨搭帮儿一起扫北定边去啦。这回四郎和八郎算是得了劲儿了，吃着北国的钱粮，领着北国人，出征杀北国人，哥儿俩难得是出了口恶气！哎，自此这哥儿俩反而是受到女皇的重用，跟韩昌的关系越靠越近。前文书交代过，韩昌本来打算是叫自己的亲弟弟跟自己连桥儿的，多少跟四郎有点过节。再往后，四郎娶了二公主了，韩昌再操心三公主，好么，这位三公主玉镜也瞧上金沙滩里宋朝的降将啦？韩昌是什么人呢，能不防着这二位吗？

特别是两狼山这一战，韩昌亲眼瞧着是八郎放走了杨六郎。等到私底下跟八郎闲聊的时候，韩昌就来试探来了。过来跟八郎比了个六，"嘿嘿……贤弟啊，按说你我已经是一家儿人啦，你得跟我说老实话。啊……那杨六郎的枪……现在是归了咱们北国了，可是那天之后，我可没在你的大营里再见着那杨六的马啊？三妹夫，你得说老实话，那天那位——你给带着出了连营的，就是杨六郎是不是？""啊？大姐夫，您这是说胡话呢吧？什么马啊？枪？杨六的那杆枪？那是我给您的没错！可谁？哪天？杨六郎？我可不知道，您这可问不着我呀！""嘿！你小子还不认账？""大姐夫，您这是什么话？没有的事哇！没有的事您这是打算……您说的这事，除了您跟我以外，还有第三个人见着了吗？您琢磨琢磨，您跟谁说，谁能信您的……"

韩昌转念一想，还真是。"哈哈哈……我的好妹夫，姐夫我这是跟你开玩笑哪！你可别忘了，当天姐夫我可就给你比了个六，我知道他是谁……可是我也帮着你放走了他！为了什么？还不是为了我不能叫我夫人的三妹妹伤心哪！咱俩还就得多亲多近才成！妹夫，你踏实着，这件事打这儿起就算了啦！没这事啦，咱谁也不提了，这还不成吗？我知道，你跟二妹夫你们哥儿俩原本就是好朋友，金沙滩你们哥儿俩是一块儿来的。你们自然就走得近，得嘞，谁让人家姐儿仨好呢？咱们哥儿仨也不能够差喽哇？你帮着你姐夫我也给请请，请来你二姐夫穆易，咱们哥儿仨也得走得近点儿……唉，开始啊，我兄弟给这位妹夫给得罪啦，闹的好大的不愉快，你这位二姐夫从来也不肯搭理我……"韩昌一通软话。八郎转念一想，自己也是看得出来，要搁着韩昌的真心，也不想我爸爸死。自己还记得，在苏武庙中这位韩昌和国母萧银宗，看着老父亲的尸首，也都掉过泪，也都对老父的尸身很尊重……不但韩昌是这样儿，耶律休哥、耶律斜轸和韩昌的父王韩匡嗣，都曾到虎北口我爸爸的祠庙中去上过香。这也算是三十年打出来的情分，无非是各为其主，可见韩昌这个人并非是小人，还是可交的。说话就换成笑脸儿："得嘞，大姐夫，谁让咱们仨是一担挑儿，难得有这缘分，这有什么可说的？您放心啵，交给我啦，改天那姐仨聚会，我说动我二姐夫也来，这还不成吗？"哎，一来二去，总是有姐仁碰面的时候，三位在一起一喝酒开聊，过往的不快也就一扫而空了。

如此，韩昌慢慢就摸清了四郎和八郎的本领。跟萧银宗一商量，回师安定北边，反而是能够用得上这哥儿俩！老太太把三个闺女都叫在身边儿，这么一通劝说，无非是情理相兼。铁镜和玉镜都明白了，要对付北边各邦的反叛和耶律家族的势力，得自己的夫婿为丈母娘出力才行呢。因为北国麾下的这些将士，过去多多少少都跟这些耶律氏的亲王有来往，除了韩昌去为娘我放心，你们这两位姑爷是南朝人我放心，其他人都不好说！再者，你们姐仁一同去临潢府是最为合适，为什么？你们也是姓耶律的，毕竟你们都是耶律家的人，你们出面，不少的亲王就能反悔，再重奉我大辽女皇正朔，省去一场刀兵那是最好哇！

这姐俩回去，跟姑爷一说，四郎、八郎自然是乐意，能去打北国人，尤其是带着幽州的主力回师临潢府，那老岳母就没有力量南下啦！我们在北国多拖延一些日子，老六回京告御状就多一份儿胜算哪！四郎、八郎是主动请缨出征，给韩昌当副手儿。萧银宗腾出工夫来治理燕云十六州的经济，不再对南朝用兵了。重开边境的榷场贸易，只不过要严查南北往来的客商，以防有南朝的奸细混迹其中。重新提拔了不少的青年才俊，大多数都是燕云十六州本地的汉人子弟，亲自给做媒，帮着娶媳妇——都给说的是北国贵胄的姑娘。哎，这么一来，这些位新提拔起来的官员都一门心思地跟着萧后，帮着重整各州的政务，鼓励开垦荒田。为什么起用汉人子弟呢？因为这些家庭的孩子还念过书，多少还都精通农垦之术，幽燕之地可以放牧，也可以种地。萧后打这儿起就常年坐镇在幽州了，将大辽的政治中心和经济文化中心转移到了幽州，和临潢北府分而治之。

跟南朝这边儿呢，反正是我也没法子大举用兵征伐你，再一个，就是我手里没有兵马可调了，一举拿下南朝的把握我也没有，怎么办？先耗着，既不说派出使臣与你宋朝和解，也不说决战胜负——大蝎子教小蝎子——就这么着（蜇）吧！

〖二回〗

这一不打仗了，边关南北的原住村民也就慢慢都回到故土啦，正赶上七九河开就要开春儿了，燕山南北——荒地有的是！开呗！南边儿的货物这一年来可是太少见了，像什么种子哇，锄头农具哇，药材哇，茶叶哇……市面儿上的南货奇缺，物价飞涨！所有的买卖铺户一看这架势，都涨价！谁让咱们这儿没这些货哪？不卖贵着点儿是咱自个儿家犯傻啊！东西一贵就难卖，买卖人卖不出货去，政府就收不上税，国家也缺钱。

萧银宗一看，可不能再这么僵着了，降旨免税，凡是在今年开店铺的商家我是全免！宁肯我们皇家贵戚过日子紧巴着点儿，不能叫百姓们日子太苦啦！哎，这样儿，这物价算是落了点儿。关卡哪？南北要道的把守之人全都换成了新上任的汉官，叫这些人好好地把守往来商道镇店，分辨好南来北往的商户，真是做买卖的，照旧放行，还给护着点儿，别在路上出差错儿。做买卖的也就都开始打算再南下做贸易啦……慢慢地，北国老百姓的日子就多少见了点儿起色。

这日月儿可就不短了，四郎和八郎在北边打仗也很尽心，连日攻城夺寨，镇压住不少的北府叛军。等到临潢府的叛乱平息，主谋人等呢？四郎跟八郎细一盘算，咱们哥儿俩得帮着丈母娘和韩昌得罪人来啦！这些叛将、耶律氏的皇亲国戚都不能留着，咱们就在临潢府杀喽！这么办，这些人的子孙、麾下旧将都会仇恨南府，北边日后就会永无宁日！可是眼巴前儿呢，又会安定非常，正好跟老太太讨好。哥儿俩嘴上是比谁都会说啊，劝说成了两位公主，铁镜、玉镜早就被自己这俩夫婿迷得跟脑残粉似的，穆易和王识途说什么都听——"嗯呢，你们怎么说就怎么办吧！"再说了，四郎和八郎编的话也很是在理。这俩妹妹再去找大姐和大姐夫商议，就跟姐姐说，如今这临潢府算是平定啦，可是北府之地尚未成定局，这些耶律氏的勋戚们已经是二番反叛咱皇娘啦！当初这些位在幽州都曾指天画地地起誓，有用吗？咱们要是再饶恕了这些人活命，这就叫屡教不改，咱妈还是奖惩不明哇。那些早就归附女皇的各处都督怎么想？以我们姐妹俩看哪，这些人就不能饶！全都得杀！

虽说韩昌是扫北的主将，那得看跟谁论。这江山是这姐妹仁亲妈的，我身为大姑爷不能说得太多，得，听老婆你的！大姐呢？铜镜公主自己根本就没主意，谁家的大闺女都是领着弟弟妹妹这么长起来的，就爱听二妹的主意。一听说要杀，啊……那就杀吧！全是耶律氏的远近亲眷，这姐妹仁从小就不觉得亲，她们姐妹打小就都是跟姥爷家的人亲。你们杀了我姥爷，心里是真恨，干脆都甭留，这叫一个狠哪！可是这一杀吧，还真管用，北地九沟十八寨七十二岛一百单八邦的都督、酋长连带山贼土匪也都来投诚献礼，没人再敢和萧银宗女皇对抗啦！可是也有多少人跟萧银宗心里头记恨上了，有的是杀父之仇，有的是兄弟之仇，有的是连襟、妯娌……这仇结得可就多啦！大家表面上都是绝对地拥护，甘心诚服，永远忠心……姐妹仁一时还琢磨不过来。

临潢府都安定好喽，四郎和八郎又一合计，咱哥儿俩还不能就这么回军幽州！现在是乘胜之师，万一这丈母娘一高兴，再派咱们的大姐夫带着兵南下呢？咱哥儿俩帮着她打胜仗，不就是在帮老六的倒忙吗？这么着，咱哥儿俩带着大军先不回去……哎，偏巧是临潢府耶律家的好几家亲王作乱之时，还曾经与北方的几个大辽盟国通信合谋过。四郎和八郎四处搜罗出不少证据，各自说服公主，带着大军接茬儿往北，远征协同反叛的黑水、女真、鲜卑各国、各部。得了，这一下就别指望哥儿俩早点儿回幽州了。就这么，韩昌一瞧，反正是有二位公主看着呢，自己就请旨回军，同着大公主铜镜与两位妹妹分手，自己将扫北帅印交由铁镜公主掌管，自己领着本部两万人马先回了幽州。

韩昌回到幽州没几天，王强的密信送到。老太太就把自己的俩弟弟萧天佐、萧天佑，叔伯哥哥保国王萧达览和姑爷韩昌、大公主铜镜，都叫到身边儿来。你们看看吧，黑驴儿说是难得的良机，你们看怎么办。

大家伙儿拿过书信来，传着这么一看，都直嘬牙花子，难哇！大宋朝武备空虚啦，咱们就比人强多少吗？嗨！萧达览跟妹妹掰着手指头算账："女皇陛下，我的好妹妹！您知道吗，咱们最多还能调动的精兵也就剩下五万人啦！大队人马都叫你那俩宝贝姑爷带到三江黑水国去啦！咱们这儿也实在是要人没人，要马没马，要牛没牛，要羊没羊，要粮没粮……"行了行了，老太太点点头儿，又问韩昌："延寿，你算算，咱们假如说征南发兵，咱们幽州这边南府的军粮还够多长时候的？"

韩昌摇摇头，"皇娘，真是不足啦！剩下的这点儿军粮的库存，光够咱们这些人马吃三个月的！您想啊，去年打了一年的仗，南北烽烟不断，各地的存粮早就掏空啦！这又是刚过了一冬！北府临潢因为打仗，损耗殆尽不说，还一把火烧了最后那点儿存粮，北府咱们是指不上啦！您那俩宝贝闺女跟姑爷没准儿截长补短的，还得跟咱们南府伸手哪。开春儿以后是能好点儿，也只不过是战马有青儿可啃了，不至于挨饿。可不到秋收时候，这人就没吃的哇！""嗯……咱们要是打过了界河，在那边会不会能得着点儿南朝往年的存粮？""您说大宋朝的边关啊？您甭惦记着了。微臣我早就派出探子打听明白了！杨家父子把守瓦桥三关以来，广修水道，将界河以南的几处关口都拿水道连起来啦，大宋朝边关的军粮全都搬走啦。那边一旦说要调用，运河上的小船两天就能将南边各码头仓房里的存粮给运到各关各寨。可是在大宋的边关城寨里，咱们可是得不着粮草啦，存得都有限，您趁早别惦记着啦。""唉，可惜呀……"

韩昌知道老太太可惜什么，不能接她这个话茬儿。您是可惜杨家父子怎么没保了您？您有我韩家兄弟保着哪！"陛下，咱们的军粮虽说是不足需用了，咱们也不用出兵打太远哇！""嗯？怎么讲？""国母皇娘，虽然这大宋朝现在名将尽失、武备空虚，可是咱们眼下也耗得可以啦！咱们这会儿出兵南征，南朝会不会再起用杨六哪？这都不好说。我看这么着吧，咱们不打仗，再来一回两国君主的和谈酒宴，您看怎么样？""啊？再来一回双龙宴会？""咱们再来一回就不能再叫双龙宴会哇，咱们就再来一个龙凤宴，看他宋君敢不敢来！""延寿，你这是聪明一世糊涂一时啊！人家就不用理咱们了，宋王就是不来，咱们可怎么办？""哈哈，国母，您想哪，他为什么不敢来哪？没别的原因，就像黑驴儿信上说的一样，杨六灰心丧气啦！他不肯再保宋君，宋君驾前可就没人啦！没人保着宋君前来赴会，他才会不肯来呢。这么一来，足可见大宋朝确实是人心离散，咱们何愁东京不能指日打破呢？他只要是不来，咱们就敢下注出兵南征，大不了一仗就打到东京去，那儿存的粮食有的是啊！""哦……似乎是……仿佛是……"

韩昌嘿嘿一笑："陛下，什么叫兵不厌诈哇？不怕他不来哇，咱们请出来您收藏的九环定宋金刀哇！""啊？延寿，怎么讲？孤家我的金刀……可不能再落入宋人的手中！""嗨，陛下，您的心意儿臣我等自然是知道的。您放心，不用拿真刀出来，咱们仿造一把，就宣称是您大仁大义，乐意将令公的金刀归还南朝，但是不能就这么给你们送回去，咱们得比试比试……无论南北两地的英雄，要看谁的刀法最好，才可配得上令公的这口神锋。哎，就拿这个做由头儿，逼着他宋王来！这么着，他还非得来不可！他要是连令公的金刀都不敢来请回去，您还怕什么哪？""嗯，果然是妙计！咱们就把这场和谈的宴会叫作'金刀龙凤宴'！令公的金刀不是南朝开国太祖皇帝加封的定宋神锋吗？我们甘心将此刀奉还给你大宋，可是你大宋得有英雄豪杰前来夺回这口金刀。如今咱们好心，甘愿献出宝刀在宴会上给大家伙儿开开眼……如果大宋有能人能比赛夺魁，姆们就甘心将宝刀送回南朝故土——哈哈，他赵匡义不敢不来！他不来，如何对忠良交代？好姑爷，你这个主意好！"

老太太正乐呵呢，旁边萧天佐看不惯了："嗯……姑爷你说得是不错，可是要是杨六他来啦哪？"哎哟，老太太也愣住了："对啊，延寿，你舅舅不说我还真忘了，那么说要是杨六他还是保驾来了呢？"韩昌低头沉吟了老半天，没吭声儿。铜镜公主在一旁看着直着急："我说，你倒是说话呀？要是杨六来，咱们可得怎么着？"韩昌头还没抬起来呢，嘴里就开始笑出声儿来了："哈哈哈哈哈……"哎？你怎么魔怔啦？"国母皇娘，儿臣我等的就是他杨六，我就怕他不来，他不来，咱们北国的英雄都能将南朝的江山打下来。您容我说句大话，他要是来，还就只能是孩儿我来迎战！"这意思就是说，除了我韩昌，你们这些人在内，都不是杨六郎的对手！

两狼山前龙虎斗，萧家兄弟都在呢，也都瞧见了，心里头不痛快，可是也知道韩昌说的是句实话。歪着头看天，免不了这脸上都带着点儿不悦之色。老太太还真就是有心要捧着自己这姑爷："延寿，这么说，他杨六要是真来了，你要跟他一决胜负吗？"韩昌摇摇头："皇娘，不然啊！一旦说南朝保驾的队伍里有杨六，这场仗咱们可不能这么打，只能智取，不能强攻！""怎么讲？""您想啊，南朝二帝对忠良如此，他杨六还能不计前嫌保驾赴会，南朝来的将士都会跟咱们拼命的，人人敬佩忠良，都得跟杨六是一条心！要是这样可就难办啦！人人死战，咱们大辽的英雄儿郎倒也不怕，可是怕就怕中原日后人人齐心，发狠地跟咱们作对，这江山可就不稳当喽，咱们这仗可就没法儿打啦！""打不了？难不成我还真的跟宋王讲和吗？""哈哈，既然出兵了，岂能讲和作罢？依儿臣之见，他们来到边庭之地，第一咱们不打；第二咱们也不讲和；第三，也决不能放宋王和杨六走！"哎，萧银宗眼前一亮，脸上的愁容尽扫："哈哈！我听出点眉目来了，嗯……不打，不和，也不放人？你快说说！"萧天佐、萧天佑和萧达览也都纳上闷儿了，那怎么办呢？都凑上来要听。韩昌面带得色，凑到萧银宗的身边儿，低声耳语："陛下，咱们在边庭摆宴是试探南朝，宋王来赴宴，岂不也是来试探咱们的哪？儿臣料定，南朝也是倾国之重兵，也一样粮草不足！这一仗要打，不是看谁能在疆场把谁战败喽，我看哪，就看最后是谁能得着谁的军粮！刚才您是问的瓦桥三关的驻兵军粮，那是没有多少。可是这一趟宋王带来的保驾扈从，必然是倾其所有哇！皇娘，找个地方稳住宋王，咱们这么这么这么办……"老太太一听，抚掌大笑："好个延寿，真有你的！文武双全，足智多谋！就凭你这个本事，杨六未必如你！好吧，就按你说的办！你快去选个合适的地方儿，咱们先设摆好这个龙凤宴！""遵旨！"

　　韩昌跟铜镜公主奉旨南巡，本来就听左贤王麾下说到过董家林、黄土坡，到这儿一瞧，果然是正合适，黄土坡里还有一座前朝的古城，如今废弃无人，正好可以举办大宴。

　　安排好公主陪着保国王萧达览在此督建古城宴场——不单单是如此哇，还得提前催运调取北国各地的粮草牛羊，都赶到董家林、琉璃河的西面猫耳山、牛舌峪中藏好喽，干脆将北国的精兵也都暗藏在牛舌峪山中，先跟这儿埋伏好。此地下山才约二十里就是董家林。等宋王前来赴宴，再调兵围困不迟。这边儿都安排好了，韩昌画好了董家林、黄土坡古城的地图，成心勾掉猫耳山、牛舌峪，快马赶回幽州面见女皇。萧银宗查看图册，也就知道韩昌是怎么安排的了，哈哈大笑，知道这回是必定成功，赶紧修定国书，派使臣到南朝递交国书，邀请宋王前来赴宴和谈。

　　国书上就这么写的：南北开战一年，我北国的大狼主命丧金沙滩，你南朝的杨令公碰碑而亡，谁都没赢！冤仇宜解不宜结，冤冤相报何时了哪！我北国军卒在两狼山中得到了老令公的九环金刀，这是你大宋的国宝，监国重器，为了表达我女皇和谈的诚意，愿意归还给你南朝，特此邀请南朝君主前去董家林赴会金刀龙凤宴。南北两国交界之地，有董家林、黄土坡，坡前有古城一座，风景秀丽，请宋王您来此地，一来是赏玩美景，二来是两国和谈，三来，还要送还令公之骨殖①和九环定宋金刀——这不是国宝吗，你来的是君子——这国宝我可以归还与你。你若是不来，你们南朝人就是小人，连功臣的遗骨您都不要啦，您还怎么跟我们北国再决战哪？那……您可就怨不得我北国人贪图神锋宝刀，这口刀可就从此归我北国，我们要执此金刀，破你南朝江山！您来赴我们的君子之宴，金刀我们也不白给您，咱们得比试比试。我们先画出个道儿来，头一阵我们北国出大力士三位，你们南朝也得出三位啊。二一阵，我们北国出两位射箭的能手，你们南朝也得出两位射箭的能手，比试比试！三一阵，我们北国出枪法第一的英雄一位……贵国，也得出一位使枪的英雄！

---

　　① 音 shi，火化或腐烂之后的尸骨遗骸。

你南朝要是输了比赛，您放心，令公的遗骨交还，可金刀我们就不还啦！北国要是输了，地界北推，黄土坡和董家林从此就归你们南朝啦！

这招儿可损了！国书送到金殿之上，二帝太宗展开来这么一看，眉头紧皱，嘶……这可如何是好呢？有心把这份儿国书传下来给群臣看一看，可是这么一瞅哇，嗨……禁不住叹了口气，自己眼前真是没人了！两位大丞相都辞了官了，呼杨高曹四家儿老王爷，真应了那句话，叫作死走逃亡，全都不在了！我还能问谁呢？斜身看看自己的皇侄德芳，得了，皇侄啊，你看看啵。德芳接过来北国的国书，朗声这么一念，文武群臣可就都听着了。"列位卿家，不料想啊，这个……边庭战事才现稳局，北国的女皇就来了国书了。这一回倒不是正式的战表，可也不亚如是战表。金刀龙凤宴，按朕我看，无非又是一番双龙会宴，朕我倒要听听列位卿家的主意，你们说说，朕我是去还是不去呢？假如说是去，不知哪位卿家肯保驾前往？假如说不去，那么看起来南北两国难免就要再次开战啊！"

文武百官你看看我，我看看你，心对口、口问心，没一个搭茬儿的。怎么呢？怎么给你卖命呢？杨家将保着你，惨死在疆场，一半儿是死在敌将之手，一半儿是死在你的宠臣之手，谁还敢给你卖命哇？文官，没人乐意陪着你去赴会，要去的话您自个儿去吧！武将，一个个谁也不愿意再到前敌送死，你不点我们，我们谁也不押头儿去请旨去，嘿嘿……文武百官个个装哑巴，沉默不语。寇准一看，早就料到有这么一天，你们不搭茬儿，可我得给皇上解围，这一天我可算是等到了，不是这一场龙凤宴，杨延昭如何才能够二番出世哪？赶紧迈步出班，"哎呀，万岁！这个龙凤宴您可是去也得去，不去您也得去！"

"哦？寇爱卿，你……此话怎讲？""万岁，北国若单单是以和谈为由，约您去董家林前赴宴，这一趟咱们可以不去，前有双龙会之鉴，我朝尚有托辞可复。可是这一回北国人还抬出来杨令公的金刀和遗骸，您想啊，忠良为国捐躯，身丧在异国他乡，如今得您去宴会上请回忠骨，您要是不去，大宋朝边庭将士还有谁能够尽忠用命呢？""哎，爱卿啊，你说得确实是不错，这场龙凤宴就算还是鸿门宴，朕也得前去一观，无奈……嗨……这个么……""万岁，您是有什么话么？""寇爱卿啊，自从幽州金沙滩双龙会，朕已然落下了病根儿了，一听说有人请客，我这……啊，朕我这腿脚就打战，我这手都不利落啦！""嗨，看起来您这可是落下心病啦！""可不是吗！爱卿啊，还是你的学问大，你看看怎么写上一封回书，就说朕我的身体欠佳，难以赶赴这龙凤宴……啊？能不能改期再约，先搪塞一时也是好的……哎，躲过这一时，咱们君臣再从长计议啊。"

"万岁，有道是躲得了初一，躲不了十五啊，咱们是天朝上邦，泱泱大国，从来都是别人躲我朝，哪里有天朝避险躲闪北国国书的道理？巧言令色，说得再漂亮也是无用哇！万岁，说什么这一趟您也得去！微臣我明白，您是担心咱这大宋朝无人保驾是不是？""嗨，寇爱卿啊，那么说就算是朕我想去，你倒是看看……这朝堂之上，可有肯保驾前往的良将贤臣？"

〖三回〗

寇准扭身一瞧，满朝的武将，没一个打算往出迈步儿的。哈哈！你们不出来，我可得进去揪你们去！

"哈啊哈，列位大人，您看哪，这回可是您几位跟万岁爷表表忠心的时候哇，啊……要不然您来这个保驾官？"寇准一指武将班中的几位老国公爷，这都是当年跟随太祖爷的老将，可是后来跟随老贼潘洪朋比为奸，上欺天子、下压群臣，像什么楚国公侯章、卫国公赵赞、岐国公陈洪进、邢国公武行德……这些位到了二帝登基以后可就没再出征打过什么仗啦，这一年二帝御驾亲征大战幽州，这些位也只是陪王伴驾，可说是寸功未立。寇准都扫听好了这几位老将军的德行，知道你们根本就不敢再出征打仗，准知道你们必定是百般地推脱！好，就特意地得问问你们几位，当初杀杨景之时你们叫唤得欢实，今日儿个到了龙凤宴的请帖又送来了，倒要看看你们谁能学一学杨家的大郎延平！

"哎呀！我说，侯公爷！瞧您这身儿膘儿，够威武的啦！要不然您来这个保驾的将军？"侯章一哆嗦，"嘿嘿，寇大人哇，您可就别拿老朽我开玩笑啦！老朽我年岁忒大了，难以再上马……提刀哇！""哦？侯公爷，您是说您年岁大啦？""不错哇，老朽我今年已然是……五十二了……""那么侯公爷，请问是杨老令公年岁大哇，还是您的年岁大哇？""啊，这个么……哈哈哈哈……寇天官，我们这些人吗，官卑职小，跟杨令公可怎么比哇？""哦，侯公爷，您的意思是说，您只是得了个公爵，杨令公是王爵之位，您就不应当跟令公比？

好哇，那么忠孝侯杨泰延平将军……是一个侯爵，可不及您哪，那么延平将军能够替主赴会，侯公爷您……""嘿哟喊！寇大人啊，谁能说得过您啊？您就别跟我过不去了，反正是我没这个本领陪王伴驾啊，这么着，老臣我辞官还不成吗？您瞧好喽，您管着吏部，我不但是辞去官职，我这爵位我也不配，一并奏请圣驾您给我革去也就得了！"二帝在上边是有气也没处撒去，袖子一摆，这就算是准了本了，准许你侯章辞去官职、爵位，你不敢保驾赴会，那么你还在朝堂上混什么呢？您家去啵！

寇准挤对走了侯章，下一个就晃悠到了卫国公赵赞的面前儿了，老赵赞一看，嘿嘿，我乖点吧！把自己这帽子一摘："寇大人，您甭问了，老朽我这官也当得够不是滋味儿的，您看，我这官职、爵位也都还给您了，您是吏部的天官，您再给皇上找能人啵！""哼哼，算您明白事理哇，您这帽子我可不要，您还是自己先擎着啵。"寇准再往下，这位是韩国公王晏，王老国公一瞧，看起来我也得回家了，也要摘帽子，二帝在上边可看不下去了，心说寇准你甭溜达了，你这么挨个儿问下去，我这些位老国公爷还不都得叫你给挤对光啦？"寇爱卿啊，你也就不要再问下去了，朕我也心里有数，这几家公爷原本都做了十来年的太平将军了，年岁可都不小啦，还叫列位卿家上马临敌是不能够了！"

寇准扑哧一下乐了，心说我这是可惜您月月给关的饷，您这是养了多少位闲人哪？"万岁，您别忙，微臣我问这几位公爷，无非就是想知道知道，如今我朝中到底有没有像杨家大爷延平将军这样的忠良之臣？"寇准这句话一说，可惹恼了朝班之中一位开国的老国公爷——邠国公王彦超王老将军，老将军今天也是叫侯章、赵赞这几位给臊得够呛了，叫寇准步步紧逼，一时按捺不住了，站出来，反问寇准："寇大人，您总是一个一个地问我们，问我们这班人里能不能出一个如杨府大爷忠孝侯爷这样的忠良臣。那么我倒要问问您，您说我们这班人里出不来……那您哪？您乐意保驾前往边关去赴会龙凤宴吗？"

寇准一听，就等着有人问我哪，嘿嘿地乐："王公爷，您可问得好哇！要说寇准我吗，虽说本是一介书生，手无缚鸡之力，可这一份忠君爱国的心不亚于当年的延平将军！这一回北国摆设龙凤大宴，不需问，这依然是一场鸿门宴，我朝的文武臣要去赴会，当然是凶多吉少！圣驾乃是万乘之尊，江山所托，决不可轻入虎狼之地！这一回就由八千岁代主赴会，微臣我来保驾前往，自然可保我大宋江山的安稳！"

寇准这么一说，拿眼睛瞅着八王赵德芳。八王一看，满朝的文武都盯着自己，皇叔二帝雍熙天子也扭脸儿看着我，我还能说什么呢？八王是一个要面儿的人哪，你寇准既然这么说了，这个我得接啊！一探身出来："哈哈哈哈，叔皇啊，万岁！您这个就不必担忧了，萧银宗请的是您，可是大宋朝多少事务哪？小小的北国动不动就要跟您见面儿，哪儿能那么容易啊？这一趟到董家林赴会，绝不用您去，侄臣我替主赴会就足够啦！至于说谁来保着侄臣我嘛……"八王看看满朝的武官，没一个自己瞧得上的，知道自己只看得上一个人，就是自己的妹丈杨景杨延昭，可是这一趟，人家六郎还能够保自己吗？再者说六郎为戴罪之身，在汝州服刑，我这话怎么开口呢？"哈哈，万岁，要说这满朝的武官，我看没一个能比得上吏部天官寇大人的，就凭寇大人的本事，定然是能够保着侄臣我安然往返哇！还请您降旨，就封天官大人做这一趟的保驾大将军！"

二帝一听德芳愿意替自己前去赴会，这心里算是踏实了，可是这么一来，自己这面儿也得找回来，少不了得客气几句，"哦，德芳啊，你能替朕我前去赴会和谈，索要老令公的金刀和骨骸，这一回朕我也就放心啦！可是这护驾将军么……""万岁，您不必担忧，有寇准在，侄臣我就能好好地回来！啊，寇大人，你倒是说说哇。""嗯，八千岁，万岁，您两位都别担心，有微臣我在，可保八千岁无恙而归！"

二帝瞧着寇准嘿嘿地冷笑，这心里更不踏实了："寇爱卿，你有本事我们是都知道，可是你不会武艺啊，你不能够说上马出征打仗去。那么说我皇侄到了董家林、黄土坡，南北两国龙凤宴会，酒席之上这要是北国人翻脸喽……""万岁，要这么说，微臣我再跟您面前讨旨，在满朝的武官当中请出一位来，保驾下边庭赴会董家林！"寇准这么一说，二帝倒又二乎了，怎么呢？心里知道，够这份保驾赴会的将军，谁呀？就是杨家的六郎延昭，谁不知道呢？可是这会儿我这才给杨六发配到汝州去，本来这年头也不多，就三年，就算是丁忧啦！这就够可以的了，我就算是够宽大啦，这……天天回到后宫我都不好意思再去西宫见潘妃了……寇准上前一步："万岁，满朝的将官又有哪一个能够保着八千岁替主赴会呢？我看哪，唯有高王爷高千岁，他的本领方能挂帅保着千岁前去董家林赴龙凤宴！万岁，还请您降一道旨意，许可微臣我前往那永平王府……去看看永平王千岁的伤势将养得如何了。"

寇准说的这位是开国老功臣东平王高怀德的独子高琼高君保，本来是开国五王八侯里的八位少阳侯之首永平侯，可是幽州这一战，老驸马高怀德在阵前阵亡，高君保扶着灵柩回京，按王爵之礼安葬了老千岁。二帝为了笼络忠良老臣们的心，给高君保升为了王爵之位，可是因为他在幽州身负重伤，一时难以上朝陪王伴驾。那么寇准一提高君保，二帝才想起来，就是啊，我这外甥的本事也不小，虽说不能够跟金刀老令公和东平王高老千岁比，胯下马掌中枪想当年也曾在双锁山力劈过招夫牌，寿州城也是闯营报号解过重围，打金陵帮着女帅刘金定立下了不少的汗马功劳，君保能成啊！"哎，皇侄啊，寇爱卿这么一说倒提醒了朕了，君保这条枪也可说罕逢敌手哇！有他保着你前往董家林、黄土坡，朕心稍安。嗯，这条枪是有了，还有力士呢？""万岁，微臣上表假设阴曹审潘洪之时，其中说到两位臣在代北收归的奇人，两个都是身高丈二，力大无比。有这两个人，比赛力量，北国这一阵是无法得胜的！""哦，对对对，朕还真有印象！那么神射将军哪？""啊，原先的八台总兵里有一位赵彦将军,据说就是一位神射将军,他的箭法是七将军亲授。""好好好，如此这一趟就有劳皇侄你了……"明明知道是龙潭虎穴，可是没办法，二帝自己已经是吓怕了，再也不敢说赴什么宴会啦。

朝议作罢，君臣散朝下殿，八王气呼呼地往下走，来到大庆朝元门的牌坊之外，寇准好不容易算是追上了，"我说，八千岁，您倒是等等微臣。"八王扭头一哼："寇准啊，你就害我吧！"

"千岁，微臣我怎么是害您哪？""你明知道这董家林龙凤宴乃是龙潭虎穴，你怎么还把我往里推呢？我这一趟去还能全身而回吗？""千岁，您甭担心，这一趟有微臣我保着您去！""嘿哟！寇爱卿啊，你可不能玩笑，你保着孤王我去有什么用哪？就算是君保跟着孤我一块儿去，可是北国的虚实不明，当初两狼山韩昌摆设了五虎擒羊阵，就连老令公他老人家都被困在苏武庙里……你让身负重伤的君保……唉！你呀你！""嗨，千岁，别哪壶不开提哪壶啦！这一趟有微臣我就不同了，您看哪，就凭着微臣我这张嘴，保管到在董家林、黄土坡前，龙凤大宴之上，说动萧银宗献降书、递顺表，保管说动三川六国的大帅韩昌，折断钢枪、丢盔卸甲……""得了，我说，老西儿，我还不知道你吗？你说点正经的，咱们俩怎么办？""哈哈，怎么办？冻豆腐！没法儿办！有今天，可不是我寇准糊涂！咱们哪，只得是先去永平王府啵！"

君臣二人一同捧着圣旨来到了永平王府，原先就是东平王府。来到王府之内，这是圣旨到了，全家人把千岁迎到银安殿前，设摆香案，八贤王宣读完了圣旨，永平王高君保接旨谢恩已毕，君臣三位这才落座谈心。八王和寇准就把北国下国书，邀请圣驾到两国交界的董家林、黄土坡前赴龙凤宴的事说了。这一场宴会非为其他，一来是两狼山一战南北尚未分出胜负，两国借机议和罢战；二来是北国请出来老令公的九环定宋神锋，这口刀乃是我朝镇国之宝，北国还将令公的遗骨请出，愿归还南朝，这是这一场龙凤宴的借口！故此八王替主赴会，寇准天官也愿保驾前往，那么今日来千岁府上登门请贤，请永平王千岁您保八王赴会！高君保一听，连连摆手，"千岁，寇大人，自从幽州这一战，微臣我身负重伤，回京来调养，这也才过去不到一年啊，微臣我刚刚能上马提枪，只不过能凑合着舞弄舞弄，可是要是遭逢北国的猛将，我这枪还不成！千岁，寇大人，您二位可别指着我，保驾前去赴会，对不住，还请您另请高明！"

八王说："哎呀，高爱卿，如今满朝的武官之中，除了你这条枪还能上阵对敌那北国的大帅韩昌，我朝还有何能人能担当此责呢？"你不去谁去呀？君保一摆手，"千岁啊，朝中可有比我能耐大的，汝南王郑印哇！他的能耐比微臣我可强得多！""哎呀，君保啊，小黑虎现在已然跟着老娘亲辞官回家了，如今在故土逍遥，谁也找不见这位啊。"高君保略一沉吟，"千岁，如此说来，我保举我的兄弟，长平侯高钰高君佩！他那条枪可并不比微臣我差，据我所知，他还比我多会三手杨家的绝命枪！您找我弟弟来保驾得了！"寇准说："王驾，您还不知道哪？您回京养伤这些个日子，您倒是见到您这位兄弟没啊？"高君保心里一盘算，还真是，我也有日子没见啦！"千岁，实话跟您说吧，前些日子万岁非要斩杀郡马，朝中元老尽皆辞官归乡，小高爵爷听说此事，也是一时地愤恨，他也是上殿辞官啦！听说是回了山东东平府隐居起来了，至于说为什么没来给千岁您辞行……我寇准也难以说清啊。"高君保一想，也明白，原先哥儿俩都是侯爵，肩膀平齐，如今我升为王爵，我兄弟是侯爵，这不像话啊！我这兄弟的脾气跟他爹高怀亮一个样儿，倔强至极，怎么能跟我一同在朝为官呢？回去也好哇！"哦，如此说来，我这兄弟算是指望不上了！王爷，那么……我再举荐一个人，这个人您要是能给封为保驾大元帅，可保您万无一失啊！""君保，你说的是谁？""千岁，非是别人，就是您的御妹丈，郡马延昭哇！"

八王一听就乐了，"哈哈哈，君保啊，你说我能不知道吗？这一趟要想活着回来，就得是六郎跟着去！可是六郎现在还在服刑之中，这还得两年多哪！"高君保点点头，"千岁，您说的我也知道，可是如今在朝中，能跟延昭比的人可是没了，您要是愣逼着微臣我保着您去，好！毕竟咱俩是至亲，我不干，我妈也得逼着我去。可是千岁啊，单微臣我保着您去董家林，微臣我可不能担保您能……""哈哈，你不能担保我能活着回来？""您自己心里头分着吧！"

寇准一瞧乐了，拦住二位："我说，您二位千岁都先别说了，咱们不是说好了吗？这一趟董家林赴会，高千岁您也是说了，光凭着您这一杆枪还不成是不是？""对啦！""那微臣我出个主意，咱们还是去请天波府的佘太君，杨家不光是有八虎将啊，您忘了，当初老太君还曾挂帅救主哪！""哼哼，寇准哪寇准，杨家人怎么得罪你了，还叫老太太出马护驾？老人家多大岁数儿了？当年是什么年纪，如今是什么年纪啦？眼看花甲之年，这要是有什么闪失，寇卿你可是休要戏言啊……""呵呵呵，千岁，我问问您，您是真想叫延昭前往保驾呀，您还是不想叫六爷去？""你这是什么话？有延昭保着我去，当然是万无一失了！""那好，您想啊，此一去是老太君保驾前往，他六郎能不跟着一块儿去吗？""嗨，那我也不能做出这样的混事啊！我逼着人家老太太出马保驾？""千岁，是江山事大哇，还是您这面子事大？""嗯，你这个说得有一点儿道理，可是万岁的旨意没下……""哈哈，千岁，您这是绕住了。""你也学会说这个俏皮话了？此话怎讲呢？""万岁和您都知道这一趟得是六将军保驾才可保无虞——可是直说请六爷，万岁爷可不好开这个口，这会儿才多少日子啊？刚判完的徒刑他就翻案啊？可是您就不同，您是六将军的靠山哪！当初多少次不都是您给求的情儿吗？您是他的大舅哥啊！所以您要是出面前去搬请，我相信六爷准能出来做这个保驾的元帅。"

"嗨，要能去不就好了吗？可是眼下无有圣旨，不能减免六郎的刑罚，这一趟到董家林怎么能搬动他呢？""不会叫他偷偷地跟着去吗？有道是兵不厌诈……""哦？怎么个兵不厌诈？""千岁，北国人不敢直接出兵进犯边关，而是在边关界河口摆设这场龙凤宴，您说说这是怎么回事？""依孤家我看，北国经两狼山这一战之后，虽说我国名将阵亡，可是北国也消耗了不小的国力，这一回举办这龙凤宴实则是要试探我国军力的虚实……""千岁您圣明！微臣以为您所料不差！北国举办这一个龙凤宴，就是要探一探我国的虚实！北国的女皇即位，未见得北国的文武都赞成，他们也是连年用兵，这一战要是再大举进军边关，他们也没有胜算啊。所以说请出来六爷，绝不是为了保您的性命，而是要在北国君臣面前显露一下我朝的人才！""嗯，寇爱卿，你说得定然不错。高爱卿，你意下如何？""哈哈，千岁，甭说了，我看什么都听寇大人的就对了！寇大人，这一回保主赴会到董家林，您就担任军师之职得了！""呵呵，高千岁，微臣我可是不懂得用兵哇！那么事不宜迟，你我君臣得马上去找天波府的老太君去！"

君臣说着话，赶紧起身出门，来到了天波府，把守天波楼的老管家杨洪出门迎接。这才告知几位大人和千岁，老太君和几位太太离家到汝州去探望六爷去了。君臣一听，急得是直跺脚啊，可是好在，老太太去看儿子去了，这母子全在一处，也是巧了！要搬出来杨六郎保驾赴会，也就在这一趟了！到了次日天明，甭说别的了，请假条写好了交给皇上，这边儿君臣几个赶紧叫上几匹快马，急速赶路到汝州来见老太君和六郎延昭。

前文书交代过了，之所以把六郎充徒发配到汝州这儿，就因为这汝州离着汴梁城也不远，西出汴梁城的宜秋门、新郑门，沿着惠民运河就奔西南到新郑，再过阳翟就到汝州了，一共是四百多里地——按现在的里程计算就是二百多公里，全都是官马大道。君臣心急如焚，一路上可以说是快马加鞭！

本来像八王千岁出京，最次也得是乘船出城，逍逍遥遥坐着龙舟顺着惠民河就能到新郑，到了新郑岸边儿上，自然有地方官接引你上岸，再给你换平稳的马车，沿途观一观美景，咕噜噜噜……那得多少日子哇？八王赵德芳急得嘴上就冒了泡啦！这一回不是金沙滩双龙会，金沙滩再凶险，还有杨家八员虎将在侧哪！我呢？能有六郎这一只虎愿意跟着我去就算不错啦！君臣快马都嫌慢哪，有时候说是歇歇脚，刚下马坐了一会儿，甭等从人们催，八千岁自己就上马了——歇不住哇！要想快，一个人配上三匹马，这一路上叫作马歇人不歇，跑上二十几里地就换匹马再接荏儿跑——三匹马都跑累了，东岸官办驿站马上换马，再接着跑！这一共是四百多里地，早上起来就走，一直到了谯楼三鼓，正好赶到了汝州城前。八千岁到汝州城？可了不得了！甭管您到的是什么时候，知府张济张大人一听说……八千岁？这是我大宋朝的二号的皇上，他老人家临幸到我这小小的汝州城？嘿！慌慌张张吩咐人召集州府上下二百多名官员，是一齐出城门迎候千岁的大驾。

　　等到把八千岁、双王千岁呼延丕显、永平王高千岁和天官寇大人这一行人迎进了州府衙门，一班大大小小的官员分拨儿在大堂门口儿跪下给千岁磕头行礼。八王一看，这么多的人我也没法儿跟你知府说悄悄话儿哇？扶起来知府张济张大人，拉着张大人的手就走，走到僻静之所，低声儿地问："张大人，孤王我问你，郡马充徒贵府治下，说是来监造御酒，但不知大人您是如何安置的？孤家我……今夜晚间有紧要之事要面见郡马。""哦，回千岁，杨郡马到在敝州治下，卑职我将郡马和黄豹将军安置在万安驿之中落脚。""哦，好好好，那么前几日天波府的佘老太君是否来到了贵府？""回千岁，确实如此，老太君也刚好来到我这汝州。""好，既然如此，孤王我今夜也在万安驿住啦，这几位王驾和寇大人也都一块儿，啊，贤卿尽快帮我请过来老太君和郡马，就说孤王我有要事相商！时候是晚了些，可军情紧急，就不等啦！""哎呀，八千岁，您想今晚就见到太君和郡马可是见不着哇，郡马从前一个月就去了嵩山少林寺去啦，前日儿个老太君也是领着几位太太去了嵩山，他们如今都不在我这汝州城内哇！""嗨！真耽误事，你不早说？快开城门！我得上嵩山！"

〖四回〗

八王、寇准一行人是紧赶着慢赶着来到了汝州，大晚上的，一问，哦？杨六郎和老太君都在嵩山上哪？得嘞，别耽搁工夫，连夜上嵩山！就这么，一直到次日天光大亮，八王和寇大人赶到了少林寺。住持、知事僧都得出来迎候王驾，接进方丈，这才知道是来见老太君、郡马来啦！

少林住持福居大和尚亲自迎接，把八千岁、双王千岁、高千岁和寇大人迎入寺院方丈室，好么，知事僧干脆就跟屋外头候着——这小屋里可装不下，一丈开方，这里头有一万一千岁哪！八王屁股还没挨着椅子，就听门口一阵喧哗，好，早就有小沙弥喊着就跑过来啦："方丈！方丈！洛中九位老爷子来啦！"身后一个挨着一个地笑声爽朗，八王和寇准一瞧，太巧了，为首之人正是老相爷宋琪。再往后看，一个一个的白胡子老头，第二位就是老右相李昉，再往后一个小个子老头，嘿！右谏议大夫杨徽之，后边是太常少卿李运、太子中允张好问、水部郎中朱昂……这几位都是跟着宋琪辞官之后一块儿起哄辞官回洛阳致仕养老来的。八王再往后看，还有原庐州节度副使武允成、郧州刺史魏丕、洛阳高僧赞宁大和尚。挨个儿见礼，八王直摆手，千万可别再磕头啦，几位最大岁数儿的都够八十啦！快快，看看四周，想说看座……往哪摆哪？九位老先生早就闲散透啦，一个个自己抱着个蒲团，在方丈室里自己找个地儿就盘腿一坐，乐呵呵，"大和尚，您招呼着千岁就好，不用管我们几个，我们这儿都挺好！"好，说是这么说，能这么办吗？搬进来两把椅子，怎么还不得让老相爷宋琪和李昉二人有个椅子坐哇？福居和赞宁两位忙活坏啦，一个劲儿地给递茶水，地方忒小，就别叫小和尚再进屋来掺乱来啦！

大家伙儿聊得正起劲儿呢，外边又开始喧闹起来，小沙弥气喘吁吁地跑过来，喘着气说不上话来。福居大师头都没回："你不用说啦，一声声的九龙锡杖声响，师父听出来啦，是老太君到了。"福居退出方丈室，和知事僧、堂主们赶紧来到台阶以下迎接太君。老太太和众家儿媳、六郎、黄豹一起躬身施礼，再随各位高僧一同进方丈室。这也不能说都进来哇，老太太扭头一看，叫上郡主和六郎两口儿跟着自己进屋就足够了。进来一看，居中就剩下一把椅子，一屋子老头席地蒲团上坐定，都给太君指着椅子。得了，老太太当初为救驾伤到左腿，太祖皇爷钦封的九龙杖、御前有座，自己坐下来倒也无愧。郡主和六郎就在老太太椅子后挤着点儿站着，成了，再来人可连站都没地儿了！呼延丕显是小孩，自己本来有一张椅子，后来看张好问老先生年岁实在是忒大啦，都八十多了——当初还给自己上过课，就让出来自己的椅子，自己跑蒲团上抱腿一坐，挤来挤去，最后就坐在武允成老爷子的腿上啦，得嘞，就这么着呗。

可是大家落座，老方丈给每位宾客加茶水，都打了三圈啦，愣是没人张嘴说话。小丕显都抱着腿开始打盹儿了，一瞧，干脆，谁让我是小孩呢，我先说话吧！俩胳膊一抱，"哼！伯母啊，我告诉您吧！这寇老西儿可没安着好心眼儿，这是来打算憋着搬请我六哥再去给昏君卖命哪！您可得防着点儿！"高君保一听，"嘿！你这小子，丕显，你……你怎么把这个话给捅出来啦？这话得慢慢地跟太君讲。"

"哈哈，您几位甭自作聪明了，你们听小孩儿我的呗！这事啊，是您馋嘴要吃蟹黄，您就得是揭开了盖儿再说，您别捂着啦！老太太什么人哪？敞亮人！千岁，您要是挑明了说……哎，老西儿，您不是怪有理的吗？您把您跟千岁说的那番话再跟老伯母老太君再说一遍，兹您是有理，我伯母您老人家一定是能听您的！您要是说出来这番道理您站不住，嘿嘿，咱们君臣兹当是来嵩山游山玩水来啦！"老太太心里多少猜出来是怎么回事了，转头问八王："千岁啊，您有什么话干脆直说得了！丕显这个话可是当真？难道说，

李昉

宋琪

是北国胡儿又来犯我国门了吗？"九个老头交头接耳，闹闹哄哄，最后都看八王。

八王也憋了一个大红脸，也知道丕显说得对，干脆我实说了得了！就把北国下书约赴龙凤宴，满朝的文武无人胆敢保驾前往，到最后是八王请旨替主赴会到董家林。哪还有能将保驾哪？不得以搬请出来永平王高千岁担任保驾赴会的主帅，寇大人也得保着千岁去赴会，这位是军师……

老太太听完了贤王和寇大人把事情的始末缘由一说，这脸呱嗒就撂下来了，一点儿笑模样都没了，一伸手，跟贤王说："千岁，拿来！""太君，您……这要的是什么？""圣旨！既然是要二番起用我六儿，我得瞧见万岁当今赦免延昭罪责的圣旨哇！""嗨，太君啊，这一回……孤家我可是无有圣旨哇！""哼哼，千岁，如今我儿延昭乃是天波府千顷地里一棵苗儿——独苗儿啦！我八个儿子就剩下这么一位……您还惦记着哪？大宋朝是除了我们家就没人能保驾赴会去了吗？""啊？嘿嘿，老太君哪，这话可不知道该怎么说，这一回倒是孤王我甘愿替主赴会，可是还缺少这保驾之人哪！满朝的武将嘛，嗨！一听说北国二番要和谈赴会，这些位就头疼，不少的公爷都辞官归乡去了……""您缺少保驾之臣？按说我们做臣子的应当是甘心替死，可是最后是一个什么样的结果呢？贤王啊，不是我老太太该说的，我儿延昭要仍是他的百灵侯还好说，可是现在的六儿，头上没功名啊，不吃您赵家的俸禄啦，您说凭什么叫他保着您去赴会呢？没有圣上的圣旨，六儿陪着您去董家林，您得知道，三军儿郎凭什么听他的指挥哪？啊？我六儿是什么人，现在是国家的罪人，在这儿给他万岁爷造酒哪！您不拿来万岁的圣旨来，我六儿如何出这汝州城呢？"

说到这儿，老太太瞟了瞟高君保，嘴可就撇上了，你高王爷是不知道这是怎么回事吗？既然你高君保是保驾的大将军，三军儿郎怎么会听我六儿的呢？一无圣旨，二无职衔儿……"高千岁，您如今可是千岁啦！"嘿，老太太这话可刺耳，高君保都快坐不住了，扭扭屁股，一欠身儿："哦，太君，我的好婶娘，在您的面前可没孩儿我这个千岁，您就叫我君保，实在不成，您还像小时候叫我保儿都成，您对孩儿我有何训教？""嗯……君保啊，既然你

张好问

挂帅保驾，又何必来请延昭哪？就你们俩的枪法武艺，你要是半斤，你兄弟延昭也就是八两，你们俩还分什么彼此呢？再说了，延昭是戴罪之身，你们不带着圣旨来，无论如何延昭是不能够再出头的。他跟你们走，那就是杀头的死罪！真要是判了死罪，能指望上你们谁呢？千岁，您……几位就请回吧。我们全家是到这儿来过年的，您要是乐意跟山里过年，您就留下，我老太太不好往出轰您！"老太太这是一点面子也不给啊，一伸手，郡主递过来九龙锡杖，一杵地，自己就站起身儿来了，看这意思就要回十方院自己的客房去了。姆们是猪八戒撂耙子——不伺候（猴）啦！

八王这脸红得就跟一块红布似的，低着头，没什么可说的，人家句句在理啊！高君保扭头找寇准："寇大人，您来吧，看起来我们都说不动老太君，就看您的啦！"丕显也跟着凑热闹："就是啊，本来就不该你们说，起头就应当是寇天官！您是天官啊，谁做官谁不做官都是他说了算啊！寇大人，您来——您跟伯母说。伯母啊，您再坐会儿，您听听寇大人的？"老太君站起来了，可是并没坐下来，那意思是你寇准有话就赶紧说，我就这么站着听着，你就是说出花儿来，我也不动心，听完了你的话我照旧带着儿子回去！

寇准微微一笑，也站起来了："太君啊，天还真是不早了，您也真该早一点儿回去歇息了。您来嵩山都几天啦？可到哪里去游山逛风景哇？"老太太一愣，哪料到这寇老西儿不说调六郎的事，问起自己怎么玩的啦？"嗨，寇大人，姆们也是刚来哇，刚去看了看达摩洞、初祖庵，也还没去别的什么地方儿呢。""哦？嘿嘿，这么说您还没怎么登高游玩哪？嗯，那么下官我可斗胆跟您夸夸口啦，这嵩山啊，谁也没下官我熟哇，这儿的名胜古迹没有我没到过的地方儿，明日儿我和八千岁陪着您转转，您这意下如何啊？"八王和高君保都打愣儿，心说你寇准糊涂啦？咱们的日子可不多哇，那边等着咱们去董家林呢！老太君一听，寇准这葫芦里卖的是什么药呢？可是甭管怎么着，自己前边没给八王和高君保留面子，这回你不是说要陪着我们游玩吗？得了，只要不是调六郎，你们乐意就跟着游玩呗！"好啊，既然千岁和寇大人有此雅兴，我明日一早静候千岁的旨意。""老太君，那就明早一同登少室游览名胜，哎呀，我和千岁赶了一天一宿的道儿，实在是困倦了！"君臣不欢而散，老太太自己回十方院，八王和寇准也被安置到十方禅院中的别院，层层武僧守卫好啦，甭管丕显和八王、高琼怎么埋怨寇准，寇准都推说困倦，各自歇息不提。

次日天明，八王、九老和杨府上下一同到斋院用斋饭，八王挨着老太太，想要说话，可是叫小沙弥管着，一声也不能出。刚一张嘴，小沙弥就瞪他，得了，唉，算了。等到出了斋院，老太太就问寇准，"寇大人，等您的导游哪！""那好，老太君，您各位就跟我来呗，我带着您游览一下少林……啊，嵩阳书院您去过没有哇？""老太太我是头回上嵩山，哪儿我都没去过哇！""那好，我们陪着您去嵩阳书院、会善寺，到太室山下去转转，不远！"九老都乐意，书院我们熟哇，太君我们给您当解说员！游游逛逛，这就来到了启母阙前。

太君一看，孤零零一对阙门立在道边儿，问寇准："寇大人，此是何物啊？""哎呀，太君，这就是嵩山脚下著名的启母阙，是汉代遗物。您来看，顺着这条道，那头儿便是启母石，岩石中裂，上古三代有夏的开国帝君夏启，便是从此诞生。"丕显乐了："寇大人，要这么说，小孩骂人说石头缝儿里蹦出来的，就是说的这个呗？""千岁，此处可不是石头，这也是一位母亲哪！当年大禹王治水，要打通那边的轩辕关，没法子，将自己变幻为一头巨熊，开山裂石。禹王的妻子涂山氏每天要来给禹王送饭，这一天没到时辰就来啦，正好看见禹王变化的这头熊。涂山氏就会错了意啦，错以为自己的夫君不是人，赶忙就往嵩山上跑，禹王就跟后边追！涂山氏是下定决心了，说什么也不跟大狗熊过日子！就这么跑到此处，一看这是绝地哇，一咬牙，一跺脚，涂山氏化为一块石头。这就叫'启母化石'。大禹王追上来，抱着石头哭哇，可是哭也不管用啊，就跟石头说，老伴儿，你是真狠心哪！你自己铁石心肠不跟我一块儿过啦，可是咱俩的儿子呢？你问过孩子没有哇？他乐不乐意跟我哪？禹王这么一说，石头裂开，从里边爬出来一个小婴儿，正是后来大夏王朝的开国君主。"

老太太一听，就知道这是寇准借启母阙说事，自己抬头看了看，嗯……不往前去了，扭头就走。

一夜无书，又到了次日，照旧，用完了斋饭，老太太就问寇大人，咱们今天去哪儿啊？寇准说："太君，香积寺您去过没有哇？""我不是跟您说过了吗，哪儿老太太我都没去过，我头一回来呀！""那好，咱们今日儿去香积寺一游，那儿可是太好啦！"九老都致仕退休啦，乐得陪同，八王、丕显、高君保、杨六郎……还有宗保、宗孝这帮孩子，乐颠颠地跟着一块儿出门玩去了。路可不近，骑着马紧着走，一直往南，转过了少室山，来到山南麓，果然是一座山中古刹，好不壮观！

太君刚一下马，"哟，这不是张济张大人吗？昨天没见您，您跟这儿等着我们哪？""嘿哟，老太君，下官我前天晚上就先回汝州啦，此地乃是白云香积禅寺，属我汝州地界。今日一早收到快马来报，下官我老早就来迎候您跟千岁。"八王看见也是一愣："哎，张爱卿，孤王我还找您哪，原来您是先来了？哦，赞宁大师您也是先来啦？"张济身后跟着的是赞宁大和尚和另一位老僧，赞宁给介绍，"这位便是白云香积寺的方丈住持。"两边见礼，一同进寺，少做游览，赏玩几处古迹名胜。已经到了午时啦，就在寺中接待香客的十方院里摆开素宴，老方丈招待八王、太君和列位大人。

这儿吃着饭，说什么话题都可以，只要是有人把这话题转到北国国书这事上，老太太就不吭声儿了，照样儿是油盐不进。寇准猛然间撂下饭碗，来这么一句："老太君，今天我还真得问问，您杨家名声在外，都说您杨家是忠臣，可是今天我这么一看哪，哈哈，可是不能服众哇！"

老太太把眼一瞪，"寇大人，您几位来，不过就是想叫六郎跟着你们前往董家林赴会！要是六儿现在是您吏部所辖的武官，自然是跟着王驾和寇大人您去，可是眼前延昭是戴罪之身。再者说了，丁忧三载这是周天子以来历朝历代都没改过的规矩，怎么到了我六儿这儿就得改呢？寇大人，六郎他连大宋朝的爵位都一并免除了，他就不能再给皇家效力啦，眼下先把御酒造好也就是了！""老太君，您要是这么说话，可别叫我把您给问住喽！我问问您，您在天波府食君禄、受皇恩，您的爵位可没免除哪，那么要是圣旨下……搬请您来担任这个保驾的大将军呢？""啊？这个……"老太太一愣，啊，寇准这话是将我哪。老太太一辈子都横，从来不知道服软儿："寇大人，您这意思是不是想要老身我出马保八千岁赴会哪？"

八王和高君保的脸都红了，心说有你寇准这么办事的吗？强逼人家年近花甲的老太太出征哇？呼延丕显在一旁还补上一句："伯母啊，孩儿我可知道，别看您这么大岁数儿了，您那口刀还锋利着哪！您这腰腿不比我们这帮子年轻人差，别看您今年是六十，您就是一百岁您也能挂帅出征啊！"得，呼延丕显这还真是一语成谶了，到后来西夏国打来战表，杨宗保阵亡在边关，后文书里佘太君百岁挂帅，率领着十二寡妇征西，这话头就是从今天这回开始的。老太太就被寇准和呼延丕显将在这儿了。是啊，您不是说六爷如今不吃朝廷俸禄，就不该为朝廷卖命了吗？好办，您的爵位未除，您的俸禄可是一分钱没少给！那么请您出马保驾成不成呢？气得老太太一顿自己的九龙锡杖："哈哈，寇大人，甭担心了，既然是瞧得起老身我，那么这保着八千岁去董家林龙凤宴这一趟，保驾将军就老身我来担当啦！高千岁，这么说就得屈尊您为副将啦？""给您牵马坠镫我都荣光啊！伯母哇，侄儿我实在是有愧……"老太太微微地冷笑："八千岁，这么说来，您此一番北国赴会，还得是老臣我来保驾啦？"八王大红脸，可是想起来今日早上寇准的嘱托，勉强点头应着话："哎呀，老太君，这个吗，孤家我……""哈哈哈……千岁！微臣保驾，自然是万死不辞！大宋朝少不了您哪，为您保驾，我花甲之年挂帅出征也没什么……"

话说到这儿，最难受的是杨六郎，知道这都是因为我。寇大人挤对我妈保驾赴会，还不是挤对我吗？六郎想要起身说话，老太太一瞪眼，就不许你搭茬儿。八王也是成心的："啊，延昭啊，你这是有什么话要说吗？""千岁，延昭自己说什么都没用，他是戴罪之身，决不可再行蠢事！""嗨，太君啊，不是孤王我多嘴，方才搬请您担任孤家的保驾将军，也实在是我君臣几个没法子了！就算是您真的挂帅保驾赴会，您已然是偌大的年纪，还真能叫您出马临敌吗？再者说，您指挥三军那是没错，可是太君您手底下得有将官哪，您没有将官可以跟随您保驾前往董家林……这事还是得有六将军我的妹丈啊！"这些话都是今早上寇准教的，八王现在找到一点感觉了，可以瞪眼说浑话啦。

八姐、九妹一听，一踏步出来，"千岁，您甭担心，我们姐俩就没离过我妈半步，她挂帅出征，我姐妹在阵前做先锋，冲锋陷阵我们姐俩来就成！"高君保乐了，"你们姐妹俩的本领倒是不错，可是能跟孤王我比吗？假如说你们姐俩的能耐还不及我哪，咱们保驾到董家林……"呼延赤金一听，这可不爱听了，上前半步："怎么着？小保儿，不服吗？她们姐俩不成，那您看我成吗？"大黑丫头往出一迈步儿，震得地面山响。"嚯，七弟妹，我服您，您走道小点声儿行不？"呼延赤金停下来了，盯着自己脚底下看，哎，不对，我都不迈步啦，这地怎么还颤悠哪？

话不投机，六郎觉得最尴尬的时候……忽然之间，就听禅院之外是一阵地震山摇，轰隆隆隆隆……山崩地裂相仿！

〖五回〗

这响动一阵儿一阵儿，估摸着接连响了这么一炷香的工夫儿，殿宇之间灰尘才算是消停了。

八王吓得是面如死灰，摇头叹气："唉……寇爱卿啊，看起来这是天亡我大宋！你看看，如今大宋的山河不稳，老天都降灾在眼前啦！来人，快去看看，查看一下，这是何处地方山崩地裂啦？登高张望张望。"没等小太监跑出去查看呢，小和尚先跑进来了，"启奏千岁、老太君、寇大人，寺院之外塌下了一处地穴！烟尘滚滚啊！方丈请列位前去勘验！""啊？这是何等的灾异啊？走！我等快去看看去！"由几位小和尚领着路，赶紧来到了寺院山门外。

香积寺东边院墙外不远，两百多步，有这么一处山崖，山崖之下，地上塌出来这么一座地穴，呼呼地往外吹着风，里头的灰尘不停地往出冒。八王和老太君、寇准、六郎这几位走在前列，九老、张济张大人跟随身后，站到地穴的穴口往里抻头看，里头还黑乎乎的，什么都瞧不见，到底是多深，谁也看不出来。八王叫过来寺院的老方丈询问，老和尚也说不明白："千岁啊，老衲我在此修行三十年啦，还真是不知此处藏着这么一座地穴。哎呀，我看不如尽快找工匠来填土掩埋为是，省得这里边爬出来什么蛇虫怪兽，倒是个祸害！"八王看了看，根本就不知道子丑寅卯，扭头问太君："老太君啊，您来看看，您老见多识广，您来给看看，这到底是如何塌陷而成的？"佘太君走到近前，低头儿细看，地穴能有这么两丈见方，地上塌陷得也很整齐，仿佛是早先就有这么一座穴口，原先就是拿土给填死的，可是日久年深又给崩塌了。老太太仔细查看，看不出有什么特异之处，也不过是一座地穴而已啊！"嗯，千岁，依老臣我看，这不过是一座地穴，年深日久地基松动，不断下沉，这岩石底下的暗河冲走了泥沙，地穴就形成了。今天必是护驾大军人马众多，您看，漫山遍野都是人，踩动了山石的地脉，剩下不多的泥沙沉落，这才塌陷出这么一处地穴，实在也是不足为奇！不必大惊小怪，这也绝不是什么上天垂相警示什么，您就降旨命州府的工兵前来填埋坚固也就是了，不然此处本是人来人往的热闹所在，有了这么一处地穴，寻常人不敢再前来山道，恐使古寺减少了香火啦。"

老方丈一听，哎，老太君这话可是向着我说的，"哎呀，千岁，太君此言实在是有理啊！还请千岁您降旨定夺为是……"八王看了看，也实在不算是什么奇怪的洞穴，提鼻子闻闻，也无腥臭之气，说什么蛇虫鼠蚁，也瞧不出究竟来。"好吧，既然太君和大师您二位都是如此一说，孤王我不敢擅专此事，就依二位的主意吧！啊，张爱卿何在？"汝州太守张济上前："千岁，微臣在！""这件事我看就不要劳烦寺中的各位长老了吧？你从州府调拨银钱、工匠前来填土掩埋，都修整好了，还得确保地穴能够填埋实了。""微臣遵旨！"

"且慢！"嗯？大家伙儿扭头一看，一个白头发、白胡子的小老头，正是九老之中年岁最大的张好问。张好问拉着小丕显往前走，宋琪、李昉也都跟在小老头的身后。几位老先生来到地穴前，有探头看的，有低头量的，也有抓起一把土闻的……探查了一会儿，张好问就说啦："千岁，依老臣我看，此穴乃是一座风穴啊！""对，是风穴！""是风穴……"张好问一说话，旁边的胖老头杨徽之、黑胖老头武允成这几位也都跟着直点头应和，没错，就是一座风穴！"啊？风穴？""不错，据老朽我看，这正是一处风穴。哎……此乃嵩山中大风的出处，几位，老方丈，您看啊，这里边儿呼呼地往出刮大风不是？""阿弥陀佛，这倒是……""千岁，您得知道，这风穴打开，可不能够立马就填死，这里边儿可是有宝啊！""哦？张老爱卿，您说这穴底，竟然藏着有宝物？""那是自然哪！微臣我读到过《山海经》中第九十九卷《大华胡朔经》，这里边就有记载哇，说到中州山中有上古地穴，有的是魔穴、鬼穴、妖穴、怪穴……这一座呼呼地刮风，这是风穴！"张好问拿手指头比着，说一个，九老跟着点一回头，不由得大家伙儿不信。丕显扑哧一下乐出来啦，心里话，老师您真能编，《大华胡朔经》？就是大话胡说吧？张好问一敲丕显的脑门，"小丕显，你瞎乐什么？好好听讲！""哎！我是想问哪，那这座是风穴，下去准能得着宝贝吗？"杨徽之摇头晃脑接茬儿了："国有幸事，山出风穴，这是《淮南子》上记得有的！国家幸事，谁能跟铲除了奸佞一党比哇？列位瞧，咱们这些人都是因为什么辞官的？今日里你我几位，还和八千岁、老阴侯、郡马、寇大人……我们齐聚此地，这才天降异象，让中州大地再生新风！哎呀，八千岁呀，老臣在此贺喜了……"

　　杨徽之这么一说，老太太听着觉得不对劲，可是也不好意思拿话拦着啦，是啊，人家老几位因为什么辞官致仕哇？那都是因为我们家的事！冲这个，也不能驳了七八十老头们的面子不是？八王还不太相信呢，缓步上前，身边是宗保和宗孝小哥儿俩拽着八王的袖子，一块儿再探头往下看，还是什么都看不见。"嘶……寇爱卿啊，寇爱卿？你来看看，你说说，这风穴之中竟然真的会藏有宝物吗？"

　　寇准背着手溜达过来了，也不正经看，瞟一眼，嗯……脑袋摇得跟拨浪鼓似的。"千岁，别上当了，这都是张先生胡说呢，什么宝物，微臣我看就是妖异之穴，可害怕喽！快填上土，张大人，赶紧喊人，现在就填土盖上！"八王听寇准这么一说，反而是二乎了，哦？现在就……不好意思降旨哇。张济却是唯唯诺诺："好好好，寇大人啊，您放心，工兵就在这儿，都带来啦！这说话就填土！"一挥手，果不其然，一帮民夫由军卒带着，个个都挑着一筐一筐的松土，就上来啦！九老不干哪！"千岁，不可！此是风穴，是一座宝穴！下地穴便可得宝！是我大宋幸事，万万不可听寇准的话！老西儿，你这是祸国殃民！"张济一抬手，工兵们停在一边，转头来问八王："千岁，您说呢？"

八王哪有主意呀，扭头看寇准，寇准直摇头："哪里是什么宝穴，分明就是妖穴！这是妖孽来到此地，万物有感，地塌洞穴，不定有什么妖异之物在里边哪！"张好问给气得，拉着杨徽之一起来找太君："老太君，您给说句公道话，这底下到底是风穴还是妖穴？"

老太太哪儿知道去？可是一来是这九老的岁数儿在这儿呢，二来是九老中大多数都是因为六儿的事辞官的，这个面子说什么我也得给九老哇，"嗯，张大人啊，您别急，老身我知道，这就是一座风穴，而且一定是一座宝穴！"这可让寇准逮住了："嗯……太君，这是一座妖穴！""寇大人，此穴刚崩塌在此，咱们不用急于填埋。风穴也好，妖穴也罢，有宝无宝，咱们等上几日，将此地严加看守，几日过后，什么妖异之事都没发生，就知道这地穴定非妖穴啦！那时再派人下洞穴去探宝不就得了，咱们在这儿争个什么劲儿的呢？""哈哈，太君，皆因为我和八贤王均有紧要军职在身，过不了几天就要去董家林赴会哇！我们等不了了，明日就要回京！您可以等，可是贤爷不能再等！依下官我看，现在就填埋了吧！"九老不干哪，争个面红耳赤。老太太一瞧，也只能是我给九老拔创，八千岁自己没主意。"那得了，寇大人您着急，既然如此，咱们现在就派人下去探探地穴不就得了，何必马上填上哪？"

寇大人一拍巴掌，好，就依着老太君！来呀，上辘轳！"先不着急下去人，咱们给这洞口儿安上辘轳，拴上绳子，顺着洞口儿咱们往下顺一只筐，筐里边儿……咱们给装上这么几样：鸡、鸭、鱼……要是有的话，再来点活虾……""哎呀，寇大人，我们这是佛寺，您说的这几样都没有！""没关系，派人到四外的农村去买去。"

八王、老太君也只好先听寇准的，吩咐身边的随从赶紧去农村里去买来了活鸡、活鸭，吊在筐里，脚都给拴在筐上，不叫它们飞喽。都预备好了，寇准叫侍卫军卒摇着辘轳往下放这筐。丕显凑近了，"哎，寇大人，您这是什么打算？干吗还给这风穴里送活鸡、活鸭啊？""双王千岁您有所不知，这是风穴没错，可是风穴里到底是什么样儿的宝物，咱们还是不得而知哇。我把这活鸡和活鸭给放下去，要是再摇上来，这俩还活着，说明这里边是可以在人世间露面儿的宝物，这座风穴就得有人下去搜寻宝物！这要是连活鸡和活鸭都死啦，说明这底下不是人世所能镇得住的宝物，即使是有，咱们也不能去探去，就填上土也就是了！来来来！大家伙儿一块儿摇，往下放这筐。"咕噜噜噜……眼瞧着这筐往下放，慢慢地就看不见了，底下黑咕隆咚的，越放就越听不见筐里活鸡的啼叫之声。寇准就盯着绳子来计算尺寸，眼看着放下去大概有这么三十几丈深，哎，绳子开始不吃劲了，一颤悠，寇准就知道这筐已然是放到底儿了，"慢着！别放了！"寇准上前试了试，绳子往下放一截儿，再一托，哎，吃不上劲儿，这说明这筐已然是到了底儿了。得了，工夫别大了，又过了片刻，吩咐周边的士卒一起往上搅动辘轳，再把筐给拽上来！工夫不大，这盛活鸡、活鸭的筐可就上来了，等这筐一上来，诸位凑上前一看，哟！不好，两只活鸡和两只活鸭全都不在了！

这大家伙儿可就嘀咕上了，有的议论说是底下弄不好还真有凶神猛兽，有的说这地穴底下是妖怪洞府……哎，不少人可就慢慢地朝后退啦。

八王一看，"老太君，九老，你们看看，您几位还非说这底下有什么宝物，哪里有什么宝物，我看就是蛇虫鼠蚁的巢穴而已。您看，这活鸡和活鸭放下去才片刻的工夫，就叫穴中的野兽给掠走吞食了。我看，也甭管是什么穴啦，赶紧委派民夫、工匠前来填埋为是。""哎，千岁，这您就想差啦！别看活鸡、活鸭是不在筐里了，可这筐上没留下一点血迹，反而是不少的鸡毛、鸭绒……依微臣我看，这是地穴之内的风太大了！活鸡、活鸭放到了洞穴底儿，底下的大风把这些鸡鸭就给刮走了！可要是派个人下去就不同了！千岁，我看您可以派一位智勇双全的将军下洞穴去探一个究竟！""啊？张大人，您这不是开玩笑吧？""千岁，微臣我可不是开玩笑，这种风穴与众不同，进去自然会有另一番风景，您可以放宽心！现在就差一位勇士肯下到风穴之中为千岁您寻宝去！""哼哼，张大人啊，这风穴几十丈深，变幻莫测，下去？孤王我看，必死无疑，谁敢下去啊？"寇准这会儿猛然间插话了："哈哈哈哈，前日老太君不是说他的手下不缺少良将吗？老太君，这一趟下风穴为千岁寻宝，您麾下到底有没有这样儿的勇士？"

老太君斜眼看寇准，明白他的意思了。自己能挂帅，可是没有良将来担任先锋官哪！说实话，八姐、九妹这俩闺女并没上阵打过仗，虽说枪法练得也不错，可是真要是上阵对敌，那就不好说了。我保驾赴会，麾下还真是没什么合适的将官。那么前日川我愣说是有，寇准就这么来一下子，您不是有能人吗？谁敢下风穴？谁敢下风穴谁是好样儿的！您这儿要是连下风穴的人都选不出来的话……

老太太扭头看自己身后，身后是俩姑娘——八姐、九妹，叫这姐俩下地穴，还真是不忍心。再往后是几家媳妇，六儿媳妇是当朝郡主柴熙春，决不能够下风穴去探宝去！大儿媳周氏夫人今年的年岁可也不小啦……哪家儿媳妇下去也难免要担心哪。这会儿说谁下去合适？还就是六郎下去合适，可是六郎乃是戴罪之身，不能够领贤王的旨意，前天这是我自己说出口的，这会儿岂能再改口哇？老太太正犹豫呢，后边大孙子杨宗保说话了："奶奶，这底下孙儿我倒觉得还挺好玩的，让孙儿我下去得了！"老太太微微一笑："宗保啊，你看这底下这洞如此黑暗，你不觉得怕吗？""奶奶，孙儿我不怕！"嘴上说的是不怕，可实际俩小拳头攥着，腿肚子微微打战——能不怕吗？刚九岁的孩子。"好孩子！真是奶奶的好孙儿！"柴郡主哪能让呢，赶紧一把把孩子给拽住，"别瞎说！"郡主最知道老太太的脾气，拿眼睛看六郎。

六郎连忙上前："寇大人，您说这是一座风穴，可是怎见得其中就必有宝物呢？""六爷，这里边是必有宝物啊！这宝贝还不小哪！可是六将军，如今您是在汝州充徒，您可是不能够奉旨下风穴寻宝的哇，您不吃朝廷的俸禄。得了，还是另选良将下风穴为好！前日太君不是说麾下的良将不缺吗？"寇准拿眼睛扫杨府跟着一起来的女将们，闺女、媳妇们听了寇老西儿这番话，个个都要上前请命，呼延赤金往出一站，刚要张嘴，佘太君一挥龙头拐杖，"你们谁都不许上前！寇大人，要下风穴去，得预备什么物件儿？""太君，需要火折子、火把，下去探穴寻宝还得怀揣两只信鸽，一只告诉我们筐已然落地了，另一只是在要出洞穴的时候告诉我们该往上收辘轳啦。""哦……您还是想得挺周到的！""呵呵，太君，怎么样？您的意思是由哪一位将军前去探风穴呢？""宗保啊，叫你下去你敢不敢？""奶奶，孙儿我太敢啦！""好孩子，那你赶紧去预备这些物件去！""哎！"小孩蹦蹦跳跳地走了。

六郎凑上来："妈，您怎么能叫宗保下去呢？他可才九岁啊！""你就别多说了，为娘我自有打算。你去帮宗保找齐这几样儿，宗孝，你也跟着哥哥去找去！"六郎拉着宗孝就去追宗保。过一会儿，寺院里的僧侣帮着宗保备好了这些物件儿，四只小竹笼里装好了四只信鸽——这是生怕不够用的，万一我在里边弄跑了哪？再一瞧，火把也预备了不少支，捆成一捆儿。老太太瞧着就乐，"来呀，宗保，把这些都放到筐里放好！"八王可真急了："太君，您的意思是真的叫宗保下去？""千岁，我杨门上上下下就剩下这么一个长孙，他从出生就是正五品的武官职衔，吃了大宋朝九年的俸禄。您说，不叫他去，谁去呢？"

这个么……急得八王一跺脚："太君，您别忙啦！这么着，孤王我这就回京，说死了也得给延昭讨要下来圣旨来，免去充徒的罪责也就是了！您就别再犟啦！""哼哼！千岁，您这话说得可就不合适了，难道说任由这座风穴就这么开着吗？宗保，你领着你杨显、杨明两家哥哥去试试拴着筐的绳索去！""哎，孙儿我这就去试试劲儿！"宗保跑到绳子头，跟杨府的家将一起拽起来，试试劲头没挂碍了，"奶奶，您看，这儿都成了！"老太太一跺脚，"好孩子，你给奶奶拉好啦！"噌！老太君一蹿步，谁都没料到这老太太还能这么快，一步迈到了筐里，拿龙头拐一杵地穴的边沿，这筐可就悬了空了。筐一悬空，绳子跟着一顺，辘轳自己乱转，这筐可就下去了！八王要抢，"宗保！快给拉回来！"寇准早就安排好了王奇、孟得、陈雄、谢勇就在辘轳边儿上，上去一把就拉住绳子啦，这时候老太君在地面上就剩下半个脑袋还能瞧见啦。

八王吩咐赶紧往回拉，寇准摆手拦住，背着手过来："太君，您是要亲自下风穴得宝吗？""哼，寇大人，决不能叫您小瞧喽，谁下去都不合适，就老身我下去才合适！嗯！"人在地穴之内，老太太提鼻子一闻，怎么有股子火药气味？猛然间再一抬头，瞧见寇准面带坏笑，小丕显都快乐开花啦！坏了！我上当啦！"宗保！快拉奶奶回去！"这边有冯山、江海早就把宗保和宗孝给按住啦。寇准就乐了："老太太，您是闻出来啦？您醒过味儿来啦？告诉您，晚喽！下头真的有宝物，而且风景也不错，您转转去！下官我等会给您磕头请罪，现在您得容出工夫来，让我问问郡马。好比是大禹王问启母，您得听听孩子自己是不是乐意哇？扁担！孟黑儿，快着放！"

八王还不明所以呢，上前要拦，寇准挡住："贤王千岁，您放心吧，这底下绝无危险。底下有人等着太君呢，好茶都沏好喽！这是我跟张大人、赞宁大和尚商量的一个局！不信你们问问大和尚！"赞宁大师和那八老都乐呵呵地过来了，给贤王八千岁道喜！国之栋梁，郡马这才有可能还朝哇！八王这才有所醒悟，合着你们都知道，就本王我不知道？丕显说："八千岁，我也不知道哇！"六郎和郡主、杨家的人这才大致猜出来怎么回事来。寇准这才跟大家伙儿实说。"前天晚上我也睡不着，是这位赞宁大师和张济张大人出来陪着我赏月。大师就告诉我，前些日子香积寺挖出一处地穴来，这样我才灵机一动，让大和尚和张济张大人昨日先来香积寺准备——这些成筐成筐的土啊、辘轳啦，人家是早就用上啦，这底下都修整过的。日后香积寺打算借这座地穴修建起一座修炼的隐秘之所，同时还能做储物的地窖，这是正要施工呢。还差地穴口炸宽，刚才是拿火药炸开这座地穴洞口，这样才好施工。也是我灵机一动，就借这个机会，让老太太先避开，我和贤主才有机会和郡马好好地说会儿话。还是那句话，去不去董家林，得听你杨郡马自己来说！郡马，您放心，洞穴底下，张太守安排好了手下在底下候着哪！"张济面带微笑："郡马，千岁，但放宽心。"

六郎连连点头，这才知道寇大人的用意。说话之间，绳索已然放到底儿了，这边辘轳刚停，两只信鸽也就飞出来了，大家伙儿踏实了——给老太太四只，每只都有一个小笼子，放出两只，那必然是老太太亲手打开笼子才行啊。大家心里都踏实了，郡主有意拉妯娌、孩子们走远点，九老也都乐呵呵地退下。风穴口就剩下六郎和八王、寇准、高君保、呼延丕显。几个人都盯着六郎看，六郎憋了一个大红脸，半天说不出话来，大家就等着。

　　大概是一盏茶的工夫，哎，扑扑……又有两只信鸽飞出来了！赶紧，王奇、孟得卖力气往出拽绳索，咕噜噜噜……辘轳摇起来，快到头儿了，哎，这筐上来了！哎呀！大家伙儿再看筐里，是空无一物！老太君踪影不见！

整理者：付爱民

2012 年 12 月 29 日 15 点 48 分初稿于北京

2021 年 12 月 8 日 10 点 12 分二稿于玲珑园

2022 年 10 月 17 日 3 点 39 分三稿于玲珑园